IRIS KELLY NÃO NAMORA

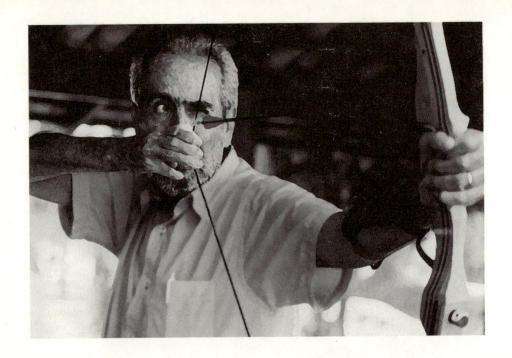

O Arqueiro

GERALDO JORDÃO PEREIRA (1938-2008) começou sua carreira aos 17 anos, quando foi trabalhar com seu pai, o célebre editor José Olympio, publicando obras marcantes como *O menino do dedo verde*, de Maurice Druon, e *Minha vida*, de Charles Chaplin.

Em 1976, fundou a Editora Salamandra com o propósito de formar uma nova geração de leitores e acabou criando um dos catálogos infantis mais premiados do Brasil. Em 1992, fugindo de sua linha editorial, lançou *Muitas vidas, muitos mestres*, de Brian Weiss, livro que deu origem à Editora Sextante.

Fã de histórias de suspense, Geraldo descobriu *O Código Da Vinci* antes mesmo de ele ser lançado nos Estados Unidos. A aposta em ficção, que não era o foco da Sextante, foi certeira: o título se transformou em um dos maiores fenômenos editoriais de todos os tempos.

Mas não foi só aos livros que se dedicou. Com seu desejo de ajudar o próximo, Geraldo desenvolveu diversos projetos sociais que se tornaram sua grande paixão.

Com a missão de publicar histórias empolgantes, tornar os livros cada vez mais acessíveis e despertar o amor pela leitura, a Editora Arqueiro é uma homenagem a esta figura extraordinária, capaz de enxergar mais além, mirar nas coisas verdadeiramente importantes e não perder o idealismo e a esperança diante dos desafios e contratempos da vida.

ASHLEY HERRING BLAKE

IRIS KELLY NÃO NAMORA

Traduzido por Camila Fernandes

Título original: *Iris Kelly Doesn't Date*
Copyright © 2023 por Ashley Herring Blake
Copyright da tradução © 2024 por Editora Arqueiro Ltda.

Publicado mediante acordo com a Berkley, selo do Penguin Publishing Group,
uma divisão da Penguin Random House LLC.

Todos os direitos reservados. Nenhuma parte deste livro pode ser utilizada ou reproduzida sob quaisquer meios existentes sem autorização por escrito dos editores.

Trechos de *Muito barulho por nada*, de William Shakespeare, gentilmente cedidos pela L&PM (trad. Beatriz Viégas Faria, 2002).

coordenação editorial: Taís Monteiro
produção editorial: Guilherme Bernardo
preparo de originais: Karen Alvares
revisão: Juliana Souza e Rafaella Lemos
revisão técnica em diversidade: Bruno Ferreira
diagramação: Miriam Lerner | Equatorium Design
capa: Katie Anderson
imagens de capa: Leni Kauffman (frente); Molesko Studio | Shutterstock (quarta capa)
adaptação de capa: Natali Nabekura
impressão e acabamento: Cromosete Gráfica e Editora Ltda.

CIP-BRASIL. CATALOGAÇÃO NA PUBLICAÇÃO
SINDICATO NACIONAL DOS EDITORES DE LIVROS, RJ

B568i

Blake, Ashley Herring
    Iris Kelly não namora / Ashley Herring Blake ; tradução Camila Fernandes. - 1. ed. - São Paulo : Arqueiro, 2024.
    352 p. ; 23 cm.

    Tradução de: Iris Kelly doesn't date
    ISBN 978-65-5565-643-5

    1. Romance americano. I. Fernandes, Camila. II. Título.

24-89066
    CDD: 813
    CDU: 82-31(73)

Meri Gleice Rodrigues de Souza - Bibliotecária - CRB-7/6439

Todos os direitos reservados, no Brasil, por
Editora Arqueiro Ltda.
Rua Artur de Azevedo, 1.767 – Conj. 177 – Pinheiros
05404-014 – São Paulo – SP
Tel.: (11) 2894-4987
E-mail: atendimento@editoraarqueiro.com.br
www.editoraarqueiro.com.br

Para Meryl e Brooke

CAPÍTULO UM

IRIS KELLY ESTAVA DESESPERADA.

Ela parou nos degraus da varanda da casa dos pais, a luz crepuscular do sol de junho iluminando a madeira pintada de azul, e tirou o celular do bolso.

Tegan McKee estava desesperada.

Digitou as palavras no aplicativo Anotações, encarando o cursor piscante.

– Desesperada por quê, sua lambisgoia? – perguntou em voz alta.

Esperava que alguma coisa, qualquer coisa que não parecesse exagerada e batida, fluísse para dentro de sua cabeça, mas nada aconteceu. Sua mente era uma tábula rasa aterrorizante, nada além de ruído branco. Ela apagou tudo, menos o nome.

Porque era só isso que tinha para o livro: um nome. Um nome que amava, que parecia servir com perfeição e que as melhores amigas de Tegan abreviavam para Ti, mas, ainda assim, um nome solitário. Em se tratando de seu segundo livro de romance – aquele mesmo que a agente literária já estava no pé dela pedindo que entregasse, que a casa editorial já tinha comprado e pagado, que a editora esperava ver chegar na caixa de entrada dali a dois meses –, isso significava que Iris não tinha nada.

Portanto, quem estava desesperada era Iris Kelly.

Olhou para a porta da casa, sentindo o medo se revirar no estômago e substituir o pânico criativo. Sabia o que a esperava dentro daquela casa, e não era nada de bom. Talvez a dentista da mãe dela? Não, não, era mais provável que fosse a ginecologista. Ou, talvez, se desse muita sorte, alguma pobre coitada que quisesse estar lá ainda menos do que ela – porque era quase impossível resistir a Maeve Kelly quando ela estava decidida –, e Iris e a coitada supracitada poderiam se compadecer juntas pelo absurdo da situação.

Opa, quem sabe Iris pudesse extrair algum material dali.

Tegan McKee tinha um encontro marcado. Não havia planejado o encontro, nem se lembrava de ter sido convidada.

Iris ficou paralisada com um pé no degrau e abriu o aplicativo Anotações outra vez. Até que não estava tão ruim...

– Filha?

Iris tirou o olhar daquele cursor infernal que não parava de piscar – *Por que você não quer ir a um encontro, Tegan?* – e sorriu para a mãe e o pai, que estavam parados no vão da porta aberta, os braços em volta um do outro. A felicidade conjugal fazia o rosto deles brilhar à luz do verão.

– Oi – disse ela, guardando o celular. – Feliz aniversário, mãe.

– Obrigada, meu bem – respondeu Maeve, os cachos ruivos e raiados de branco balançando em volta do rosto.

Era uma mulher roliça, de braços e quadris macios, com o peito farto que a própria Iris tinha herdado.

– Está mais linda a cada ano, ela – disse o pai de Iris, beijando a esposa na bochecha.

Liam era alto e esbelto, com cabelo ruivo-claro em volta do ponto lustroso de calvície no alto da cabeça.

Maeve deu uma risadinha, e Iris viu os dois começarem a se agarrar e se beijar, o que incluiu um vislumbre da língua de Liam e uma passada decidida, e nem um pouco discreta, da mão dele na bunda de Maeve.

– Aff, vocês dois – resmungou Iris, subindo a escada e desviando o olhar. – Não dá pra esperar pelo menos até eu entrar em casa?

Eles se afastaram um do outro, mas mantiveram o sorriso detestável.

– Fazer o quê, filhota? – retrucou Liam, cujo sotaque irlandês continuava intacto, mesmo depois de passar quarenta anos nos Estados Unidos. – Não consigo ficar longe dessa mulher!

Mais beijos começaram a estalar, mas Iris já havia passado pelos pais e entrado na casa. Sua irmã mais nova, Emma, apareceu com o filho de 4 meses, Christopher, coberto por um lenço de amamentação, o que levou Iris a presumir que o bebê estava grudado a um dos seios da mãe.

– Eita, estão nisso de novo? – perguntou Emma, apontando com o queixo para a porta da frente, onde Maeve e Liam sussurravam palavras doces no ouvido um do outro.

– E quando é que não estão? – respondeu Iris, pendurando a bolsa num cabide da entrada. – Mas pelo menos distrai a mãe e…

– Ah, Iris! – gritou Maeve, puxando o marido para dentro pela mão. – Quero te apresentar uma pessoa.

– Puta merda – resmungou Iris.

Emma sorriu.

– Olha a boca! – censurou Maeve, antes de enganchar o braço no de Iris.

– Não tem alguma fralda aí precisando ser trocada? – perguntou Iris enquanto sua mãe a arrastava em direção à porta dos fundos. – Ou um banheiro bem nojento pra eu limpar? Ah, peraí, acabei de lembrar que estou atrasada pra um papanicolau…

– Para com isso – exigiu Maeve, puxando a filha. – O Zach é muito legal.

– Ah, tá, se ele é legal… – disse Iris, irônica.

– É meu instrutor de spinning.

– Puta merda ao quadrado.

– Iris Erin!

Maeve a empurrou para a varanda dos fundos, e foi assim que ela se viu sentada ao lado de Zach, que, meia hora depois, se dedicava a exaltar as virtudes do CrossFit.

– Não dá pra saber com certeza o que o seu corpo aguenta, o que ele consegue fazer, se você não for até o limite – dizia.

– Humm – era só o que Iris tinha a dizer em resposta.

Ela tomou um gole de Coca Sem Açúcar, amaldiçoando o hábito da mãe de nunca servir vinho antes da refeição, e olhou em volta, procurando salvação.

Liam estava na dele, cuidando da churrasqueira, adepto do *Não tenho nada a ver com isso*, portanto não seria de nenhuma ajuda. Iris amava o pai, mas ele tinha adoração pela esposa e movia céus e terras por ela sempre que possível. Isso significava que Maeve jogava aqueles "encontros" no colo de Iris quase toda vez que a família se reunia e Liam se limitava a sorrir, beijar o rosto de Maeve – ou beijá-la todinha por dez minutos, conforme o caso – e perguntar que comida ela queria que ele fizesse para tal ocasião feliz.

Naquele momento, Emma estava sentada em frente a Iris à mesa de sequoia do quintal, com aquele chanel ruivo apropriado para uma executiva de publicidade e um sorrisinho sarcástico diante da situação. Emma achava as maquinações da mãe hilárias e sabia que Iris nunca, nem em um milhão de anos, se interessaria por alguém que Maeve apresentasse a ela.

Principalmente porque Iris não se interessava por ninguém havia mais de um ano.

– Já experimentou HIIT? – perguntou Zach. – Parece que você vai morrer no meio do treino, mas, nossa, é uma delícia!

Emma riu pelo nariz, depois disfarçou o som dando tapinhas nas costas do recém-nascido.

Iris coçou a bochecha com o dedo médio bem visível.

Enquanto isso, Aiden, o irmão mais velho delas, corria pelo quintal rosnando feito um urso, perseguindo as filhas gêmeas de 7 anos, Ava e Ainsley, à luz dourada do pôr do sol. Iris pensou seriamente em se juntar a eles, porque brincar de pega-pega era um jeito melhor de passar a noite do que ficar ali, no décimo círculo do inferno.

É claro que Iris já esperava isso. Ainda no mês anterior, numa reunião para comemorar a mudança de Aiden de São Francisco para Portland, se viu jantando ao lado de Hilda, a cabeleireira da mãe, uma linda mulher de cabelo lavanda que começou a conversa perguntando se Iris gostava de porquinhos-da-índia. Depois passou a semana seguinte desperdiçando pelo menos 5 mil palavras em seu romance narrando como Tegan andava por aí procurando um encontro fortuito num pet shop. Acabou descartando o trecho inteiro e logo culpou a mãe por aquela inspiração horrorosa.

– Isso aí mata, sabia? – afirmou Zach, indicando o refrigerante dela com um sorriso irônico, exibindo todos os dentes perfeitos.

Era um cara branco, de cabelo loiro e olhos azuis, mas também era meio... *alaranjado*. A resposta sobre bronzeamento artificial e câncer de pele estava na ponta da língua, mas Iris ficou quieta.

– Ah, vê se você consegue convencer ela a beber mais água, Zach – disse Maeve ao passar com uma bandeja de hambúrgueres vegetarianos caseiros a caminho da churrasqueira.

– Eu só bebo água – comentou ele, apoiando os cotovelos nos joelhos e contraindo os bíceps obviamente impressionantes. – Água e, de vez em quando, uma xícara de chá verde.

– Meu Deus do céu – respondeu Iris, tomando mais um gole de refrigerante.

– Quê? – perguntou Zach, aproximando-se mais dela.

A colônia dele, com aroma de pinho e praia, inundou as narinas dela, parecendo mais um tsunami que uma onda suave, e Iris tossiu um pouco.

– Eu falei *queijo com mel* – respondeu ao bater com as mãos na mesa, ficando de pé e ajeitando a blusa cropped verde. – Acho que precisamos de uns petiscos.

– Queijo com mel, queijo com mel! – cantarolaram Ava e Ainsley entre risadas e gritinhos no quintal.

Aiden estava com as duas meninas jogadas por cima dos ombros largos, uma de cada lado. O cabelo comprido e castanho-avermelhado delas quase tocava a grama. Ele as deixou no degrau mais alto da varanda e Iris logo se adiantou, dando as mãos para elas. Agiu tão depressa que se sentiu um urubu descendo com tudo do céu, mas, para falar a verdade, não ligava. Não tinha o menor problema em usar as sobrinhas fofíssimas para sair daquela situação.

– Eu busco, filha – disse a mãe, deixando o prato de hambúrgueres nas mãos do marido e voltando à porta dos fundos.

– Não! – gritou Iris, mas logo armou um sorriso e abrandou a voz. – Deixa comigo, mãe. Descansa um pouco.

E, com isso, puxou Ava e Ainsley para dentro de casa, andando tão depressa que as perninhas compridas das meninas quase se emaranharam nas dela. Deu um jeito de entrar com elas sem acabarem todas estateladas no chão e as fez ir para a cozinha por meio de cócegas muitíssimo bem calculadas.

O aroma de pão assado e açúcar as saudou. Charlie, o marido de Emma, estava amassando batatas numa tigela de cerâmica azul gigante, contraindo os antebraços, enquanto a esposa de Aiden, Addison – maravilhosa em um vestido chemise acinturado e com um avental de babados –, punha tiras de massa sobre o que parecia uma torta de ruibarbo e morango. A cena parecia uma pintura de Norman Rockwell.

Iris acenou para a cunhada e o cunhado, e logo localizou o prato de frios que a mãe já havia deixado na ilha de madeira da cozinha. Enfiou um retângulo de cheddar na boca e espalhou um pouco de brie num biscoito de sementes de gergelim antes de mergulhar tudo num copinho minúsculo de aço inoxidável cheio de mel orgânico.

– Calma – avisou Addison enquanto as meninas também se serviam. – Senão vão ficar sem apetite.

Iris enfiou na boca mais um quadrado delicioso de felicidade com o potencial de deixá-la sem apetite. Addison era gente boa, e ela e Iris sempre se deram bem, mas a cunhada ainda fazia as gêmeas usarem roupas iguais, trançava o cabelo delas no mesmo estilo e tinha um blog de maternidade sobre como conciliar estilo e eficiência em casa. Além disso, tinha uma chihuahua de pelo curto chamada Amora, consolidando a tradição de só ter nomes iniciados por A na família.

Não havia nada de errado nisso, mas Iris, cujo apartamento era uma mistura de móveis que não combinavam entre si e que tinha gavetas lotadas de brinquedos sexuais nas duas mesas de cabeceira, nunca sabia ao certo como manter uma conversa com a cunhada. Ainda mais quando Addison dizia besteiras como "vão ficar sem apetite" para crianças que estavam comendo cubinhos minúsculos de queijo.

Iris fez questão de pôr uma camada de mel duas vezes mais espessa no biscoito seguinte. De modo muito conveniente, isso significava que estava com a boca praticamente colada de tanta comida quando do nada a mãe entrou na cozinha, os olhos brilhantes fixos nela.

– E aí? – perguntou Maeve. – O que achou?

Atrás dela, Aiden e Emma, com o bebê Christopher, também entraram no cômodo.

– É, Iris, o que achou? – repetiu Aiden com um sorriso sarcástico, enfiando um quadrado de queijo apimentado na boca.

Iris olhou feio para ele. Quando crianças, ela e Aiden tinham sido muito próximos. Ele era só dois anos mais velho que ela e trabalhava como designer no Google. Ambos eram criativos e propensos a sonhar, mas, desde que Aiden havia se casado com Addison e se tornado pai, quase nunca conversavam, a não ser em eventos familiares como aquele.

Não que Iris não entendesse isso; afinal, ele vivia ocupado. Tinha a família, crianças para alimentar e transformar em seres humanos responsáveis, a esposa. Ele era *necessário*, enquanto Iris, ultimamente, passava a maior parte do tempo em casa, olhando para o ventilador de teto coberto de poeira e se perguntando por que havia achado que ser *escritora* era a carreira certa para ela depois de fechar a papelaria no verão anterior.

– O que eu achei do quê? – respondeu Iris, fingindo ignorância.

– Eu achei ele fofo – disse Emma, ninando Christopher, que cochilava nos braços dela.

O menino se contorceu um pouco, franzindo os olhos fechados e a boca, que parecia um lindo botãozinho de rosa.

– Não duvido – respondeu Iris.

Emma era... bom, era alguém que tinha tudo sob controle. Sempre tivera. Três anos mais nova que Iris, ela se casou com o homem perfeito aos 24, já era executiva júnior numa grande agência de publicidade em Portland aos 26 e teve um bebê aos 27. Aliás, esse cronograma sempre foi o plano dela, desde os 16 anos, quando pulou do segundo para o último ano do ensino médio e tirou a nota máxima no teste de aptidão escolar.

– Não tem nada de errado em cuidar da saúde – comentou Emma. – Acho que alguém assim seria legal pra você.

– Sei comer sozinha, Em – retrucou Iris.

– Será? O que você jantou ontem à noite? Batata chips? Comida congelada?

Nem é preciso dizer que Emma e Addison eram melhores amigas e codiretoras do Clube das Mulheres Perfeitas que Têm Tudo na Vida. Iris imaginava um grupo de elite que provavelmente se reunia numa cobertura luxuosa com senha para entrar, onde todas as integrantes escovavam o cabelo reluzente umas das outras e se chamavam por apelidos como Mi, Cá e Lu.

– Na verdade – disse Iris, enfiando uma azeitona verde na boca –, eu jantei lágrimas reprimidas de mulheres controladoras que estão precisando transar, muito obrigada. – E olhou para Charlie. – Sem querer ofender.

Ele se limitou a rir, pondo cubos de manteiga dentro das batatas, enquanto Emma franzia os lábios, contrariada. Iris sentiu uma pontada de culpa. Diferente da relação que tinha com Aiden, ela e Emma nunca tiveram intimidade. Quando criança, adorava a ideia de ser a irmã mais velha de alguém, e havia milhares de fotos da preciosa Emma – a caçula, a bênção surpresa, a joia que completou a coroa da família Kelly – aninhada nos braços de Iris. Com o passar dos anos, os papéis mudaram, e a diferença entre irmã mais velha e mais nova perdeu o sentido, porque Emma sempre parecia saber a resposta, o comportamento correto e a decisão certa uma fração de segundo antes de Iris.

Isso *quando* Iris sabia alguma coisa.

– Iris, sério – disse a mãe, pegando Christopher de Emma e dando tapinhas nas costas dele. – Eu e seu pai estamos preocupados com você. Morando sozinha naquele apartamento, sem emprego fixo, sem namorado...

– *Namorade*.

A mãe estremeceu. Maeve e Liam Kelly, sobreviventes da educação católica irlandesa, sempre aceitaram a bissexualidade de Iris de braços e ouvidos abertos, chegando ao ponto de empurrá-la para a cabeleireira de Maeve (a que adorava porquinhos-da-índia), mas às vezes ainda tropeçavam na linguagem heteronormativa, principalmente porque todos os irmãos de Iris eram héteros até dizer chega.

– Desculpa, filha – disse Maeve. – Namorade.

– E eu tenho emprego, sim – continuou Iris.

– Escrever aqueles romances água com açúcar, ou sei lá como chamam, que você nem viveu? – perguntou Maeve.

Iris rangeu os dentes. Ninguém na família havia lido seu primeiro romance. O lançamento tinha sido poucos meses antes, e a família não era bem do tipo que lia romances. A mãe dela chamava o gênero de "fantasia" na época em que Iris se apaixonou por livros, quando era adolescente.

– Romance de verdade dá trabalho – afirmou Maeve, e enfiou a língua na garganta de Liam.

– São livros de romance com final feliz, mãe – respondeu Iris. – Tipo felizes para sempre.

Maeve gesticulou com a mão.

– Ferrados para sempre – comentou Aiden, tirando duas cervejas da geladeira e entregando uma para Charlie.

– O papai falou ferrados! – exclamou Ava.

Aiden estremeceu enquanto Addison o censurava com o olhar.

– Falidos para sempre – disse Charlie, abrindo a cerveja.

– O que é falido? – perguntou Avery.

Aiden gargalhou.

– Fracotes para sempre.

– Aiden... – avisou Addison.

– Vão se foder, tá bom? – disse Iris.

– Iris! – exclamou Addison com o tom de voz de uma professora do ensino fundamental e saiu, levando as filhas para fora da cozinha.

– Seus animais – disse Maeve, cobrindo os minúsculos ouvidos de Christopher. – Iris, só estamos dizendo que é preocupante você ficar tão sozinha.

– Eu tô *bem* – respondeu Iris.

A voz dela tremeu um pouco, traindo as palavras, mas é isso que uma emboscada em família faz com a pessoa. Ela *estava* bem. Sim, tinha precisado fechar a papelaria no ano anterior; ainda criava e vendia planners digitais em sua loja na internet, mas ultimamente quase ninguém comprava papel para imprimi-los. Depois que começou a vender planners digitais, o aspecto físico de seu negócio ficou prejudicado.

Tinha sido uma decisão difícil, mas também emocionante. Depois de passar alguns meses meio à deriva, decidiu tentar escrever um romance. Sempre tinha adorado ler e fazia muito tempo que sonhava em escrever um livro. No fim das contas, até que era uma escritora razoável. Emplacou a história de uma mulher lgbtq+ que estava numa maré de azar, até ter um encontro transformador com uma desconhecida no metrô de Nova York e não parar mais de esbarrar com ela por toda a cidade, nos lugares mais improváveis. Iris recebeu ofertas de várias agências e fechou negócio com Fiona, que era a mistura perfeita de agente implacável e apoiadora, e vendeu *Até nosso próximo encontro* para uma grande editora num contrato que incluía dois livros. É verdade que não ganhou uma fortuna nem nada assim, mas tinha dinheiro suficiente para pagar as contas, e as vendas na internet rendiam um fluxo constante de dinheiro.

Mas é óbvio que a desintegração da papelaria só serviu para fazer Maeve se preocupar ainda mais com o *futuro* da filha. A mãe dela considerava a escrita mais um passatempo do que uma ocupação estável. O fato de fazer mais de um ano que não namorava sério não ajudava em nada. Iris imaginava que Maeve dedicava muitas horas do dia pensando na filha morrendo pobre e sozinha.

Para Iris, a falta absoluta de romance em sua vida era maravilhosa.

Nada de drama.

Nada de mágoas de pessoas que não conseguiam lidar com o fato de ela não querer se casar nem ter filhos.

Nada de mentiras de gente que alegava que Iris era a criatura mais maravilhosa do mundo, gente cuja *esposa* aparecia de repente, aos prantos, contando que a pessoa em questão era *casada e tinha um filho*.

Iris deu um pontapé na lembrança daquela mentirosa, traidora e babaca da Jillian, a última pessoa que tinha deixado entrar em seu coração, treze meses antes. Desde então, contentava-se em escrever sobre romance e simplesmente removeu os namoros da equação, assim como conversas, trocas de número de telefone e qualquer situação que abrisse espaço para um "quero te ver de novo".

Não existia "de novo". Nada de "segundo encontro". Caramba, o que ela vinha fazendo com as pessoas que conhecia em aplicativos e bares nos últimos meses não se qualificaria nem como primeiro encontro.

E era isso mesmo que queria.

Porque, para dizer a verdade, os livros de romance eram *mesmo* fantasia. Nunca admitiria isso na frente da mãe, mas era o que adorava neles: eram uma válvula de escape. Um período de férias da dura realidade de que só 0,1% das pessoas do mundo tinham um verdadeiro "felizes para sempre". Histórias como as da mãe e do pai dela, romances que duravam quarenta anos, encontros fortuitos em que um pegava sem querer a bagagem do outro depois de um voo internacional rumo a Paris – esse lero-lero *não* existia.

Pelo menos, não para Iris Kelly.

Para Tegan McKee, por outro lado...

– Iris! – gritou Maeve, arrancando a filha daquelas reflexões e acordando o pobre Christopher com um susto.

– Credo, desculpa – respondeu Iris.

Pegou o bebê do colo da mãe, beijando a carequinha dele. Ele esticou a mão para ela, puxando uma longa mecha de cabelo. Iris sorriu para ele; que *fofura* de moleque.

– Viu? – disse Maeve, sorrindo para a filha. – Não é maravilhoso segurar um bebê no colo? Agora, imagina se fosse seu...

– Ai, meu Deus do céu, para, mãe – respondeu Iris, devolvendo Christopher para Emma.

– Desculpa, meu bem. Só estou dizendo que alguém que está pronto pra sossegar pode ser bom pra você. O Zach me disse que cansou de relações sem compromisso. – Maeve arregalou os olhos como se tivesse acabado de revelar um segredo de Estado. – E você também!

Iris esfregou a testa. Como sempre, sua mãe bem-intencionada errou o alvo por pouco.

– Estou bem sozinha, mãe.

– Ah, filha. – Maeve a encarou com aqueles olhões de "ai, tadinha". – Ninguém fica bem sozinho. Olha a Claire e a Astrid. Agora elas são felizes, né?

Iris franziu a testa.

– Só porque as duas têm uma companheira com quem são felizes não quer dizer que não fossem felizes antes.

– É isso mesmo que quer dizer – insistiu Maeve.

E é lógico que Emma concordou, fazendo que sim com a cabeça.

– Desde que começou a namorar a Jordan, nunca vi a Astrid sorrir tanto, e faz vinte anos que eu a conheço – continuou Maeve.

– É só o jeito dela – respondeu Iris. – Astrid nasceu com cara de poucos amigos.

– Verdade – comentou Aiden, brandindo um pedaço de cenoura no ar antes de morder metade.

Ele conhecia muito bem a ferocidade de Astrid Parker, já que ela o havia massacrado na equipe de debate do ensino médio, quando ele estava no penúltimo ano e ela no primeiro.

– E a *questão* – continuou Maeve, agarrando a segunda metade de cenoura da mão do filho e jogando-a nele antes de fixar os olhos de Mãe Católica Preocupada em Iris de novo – é que ficar sassaricando por aí, saindo com uma pessoa diferente toda semana e evitando ser adulta, não é saudável. Está na hora de levar a vida a sério.

O silêncio tomou conta da cozinha.

Levar a vida a sério.

Iris tinha crescido ouvindo uma ou outra versão dessa mesma frase: quando foi suspensa no primeiro ano do ensino médio por entrar numa disputa verbal com o diretor-assistente no meio do refeitório lotado a respeito do código de vestimenta arcaico; quando disse aos pais que queria estudar artes visuais na faculdade; quando sonhou em transformar os rabiscos em seus diários e cadernos numa empresa de planners personalizados; durante os três anos de relacionamento com Grant, aguentando perguntas constantes sobre casamento e bebês.

Entenda: Iris gostava de sexo. Gostava muito. Na opinião da família, ela era *promíscua*, o que, mesmo com todo o esforço dos pais para adotar uma mentalidade progressista, ainda fazia a mãe franzir os lábios e o pai ficar com as bochechas tão vermelhas quanto o cabelo dele. Não que Iris dividisse muitos detalhes de sua vida pessoal com a família, mas nunca soube guardar seus sentimentos e opiniões só para si.

– Filha – disse Maeve, percebendo a mágoa de Iris. – Eu só quero que você seja feliz. Todo mundo aqui quer, e…

– Ah, foi aqui que todo mundo se escondeu! – exclamou Zach, passando a cabeça loira pela porta.

Ele enfiou as mãos nos bolsos do jeans, que estava tão apertado que Iris ficou surpresa por caber *um* dedo ali, imagine *cinco*.

– Posso ajudar com alguma coisa? O Liam disse que os hambúrgueres estão quase no ponto.

– Que ótimo! – exclamou Maeve, radiante, batendo palmas e olhando para Iris com muito interesse. – Iris, você e o Zach podem pôr a mesa pra nós?

Outro quesito em que Iris não se saía muito bem era a sutileza. Podia ser resultado de ter passado a infância como a típica filha do meio, podia ser propensão ao drama, podia ser incapacidade de *levar a vida a sério*; mas, se Maeve queria juntar Iris e Zach, então quem era ela para negar à mãe seu maior desejo de aniversário?

– Ah, pode deixar com a gente – disse Iris. – Mas, primeiro, preciso fazer uma pergunta muito importante para o Zach.

Ele levantou uma das sobrancelhas, abrindo um sorriso astuto.

– Ah, é? Qual?

Iris ajeitou o cabelo com uma mão, puxando uma das trancinhas entrelaçadas às mechas ruivo-escuras como fazia quando estava nervosa, hábito que a mãe dela conhecia muito bem.

Maeve inclinou a cabeça, curiosa.

Iris respirou fundo. Então tirou o anel de pedra-da-lua do dedo indicador esquerdo e se ajoelhou, oferecendo-o a Zach com as duas mãos.

– Lá vai – disse Aiden.

– Ai, não… – murmurou Emma, fechando os olhos.

– Zach… seja lá qual for o seu sobrenome que terei o maior prazer em adotar como meu na nossa união… aceita se casar comigo?

– Iris, pelo amor de Deus. – Maeve escondeu a cabeça nas mãos.

– Hã... – respondeu Zach, recuando um passo, depois outro. – Peraí, como é que é?

– Não vá me magoar, Zach querido – disse Iris, arregalando os olhos ao máximo e erguendo o anel à luz.

– Iris, para com isso – pediu Emma.

E Iris ouviu Charlie atrás dela, rindo pelo nariz.

– Eu... bom...

Zach continuou a gaguejar, com o tom laranja da pele aproximando-se cada vez mais do vermelho. Deu mais um passo em direção à sala de estar e tirou o celular do bolso de trás, olhando bem para a tela.

– Ah. Nossa. Sabe de uma coisa?

– Reunião amanhã cedo, é? – perguntou Iris de seu posto no piso de madeira, projetando o lábio inferior para fazer beicinho. – Emergência na família?

– Isso – respondeu Zach, apontando para ela. – Isso mesmo. Eu... tudo foi muito... é.

Ele então deu meia-volta e saiu pela porta da frente tão depressa que uma brisa com cheiro de colônia balançou as samambaias na entrada.

O som da porta se fechando com força ecoou pela cozinha enquanto Iris se levantava e, muito tranquila, enfiava o anel de volta no dedo.

A família a encarou, alguns achando graça, outros sem dúvida irritados, o que era quase a infância dela representada numa única cena. Iris, de cabelo emaranhado e unhas roídas, fazendo as palhaçadas de sempre.

Apesar dessa familiaridade, ela sentiu as bochechas esquentarem um pouco, mas deu de ombros e pegou mais um pedaço de queijo.

– No fim das contas, acho que ele não estava pronto pra sossegar.

A mãe jogou as mãos para o alto e finalmente – meu Deus, *finalmente* – abriu uma garrafa de vinho.

CAPÍTULO DOIS

ADRI E VANESSA ESTAVAM SE PEGANDO.

Não que mais alguém no Café Tinhosa, bem no centro de Portland, fosse notar, já que as duas estavam escondidas atrás de uma edição maltratada de *Muito barulho por nada*, mas Stevie conhecia os sinais. Com seus dedos pálidos, Adri agarrava a capa laranja com certa força, e seu cabelo verde-azulado, só meio visível por cima daquela barricada, balançava um pouco com o movimento da... bom. Enfim.

Detrás da máquina de café expresso, Stevie olhava para o casal feliz com o avental preto em volta da cintura, tirando do rosto uma serpentina com as cores do arco-íris enquanto terminava de beber um flat white. Ela e Adri faziam a mesmíssima coisa até mais ou menos um ano atrás, rindo e se beijando feito adolescentes num café por trás de qualquer roteiro de filme que estivessem estudando na época.

– Ela vem aqui pra falar com você? – perguntou Ren, que estava no balcão, com dois celulares à sua frente, além de um laptop prateado elegante e um copo grande de café gelado.

Stevie deu de ombros.

– Acho que foi o que ela disse.

Stevie não achava, *sabia*. Adri com certeza havia mandado uma mensagem de manhã, perguntando se poderia passar no Tinhosa num dos intervalos de Stevie para conversar com ela. É verdade que isso não era exatamente fora do comum. Ela e Adri ainda eram amigas. *Melhores* amigas. Vanessa era a nova namorada de Adri havia um mês e, por acaso, também uma das melhores amigas de Stevie. Ren, a quarta pessoa daquele círculo lgbtq+ que havia se formado dez anos antes, durante a orientação para caloures na Faculdade Reed, trabalhava remotamente do Tinhosa quase todas as tardes.

Stevie sabia que essa situação não era incomum em comunidades lgbtq+. Em grupos tão unidos, consolidados pelo número diminuto e pelas experiências em comum, era frequente que as pessoas fossem para a cama uma ou duas vezes, ou pelo menos trocassem uns beijos. Mesmo assim, Stevie e Adri namoraram por seis anos, desde o último ano da faculdade até... bom, até seis meses antes... E, embora Stevie tivesse concordado quando Adri sugeriu a separação e tudo tivesse sido de comum acordo e coisa e tal, não estava preparada para vê-la pular na cama com uma das pessoas que a acolheram quando saiu do apartamento que tinha dividido com a ex.

Devia ter escolhido o sofá de Ren.

Mas Ren, tão gente boa, morava num apartamento de luxo no bairro mais caro de Portland, o que significava que o lugar era do tamanho de uma caixa de fósforos. Tinha uma decoração impecável, as melhores roupas de cama e móveis de alto padrão, mas a cama king size ocupava o quarto inteiro (sério, não cabia nem uma mesinha de cabeceira) e uma namoradeira com uma mesinha ao lado compunham o resto do espaço habitável. Era bem a cara de Ren, que ou investia em coisas sofisticadas ou ficava sem elas.

Mas tudo bem, porque Stevie tinha alugado um apartamento só para ela, a apenas um quarteirão do Tinhosa, onde, sim, aos 28 anos, ainda trabalhava entre um teste de elenco e outro e quaisquer papéis que conseguisse pegar.

Que, nos últimos tempos, não eram muitos. Seu trabalho mais recente como atriz tinha sido quase um ano antes, num remake modernizado da peça *A importância de ser prudente*, de Oscar Wilde, em Seattle, onde havia interpretado Gwendolen e recebido boas críticas, resultando em absolutamente nenhum interesse de outros diretores.

Nem é preciso dizer que andava meio estagnada. Ren, que fazia assessoria de imprensa para uma marca de roupas sustentáveis, dizia que Stevie só precisava reposicionar a marca dela. O que quer que isso significasse. Se Stevie tinha uma marca, era um amálgama decepcionante de ansiedade e sonhos infantis dos quais não conseguia abrir mão.

Que inspirador.

– Elas são muito indiscretas – disse Ren, olhando de lado para Adri e Vanessa enquanto apertava a bochecha com uma caneta digital branca, a cabeça inclinada num ângulo elegante.

Em se tratando de Ren, o apartamento não era a única coisa impecável. Elu usava um terno cinza de três peças, gravata de estampa paisley roxa e verde e sapatos roxos com salto de oito centímetros. O cabelo preto, curto nas laterais e comprido em cima, formava um topete alto com ondas que fariam inveja a Johnny Weir. A maquiagem também estava perfeita: sombra roxo-prateada, delineador gatinho e batom lavanda cintilante. Ren era nipo-americane, não binárie, pansexual e a pessoa mais descolada que Stevie conhecia.

Stevie riu, tirando a franja cacheada do rosto. Ela sabia que Ren amava Adri e Vanessa tanto quanto ela, mas, sim, adoraria se elas fizessem aquela sessão de pegação do meio-dia em outro lugar. Tinha a impressão de que a fortaleza shakespeariana fora erguida para o bem dela, para não exibir todo aquele afeto na frente da ex, mas não estava dando muito certo.

– Não tem problema – disse Stevie, ainda que pensasse o contrário.

Ren a encarou com seu olhar firme de "sei…". Stevie gesticulou e depositou na máquina mais grãos lustrosos de café expresso.

– Sério, Ren.

– Tá, beleza, se você diz, *Stefania*.

– Ah, pronto, resolveu usar meu nome completo – reclamou Stevie. – Acho que tô levando bronca.

Ren deu de ombros.

– Vou dizer seu nome do meio também se não aprender a se impor.

Stevie desviou o olhar, sentindo um aperto no estômago. Sabia que a rispidez de Ren não era intencional. Elu entendia – melhor do que ninguém, ultimamente – que sua luta contra o transtorno de ansiedade generalizada era árdua, mas tendia a uma abordagem durona que, às vezes, deixava a amiga ainda mais ansiosa.

Mas nunca diria isso a elu.

– Elas estão namorando, Ren, o que você quer que eu faça?

– Quero que leve alguém lá para o Imperatriz e enfie a língua na garganta da pessoa na frente da Adri – respondeu Ren com tranquilidade, tocando alguma coisa no celular. – É isso que eu quero que você faça, caramba.

A ideia era tão absurda que Stevie só conseguiu rir. O Imperatriz era o teatro de Adri que o grupo todo adorava de coração – pequeno e lgbtq+ da direção até a equipe de iluminação. Stevie havia atuado em quase todas as produções desde que ele fora aberto, mas, cerca de um ano antes, abandonara o teatro comunitário. Adri não gostou, mas entendeu; se Stevie queria ganhar a vida como atriz, precisava ir atrás de papéis maiores, teatros maiores, maior exposição.

E deu no que deu.

– Mas levar quem? – perguntou Stevie.

Não conseguia decidir o que era mais insuportável: pensar em sua carreira agonizante ou em sua vida amorosa inexistente.

– Já ouviu falar em app de relacionamentos? – perguntou Ren com um sorrisinho malicioso.

Stevie estremeceu.

– Ou em bar? – continuou Ren.

Stevie fingiu ter ânsia de vômito.

Ren riu. Tanto elu quanto Stevie sabiam que ela era péssima, quase desastrosa, na hora de falar com pessoas que não conhecia. A ansiedade extrema a deixava literalmente *nauseada*, e nada provocava mais esse sintoma encantador do que tentar seduzir uma bela desconhecida.

– Tá, beleza – disse Ren, pegando seu café gelado –, mas alguma atitude você tem que tomar, senão vai passar o resto da vida vendo ex-namoradas praticamente se comendo no seu local de trabalho.

E apontou o polegar para Adri e Vanessa, que tinham começado a se beijar com tanta vontade que o livro havia caído e as mãos de Adri estavam emaranhadas no cabelo lustroso de Vanessa.

O estômago de Stevie, aquele sacana, pulou para a garganta e não saiu mais de lá. Não é que ela quisesse Adri de volta. Não queria. Haviam perdido o interesse uma pela outra muito antes de terminarem oficialmente, e no fundo – bem no fundo mesmo –, se suas duas melhores amigas queriam ficar juntas, ela ficava feliz por elas.

Mas *caramba*, hein.

Só uma vez adoraria ser aquela que *fazia*, em vez da que *observava*.

– Ai, pelo amor.

Stevie se assustou quando Effie, a dona do Café Tinhosa, apareceu do nada ao lado dela. Estava toda vestida de preto, como sempre, e seu forte sotaque do leste de Londres sempre dava a impressão de que estava irritada.

Só que, dessa vez, ela estava mesmo.

– Oi! – gritou ela para Adri e Vanessa. – Aí, vocês duas, aqui não é a casa da mãe Joana.

Adri e Vanessa se afastaram. Vanessa se atrapalhou ao pegar o livro, que só então percebeu ter caído de seus dedos, e o abriu de novo numa página qualquer. Adri riu e ajeitou o cabelo que chegava à altura do queixo, e aquela covinha que Stevie sempre beijava à noite, antes de dormir, despontou em sua pele clara. Estava de batom vermelho-vivo, como sempre, mas todo espalhado ao redor da boca.

Stevie fez uma mímica, como se limpasse os lábios com as costas da mão, para avisá-la.

– Desculpa, Effie – disse Adri, captando o aviso de Stevie e levando um guardanapo à boca. – Sabe como é.

– Desculpa o cacete – resmungou Effie, voltando a prestar atenção no cordão de luzes pisca-pisca nas cores do arco-íris que estava em suas mãos.

A decoração normal do Café Tinhosa era escura e aconchegante, com prateleiras de garrafas e jarros coloridos, muitos vasos de plantas espalhados pelo ambiente e cartazes vintage retratando receitas de remédios caseiros com artemísia, sálvia e matricária. Mas, com o início oficial do Mês do Orgulho, Effie encarnou a bruxa lgbtq+, enchendo o lugar de bandeiras e luzes de arco-íris. Também passou a oferecer bebidas sazonais como o Café Gelado Pistache Pan de que Ren desfrutava no momento.

– Desembola isso aqui, tá? – disse Effie, largando as luzes nos braços de Stevie. – E dá um jeito nas suas amigas. Eu atendo no balcão.

– Pode deixar – respondeu Stevie enquanto Ren a encarava, estreitando os olhos.

Stevie retribuiu com um olhar atordoado e saiu de trás do balcão. Effie era sua chefe, o que Ren esperava que ela fizesse? Que se recusasse a obedecer mandando um belo "vai se foder"? Era fácil falar. Elu já tinha o emprego dos sonhos, com salário anual de seis dígitos e cobertura dos seus gastos com roupas.

– Oi – disse Adri quando Stevie se aproximou.

– Pode conversar agora? – perguntou Stevie.

– Posso, lógico.

Porém só havia duas cadeiras naquela mesa, e Vanessa estava sentada numa delas.

O silêncio reinou por uma fração de segundo; um silêncio constrangedor que dizia "se vira aí, Stevie".

Ela ajeitou a camiseta preta, de repente sentindo-se simplória e malvestida. Vanessa Rivero-Domínguez era simplesmente a criatura mais linda que Stevie – e a maioria das outras pessoas – já tinha visto. Tinha cabelo preto e incrivelmente lustroso, maçãs do rosto salientes, uma boca que parecia ter sido criada para fazer beicinho, olhos de princesa da Disney e um corpo voluptuoso que sabia como vestir. Uma vez, Stevie viu um homem branco de meia-idade dar com a cara em um poste na rua porque não parava de olhar para ela.

Nem é preciso dizer que o fato de a primeira namorada de Adri depois dela ser a grande amiga em forma de deusa não fazia muito bem à autoestima de Stevie, cujo guarda-roupa consistia principalmente em camisetas de brechó tamanho PP estampadas com palavras como *Gentileza gera gentileza*.

Ela pigarreou.

– Ih, desculpa – disse Vanessa.

Ela se levantou, recolhendo uma pilha de documentos que parecia estar avaliando antes de beijar a boca da namorada. Dava aula de Literatura Latino-Americana na Reed, portanto era mais uma adulta realizada no quarteto, e ainda por cima um gênio literário.

– Preciso mesmo voltar para o campus.

– Tchau, amor – disse Adri, erguendo o queixo para ganhar mais um beijo.

Vanessa correspondeu com entusiasmo, enquanto Stevie tentava não notar o piercing na língua de Adri aparecendo por um instante. Tentava *mesmo*.

– Depois me conta como foi – sussurrou Vanessa.

– Conto – murmurou Adri de volta.

– Pega leve com ela – disse Vanessa para Stevie enquanto pendurava a bolsa mensageiro no ombro. O cabelo comprido e ondulado ficou preso na alça, e a impressão foi de que todo mundo no café parou para ver, de queixo caído, Vanessa soltar as madeixas lustrosas dali. – Ela tá desesperada.

– Quê? – Stevie franziu a testa, olhando de uma amiga para a outra.

– Van – disse Adri. – Eu ia tentar amaciar ela primeiro oferecendo um bolinho ou alguma coisa assim.

– Stevie pode pegar bolinho de graça – respondeu Vanessa, inclinando-se para dar um beijo na bochecha de Stevie. – Bom te ver. Como eu disse, pega leve com ela.

E, com essa declaração, Vanessa apertou o ombro de Ren num gesto de despedida e, em seguida, praticamente desfilou até a porta rumo àquela tarde nublada de junho, com a clientela do Tinhosa seguindo-a com o olhar.

Stevie olhou para Adri, que sorriu.

– E aí? – disse Stevie.

Adri indicou a cadeira vazia.

– Senta, por favor.

– Só se você me ajudar a desembolar esse pisca-pisca. Se não, eu mando a Effie pra cima de você.

– Nossa, tudo menos isso – respondeu Adri.

Ela levou a caneca de café aos lábios; àquela altura, a bebida devia estar fria, mas ela nunca se incomodou com isso.

Stevie arrastou a cadeira para o outro lado da mesa – não sentaria colada à ex de jeito nenhum, fosse ou não uma grande amiga – e deixou o pisca-pisca na mesa. Adri se debruçou e pegou um nó de fios, separando-os com os dedos compridos.

– Como estão as coisas? – perguntou, de olho na tarefa. – Fez algum teste esses dias?

Stevie detestava essa pergunta. A resposta era sempre sim. Ela se dedicava de forma incansável aos testes, indo até Seattle, a três horas de Portland. Dois meses antes, tinha ido até mesmo a Vancouver, no Canadá, a quase seis horas dali. A verdadeira pergunta não era se havia feito testes, mas se estava conseguindo papéis.

E a resposta era um categórico e deprimente *não*. É verdade que não tinha jogado a rede tão longe assim. Sabia que precisava expandir seu raio de ação – talvez até sair da região, ir para Los Angeles, Nova York, Chicago... mas a ideia de fazer essas viagens sozinha, e ainda ter que se mudar, dava a sensação de que seu estômago poderia largar tudo e residir para sempre fora do corpo.

– Aqui e ali – disse ela, sem deixar de olhar para as lâmpadas coloridas. Uma resposta bastante satisfatória, ainda que vaga.

– Então você não tá com um papel fixo no momento? – perguntou Adri.

Meu Deus. Adri sempre gostou de dizer tudo às claras. Stevie nunca soube fazer isso.

– Hã, bom, não, neste momento, não. Estou...

– Ah, graças a Deus – respondeu Adri, soltando o ar e meio que desabando na mesa por um instante; depois se ergueu, com a postura totalmente ereta. – Desculpa. A Van tem razão. Estou meio desesperada.

O pavor tomou conta de Stevie. Testes. Papéis. Ela sabia aonde aquilo ia dar.

– Adri... – começou a dizer.

Mas a amiga se inclinou para a frente e agarrou as mãos dela.

– Por favor! Preciso de você.

– Eu já disse que larguei o teatro comunitário.

– Eu sei, eu sei, e entendo, Stevie. Entendo mesmo, mas o Imperatriz... está num perrengue horrível.

Stevie hesitou.

– Quê?

Adri fechou os olhos com força.

– *Eu* tô num perrengue horrível. O preço do aluguel disparou, mal consigo pagar minha equipe e, com a inflação, as pessoas não estão saindo muito pra ver peças. Ainda tem o fato de que nossa abordagem é meio "nichada". O Imperatriz tá na pior.

Adri Euler era a única mulher proprietária de um teatro na cidade, sem falar que era a única proprietária de teatro lésbica. Nos últimos anos, tinha trabalhado muito para erguer o Imperatriz, uma pequena casa de eventos perto do centro da cidade, e conseguira contratar alguns atores profissionais, deixando alguns papéis para a comunidade amadora em todas as produções. O Imperatriz se especializou em interpretações queer de clássicos, que contavam com não conformidade de gênero, troca e inversão de papéis, além de personagens trans, lésbicas, gays, bissexuais, pansexuais, assexuais e arromânticos entremeados a tramas cis-héteros conhecidas.

O Imperatriz era uma verdadeira instituição lgbtq+ em Portland. Um espaço seguro, uma comunidade. O lar de muitas pessoas.

– Eu não sabia – disse Stevie.

– É porque eu só contei pra Vanessa – respondeu Adri.

Stevie assentiu, mas não pôde evitar a sensação de perda. Não era mais a confidente de Adri. E, embora Vanessa e Adri sempre tivessem sido íntimas, ainda doía ouvir que Stevie se tornara uma forasteira no território das emoções de Adri.

– Entendi.

– Mas decidi transformar a próxima produção num evento beneficente. Vamos montar *Muito barulho por nada*.

Stevie inclinou a cabeça, sorrindo. Adri sorriu também e, por um segundo, os últimos seis meses desapareceram. Até os últimos seis anos. Em vez disso, voltaram a ser as melhores amigas que ainda não tinham vivido um romance, naquele apartamento fuleiro cheio de formigas que o quarteto dividiu no último ano da faculdade. Stevie e Adri estavam esparramadas no sofá xadrez que tinham encontrado na rua e encharcado de aromatizador de ambientes, lendo *Muito barulho* para "reimaginar" a célebre peça para seu TCC.

"Ficaria muito melhor se todos os personagens fossem lgbtq+", comentara Stevie, lendo mais uma das diatribes de Beatriz a Benedito. "Tira a masculinidade tóxica, acrescenta um pouco do bom e velho desejo queer e…"

Adri pousara a mão na perna de Stevie. As duas se encararam, arregalando os olhos, e pronto. Adri a beijara – beijara *de verdade*, pela primeira vez – e passaram o fim de semana coladas, implicando com cada fala da peça, imaginando cada cena e anotando expressões faciais para transformar a peça num texto engraçado e familiar, mas completamente novo.

Anos depois, nasceu o Imperatriz.

– Todo mundo adora *Muito barulho* – disse Stevie no Café Tinhosa.

– Pois é – respondeu Adri com ternura, pegando nos dedos de Stevie. – E vamos dar nosso melhor: um jantar de encerramento depois da última apresentação, um leilão silencioso, tudo que você imaginar. Só que… pra isso, preciso de umas bundas sentadas na plateia. E que as pessoas comprem ingressos só pra conseguir montar a peça.

Stevie afastou as mãos. Não conseguia pensar direito enquanto alguém a tocava. Nunca tinha conseguido.

– E daí? – perguntou, voltando a trabalhar num nó de fios especialmente teimoso.

– E daí que preciso que você interprete Benedito.

Stevie fechou os olhos. Ela adorava Benedito. Era um babaca, lógico, mas interpretá-lo como pessoa lgbtq+ ao lado de uma Beatriz igualmente lgbtq+… bom, sem dúvida seria um espetáculo.

– Você vai atrair patrocínio – continuou Adri. – A comunidade te adora e, tá, você pode até negar, mas Stevie Scott é um nome conhecido na cidade.

Stevie bufou. Se seu nome fosse conhecido no universo teatral de Portland, ela não estaria naquele café de nome potencialmente ofensivo, desembolsando um pisca-pisca de arco-íris para uma bruxa praticante e ranzinza de Liverpool.

– É, sim – insistiu Adri, firme. – Você é uma atriz maravilhosa, fez dezenas de peças na cidade toda, noventa por cento delas elogiadas pela crítica. Com você no elenco, a gente pode atrair a multidão de que precisa.

Stevie não olhou para ela. Não conseguia. Sabia que, se olhasse, cederia e diria que sim, e, caramba, a quem ela queria enganar? Ia dizer sim de qualquer jeito. Sempre achara difícil dizer não para Adri; aliás, para qualquer pessoa. Conseguia dar conta das coisinhas da rotina – "Você quer refrigerante?", "Já viu esse filme?", "Gosta de pizza com cebola?" –, mas as coisas importantes, que provocavam expressões de decepção e bocas encurvadas para baixo… é, nessa parte se saía muito mal. A ansiedade crescia, e ela passava a semana seguinte convencida de que sua turma a odiava, que morreria sozinha e triste e que não tinha valor nenhum para ninguém. Então, quando a pessoa em questão finalmente conseguia falar com ela para lhe dizer que *não*, é claro que não a odiava, por que é que ela achava isso?, a ansiedade crescia outra vez, convencendo-a de que não conseguia nem entender as pessoas e não podia confiar na própria mente para interpretar nenhuma situação social.

Era mais simples dizer sim.

Portanto, foi o que ela fez.

– Ai, meu Deus, obrigada – disse Adri assim que o "tá bom" saiu da boca de Stevie.

Ela pulou da cadeira, quase derrubando a caneca, e avançou por cima da mesa para envolver Stevie num abraço. E Stevie meio que se derreteu.

Adri ainda tinha o mesmo cheiro – a loção à base de água que ela usava, a canela da pasta de dentes –, e a maciez da bochecha dela encostada à de Stevie foi quase insuportável. Ela quase *aninhou* o rosto junto ao da ex, pelo amor de Deus, e não foi por ainda estar apaixonada.

É que fazia muito tempo que ninguém tocava nela. Ren não era muito de abraçar. Seu jeito de confortar alguém vinha na forma de um tapinha nas costas e o conselho de sacudir a poeira e dar a volta por cima. E, embora Stevie tivesse dito a Adri e Vanessa que aceitava cem por cento a abençoada união das duas – e aceitava *mesmo*, cacete –, não tocava em nenhuma delas desde que começaram a namorar. Ela não tocara em *ninguém* e, naquele momento, com a respiração e o aroma de canela de Adri em seu ouvido, sua pele meio que... despertou.

Ela virou a cabeça, só um pouco, pronta para ceder à vontade de abraçá-la com mais força. Só precisava...

– Oi, eita, o que tá acontecendo aqui?

Ao som da voz de Ren, Adri recuou, rindo sem jeito enquanto ainda segurava a mão de Stevie, que voltou a enxergar o café à sua volta e estremeceu quando Ren fez cara feia para ela.

– A Stevie topou ser meu Benedito – disse Adri, indiferente aos olhos dardejantes de Ren.

– Topou, é? – respondeu Ren com a voz transbordando sarcasmo.

O olhar de censura se sustentou.

Adri, porém, continuou sem perceber. Juntou as coisas dela e largou uma cópia de *Muito barulho por nada* diante de Stevie.

– Preciso ir. – Ela ficou de pé e pendurou a bolsa no ombro. – Stevie, os testes para os outros papéis começam na semana que vem. A gente se reúne de novo depois pra falar da logística?

– Aham – respondeu Stevie, ainda meio atordoada. – Tá bom.

– Eu te mando mensagem – disse Adri, e com isso foi até a porta.

Assim que saiu, ela balançou a cabeça e disse alguma coisa para alguém à esquerda. De repente, chegou Vanessa, lançando-se nos braços de Adri. As duas se beijaram e saíram de braços dados pela rua, Adri gesticulando freneticamente como fazia quando estava empolgada.

Pelo jeito, Vanessa não precisava voltar para o campus.

– Cacete, você acaba de ser tapeada – disse Ren, sentando-se na cadeira onde antes estava Adri e levando uma bebida aos lábios.

Stevie se virou para olhar para elu.

– Você ouviu tudo, foi?

– Ah, se ouvi. Tenho ouvidos de morcego – respondeu Ren, indicando as próprias orelhas cravejadas de pequenos brincos e argolas.

Stevie suspirou.

– Não tenho nada melhor pra fazer mesmo.

– É, vai dizendo isso até acreditar.

– É uma peça – argumentou Stevie. – Dá visibilidade.

– A mesma cidade, o mesmo palco. Quanto tempo faz? Dez anos?

Stevie balançou a cabeça. Ela e Ren tiveram essa conversa muitas vezes: elu queria que ela expandisse o território, mudando-se para uma cidade com mais teatros. Ela morria de medo de fazer isso. *Et cetera, et cetera.*

– Tá – disse Ren, gesticulando com a mão de unhas curtas com o esmalte preto de sempre. – Beleza. Você vai participar da peça. Salvar o Imperatriz. Que bom. Ninguém aqui quer que o teatro feche. O que me preocupa mais é... o que foi aquilo, hein? Um abraço? Um chamego?

Stevie gemeu e deixou cair a cabeça nas mãos.

– Eu sei. Maior vacilo. – Ergueu o rosto de repente. – Será que a Adri percebeu? Acha que deu pra notar?

Ren estremeceu.

– Bom... Só sei que ela não fez cara de quem estava a fim de chamegar também.

– Saco – resmungou Stevie. – Que merda, que merda!

– Tá tudo bem. Ela estava distraída demais te fazendo pegar mais um papel que não leva a nada pra se preocupar com isso.

– Não foi isso que ela fez.

– Sei que não é de propósito, mas foi o que ela fez, sim.

Stevie esfregou a testa.

– É que eu tô meio solitária. Contato físico faz falta.

– Ou seja, você tá com tesão reprimido.

Stevie ficou corada.

– Pode chamar do que quiser, mas foi só isso. Não fico com ninguém desde que eu e a Adri...

– Peraí. – Ren ergueu a mão. – Ninguém mesmo?

– Você sabe que não, Ren.

– Ah, sim, sei que você não tá ficando com ninguém, mas não sabia que não tinha nem um contatinho num aplicativo de namoro ou coisa assim.

Steve encarou Ren.

– Sério? Você sabe com quem está falando, né?

Ren sorriu.

– Tá, contatinho pode ser alguém com quem almoçar e dar uma volta no parque, depois ficar de cafuné no sofá vendo *Enquanto você dormia*, talvez encerrando com uns beijinhos de língua. Sabe, um contatinho *à la* Stevie.

Stevie largou a cabeça de novo nas mãos.

– Meu Deus, eu sou patética.

Ren riu e pegou nas mãos da amiga.

– Não é, não. Você nada mais é do que um zero à esquerda em casinhos de uma noite só. Podia ser pior.

Stevie assentiu. Ren tinha razão: ela era *mesmo* um zero à esquerda naquilo, mas queria ser diferente, mesmo que só uma vez, para provar que conseguia. Que não era a amiga deixada para trás cafungando o pescoço da ex ao mínimo sinal de afeto físico. Que conseguia encontrar uma pessoa desconhecida de quem gostasse, falar com ela sem passar vergonha, beijá-la, transar e dar tchau. Stevie gostava de sexo. Gostava *muito*. O problema nunca foi esse. O que nunca conseguiu fazer foi chegar àquele ponto com alguém que ela mal conhecia.

Mas queria.

– Tá, então me ajuda.

Ren ergueu uma das sobrancelhas delineadas com perfeição.

– Te ajudar a fazer o quê?

– Ficar com alguém só por uma noite.

Ren arregalou os olhos.

– Não sou bem especialista.

Era verdade. Sem dúvida, Ren tinha vários contatinhos, mas preferia namoro sério a noitadas febris.

– É, mas você sabe falar com gente desconhecida – respondeu Stevie. – Sabe seduzir as pessoas e agir como alguém que sabe como funciona o sexo.

Ren deu risada.

– Tá, então, quando duas pessoas se gostam, às vezes elas tiram a roupa e...

Stevie jogou uma embalagem vazia de canudo em Ren.

– Você entendeu! Vai, até minha terapeuta acha que eu preciso fazer isso – disse ela.

– A Keisha falou pra você pegar um contatinho qualquer?

– Não com essas palavras. Ela disse pra eu chamar alguém do meu círculo pra ir comigo num bar e convidar alguém lá pra sair. Sabe, pra ficar mais à vontade no ambiente.

Ao ouvir isso, Ren ergueu as sobrancelhas.

– Há quanto tempo ela emitiu essa receita?

Stevie estremeceu.

– Uns quatro meses…

– Nossa. – Ren suspirou, estreitando os olhos para a amiga. – Tá bom, vou te ajudar. Mas vamos fazer isso hoje à noite, antes que você perca a coragem. Se te conheço, você vai dormir e acabar desistindo de manhã.

Stevie concordou, sentindo o nervosismo borbulhar na barriga.

– Tá. Beleza. Hoje à noite.

Ren levantou o copo num brinde para selar o acordo. Stevie bateu a xícara de café de Adri em seu copo, mas não bebeu. De jeito nenhum ia completar o brinde à sua noitada com o resto de café frio da ex.

CAPÍTULO TRÊS

QUANDO IRIS ESCAPOU DO JANTAR de aniversário infernal já eram quase dez da noite. Parecia não acabar mais, e a mãe dela insistiu que todo mundo jogasse pelo menos uma partida de palavras cruzadas antes de ir embora, e uma partida se transformou em três, porque Aiden não conseguia aceitar o fato de Emma nunca perder um jogo de palavras e não parava de pedir revanche.

Iris suportou tudo, principalmente depois que seu "teatrinho", como Emma dizia, fez com que a mãe delas bebesse não uma, mas duas taças de pinot noir no jantar. Iris nunca tinha visto a mãe tomar mais do que um ou dois golinhos de álcool por refeição, e os soluços que isso provocou foram tão cômicos quanto preocupantes.

Mesmo assim, quando Maeve citou o casamento iminente de Grant assim que a última letra de Emma completou bônus de três palavras, colocando um fim misericordioso à terceira partida, Iris perdeu a paciência.

– É, mãe, eu recebi o convite – disse ela, tirando as letrinhas de madeira da mesa da sala de jantar e jogando-as na bolsa de veludo enquanto a irmã e o irmão recolhiam as crianças adormecidas na sala de estar.

Ela sempre soube que Grant, seu ex, acabaria se casando. Ele sonhava com uma família grande e queria envelhecer numa varanda, descascando ervilhas ao entardecer, rodeado de netos. Por isso não ficou muito surpresa ao receber o convite em papel grosso cor de marfim pelo correio, algumas semanas antes.

– O nome dela é Elora – disse Maeve, erguendo o dorminhoco Christopher nos braços para que Emma e Charlie pudessem recolher o emaranhado de tranqueiras necessárias para manter um bebê vivo por uma noite. – Que raio de nome é esse?

– É bonito – disse Iris bruscamente, guardando tudo na caixa do Palavras cruzadas e tampando-a com força.

– Achei esquisito. Não é bonito como *Iris*.

– *Mãe*. – Iris apertou as têmporas com os dedos. – Por favor, para.

– Só estou dizendo que vocês dois eram um casal lindo.

Iris contraiu os lábios. Nos últimos tempos, visitar os pais era cada vez mais parecido com ir ao dentista fazer tratamento de canal: sentia-se exposta e julgada por suas decisões, e saía com um desejo voraz de se automedicar.

– Estão falando do Grant? – perguntou Aiden, com Ava desmaiada e apoiada no quadril, provavelmente babando no ombro. – Nossa, que saudade dele.

– Todo mundo sente saudade dele – respondeu Maeve. – Quando ele e a Iris se separaram, foi como se eu tivesse perdido um filho.

– Valeu, mãe – disse Aiden, revirando os olhos.

Ela deu um tapa no braço dele.

– Ah, você entendeu. Aquele lá era um partidão.

Iris guardou o jogo no aparador, ao lado de vários outros jogos de tabuleiro, e tentou não gritar.

– Queria saber como é a noiva dele – comentou Aiden. – Aposto que é muito gata.

– Quem é gata? – perguntou Addison, aparecendo na porta de mãos dadas com Ainsley, que estava quase dormindo em pé.

– Hã... – gaguejou Aiden.

A mãe deles sorriu.

– A noiva do Grant – respondeu Iris, sorrindo para o olhar traído do irmão.

Mas Addison mal se dignou a reagir.

– Ah, ela é, sim! Quando recebemos o convite de casamento, eu olhei o Instagram todinho dela.

– Sério? – perguntou Maeve. – Como ela é?

– Vou te mostrar. – Addison tirou o celular de seu casaco de caxemira rosa. – Ela é linda. E o Grant parece *tão* feliz.

A família se reuniu em volta de Addison, e logo Emma e Charlie se juntaram a eles, todo mundo fazendo *oooun* e *nhoooim* ao ver a nova vida perfeita de Grant em Portland com sua nova e igualmente perfeita mulher dos sonhos.

Iris ficou sozinha e desejou que um asteroide colidisse com a Terra.

– Meu Deus, esses dois vão ter uns bebês tão lindos – disse a mãe, apertando as mãos junto ao peito enquanto olhava para a tela.

E *essa* foi a gota d'água.

O pai tinha ido para o escritório havia algum tempo em busca de um pouco de paz e sossego e, para falar a verdade, os outros podiam ir se ferrar. Sem dizer uma palavra a ninguém, Iris pegou o casaco e a bolsa na entrada e saiu pela porta da frente. Não quis saber de andar devagar; foi direto para o Subaru estacionado perto do meio-fio, ligou o motor e saiu pela rua tão depressa que teve certeza de que deixou marcas de pneu no asfalto.

Àquela hora da noite, os únicos dois semáforos de Bright Falls estavam piscando em amarelo, e ela só parou ao estacionar na frente de seu prédio no centro da cidade. Desligou o motor, mas, em vez de sair, deixou a cabeça cair para trás e a apoiou no encosto do banco. Olhou para a janela de seu apartamento no segundo andar; não tinha deixado nenhuma luz acesa. Sempre se esquecia de fazer isso quando saía à noite, mas, naquele momento, por alguma razão, a ideia de entrar no apartamento escuro, sozinha... tudo parecia meio demais para ela suportar.

Ela tirou o celular da bolsa e mandou uma mensagem no grupo das amigas.

Iris: Vocês não vão acreditar no que minha mãe aprontou hoje

Esperou alguém responder. No momento, o nome do grupo era *Queer teclar?*, mas mudava com frequência, em geral porque Iris estava entediada ou sozinha em casa, enquanto as outras se deleitavam na felicidade doméstica e ela disputava a atenção delas – Iris era capaz de admitir isso.

Olhou para a tela.

Nada.

Tentou de novo.

Iris: Na verdade, vocês iam acreditar, sim

Iris: Talvez eu esteja noiva de um ícone fitness. Não ficou claro

Acrescentou um emoji de bicicleta, seguido de um anel de diamante, ainda sem resposta.

Houve um tempo em que o grupo tinha um fluxo constante de mensagens, mal passando uma hora em silêncio. Iris sabia que era de se esperar que as mensagens demorassem um pouco mais ultimamente; afinal, todas moravam com a namorada.

Todas, menos Iris.

Sentiu um nó na garganta, deu um tapa mental na própria cara e colocou os polegares para trabalhar de novo.

Iris: TÁ BOM, AMADAS, ALERTA VERMELHO!

Enfim, uma resposta. Iris ignorou o modo como seu coração literalmente palpitou de alívio.

Astrid: Para de gritar

Iris: Eu com certeza não estou gritando. Estou negociando

Delilah: Tá gritando, sim

Iris: Astrid e Delilah concordaram. Caso sério, hein

Delilah: 🖕

Claire: A pessoa é bonita, pelo menos? A que sua mãe arrumou?

Iris: Ele é laranja. E detesta Coca Sem Açúcar

Jordan: Isso aí mata

Iris: Peraí, Jordan... por acaso VOCÊ é um instrutor de spinning chamado Zach?

Astrid: Socorro, tomara que não

Jordan: Tenho uma confissão a fazer...

Iris sorriu e começou a digitar a próxima resposta incisiva quando uma notificação de e-mail de Fiona apareceu na tela.
– Ai, droga.
Estremeceu ao tocar no aplicativo de e-mail. Não devia nem ler. Embora sua agente trabalhasse dia e noite, Iris sabia que era perfeitamente aceitável deixar o próprio trabalho para a manhã seguinte, mas adorava um castigo.
Oi, Iris, dizia o e-mail de Fiona, **eu queria saber em que pé está o romance. Ainda estamos trabalhando naquela ideia de uma ornitóloga numa ilha do Caribe?**
Ai, meu Deus, não, com certeza *não* estavam mais trabalhando nessa ideia. Apesar de uma cientista bissexual gata que estudava aves ter seu apelo, Iris tinha um total de zero informações sobre aves e, para falar a verdade, não dava a mínima para os hábitos de acasalamento dos papagaios.
Se precisar, estou aqui para debater ideias com você, mas deixo um lembrete amigável de que entregar esse livro a tempo é a melhor forma de deixar a sua marca. Queremos lançar o segundo livro no mais tardar um ano depois da sua estreia.
Iris encarou a tela. Já tinha ouvido tudo aquilo. O mundo dos romances andava depressa, os fãs pediam mais e mais e, apesar de Fiona ter garantido que podiam pedir para Elizabeth, a editora, estender o prazo, convinha mesmo à carreira de Iris lançar novos livros logo.
Simon, irmão gêmeo de Jordan e escritor, tinha ficado absolutamente chocado com o prazo. Gente como ele levava anos para publicar um único livro de duzentas páginas que em seguida ganhava o Booker Prize e ficava entre os pré-finalistas do National Book Award.
Se estiver com dificuldade, continuava o e-mail de Fiona, **vou te dizer o que digo a todos os meus agenciados que estão com bloqueio: dê um tempo. Faça alguma coisa criativa que não tenha nada a ver com a escrita.**

Vá a uma aula de cerâmica ou aprenda a fazer sushi. Qualquer coisa que não te ponha sob mais pressão e dê à sua mente espaço para criar uma história brilhante!

Iris olhou para aquele ponto de exclamação cheio de esperança; a ideia de Fiona não era de todo ruim. Ela poderia pensar em certas atividades criativas sem pressão de que gostaria de participar no momento, embora nenhuma delas envolvesse fazer um curso. Depois da emboscada daquela noite, seguida pela crítica ao modo de vida de Iris – o que parecia ser uma nova tradição familiar –, ela adoraria uma distração.

Uma distração em forma humana e sem nenhum compromisso.

Iris: Alguém tá a fim de improvisar um rolê?

Astrid: São dez e meia

Iris: Então a Astrid não vai

Jordan: Eu vou aonde a minha mulher for

Iris: Que vida emocionante a de vocês

Claire: Amanhã cedo tenho que abrir a livraria, minha gerente está de férias

Iris: Isso quer dizer que você também tá fora, D.?

Delilah: Olha, estou MUITO contente com minha situação no momento, já que a Claire está... deixa pra lá

Claire: AMOR

Delilah: 😊

Iris: Não, por favor, continua. Vai alimentar meu romance que morreu na praia

Delilah: Juro por Deus que, se minha história de amor obviamente extraordinária acabar num dos seus livros, Iris, vou ligar todas as suas sardas com caneta permanente quando você estiver dormindo. Estou com a chave do seu apartamento e não tenho medo de usá-la

Iris: "Delilah Green não estava nem aí pra ninguém e sempre esquecia o nome das mulheres com quem dormia. Até conhecer Claire Sutherland." Gostei. Instigante

Astrid: Ri alto aqui!

Delilah: Astrid, usa um emoji. Iris, vou comprar um pacote novo de canetas permanentes

Claire: Amor, ela nunca faria isso

Iris riu. Era verdade, não faria, mas achava extremamente injusto que Astrid e Claire, suas melhores amigas havia vinte anos, estivessem vivendo amores de contos de fadas. Ficava feliz por elas, é claro, mas, caramba, que comédias românticas maravilhosas a vida delas daria.

Iris: Tá bom. Vão dormir, suas românticas da terceira idade

Fechou o grupo e tocou no nome de Simon, renunciando às mensagens de texto.
– Tá morrendo? – A voz dele estava lânguida, como se estivesse dormindo ou meio bêbado.
– Estou vivinha da silva – respondeu Iris. – Lamento te decepcionar.
– Perdida numa ilha deserta?
– Não.
– Sob a mira de uma arma?
– Chutei o saco do cara e fugi.
– Então, a que devo o horror do seu telefonema?
– Nossa, você sabe como fazer uma mulher se sentir especial.
Simon grunhiu.

– Desculpa. O que foi?

– Você tá na cidade? – perguntou ela.

– Tô – respondeu ele, desconfiado. – Por quê? Ou é melhor não saber?

Iris sorriu.

– Preciso de um ajudante. Tá a fim? Por favor, diz que sim, senão vou pro apartamento de Emery com uma mala, um travesseiro e um monte de tranqueiras gostosas, e você sabe como Emery gosta de manter o apartamento limpinho e arrumado.

Ele riu.

– Então acho que hoje vou ser seu ajudante.

– Ótima resposta, queridão – disse Iris, dando a partida no carro e conectando o celular para ouvir o telefonema pelos alto-falantes.

– Você tá bem? – perguntou Simon.

De repente, Iris sentiu um nó na garganta. Simon tinha aquele jeito de ser, uma forma carinhosa de falar que parecia atravessar todas as piadas de Iris e fazê-la questionar tudo; *será* que ela estava bem?

– Tô. Tô ótima.

– Aham.

Ela suspirou.

– Só umas chatices de família. Preciso aliviar a tensão.

– E isso quer dizer que...

– É, Simon, eu quero transar com alguém. Tá feliz agora?

Ele riu.

– Bom, eu já transei hoje, então, sabe como é, cada um na sua.

– Isso, conta vantagem mesmo.

Ela encerrou a chamada pensando que estava a apenas meia hora de se perder numa multidão de pessoas numa casa noturna. Poderia deixar a música embalar seus movimentos numa pista de dança, com as luzes baixas fazendo tudo e todos parecerem lindos e feitos de sonho. De preferência, conheceria alguém que a ajudaria a esquecer o livro, a família e a solidão insidiosa que às vezes sentia quando todas as amigas estavam acompanhadas no aconchego da noite.

Apertou o volante enquanto seguia pela Main Street em direção às estradas estaduais que a levariam à I-205. E, quando disse para Simon que estava bem, melhor do que nunca, nem pareceu mentira.

CAPÍTULO QUATRO

HAVIA UMA RAZÃO PELA QUAL Stevie não ia muito a bares, principalmente aqueles como o Lush. A casa tinha pouca iluminação, luzes de neon piscando pela sala em padrões nauseantes, música alta o suficiente para estourar os tímpanos e um amontoado de corpos que a fazia sentir vontade de tomar banho.

Naquele mesmo instante.

– Foi uma péssima ideia – disse enquanto Ren segurava a mão dela feito uma garra e a arrastava até o balcão.

– Nada a ver – respondeu Ren. – Você só precisa beber alguma coisa.

Stevie se sentou numa banqueta. A superfície de couro sintético estava pegajosa, então começou a vasculhar a bolsa em busca de um álcool em gel.

– Meu Deus, o que é que você tá fazendo? – Ren arrancou o frasco das mãos de Stevie e o jogou do outro lado do bar.

– Estou...

– Pergunta retórica. Tá, regra número um: ninguém quer ficar com uma germofóbica.

– Não sou germofóbica. É questão de higiene pessoal básica.

Ren não respondeu a isso e fez sinal para a pessoa do bar, que tinha cabelo rosa-choque e tatuagens de pássaros elegantes voando ao redor do pescoço. O efeito era impressionante.

– Tequila – pediu Ren. – Duas. E uma água com gás.

– Ai, meu Deus, Ren, mesmo que eu pudesse misturar bebida com meus remédios, tequila acaba comigo – resmungou Stevie.

Relembrou a única vez que tinha ficado bêbada na faculdade, depois de tomar margaritas muito fortes numa festa no campus, e começara a cantar músicas do Fleetwood Mac em cima de uma mesa de sinuca... onde as pessoas estavam tentando jogar sinuca.

Se não fosse Ren tirá-la de lá e enchê-la de água e biscoito velho, é provável que ela acabasse tirando a roupa.

– Eu lembro – respondeu Ren. – Infelizmente. Mas não é pra você, é pra mim. Tenho a impressão de que vou precisar.

A pessoa do bar deixou duas doses na frente de Ren e Stevie, além do copo de água com gás. Ren pegou uma dose, entregando o copo para Stevie.

– Um brinde à sua noite de prazer. – Ren ergueu a bebida.

Stevie brindou com elu antes de entornar uns goles gelados. As bolhas arderam em seu nariz, e ela fingiu que era álcool amaciando um pouco os sentidos.

– Tá bom – disse ela, fazendo que sim com a cabeça. – Beleza, bora lá.

Mas, no momento em que se virou para a casa, todas as cores e todos os corpos se transformaram num borrão. A música parecia vir de dentro da cabeça dela, e ela não conseguia focar a vista em ninguém.

– É, tem muita gente – comentou Ren, entendendo a expressão facial de Stevie. – Mas a gente consegue. Vamos com calma. Regra número dois da pegação: não tenha pressa. Vá no seu tempo e encontre alguém que você curta.

Apoiaram as costas no balcão e observaram a pista de dança. O Lush era um bar lgbtq+, e isso já deixava Stevie à vontade. Todo mundo ali tinha pelo menos um pouco em comum com ela e, embora nem todas as pessoas gostassem de mulheres como Stevie, a chance de se sentir atraída por uma hétero era muito menor.

Desde que se assumira lésbica, aos 13 anos, sempre teve muito medo de se apaixonar por alguém que fosse cis-hétero, ainda mais depois de se apaixonar por uma das amigas do teatro no ensino médio, beijando-a em várias ocasiões só para, mais tarde, ouvir essa amiga explicar que era hétero. Não foi bem o melhor momento para a ansiedade social já elevada de Stevie, e ela nunca esqueceu quanto se sentiu envergonhada e burra.

Assim, o Lush foi uma boa escolha. Mas, ao mesmo tempo que observava a mistura de pessoas girando pela pista, avistando um rosto bonito aqui, um olhar intrigante ali, ela ainda não conseguia se imaginar indo até alguém para puxar conversa.

– Não consigo – murmurou.

– Respira fundo – respondeu Ren. – Se a gente não encontrar ninguém hoje, tudo bem. Não tem problema. Pare de se cobrar tanto e seja *você*.

– Seja você – repetiu Stevie, tentando imitar a posição relaxada delu.

Mas Ren era quase da realeza social, capaz de convencer qualquer pessoa a fazer o que quisesse com um simples olhar. Ela sabia que Ren vivera sua cota de dificuldades; ser uma pessoa lgbtq+ racializada nunca seria a coisa mais fácil do mundo, principalmente na cidadezinha do Meio-Oeste onde crescera. Mas elu floresceu na faculdade, encontrando seu lugar, seu estilo, sua autoconfiança, e quem não gostasse que se ferrasse.

Só o que Stevie encontrou foi um relacionamento fracassado e uma tendência a se vestir igual a um menino de 12 anos.

– Como estou? – perguntou ela, girando os ombros para trás.

– Uma delícia – respondeu Ren, afofando a franja da amiga.

Stevie precisava dar uma aparada no cabelo, pois seus cachos desalinhados já estavam tentando criar um mullet, mas, de alguma forma, aquele visual lhe caía bem.

– Vai ficar mais delícia depois que tirar essa jaqueta.

Stevie alisou as pernas com as mãos, usando a calça xadrez de cintura alta que Ren insistira para ela vestir. Ela as combinou com uma blusa cropped listrada de mostarda e creme, sem mangas, de gola alta, exibindo a maior parte da caixa torácica. Tudo isso ainda estava escondido pela jaqueta cinza. Ela havia escolhido a blusinha, sentindo-se atrevida e desesperada depois de seu semichamego humilhante com Adri, mas ali, naquele momento, não sabia bem se conseguiria...

– Você consegue – disse Ren com calma, espiando o salão, sem pressa.

Stevie sorriu para elu. Tirou a jaqueta antes que pudesse pensar três vezes e a jogou na banqueta, espantando a textura pegajosa da cabeça.

O ar frio atingiu sua barriga e ela teve vontade de se cobrir, mas se esforçou para manter os braços ao lado do corpo.

– Arrasou – comentou Ren, piscando para Stevie sem sequer olhar para ela, o que provavelmente era a coisa mais fodona que poderia fazer.

– Beleza – disse Stevie. – Quem temos no radar?

– Quem *você* tem no radar... – corrigiu Ren. – Eu já tenho... várias pessoas.

Stevie acompanhou o olhar de Ren até um grupo perto da mesa de sinuca, que incluía umas pessoas que faziam bem o tipo de Ren. Uma de estilo feminino, de cabelo preto e corpo violão, já sorria para elu por baixo dos cílios longos.

– Vai lá – disse Stevie.

Ren fez um gesto de desdém.

– Talvez depois. Estou aqui pra te apoiar em primeiro lugar. O que acha?

Stevie se concentrou. Não foi fácil, mas, à medida que seus sentidos se acostumavam às luzes e aos sons, conseguiu distinguir indivíduos, detalhes, cores e formas.

– Tá, que tal aquela?

Ren apontou para uma mulher branca com cabelo loiro comprido e óculos, e Stevie *adorava* óculos, e um taco de sinuca nas mãos. Jeans justo. Braços tonificados. Boca bem bonita...

... que logo se colou a uma moça de traços latinos com calça de couro e unhas rosa-choque.

– Tá, deixa pra lá – disse Ren.

– Acho que essa é a parte complicada de um bar lgbtq+ – comentou Stevie. – Todo mundo pode estar a fim de todo mundo.

– Fato. Mas também é uma vantagem.

Ren ergueu as sobrancelhas de forma sugestiva, e Stevie riu. Elu vivia dizendo que todo mundo devia experimentar sexo a três pelo menos uma vez na vida. Stevie já achava difícil lidar com uma pessoa por vez. Se tivesse que lidar com duas seu cérebro ia escorrer pelos ouvidos.

– Tá bom, e aquela? – Ren indicou uma linda indiana com vários piercings nas orelhas perto do corredor que levava ao banheiro. – Ela...

– Tá pegando duas pessoas ao mesmo tempo – concluiu Stevie.

Um instante depois de Ren avistar a mulher, um loiro lambeu o pescoço dela da base até o alto, enquanto outra pessoa mordiscava a orelha dela.

– Caramba, parabéns pra ela – murmurou Ren. – Olha lá, ela sabe como fazer a dinâmica do bar lgbtq+ funcionar a favor dela.

Stevie sorriu e balançou a cabeça, cruzando os braços enquanto continuava a observar a pista. Todas as pessoas que ela notava pareciam já estar acompanhadas, dançando, se beijando e rindo como quem se conhecesse há muito tempo. Seus ombros caíram um pouco enquanto tentava imaginar como é que as pessoas faziam isso o tempo todo. Todas as noites da semana, desconhecidos encontravam outros desconhecidos, se beijavam, se desejavam, se apaixonavam.

Às vezes, Stevie passava uma hora só imaginando se aquela cliente cujo pedido ela estragou processaria o café e acabaria com a empresa, destruindo toda a dedicação de Effie e deixando-a desempregada. Sabia que era um pensamento irracional, mas isso não impedia que sua mente se agarrasse a ele como um bicho-preguiça a um galho.

O palco era a única parte da vida em que se livrava dessa dúvida incapacitante a respeito de cada um de seus atos. Quando uma terapeuta sugeriu pela primeira vez que experimentasse o teatro no ensino médio, pouco depois de Stevie sair do armário e ser diagnosticada com transtorno de ansiedade generalizada, a mãe dela ficou apavorada. Ela mal conseguia responder a uma pergunta em sala de aula; como é que ia ficar na frente de uma plateia e dizer as falas?

Mas, no palco, Stevie não era Stevie. Era Gwendolen Fairfax. Era Amanda Wingfield em *À margem da vida*. Era a Ofélia de *Hamlet*, a Rosalinda de *Como gostais* e a Bianca de *A megera domada*. Assumir a identidade de um personagem, seus sonhos, medos e particularidades sempre foi muito natural para Stevie. Tornar-se outra pessoa... bom, era um alívio, para dizer a verdade.

Parada ali, no meio do Lush, procurando uma estranha com quem falar, com o estômago apertado de ansiedade, ela percebeu que só o que precisava fazer era entrar num personagem. Não seria Stevie, barista de 28 anos e atriz sem trabalho. Seria Stefania, uma estrela do teatro a caminho de Nova York, Chicago ou Los Angeles, cobiçada, fodona e de barriga de fora.

Endireitou a postura – Stefania nunca se encolheria de nervosismo –, determinada a encontrar alguém de quem se aproximar. Mas os segundos se transformaram em minutos, e ela estava prestes a jogar a toalha, pedir uma tequila e obrigar Ren a falar com aquela deusa curvilínea perto da mesa de sinuca quando a viu.

Uma ruiva.

Parada ao lado da jukebox, conversando com um cara branco de óculos e barba aparada. Stevie os observou por um tempo, procurando sinais de que eram um casal, mas o cara parecia meio amarrotado, como se tivesse acabado de levantar da cama, e a mulher, de cabeça inclinada, sem dúvida estava olhando para a multidão.

Stevie reconheceu aquela inclinação. Significava "tenho interesse". Queria dizer "vamos ver o que temos aqui". Não que ela fosse perita em interpretar linguagem corporal; apenas tinha a impressão de que o cara era para ela o mesmo que Ren era para Stevie: um ajudante, um apoio moral.

– Ren – disse ela com o canto da boca, como se fosse um segredo. – A ruiva perto da jukebox. O que acha?

Ren se endireitou e olhou para o outro lado, arregalando os olhos ao pousá-los no alvo.

– Gata.

– Acha que ela tá com ele?

– Nem. Ela parece sedenta.

Stevie sorriu, feliz por ter acertado. Então, só o que precisava fazer era...
Saco.
Tinha mesmo que fazer aquilo.

Respirou fundo algumas vezes, observando a mulher enquanto deixava Stefania, a estrela sexy dos palcos, se infiltrar em seus ossos. A ruiva era branca, de pele tão clara que parecia quase azul à luz baixa. Tinha trancinhas entremeadas por todo o cabelo comprido e sardas em boa parte do rosto. Usava uma blusa cropped verde e jeans justo, mas só mostrava dois ou três centímetros da barriga. Stevie começou a ficar constrangida por causa da blusinha que usava, mas se esforçou para voltar ao personagem.

Stefania não ficava constrangida.
Stefania era um fenômeno.
Um presente para as sáficas de todo o mundo.
Um prodígio na cama.
Um...

– Você tá fazendo aquilo de novo, né? – perguntou Ren.
Stevie piscou, voltando a enxergar a realidade.

– Hã?

– Tá fingindo ser outra pessoa. – Ren estreitou os olhos.

– Eu... tô só fazendo um exercício mental para ter coragem.

Stevie sabia que era esquisito tentar se tornar um personagem fictício fora do palco, mas dava certo para ela. Além disso, seu nome *era* Stefania, e ela *era* atriz.

– Você quer que eu vá falar com ela ou não?

Ren ergueu as mãos em rendição.

– Beleza. Faz o que tiver que fazer, acho.

Stevie franziu a testa ao ouvir a desaprovação na voz de Ren, mas deixou isso de lado. Precisava daquilo. Precisava de uma noite em que não precisasse ser... bom, ela mesma.

Deu uma tossidinha. Ajeitou a franja. Respirou fundo, com calma. Deu um passo em direção à ruiva e ficou paralisada.

Porque a ruiva já estava atravessando o local, com o olhar fixo em Stevie.

CAPÍTULO CINCO

SIMON ESTAVA SENDO UM PÉSSIMO AJUDANTE. Ao telefone, não comentou com Iris o fato de que ela o havia acordado e, embora tenha colaborado e se vestido, e Emery não tenha reclamado quando Simon saiu da cama para ir a uma casa noturna lgbtq+ com Iris – elu a conhecia bem o bastante para não se preocupar com isso –, Simon não estava muito entusiasmado quando chegaram ao Lush.

Felizmente, Iris não precisou de muita ajuda para encontrar alguém de quem gostasse.

– Ali, à direita – disse ela. – De cabelo cacheado e calça xadrez.

– Bacana – respondeu Simon, bocejando.

– Nossa, Simon, sério?

– Desculpa. Dormi tarde a semana inteira pra trabalhar no meu livro e…

– Ah, tadinho de você, best-seller do *New York Times*.

Alguns anos antes, Simon tinha escrito um livro, *As recordações*, que fizera um baita sucesso, garantindo a ele dinheiro suficiente para escrever em período integral e ser um chato insuportável, ainda que amável, quando falava disso. Enfim tinha entregado seu segundo romance à editora – um ano após o lançamento do primeiro – e já estava empenhado na escrita do terceiro. Sendo bissexual, as histórias dele eram repletas de personagens lgbtq+, e Iris, apesar de seu desdém geral por escrita literária, adorava de verdade o que ele escrevia.

– Se isso te consola, o livro vai de mal a pior – comentou ele.

– Um pouquinho – respondeu ela, sorrindo. – O meu também.

– Ainda sem ideias?

– Nenhuma que me interesse. Acho que gastei todo o romantismo dos meus relacionamentos anteriores no primeiro livro. Não tenho nada, não sinto nada. Talvez devesse escrever terror.

– Tá, calma aí. Você manda bem no romance. Sua escrita é engraçada, sexy e emocionante. Você só precisa... Sei lá. Já pensou em marcar um encontro pra valer? Botar romance de verdade na mistura?

– Nem a pau.

– Iris, meu Deus. Você é o Scrooge do amor verdadeiro.

– Nhenhenhém.

– Sabe, o Scrooge se entregou no fim. O coração dele ficou três vezes maior ou sei lá o quê.

Iris riu.

– Não, esse aí é o Grinch.

– Dá na mesma – respondeu Simon, empurrando um pouco os óculos para baixo e olhando feio para ela.

Iris suspirou e fez um gesto em direção aos corpos que se contorciam na pista de dança.

– Isso aqui dá certo pra mim, tá? Não quero complicar as coisas.

– "Coisas" quer dizer seu coração.

Ela ignorou o comentário.

– Fiona acha que preciso fazer outra coisa criativa pra dar um tempo no livro. Tipo uma aula de cerâmica ou sei lá o quê.

– Mas esse é um ótimo conselho!

– Pois é. Por isso mesmo que eu vim aqui.

– Então... sexo casual com gente desconhecida é uma atividade criativa?

– Do jeito que eu faço, é – declarou Iris.

Simon riu, ficando com as bochechas meio vermelhas.

– Enfim – disse ele, olhando para a Cachinhos Graúdos. – Ela é bonita. Vai lá.

Iris assentiu e tinha acabado de começar a se virar quando Simon agarrou a mão dela.

– Só uma pergunta – disse ele com o tom suave e preocupado dele, e Iris entendeu direitinho o que estava por vir.

– Eu tô bem – afirmou ela.

Ele ergueu as sobrancelhas, a dúvida transparecendo nos olhos castanhos por trás dos óculos.

– Tô mesmo. É que... minha mãe tentou me juntar com alguém de novo. Com um fanático por saúde.

– Credo – murmurou Simon. – Sua mãe tem noção de quantos pacotes de batatinha sabor sal e vinagre você consome por semana?

– Pois é. Não era bem meu tipo. E aí... – Iris respirou fundo e firmou a voz. – Meu ex, o Grant, vai se casar, o que é ótimo, e estou feliz por ele, mas minha família... bom, por causa disso eles... estão...

– Sendo babacas.

Iris assentiu.

– Eles adoravam o Grant.

Simon apertou o ombro dela, que se apoiou nele por um instante.

– E cá estamos – disse ela, endireitando o corpo e indicando a mulher, que conversava com uma pessoa asiática de salto alto e terno cinza irretocável.

Iris precisava se lembrar de comentar aquele visual com Astrid.

– Só preciso aliviar um pouco a tensão.

– Tá. Dá pra entender. Mas sabe que existem outros jeitos, né? Tomar sorvete. Ver uma comédia romântica. Fazer as unhas.

Iris riu.

– Faço tudo isso amanhã.

Simon aceitou, mas continuou com a testa enrugada. Iris sabia que seu círculo de amizades nunca a censuraria; a decisão de limitar sua vida romântica a sexo casual cabia apenas a ela e a turma a respeitava, mas, nos últimos tempos, tinha a distinta impressão de que todo mundo concordava com sua mãe. Só um pouquinho. Ninguém em seu círculo disse que gostaria de vê-la sossegar ao lado de alguém, como as amigas haviam feito. Era só impressão, mas, francamente, sempre a fazia ter vontade de transar com a primeira pessoa que topasse.

Não precisava sossegar para ser feliz. Às vezes, ser feliz era o oposto de sossegar. Às vezes, ser feliz era pegar uma pessoa bonita de cabelo cacheado e barriga de fora cujo nome Iris não fazia a menor questão de saber.

– Tá de boa? – perguntou ela a Simon.

– Tô. Vou ficar por aqui um tempinho. Só me dá um sinal de joinha ou coisa assim se der certo. E me manda uma mensagem quando chegar em casa, sem negociação.

– Tão cavalheiro – disse ela, inclinando-se e beijando a bochecha dele.

Então se virou e começou a andar na direção da mulher, de ombros empinados para exibir os seios, que, modéstia à parte, eram em geral a primeira coisa que as pessoas notavam nela. Bom, isso e o cabelo ruivo – combinação que empolgava a maioria.

É mulher pra transar, a Iris Kelly.

O caminhar firme de Iris vacilou apenas por um instante. Afugentou as palavras que se lembrava de ouvir os caras dizerem, rindo, no ensino médio e na faculdade; palavras que se renovaram quando descobriu a traição de Jillian, mais de um ano antes. Porque, modéstia à parte, ela era mulher pra transar, *sim*.

E para ela estava ótimo.

Estava na metade do caminho, do outro lado da pista, quando a outra mulher se afastou da pessoa com quem estava e começou a ir na direção de Iris também. Não foi longe, parando assim que os olhos delas se encontraram.

Iris sorriu e continuou em frente, sem desacelerar, até alcançar o alvo.

– E aí? – disse ela ao se aproximar da mulher, que no momento parecia uma gazela encarando o cano de uma arma.

Talvez Iris a tivesse interpretado mal.

– O-o-oi – respondeu a mulher.

Iris inclinou a cabeça e abriu um sorriso bem devagar.

– Quer dançar?

Iris viu a mulher engolir em seco. Ela fez que sim, mas não se mexeu. Os olhos estavam do tamanho de um pires, de um castanho tão claro que era quase âmbar.

– Meu nome é Stevie. Merda. Opa, Stefania.

Ah. Ela estava nervosa. Era só isso. E, para falar a verdade, era pura fofura.

– Oi, "Stevie Merda Opa Stefania". Eu sou a Iris.

A mulher riu, ficando com as bochechas rosa-escuro.

– Foi mal. Só Stefania.

– Adorei – disse Iris.

– Também... adorei você.

Iris riu. *Muito. Fofa.*

– Eu estava falando do seu nome, mas aceito o elogio.

Stefania esfregou a testa.

– Nossa. Bater papo não é meu forte.

– Talvez, mas pra mim tá ótimo.

– É? – Stefania pareceu tão cheia de esperança que o coração de Iris deu um pulinho.

– É, sim. E aquela dança?

– Lógico. Quer dizer, quero, sim. Bora cair dentro.

– Maravilha. – Iris estendeu a mão. – Essa música é...

– Assim, eu quis dizer cair dentro *da pista* – disse Stefania, torcendo os próprios dedos.

Iris baixou a mão.

– Não quis dizer outra coisa – continuou Stefania. – Só dançar. Bora dançar. Não que eu me oponha a fazer *outra coisa*. Eu só não quis presumir nada.

Iris a encarou, surpresa.

A pessoa que viera com Stefania, atrás dela, tinha coberto a boca com as mãos, presenciando aquela conversa no mais absoluto horror.

– Nossa – disse Iris. – Bater papo não é seu forte mesmo.

– Saco. – Stefania fechou os olhos, resmungando baixinho. – Pois é. Foi mal. Eu começo a gaguejar quando estou nervosa e... é. Aposto que você tá feliz da vida por ter vindo falar comigo.

Iris contraiu os lábios para não rir.

– Pior que estou mesmo.

É verdade que esse contato não era a interação regada a feromônios que Iris tinha planejado, mas, mesmo assim, ela se viu interessada. Stefania era linda, sexy e não tinha o menor traquejo social. Não poderia ir embora nem se quisesse.

– Por sorte – disse ela, aproximando-se e entrelaçando os dedos aos de Stefania –, esse é um dos meus fortes.

Stefania arregalou os olhos e um sorrisinho se armou em seus lábios carnudos.

– Ainda topa? – perguntou Iris.

– Se falar que não, vou rapar sua cabeça enquanto você estiver dormindo! – gritou a companhia de Stefania.

Stefania riu, depois girou os ombros para trás como se estivesse se preparando para uma batalha.

– Topo muito.

Iris não esperou ninguém dizer mais nada. Queria aquela mulher na pista de dança naquele mesmo instante, por isso atravessou com ela o mar de corpos rumo aos fundos, onde estava um pouco menos lotado. Tinha a impressão de que Stefania não gostaria de ficar em evidência, e para Iris não importava onde dançassem.

Quando chegaram a um ponto sombreado à margem da pista, Iris girou Stefania e apoiou as mãos nos quadris dela, puxando-a para si. Por uma fração de segundo, Stefania ficou imóvel, mas depois respirou fundo e encarou Iris.

Sorriu.

Envolveu o pescoço de Iris com os braços e se aproximou ainda mais. Alinharam os quadris, e Iris sentiu um aroma de café e algo mais refrescante, talvez flor de laranjeira. A mistura era estranhamente inebriante, assim como os braços nus de Stefania e o modo como os cachos dela faziam cócegas nas bochechas dela enquanto dançavam a música acelerada.

Stefania pareceu se soltar, jogando a cabeça para trás, expondo o lindo pescoço e erguendo um dos braços no ar. Os quadris dela eram pura magia, girando colados aos de Iris de um jeito que a fez sentir a necessidade de juntar as pernas bem apertadas para se controlar ou levar aquela mulher para outro lugar o mais depressa possível. Não queria pressioná-la – ela parecia se assustar com facilidade –, então deixou que ela ditasse o ritmo.

E foi o que Stefania fez. Ela riu, o corpo ondulando como água enquanto fazia Iris girar até ficar atrás dela, alinhando a testa às costas de Iris por um instante antes de fazê-la rodopiar de novo.

– Nessa parte você não se sai mal, não – comentou Iris, apertando a cintura de Stefania.

– Não?

Iris balançou a cabeça.

– Muito pelo contrário.

– Com música é mais fácil – disse Stefania, enlaçando outra vez o pescoço de Iris e deixando os dedos brincarem com uma trança. – Eu tenho contexto. E um propósito, que é seguir o ritmo da música.

– Tem a mesma habilidade na cama? – perguntou Iris, abrindo um sorriso tímido porque não tinha conseguido resistir. – Aí também tem propósito, né?

Stefania ficou boquiaberta.

– Você sempre diz exatamente o que tá pensando?

– Lógico. A vida é curta demais pra não falar e, de um jeito ou de outro, todo mundo vai te julgar, te largar ou mandar você se foder. Então, por que não?

Stefania estreitou os olhos, encarando Iris com atenção. Então balançou a cabeça.

– Não sei, não.

A respiração de Stefania resvalou na pele de Iris, e arrepios percorreram seus braços.

– Não sabe o quê?

Stefania se limitou a balançar a cabeça, desviando o olhar. Iris não sabia se as bochechas dela estavam vermelhas por causa da dança ou da timidez – provavelmente, um pouco de cada.

– Conta pra mim – disse Iris, balançando um pouco os quadris da outra.

Stefania riu e baixou a cabeça. Pronto, com certeza era timidez.

– Não sei se tenho a mesma habilidade na cama. E aí, se animou?

Iris ergueu as sobrancelhas, surpresa.

– Passei muito tempo com a mesma pessoa – explicou Stefania, mordendo o lábio inferior. – Acho que é difícil saber.

Para dizer a verdade, Iris achou a sinceridade dela revigorante.

– Tá, e no beijo?

Stefania a encarou e deixou o olhar descer até sua boca. Iris não a deixou responder. Limitou-se a aproximar o rosto... um pouco mais... até seu lábio inferior roçar o de Stefania.

Então parou.

Stefania teve que percorrer o resto da distância.

CAPÍTULO SEIS

STEVIE NÃO CONSEGUIA ACREDITAR no que estava acontecendo. Não acreditava que tinha mesmo feito aquilo. É verdade que a primeira impressão de Iris a respeito de Stevie deve ter ficado abaixo do ideal, mas sem dúvida não fez a mulher perder o interesse. Depois de superar o nervosismo embaraçoso de Stevie, Stefania assumiu o comando.

E com entusiasmo.

Stefania era autoconfiante. Sexy. Sedutora, até. Era hábil na cama, *sim*. Um verdadeiro prodígio.

Iris roçou os lábios dela, mas parou nesse ponto. Stevie sabia que ela a esperava e, caramba, queria muito cruzar aqueles últimos centímetros entre as duas.

E era o que faria.

Assim que conseguisse fazer seu estômago parar de pular feito uma ginasta.

Desceu as mãos pelos braços de Iris apenas para ganhar um instante e devolver o controle a Stefania. Naquele momento, sentia-se mais Stevie do que nunca: nervosa, insegura. E se beijasse muito mal? E se, naqueles seis anos juntas, Adri tivesse apenas tolerado seus beijos, e essa fosse a razão verdadeira e secreta pela qual quisera terminar?

Stevie fechou os olhos para expulsar o pensamento intrusivo. Sabia que não era verdade. Achava que beijava muito bem, e que ela e Adri sempre se divertiram na cama, mesmo que a outra tomasse a maior parte das decisões. Mas Stevie sabia fazê-la feliz, fazê-la gozar e depois gozar mais uma vez.

Aquilo era verdadeiro.

Mas também tinha a ver com conhecer Adri havia anos como amiga, *melhor* amiga, e Iris... bom, Iris não era Adri.

– Você tá bem? – perguntou Iris, recuando um pouco. – A gente não precisa...

Mas, antes que ela pudesse terminar a frase, Stevie agarrou os quadris dela e a puxou para ainda mais perto, silenciando todas as dúvidas. Assim como Iris tinha feito, Stevie parou a um milímetro dos lábios dela, mas só o bastante para vê-la sorrir. Em seguida, fechou a boca em volta do lábio inferior de Iris, puxando-o de leve com os dentes antes de passar a um movimento mais suave. Deixou a língua para depois, usando os lábios para brincar com Iris até as duas se acostumarem.

Iris, no entanto, não parecia querer suavidade. Enterrou as mãos no cabelo de Stevie e abriu mais a boca. A língua procurou a de Stevie, enroscando-se nela enquanto um gemido emergia da garganta. O som e o gesto fizeram Stevie perder o controle. Ela encostou Iris numa parede, explorando com as mãos a cintura nua da outra.

Iris também a explorou, passeando com os dedos pelo corpo de Stevie, depois descendo pelas costas, subindo e voltando à frente, em volta dos seios. Stevie ficou zonza, respirando tão depressa que teve medo de desmaiar.

– Você mora aqui perto? – perguntou Iris, roçando o pescoço de Stevie com os dentes.

– Ah... moro... a... uns quarteirões daqui.

– Quantos?

– Ah... – Stevie sentiu Iris chupar o lóbulo da sua orelha. – Nossa.

Iris riu, depois recuou um pouco.

– Parece viável. Quer sair daqui?

Stevie assentiu enquanto sua mente zonza de desejo berrava *sim* em centenas de línguas.

Antes que conseguisse ao menos entender o que estava acontecendo – o que aquilo *significava* –, Iris a puxou em meio à multidão e rumo à porta. Stevie olhou em volta freneticamente, vendo Ren ainda diante do balcão, com a pessoa curvilínea da mesa de sinuca de corpo colado ao delu. Ren percebeu o olhar de Stevie e assentiu com o queixo, e essa comunicação de dois segundos deu a ela coragem para continuar.

Ela ia conseguir.

Era óbvio que Iris tinha gostado dela. Era óbvio que a *desejava*. Stevie ia conseguir, sim.

Iris tinha um Subaru verde-floresta e era rápida ao volante.

Depois que conseguiu pôr seu endereço no celular de Iris, Stevie se viu diante da porta do próprio apartamento no terceiro andar apenas quinze minutos depois de sair do Lush. Mal se lembrava de estar dentro do carro. Tudo pareceu acontecer debaixo d'água, turvo e onírico.

– Apê legal – comentou Iris quando entraram.

Estava sendo simpática. A quitinete de Stevie tinha um fogão coberto de ferrugem e canos que resmungavam toda vez que ela dava a descarga. Mesmo assim, fez dela um lar e pintou uma parede com tinta de quadro-negro, onde rabiscava pensamentos quase todas as noites – o surto noturno de ideias, como dizia sua terapeuta. Usava roupa de cama cinza-claro de boa qualidade, que Ren a ajudou a encontrar, e cobriu o sofá de segunda mão de veludo rosa com um cobertor que ela mesma tinha feito em crochê na semana em que se separou de Adri.

– Quer tomar alguma coisa? – perguntou Stevie, indo para a cozinha pequena e abrindo a geladeira. – Não tem muita coisa. Água, um suco de tomate que deve ter vencido...

Iris balançou a cabeça e saltitou – pois é, *saltitou* – na direção de Stevie.

– Acho que a gente pode pular as cortesias – respondeu ela, abraçando a cintura de Stevie e puxando-a para si.

– Ah. – Stevie soltou uma risada nervosa enquanto Iris encostava os lábios no pescoço dela e deslizava até a clavícula. – Tá bom. Nossa.

Iris parou e olhou bem para Stevie.

– Ainda quer fazer isso?

– Quero – disse Stevie, embora seu estômago estivesse dando uma cambalhota preocupante. *A ansiedade que se dane.* – Sem dúvida.

Ela pegou a mão de Iris e a levou em direção à cama bem arrumada, centralizada com a parede do quadro-negro. Havia uma única luminária acesa na mesa de cabeceira, banhando o pequeno espaço com uma luz dourada e relaxante.

Ela beijou Iris. Tentou beijá-la como havia feito no Lush, mas o silêncio era tanto que só conseguia ouvir o som do próprio sangue pulsando nos ouvidos.

– Que tal uma música? – sugeriu.

Iris sorriu.

– Lógico.

Stevie tirou o celular do bolso e escolheu algo lento e lânguido. Tranquilizador, mas sexy.

Deu certo. Ela inspirou o ar... e exalou. Olhou para a Iris, que, caramba, era mesmo muito, muito linda. À luz mais clara, pôde ver que a mulher tinha olhos verde-escuros e o cabelo era de um vermelho ainda mais escuro do que tinha notado antes, quase cor de rubi. Era um pouco mais baixa do que ela e curvilínea, com cintura fina, seios que enchiam a blusa e coxas que forçavam os limites do jeans justo. Olhando para ela, Stevie se sentiu voraz. Desesperada.

E também apavorada, porque era muita areia para o seu caminhãozinho. E Iris tinha razão: aquele *era* um dos fortes dela. Já devia ter ido para casa com gente desconhecida muitas vezes e devia saber direitinho como sorrir, tocar e transar como se não fosse nada além de corpos unidos.

Stevie queria isso. Queria ser assim, igual a Iris. Sexy, forte e segura de si.

Por isso procurou Stefania em seu íntimo. Fechou os olhos, segurou o rosto de Iris nas mãos e a beijou. Não com delicadeza e lentidão, mas com ímpeto e desejo. Iris reagiu, abrindo mais a boca e puxando-a pelos passantes da calça. Ela gemeu na boca de Stevie, que sabia que ela já estava molhada – ambas estavam –, e isso lhe deu confiança para puxar a blusa de Iris.

Iris entendeu o sinal, tirando a peça verde por cima da cabeça e jogando-a para trás. Stevie teve que parar e contemplá-la. Foi obrigatório. O sutiã de Iris era rosa-escuro e completamente transparente. Os mamilos já duros pressionavam o tecido.

– Meu Deus – disse Stevie.

– Oi? – perguntou Iris, rindo.

Stevie assentiu.

– Você é maravilhosa.

Iris sorriu, mas Stevie podia jurar que viu certo rubor nas bochechas dela.

– Você também.

Stevie fechou os olhos. Não conseguia nem pensar em tirar a roupa na frente daquela mulher. De repente, voltou a ter 13 anos e estava no vestiário da escola uma semana depois de sair do armário, sentindo o olhar de cada menina do oitavo ano fixo nas costas dela enquanto tirava a roupa. Algumas nem se trocavam na frente dela e insistiam em usar uma cabine do banheiro.

Ela balançou a cabeça para esquecer. Não sabia por que aquela lembrança havia voltado, mas, depois disso, não conseguia tirá-la da cabeça. Aquele sentimento – constrangedor e solitário, mesmo sabendo que não era verdade, era como se ela estivesse *errada* de alguma forma – cravou as garras em seu coração, seu peito e seu estômago.

– Olha – disse Iris, apoiando as mãos macias na cintura dela. – A gente não precisa fazer nada.

– Não – respondeu Stevie, meio alto demais, e abaixou a voz. – Não, eu quero. Quero muito mesmo.

E beijou Iris outra vez, entregando tudo de si.

Iris era doce. Não ia magoá-la nem tirar sarro dela. Iria deixá-la depois, é claro, mas esse era o plano. Uma noite de prazer era isso mesmo. Stevie só precisava parar de pensar tanto. Precisava ouvir o corpo em vez da mente.

As mãos de Iris passaram de leve pelo tronco dela.

– Sabe essa blusinha? – disse ela, com os lábios colados no canto do rosto de Stevie. – Tá me provocando a noite inteira.

– Sério? E-então é melhor tirar.

– Também acho. – Iris passou as mãos pelo tecido, cobrindo os seios de Stevie, e soltou um gemidinho. – Sem sutiã. Nossa, que delícia.

Stevie ficou paralisada. Saco. Tinha esquecido que a camiseta era justa o bastante para não precisar de sutiã. Seu peito não era nada impressionante. Na maior parte do tempo, ela não usava sutiã nem de camiseta, mas naquela noite detestou ter feito isso.

Porque, assim que tirasse a blusa, estaria nua da cintura para cima.

Na frente de Iris.

Iris, cujo sobrenome Stevie nem sabia.

Não que devesse saber.

Não que não soubesse que uma noite de prazer geralmente envolvia certo grau de nudez.

Não que algum desses fatos ajudasse a dominar o pânico que crescia no íntimo de Stevie bem naquele momento.

Ela ouvia a própria respiração, o ar soprando com força pelas narinas, e não de um jeito sexy. O estômago revirava, a boca juntou saliva num sinal de alerta.

Respira, disse a si mesma. *É só respirar, caramba.*

– Você tá bem? – perguntou Iris.

Tinha recuado de novo, e Stevie fez que sim, aproximando-se outra vez dela para convencer as duas. Em vez de se entregar ao abraço, porém, Iris segurou os braços de Stevie e encarou os olhos dela.

– Parece que você tá meio...

Mas, antes que Iris pudesse terminar a frase, seu estômago enfim deu um basta, rebelando-se num motim total e implacável. Stevie se abaixou e vomitou no chão de carvalho riscado. Não foi muita coisa – seus vômitos de ansiedade extrema nunca eram –, mas bastou para espirrar um pouco no jeans e nos pés descalços de Iris.

Por um instante, nenhuma das duas se mexeu. Stevie ficou parada, ainda respirando com força, e esperou que algum monstro do submundo irrompesse do chão e a engolisse inteira.

Infelizmente, tal criatura não apareceu.

Iris continuava segurando os braços de Stevie. Devia estar paralisada de choque.

– Tá – disse Iris por fim, rompendo aquele transe horrível e coberto de vômito. – Então.

– Me desculpa – conseguiu dizer Stevie.

Lágrimas já escorriam de seus olhos. Em momentos como aquele, quando não prestava atenção nos sinais de que seu nível de ansiedade estava chegando ao ápice para adotar algumas medidas – como tomar os remédios necessários além do escitalopram de sempre, diminuir o ritmo, retirar-se da situação indutora de ansiedade se possível –, acabava vomitando, e sempre concluía essa experiência encantadora com uma generosa sessão de soluços.

– Tá tudo bem – disse Iris.

Mas a voz dela soou tensa e constrangida. Não era de se admirar, considerando que alguém que ela estava tentando seduzir acabava de vomitar nela. Que coisa mais sexy.

Essa ideia fez as lágrimas transbordarem, escorrendo pelas bochechas de Stevie e deixando-a sem fôlego.

– Ai, meu Deus – disse Iris, percebendo as lágrimas. – Calma, tá tudo bem.

– Não. Merda, desculpa mesmo – Stevie conseguiu dizer entre os soluços. – Pode ir embora. Por favor.

Iris soltou os braços de Stevie e a guiou de ré, tomando cuidado para evitar a poça de vômito no chão. Fez Stevie se sentar na beirada da cama e foi para a cozinha. Stevie ouviu alguns armários se abrindo e fechando, e Iris voltou com um rolo de papel-toalha e um produto de limpeza.

– Não. Meu Deus, Iris. Não faz isso.

Mas Iris se ajoelhou e esfregou o chão com papel-toalha e gestos rápidos, depois borrifou o produto no chão e esfregou outra vez. Stevie sabia que precisava se levantar, mandá-la embora e limpar a própria sujeira, mas parecia colada à cama, com lágrimas descendo pelo rosto feito um trem descarrilado.

– Iris... – repetiu ela.

A mulher, porém, continuou a ignorá-la, limpando os pés e o jeans, e depois levando tudo de volta à cozinha. Deixou a torneira aberta durante uma eternidade – sem dúvida, limpando bem as mãos do vômito de uma desconhecida – antes de voltar para o quarto com um copo d'água.

– Bebe – disse ela, entregando-o para Stevie.

Em seguida, dobrou a roupa de cama para baixo, literalmente afofando o travesseiro. Stevie só a olhou, entre horrorizada e fascinada. Obediente, bebeu a água, mas o líquido gelado não amenizou sua humilhação.

– Iris – repetiu mais uma vez.

Mas a outra não respondeu. Em vez disso, pegou o copo d'água meio vazio de Stevie e o deixou na mesa de cabeceira, depois a fez se levantar, puxando-a pelos braços, e a levou para debaixo da coberta.

E a acomodou ali.

Depois foi ao banheiro e tirou de lá o pequeno cesto de lixo, colocando-o ao lado da cama. Stevie se limitou a observar, com o peito tão apertado que mal conseguia respirar.

– Então – disse Iris, pondo as mãos na cintura. Continuava sem blusa, linda. – Quer que eu ligue para alguém?

Stevie só conseguiu balançar a cabeça, negando.

Iris assentiu, depois olhou em volta procurando a blusa. Encontrou-a perto do sofá, se vestiu e pendurou a bolsa no ombro.

– Então, boa noite. Melhoras.

Stevie deu um aceno fraco. Queria explicar – porque e se, depois de tudo aquilo, Iris ficasse preocupada em ter pegado alguma virose horrível dela? –, mas não conseguiu juntar as palavras. A mente estava confusa, a língua era um trambolho inútil na boca.

Em todo o caso, não importava. Iris mal esperou por uma resposta, virando-se depressa e pegando os sapatos perto da porta. Nem parou para calçá-los. Saiu pela porta, fechando-a com cuidado.

Stevie olhou para o teto, deitada na cama, com a esperança de que todo aquele show de horrores fosse apenas um sonho. A música que tinha colocado para se acalmar ainda tocava no celular; ela o pegou da mesa de cabeceira e silenciou as notas provocantes. Estava prestes a jogar o aparelho no chão quando um zumbido indicou uma mensagem de texto.

Era de Ren, enviada para o grupo que incluía Adri e Vanessa. Um grupo que, ultimamente, andava bem silencioso.

Stevie abriu a mensagem. Levou alguns segundos para perceber que estava olhando para uma foto sua com Iris, dançando no Lush no que parecia uma cena excluída de uma versão queer de *Dirty Dancing*.

Ren: Stevie e Ren caindo na noite. Olha nossa diva!

– Ai, meu Deus – disse Stevie.

Ren mandou mais fotos – uma com a morena curvilínea, e a outra com uma fileira de copos vazios no balcão.

Mas Stevie sabia o que elu estava fazendo.

Queria que Adri e Vanessa vissem Stevie com outra pessoa. Afinal, era este o objetivo daquela noite: conhecer alguém diferente. As outras fotos eram mero disfarce, para que tudo parecesse menos intencional e mais descontraído.

E deu certo.

Porque, uma fração de segundo depois, Adri respondeu. E não comentou nada sobre a morena violão de Ren nem sobre a farta quantidade de álcool.

Adri: Eita, Stevie, que linda ela

Vanessa: Mandou bem, Stevie 🔥🔥🔥

Adri: Qual é o nome dela?

– Merda, merda – resmungou Stevie, escondendo o rosto nas mãos.
Não conseguia responder. Mal conseguia pensar no nome de Iris.
O celular vibrou de novo e, dessa vez, era uma mensagem de Ren apenas para ela.

Ren: Você é fodaaa

Ren: Além disso, espero que esteja envolvida em atos sexuais verdadeiramente escandalosos agorinha mesmo

Stevie desligou o celular, escondeu a cabeça debaixo da coberta e pediu a Deus ou a quem quer que fosse que o fim do mundo chegasse logo.

CAPÍTULO SETE

– E AÍ? – PERGUNTOU SIMON.

Estava sentado com Iris no pátio da Pousada Everwood. As árvores em volta da propriedade cintilavam verdejantes ao sol do verão.

– Como foi?

Iris riu pelo nariz e tomou um longo gole da água gelada que já estava na mesa, mastigando a ponta do canudo biodegradável de arco-íris que a pousada estava usando por causa do Mês do Orgulho.

– Vou precisar ficar muito bêbada para falar sobre isso.

Simon se encolheu.

– Foi tão ruim assim? Ela parecia tão legal!

– Ah, e era mesmo. Legal, fofa e agradecida, principalmente enquanto eu limpava o vômito dela.

Simon arregalou os olhos.

– Quê?

– Isso mesmo que você ouviu. – Iris estremeceu ao lembrar.

– Peraí, peraí, peraí – disse ele, agitando as mãos e se inclinando para a frente na cadeira de ferro forjado. – Ela *vomitou*?

Iris assentiu.

– Pois é. Foi só olhar pra mim de sutiã que o jato saiu.

Simon soltou uma gargalhada. Em seguida, cobriu a boca com a mão.

– Desculpa – disse ele por entre os dedos. – É que… nossa. Isso é que é encontro.

– Não liguei pro vômito. Quer dizer, não me entenda mal, não foi o que eu queria, mas ela não conseguiu evitar. Ela ficou morta de vergonha, e eu fiquei feliz em ajudar. Mas não foi mesmo a melhor noite que eu já tive.

– É, mas agora você tem um começo maravilhoso para o seu romance – argumentou Simon, depois abriu as mãos como se estivesse exibindo um título. – "*Tegan McKee não vomita.*"

– Sabe, às vezes não sei por que sou sua amiga.

Isso só o fez rir mais.

Iris também tentou rir, mas a lembrança ainda era muito visceral. Não fazia ideia de onde ela e Stefania tinham errado. Talvez a mulher estivesse mesmo doente, mas, dois dias depois de enroscar as línguas, continuava bem. A única conclusão possível era que Stefania não tinha estômago para ir para a cama com ela.

Literalmente.

– Tá bom – disse Iris, abanando a mão. – Tem graça, sim. Quem sabe daqui a uns vinte anos, quando eu recuperar meu orgulho e aprender a usar meus peitos para o bem e não para o mal, eu vá rir também.

E isso fez Simon rir ainda mais.

– Que história é essa de peitos do mal? – perguntou Delilah.

Ela e Claire se aproximaram da mesa, de mãos dadas, parecendo ter acabado de passar um fim de semana sob o feitiço de um orgasmo com 48 horas de duração. E provavelmente era isso mesmo.

– Ah, nada – respondeu Iris. – Só uma noite que deu errado.

– Meu Deus, tô tão feliz por essa época ter acabado – disse Delilah, sentando-se com o tornozelo apoiado no joelho da outra perna, de jeans cinza, recostando-se para olhar o cardápio. O cabelo escuro e cacheado estava bem volumoso no momento. – Eu detestava ir embora no meio da noite. Era a pior parte.

– Você não ficava pra dormir de conchinha? Tô chocada – retrucou Iris, irônica.

Delilah mostrou o dedo do meio para ela.

– Não sei como você consegue, Ris – disse Claire, bebendo água. Estava com um vestido azul fresquinho e sandálias castanho-avermelhadas. – Eu sempre fui péssima nisso de uma noite só.

– Isso porque você é muito boa em ficar por toda a eternidade – comentou Delilah, inclinando-se para beijar o pescoço dela.

Claire deu uma risadinha, e as duas começaram a murmurar uma para a outra e se beijar.

Iris percebeu o olhar de Simon e ele fez uma cara de quem ia vomitar.

– Não – disse ela. – Pra mim já chega de vômito.

Ele gargalhou de novo. Enquanto isso, Claire e Delilah continuaram alheias a tudo. Ao olhar para elas, Iris não pôde deixar de sorrir, apesar da demonstração melosa de afeto.

– Oi, chegamos, chegamos – disse Astrid, correndo até a mesa com uma pantalona marfim e uma regata preta soltinha, puxando Jordan Everwood pela mão.

Jordan, como sempre, usava uma camisa de botão estampada, dessa vez com pequeninos sóis amarelos.

– Desculpem o atraso. Explosão na cozinha.

– Uma explosão de comida ao tentar fazer uma receita de molho – acrescentou Jordan, sentando-se e alisando o braço de Astrid com a mão. – Nossa nova estagiária ligou o liquidificador sem a tampa.

– Putz – disse Simon.

– Tem purê de abóbora por toda parte – contou Astrid. – Até no teto.

– E no seu cabelo – avisou Iris, estendendo a mão e tirando um pedaço úmido de abóbora das mechas loiras e repicadas de Astrid.

– Ai, meu Deus! – exclamou Astrid, passando a mão na cabeça.

Jordan riu.

– Tá tudo bem, amor, mais tarde a gente limpa isso no banho.

Astrid corou, entrelaçando os dedos nos de Jordan. Iris, por sua vez, ficou muito orgulhosa por se abster de zoar a amiga, treinada nas mais rígidas regras de etiqueta e higiene, por tomar banho com outra pessoa.

– E aí, vamos fazer o pedido? – foi o que Iris disse.

– Opa, vamos – respondeu Simon, animado; devia estar ansioso para parar de ouvir a respeito da vida sexual da irmã gêmea.

A garçonete, uma mulher chamada Bria com uma argola de ouro no nariz, anotou o pedido: uma jarra de bloody mary, pato confitado com ovos beneditinos, salada de frutas e uma cesta de muffins de aveia e mirtilo que Astrid acabara de assar.

– Então – disse Claire num tom leve depois que Bria saiu. – Temos novidades. – E olhou para Delilah, com as bochechas corando.

– Ah, é? – falou Astrid, mas algo na forma como pronunciou a frase fez Iris pensar que ela já sabia.

E Iris percebeu que *também* sabia. Pelo menos, por instinto. É claro que todas já haviam falado sobre Delilah e Claire se casarem. Todo mundo sabia que isso ia acontecer. Iris tinha até conspirado com a amiga a respeito de que tipo de anel Claire ia querer – com um diamante amarelo vintage cercado de pedras menores e anel de platina –, mas não imaginava que Delilah estivesse mesmo planejando propor casamento.

De repente, sentiu um ardor na garganta e um aperto no peito, como se estivesse prestes a chorar. Estendeu a mão por debaixo da mesa e pegou a de Simon. Foi a única coisa que conseguiu pensar em fazer, com a única pessoa a quem podia se agarrar no momento para não ficar à deriva.

Ele inclinou a cabeça para ela, que se limitou a sorrir.

Sorria, sorria, sorria.

– Bom... – continuou Claire.

Ela pegou na mão de Delilah e beijou os dedos dela. Iris poderia jurar que Delilah estava lacrimejando. A cena toda era tão doce que ela sentiu uma onda de carinho por todas as pessoas ali, ao mesmo tempo que apertava a mão de Simon ainda mais.

– Pedi a Delilah em casamento – revelou Claire, com o olhar fixo na noiva – e ela disse sim.

A mesa irrompeu em gritos e aplausos. Astrid bateu palmas e se aproximou para beijar a bochecha de Claire. Jordan apertou o ombro de Delilah. E Iris... desatou a chorar.

– Ah, meu bem – disse Claire, levantando-se e correndo até Iris.

Simon tentou apertar a mão dela com mais força, mas ela a tirou do alcance dele.

– Saco – disse ela, pegando um guardanapo e levando-o aos olhos.

– Amiga, você tá bem? – perguntou Claire, ajoelhando-se ao lado dela.

Iris abanou o guardanapo. Todo mundo a encarava de olhos arregalados e boca aberta.

– Tô legal. É só alegria!

Ela passou o braço em volta do pescoço de Claire e a puxou para um abraço apertado, esforçando-se para se controlar.

Iris nunca foi aquela menininha que sonhava com o dia do casamento.

Nunca brincou de boneca quando criança, colocando bebezinhos carecas de plástico para dormir, nem se imaginou de vestido branco rumo ao altar. É óbvio que sabia quanto a Lei do Casamento Igualitário era monumental e que pessoas como ela nem sempre podiam passar o resto da vida com sua cara-metade, pelo menos em termos legais. E desejava a todas as pessoas lgbtq+ o direito de se casar, se quisessem.

Desejava isso para Delilah e Claire.

E, embora Iris se orgulhasse de ser o melhor tipo de amiga, não pôde deixar de sentir uma pequena onda de medo ao ver como tudo estava mudando. Ao ver que suas duas melhores amigas estavam vivendo algo – e tudo que incluía casamento, família e crianças – de que Iris não faria parte.

Ela era a amiga solteira.

E sempre seria.

Não fora feita para relacionamentos duradouros. Tinha passado três anos com Grant; ela o amava e ele a amava, mas, no fim, terminaram porque ele queria ter filhos. *Vários* filhos. Queria se casar na igreja, usar suéteres iguaizinhos nas fotos de Natal da família e um dia se sentar numa varanda lotada de netos.

Iris, não.

E, embora a separação tivesse sido amigável e ela tivesse concordado de todo o coração quando Grant explicou que os dois queriam coisas diferentes e que ele precisava ir atrás do próprio sonho, houve uma parte de toda a experiência que a fez sentir que havia algo errado com ela por natureza.

Como se não fosse o tipo *certo* de mulher.

Depois veio Jillian, que no fim já era casada – nada a ver com não monogamia ética –, fato que Iris só descobriu quando sem querer trocou de celular com ela, e Lucy, a esposa dela, ligou tentando localizá-la. Foi Iris quem a atendeu. Jillian usou Iris, mentiu para ela e, embora nada disso fosse culpa sua, foi difícil se livrar dos efeitos colaterais de ser uma amante involuntária.

Depois daquele show de horrores, Iris decidiu parar de namorar, porque o problema não era apenas com Grant e Jillian. Ao longo de sua história sexual, ela sempre foi a mulher para transar, para pegar só por uma noite. Mesmo quando ficava com alguém por um tempo, a coisa sempre terminava sem alarde, numa separação do tipo "falou, valeu".

Porque Iris... ora, era boa de cama.

Não era tão boa assim no amor.

Ela fazia e acontecia. Organizava a maior festa. Incentivava as amigas a irem atrás de seus sonhos ou amores verdadeiros ou o que quer que fosse, mas, no fim das contas, ela mesma não era mulher para casar. E, depois de terminar com Jillian, também não queria correr o risco de se apaixonar por alguém que só a via como uma gostosona. Daí a suspensão dos relacionamentos, que no último ano vinha funcionando muito bem. Por ela, tudo bem segurar vela para todo mundo. Tudo bem ser a amiga solteira, a tia legal.

Ela estava *bem*.

Só precisava dominar seu coração burro e infantil naquela situação, pronto.

– Caramba, eu amo vocês – disse ela para Claire, depois se afastou um pouco e sorriu para Delilah. – Amo as duas.

– Estou comovida, Kelly – respondeu Delilah, sarcástica, mas também sorria.

– Mostra o anel! – pediu Astrid ao se levantar e se aproximar pelo outro lado de Iris, sentando-se no braço da cadeira.

Iris se apoiou em Astrid, e Delilah fez uma careta.

– A gente vai mesmo ficar dando gritinho por causa de anel?

– Ô, se vai! – respondeu Jordan. – Mostra aí, Green.

Delilah franziu os lábios e piscou para Claire de uma forma que arrancou dela um suspiro audível.

Meu Deus, aquelas duas... Iris beijou a testa de Claire.

Delilah finalmente exibiu um dedo muito pomposo, que ostentava um diamante negro quadrado num aro de ródio negro que espiralava por cima da pedra central. Bem a cara de Delilah.

– Peraí, então *você* pediu a Delilah em casamento? – perguntou Iris a Claire.

Claire assentiu.

– Simplesmente aconteceu. Na terça à noite, eu fui a uma sessão de autógrafos na Livraria Graydon, em Portland, com aquele autor de romance queer que eu quero muito trazer pra fazer uns eventos com você na Rio Selvagem, Ris, e na saída passei numa lojinha de antiguidades. Achei esse anel e foi... sei lá. Eu soube na hora que queria o anel, e queria que a Delilah o usasse.

– Nunca mais vou tirar do dedo – disse Delilah, e Iris nem achou que fosse sarcasmo.

– E a Ruby? – perguntou Astrid. – Ficou feliz?

– Na verdade, ela estava comigo quando comprei o anel – contou Claire. – Ela viu primeiro. E, sim, ficou muito feliz.

– Quem não ia me querer como a madrasta superlegal e maravilhosa até dizer chega? – perguntou Delilah. – Mostra o seu pra elas, amor.

Claire brandiu a própria mão, que ostentava um lindo diamante amarelo vintage, no mesmo estilo sobre o qual Iris e Delilah haviam conversado mais ou menos um mês antes.

– Que bom que eu já tinha comprado – disse Delilah.

– *Meses* antes – acrescentou Claire, estendendo os dedos. – Você estava com meu anel desde o Natal.

– Que lindo – comentou Simon, inspecionando o anel de Claire.

– Tá, vamos falar dos detalhes. – Astrid bateu palmas. – Festa na Pousada Everwood no verão que vem. Ou na primavera? Estou pensando numa festa ao ar livre, com uma tenda transparente que...

– Puta merda, Claire, vamos fugir – disse Delilah.

Claire riu.

– A Ruby nunca perdoaria a gente.

– Ai, meu Deus, a Ruby de daminha de honra! – exclamou Iris.

As lágrimas começaram a escorrer outra vez, porque, pelo jeito, ela estava completamente fora de controle, situação que não a agradava nem um pouco.

Então Iris fez o que fazia de melhor: ficou barulhenta, engraçada e cheia de opiniões.

– Um brinde! – propôs ela, pegando a taça de champanhe que Bria tinha deixado na mesa em vez da bebida que havia pedido, e subiu numa cadeira.

Os olhos de todas as pessoas a acompanharam como insetos rumo à luz, mesmo os daquelas que estavam tomando um brunch na pousada e não faziam parte do grupo. Ela percebeu a atenção se infiltrando nos ossos, fazendo-a se sentir forte e invencível.

– Lá vai ela – comentou Delilah, mas estava sorrindo.

E Iris sorriu também, lançando um sorrisinho tímido para trás enquanto fazia um floreio com a barra do vestido florido acima dos joelhos. Claire se juntou a Delilah, uma passando os braços ao redor da outra, e aquelas cinco pessoas que Iris amava sorriram para ela. Essa era a Iris que conheciam, a Iris que amavam.

– E vou mesmo – disse ela. – Agora, um brinde: ao casal mais lindo de dar nojo que o Noroeste do Pacífico já viu.

– Devemos ficar ofendidas? – perguntou Jordan a Astrid, que se limitou a rir e beijou a bochecha da namorada.

– E também – continuou Iris – a uma vida inteira de felicidade, alegria e bastante sexo para impedir a Delilah de pôr fogo no mundo.

– Um brinde a isso – disse Claire, corando.

Delilah apenas balançou a cabeça, mas ergueu a taça para Iris, que riu, e depois entornou todo o champanhe em três goles ardidos.

Uma hora depois, Iris corria pelo estacionamento de cascalho da pousada, voltando ao carro. Durante a conversa sobre lugares e datas, tinha começado a se sentir melhor, sorrindo e achando graça de como organizaria um chá de brinquedos sexuais para o casal feliz – é claro que ia fazer isso –, mas, naquele momento, seu peito estava doendo.

Descobriu o porquê quando desabou no banco do motorista do Subaru e logo começou a chorar outra vez.

Enxugou o rosto furiosamente, repreendendo-se por agir feito uma criança. Estava feliz por Claire e Delilah.

– Tô feliz pra cacete! – berrou, batendo os punhos no volante.

– É o que parece.

Ela deu um gritinho ao ouvir a voz grave, pulando tão alto que a cabeça roçou o teto do carro.

Simon Everwood a olhou pela janela.

Ela soltou a respiração, apoiando a mão no peito. Sabia que devia bancar a tranquila. Não adiantaria nada choramingar por estar sozinha, pelo amor de Deus, mas seu rosto já estava com marcas de rímel escorrido, todo avermelhado, e não tinha energia para fingir.

Levantou as mãos e as deixou cair no colo, fungando para mandar o ranho de volta ao nariz.

Simon contornou o carro, abriu a porta do carona e entrou. Depois, virou-se para Iris e ficou só encarando-a com aquele olhar de expectativa que a fazia querer dar um soco nele, de óculos e tudo.

– Eu tô legal – disse ela, enxugando o rosto de novo. – *Vou* ficar legal.

– Sei que vai – respondeu ele, com tanto carinho que ela quase voltou a chorar.

– É que... Tô nervosa. – Fechou os olhos inchados. – Meu livro é um desastre, minha mãe tá me enchendo o saco pra eu me apaixonar e parir um milhão de bebês.

– É bem a sua cara fazer isso.

Iris bufou, mas, em algum lugar por trás do riso, havia uma pontada de dor. Até as pessoas mais íntimas sabiam que ela não era alguém por quem se apaixonar.

– Só preciso me concentrar no meu livro. Mas estou num bloqueio total.

– Tem certeza de que é só isso? Bloqueio criativo?

– Tenho.

– Sabe, não acredito em bloqueio criativo. Se não consegue descobrir sobre o que escrever, é porque errou em algum ponto no começo do livro.

Ela revirou os olhos.

– Obrigada, Mestre da Escrita Criativa.

– Ah, é que eu sou brilhante por natureza.

Ela mostrou o dedo do meio e ele riu, cutucando o ombro dela.

– Bom, sua teoria não se sustenta – disse ela –, porque não tem *nada* no começo do meu livro. Não tenho nem a primeira frase.

– Então você precisa de espaço pra encontrar essa frase. Sua agente tem razão: você precisa de uma atividade sem pressão, alguma coisa criativa que não seja escrever, pra refrescar a cabeça.

– Detesto te contar as coisas.

– Na verdade... – disse ele, enfatizando cada sílaba.

Iris deu um sorrisinho irônico.

– Você não sabe que nenhum cara branco cis deveria pronunciar essa frase?

Ele riu, pegando o celular e tocando na tela.

– *Na verdade*, depois que você me contou o que a Fiona disse, fiz uma pesquisa. Porque, pra falar a verdade, também estou precisando de uma distração criativa.

Ele ofereceu o celular, e ela o pegou, espiando a tela.

– Uma peça de teatro? – perguntou.

– Uma peça lgbtq+ – respondeu Simon. – Uma versão de *Muito barulho por nada* com troca de gêneros. É naquele teatro comunitário queer em Portland, o Imperatriz.

Iris rolou a página até o fim, passando os olhos pelas informações sobre o teste de elenco que aconteceria na semana seguinte e sobre a estreia da peça no final de agosto para a temporada de outono.

– Já ouvi falar desse lugar.

– Fui ver uma peça lá já faz um tempo – contou Simon. – Acho que era outra do Shakespeare. Talvez *A megera domada*? Enfim, foi maravilhoso. O protagonista era um cara trans contracenando com um gay, o elenco era todo lgbtq+, e tenho certeza de que chorei no final.

– É bem o seu estilo – disse ela.

– Olha quem fala – retrucou ele, enxugando um pouco de rímel da bochecha dela.

Iris suspirou e devolveu o celular.

– Parece legal. Você devia tentar.

Ele sorriu.

– Você quer dizer: *nós* deveríamos tentar.

Ela apoiou a mão no peito, em choque.

– Peraí, você acabou de me incluir no indefinível e todo-poderoso "nós"?

Ele revirou os olhos, mas continuou sorrindo.

– Pois é. O que acha?

– Acho que você tá loucaço.

– Eu nem bebi. Champanhe tem gosto de vômito gaseificado.

– Já pedi pra você nunca mais falar de vômito.

Ele cutucou o ombro dela.

– Bora lá, vai?

– Tá falando sério, Simon? Quer que eu participe de uma peça de teatro comunitário com você?

– Quero.

– Nem a pau.

– Por que não?

– Porque não sei atuar.

Ele bufou de escárnio. *Literalmente* bufou.

Ela ergueu as sobrancelhas.

– Ora, meu bom senhor, que reação foi essa?

Ele apontou o dedo para o rosto dela.

– Você não sabe nem me dar bronca sem fazer drama.

Ela pegou o dedo dele e o torceu. Foi só um pouco, mas bastou para fazê-lo gemer.

– Você meio que tá comprovando meu argumento – disse ele.

Ela parou de torcer, mas não largou o dedo.

– Pensa nisso – disse ele. – Lá você vai conhecer várias pessoas do babado. Vai fazer uma coisa nova, o que, aliás, meu bem, era justamente do que você estava reclamando.

Ela abriu a boca para contestar, mas logo a fechou. Ele tinha razão.

– E é em Portland – continuou ele –, então você pode sair da cidade pelo menos algumas vezes por semana.

– Isso eu já posso fazer.

– Sim, mas esse rolê não vem com a possibilidade de adquirir uma IST.

Ela soltou o dedo dele e Simon teve a decência de parecer um pouco envergonhado.

– Desculpa – disse ele. – Passei do limite.

– Eu sempre me cuido, Simon – declarou ela, mas a voz tremeu um pouco mais do que gostaria. Pigarreou. – E faço exames regularmente.

– Eu sei – disse ele, afagando o antebraço dela. – Como eu falei, me desculpa.

– Sabe, a Delilah tinha uma vida sexual bem movimentada. Em plena Nova York. E agora que ela é monogâmica, ninguém se lembra disso.

Simon suspirou.

– Pois é.

– Bom, e daí? – Iris ergueu a voz. – Qual é o problema se eu quero transar quando quiser, com quem quiser, se é assim que eu sou feliz? Qual?

Ela sentiu as lágrimas aflorarem de novo. Lá estava outra vez aquela impressão de que, no fundo, seu círculo de amizades a achava meio livre *demais*. Meio fora da casinha *demais*. Que ela não era o que uma adulta de 32 anos deveria ser.

– Nenhum – respondeu Simon, apertando o braço dela com carinho. – Juro que não tem nenhum problema nisso.

Ela balançou a cabeça, apenas parcialmente convencida.

– Mas, amiga, é assim?

Ela fungou, franzindo a testa para ele.

– É assim o quê?

– Que você é feliz?

Pela segunda vez, ela abriu a boca, mas nenhuma palavra saiu. Pelo menos, não no começo. Ficou de boca aberta por um ou dois segundos antes de encontrar a resposta certa.

– É – respondeu, mas até ela achou sua voz meio robótica, e tentou de novo. – É, sim. Lógico que é.

Simon estreitou os olhos, só um pouquinho, mas em seguida assentiu.

– Tá bom. Ainda acho que você devia participar da peça comigo. Ia ser legal. E acho que vão transformar a apresentação num tipo de ação beneficente pra manter o teatro de pé, então seria por uma boa causa.

– Eu e você cantando "Chega de suspiros, senhoritas" com roupas de época vamos salvar o Imperatriz?

Ele riu.

– Lógico. Quem mais?

Ela também riu. Não conseguiu evitar. Simon era tão... cheio de esperança. Era assim desde que ela o conhecera. E o amigo tinha um bom argumento: participar da peça seria mesmo divertido. Portland. Pessoas novas. Na verdade, Iris tinha feito uma aula de teatro no ensino médio, em que até mesmo o professor – o Sr. Bristow, que sempre parecia estar olhando para os seios dela – disse que ela era meio dramática demais.

Na aula de teatro.

Ela quase riu do pensamento, mas, para dizer a verdade, participar daquela peça com Simon parecia ser exatamente o que ela precisava, mas não que fosse admitir isso para ele.

– Tá bom. Mas, se eu for escalada e você também, você vai me buscar pra cada ensaio com um Bentley cheio de caviar e champanhe.

Ele apoiou o dedo no queixo, pensando.

– Serve um Honda Accord 2018 com uns donuts?

– Combinado.

CAPÍTULO OITO

AO ENTRAR NO IMPERATRIZ na manhã de terça-feira, Stevie esperava ver Adri sorrir para ela, talvez perguntar sobre a mulher na foto que Ren havia mandado para o grupo na sexta à noite, e depois começar a falar de negócios. Uma provocaçãozinha de leve e pronto.

Mas não foi isso que ela fez.

Não mesmo.

Primeiro, Vanessa estava lá, o que foi uma surpresa. Afinal, ela tinha um emprego em horário comercial, mas não dava aulas às terças, então reservou o dia para ajudar no teste de elenco.

Segundo, Ren também estava presente. Elu fazia isso de vez em quando; tirava folga de manhã ou trabalhava remotamente para ajudar com os figurinos ou outro aspecto estético da peça em questão. Todo o grupo se envolvera com o teatro na Universidade Reed, estudando sob o comando de Thayer Calloway – integrante do corpo docente por quem todo mundo ali se apaixonou um pouquinho e que depois foi dirigir peças em Nova York –, e Ren tinha até uma graduação em figurino.

Portanto, quando Stevie entrou no pequeno teatro, as três pessoas mais íntimas de seu círculo de amizades a olharam do palco, onde estavam sentadas, sorriram e continuaram com os olhos colados no rosto dela, cada vez mais vermelho enquanto se dirigia até lá.

Ela afrouxou o passo. Talvez, se atrasasse a própria chegada, aparecesse alguém mais, como Julian, o diretor-assistente do Imperatriz, ou talvez Dev, o chefe de iluminação.

Mas, enquanto passava os dedos devagar pelas luxuosas poltronas roxas da plateia com as quais Adri gastara uma fortuna, olhando as paredes de tijolos aparentes, ninguém mais chegou para salvá-la.

Quando parou em frente ao palco – que infelizmente não ficava longe da entrada –, todo mundo continuou encarando-a e sorrindo.

– Hum – disse ela. – Bom dia?

– Sem dúvida – respondeu Ren, balançando as pernas, que estavam penduradas no palco ligeiramente elevado.

Elu estava com uma calça preta elegante e uma camisa branca de botão debaixo de um colete cor de berinjela, mas sem gravata. Para Ren, isso era um traje informal.

– Você não respondeu minha mensagem no fim de semana. – Elu franziu as sobrancelhas perfeitas.

Stevie estremeceu. Não respondeu a Ren quando elu perguntou como tinha sido a noite com a ruiva, e foi cem por cento de propósito, assim como a decisão de ignorar a pergunta de Adri sobre o nome de Iris. Divulgar o que havia acontecido não estava em seus planos.

– É, desculpa – murmurou Stevie.

– Então, presumo que a Iris passou a noite com você – disse Ren, já que Stevie continuou em silêncio.

– Iris? – perguntou Adri, olhando para Stevie; estava com os óculos de armação transparente que ela sempre adorou e com um roteiro cheio de anotações na mão. – Então esse é o nome dela.

Stevie se limitou a assentir.

– Ela era muito gata, Stevie! – exclamou Vanessa, abraçando uma das pernas com os dois braços.

O cabelo comprido e escuro dela caía pelas costas, tão lustroso sob as luzes da casa que Stevie chegou a estreitar os olhos. Assentiu outra vez. Isso, pelo menos, não era mentira. Iris era *muito* gata. Tanto que, ao pensar em como ela estava antes do vômito, Stevie sentia um frio gostoso na barriga. Mas aí a lembrança chegava à parte do vômito, e a náusea reaparecia.

– Vai sair com ela de novo? – perguntou Ren.

– Tomara! – exclamou Vanessa. – Ela era linda demais pra ficar só uma vez.

– Amor... – disse Adri, encarando a namorada.

– Essa é a hora em que eu digo "mas não tão linda quanto você, meu bem"? – perguntou Vanessa, piscando com aqueles cílios absurdamente longos.

Adri hesitou por uma fração de segundo, depois riu, puxando Vanessa para um beijo.

Stevie torceu o nariz. Não conseguia se lembrar da última vez em que ela e Adri brincaram assim quando estavam juntas. Perto do fim, faltava senso de humor às duas, a capacidade de aceitar uma piada. Se Adri tivesse feito um comentário sobre um contatinho de Ren ou de Vanessa ser atraente, Stevie provavelmente teria desmoronado em silêncio e depois passado no mínimo meia hora soluçando no banheiro.

E isso devia ser parte do problema delas duas.

Engoliu em seco, tentando afastar o pensamento e sorrir. Em seguida, ao encarar seu círculo de amizades, sentiu os ombros se endireitarem e o peito estufar só um pouquinho. Respirou com mais facilidade do que na última vez em que o grupo se reunira. Sentia que o sorriso estava menos forçado. Pela primeira vez em meses, o trio olhava para ela como antes. Como se ela tivesse um projeto de vida, e dos bons. Como se seu sonho de estar no palco não fosse infantil nem tivesse acabado.

Ao sorrir para todo mundo, até percebeu um toque de admiração em seus olhos. Imaginou que alguém capaz de atrair uma mulher como Iris seria pelo menos *um pouco* fascinante e, nossa, fazia muito tempo que não se sentia interessante para qualquer pessoa. Seu breve contato com Iris nem contava, pois qualquer fascínio que ela pudesse ter sentido por Stevie fora completamente arruinado pelo desfecho.

– E aí? – insistiu Adri, e inclinou a cabeça, estreitando um pouco os olhos. – Vão sair de novo?

Vanessa fez "sim" com os lábios várias vezes, os olhos brilhando.

Ren se limitou a observar Stevie com as sobrancelhas erguidas.

Só havia *uma* resposta certa. A única que faria Stevie sentir que não era um desastre absoluto, que faria Ren acreditar que de fato tinha ajudado Stevie e Adri e Vanessa ficarem de consciência um pouco mais leve por seu novo amor.

E essa resposta não era *não*. Stevie não conseguia nem se imaginar dizendo isso; todo mundo ali perderia o ânimo, a decepção tomando conta das expressões. Ou pior, poderia não ser um choque para ninguém, porque… bom, porque Stevie era assim.

– Vamos – disse ela antes de pensar demais, e respirou fundo, em silêncio, pensando na Stefania da sexta à noite, a mulher que beijou Iris antes de tudo degringolar. – Claro que vamos.

Vanessa ergueu os punhos, comemorando, e Ren sorriu para Stevie como se ela tivesse acabado de descobrir a cura do câncer. Adri sorriu sem mostrar os dentes, com aquele olhar frouxo que revelava que ela estava pensando. Stevie não tinha certeza se queria descobrir quais eram os pensamentos.

– É isso aí, menina – elogiou Ren, pulando do palco e segurando os ombros de Stevie. – Viu? Eu sabia que você ia conseguir.

Stevie assentiu sem dizer nada. Sua mente já entrou num turbilhão ao imaginar por quanto tempo conseguiria sustentar a mentira. Conhecendo Vanessa, era apenas questão de tempo até ela sugerir um encontro dos dois casais, ou dos três, se Ren pudesse convidar alguém, e sem dúvida poderia.

Naquele momento, porém, Stevie afastou essas ideias. Por enquanto, aproveitaria a sensação de estar bem, de ser alguém que outras pessoas poderiam desejar. Mesmo que fosse tudo mentira, o modo como seu círculo mais íntimo a olhava naquela hora – o jeito como a fazia sentir – era verdadeiro.

– Tá bom – disse Adri depois que Ren citou de novo a foto de Stevie e Iris na balada e Vanessa quase desmaiou com o nível altíssimo de gostosura de Iris. – Tá na hora de começar a trabalhar. Os testes começam às onze, e preciso repassar umas coisas com a equipe antes disso.

– Vou falar com a Phoebe – avisou Ren. – Ver o que ela tem em mente.

Adri assentiu enquanto Ren ia para os bastidores. Phoebe era uma mulher trans e uma artista brilhante, atuando como figurinista principal do Imperatriz desde o começo. Uma das poucas com salário e trabalho em período integral, e Adri fazia tudo o que fosse preciso para mantê-la nesse esquema.

– Vou pro saguão montar a mesa de inscrições – avisou Vanessa. – Os testes para o elenco geral são com o Julian, né?

– Isso, na sala dos fundos. Acho que ele já tá lá. Obrigada, amor – respondeu Adri.

As duas se beijaram uma... duas... três vezes antes de finalmente se soltarem, e Vanessa pulou do palco.

– Estou ansiosa pra conhecer a Iris – disse ao passar por Stevie, afagando o braço dela.

Stevie se limitou a assentir. Muito em breve, sua cabeça ia tombar do pescoço por excesso de uso.

– Vem! – chamou Adri, gesticulando para que Stevie subisse no palco.

Stevie subiu a escada à esquerda do palco sem a menor pressa, preparando-se para ficar sozinha com Adri, ainda mais depois de quase se aninhar no pescoço dela no Tinhosa, na sexta-feira.

Acomodou-se ao lado da ex e tirou da bolsa uma cópia de *Muito barulho*.

– Então... – Adri folheou a peça. – Vai sair com ela mesmo?

Stevie olhou para ela, aturdida. Adri sempre sabia quando Stevie estava blefando, e era por isso que mentia apenas em raras ocasiões para a ex. Ainda assim, não pretendia ser sincera naquela hora, não importava quanto Adri insistisse.

– Vou – respondeu.

Adri assentiu, enfim encarando Stevie.

– Ela parece... show.

Stevie franziu a testa.

– Como assim?

Adri gesticulou e riu.

– Nada. Sei lá. Parece... diferente.

– Diferente como?

– É... – Adri balançou a cabeça, olhando para cima enquanto ponderava. – Ela parece meio fora da casinha. Tem aquele jeito, sabe? De baladeira.

Stevie se irritou.

– E você soube tudo isso só de olhar uma foto num bar escuro?

Adri sorriu e balançou a cabeça.

– Tem razão. Falei besteira. Tô feliz por você. Vamos trabalhar, né?

Stevie respirou fundo e discretamente. Detestava quando Adri fazia esse tipo de coisa, dizendo algo que a fazia se sentir pequena e insegura, e logo depois pedindo desculpas para que ela não pudesse nem ficar brava por isso.

– Beleza – respondeu Stevie. – Bora.

– Tá bom. A prioridade é escalar nossa Beatriz.

– Que tal a Tori?

– Grávida – contou Adri, sorrindo. – Está de seis meses, deve nascer em setembro, então não pode ser ela.

– Meu Deus, sério? Parabéns pra ela!

Tori era uma lésbica negra que estava com a mesma mulher, Lakshmi, desde os 15 anos, quando saíram do armário no Arkansas. Estavam tentando engravidar havia anos e tiveram alguns abortos espontâneos. Stevie ficou encantada com a notícia. Porém Tori era a melhor atriz principal do Imperatriz.

– Não tem mais ninguém?

Adri balançou a cabeça, negando.

– Ninguém que seja boa o bastante. Molly detesta Shakespeare e Cassandra não conseguiria fazer comédia nem se a vida dela dependesse disso. Já escalei o Jasper como Hero. Temos que achar outra pessoa. Alguém incrível.

– Ah, vai ser fácil – comentou Stevie, irônica.

Como todas as diretoras, Adri era seletiva, crítica e exigente. Em se tratando de Shakespeare, ela era tudo isso em dobro. Assim, encontrar uma nova Beatriz com quem Stevie tivesse uma boa química no palco e que cumprisse o padrão de perfeição de Adri...

Bom, o dia ia ser bem longo.

Depois de sete Beatrizes em potencial, Stevie estava pronta para se atirar no mar.

Eufórica demais.

Falta entusiasmo.

Falta intuição.

Atuação forçada.

Não tem como acreditar que você quer pegar essa pessoa, Stevie.

O último comentário de Adri foi puro deboche, já que parecia se referir mais à atuação de Stevie do que à da pessoa cheia de esperança com quem ela dividia o palco. Mas Stevie não levou para o lado pessoal; o teatro era a única área em sua vida onde conseguia levar bronca e não sentir a necessidade imediata de respirar num saco de papel até se acalmar. Esse era o jogo, o espetáculo, e quem queria melhorar e brilhar tinha que estar disposto a errar de vez em quando.

Mesmo assim, nesse dia Adri exagerou na brutalidade, e o nível de exaustão de Stevie só aumentava.

– *Ora, minha cara senhorita Desdém!* – disse Stevie no papel de Benedito, ou melhor, Benedita.

Candice, uma pessoa branca de olhar aterrorizado, contracenava com ela; as orelhas eram cheias de piercings, o cabelo curto tingido de lavanda, os olhos estavam arregalados até o limite enquanto olhava para o texto.

– *A senhorita continua viva?* – continuou Stevie, gesticulando para Candice.

– Hum, ah, tá. – Candice olhou para o roteiro antes de falar igual a um robô: – *Como poderia essa tal de Desdém morrer, quando ela dispõe, para alimentar-se, de comida tão adequada como o Signior Benedito? A própria Cortesia...*

– Obrigada – disse Adri, massageando as têmporas com o indicador e o polegar. Depois sorriu, beatífica. – Tá ótimo, Candice, a gente entra em contato.

Candice saiu de cabeça baixa e Stevie desabou no palco, espalhando os braços e as pernas feito uma estrela-do-mar.

– Ah, não faz drama – disse Adri, mas estava rindo.

– Achei que teatro servia pra isso – respondeu Stevie, olhando as luzes e os cabos no teto.

Adri suspirou.

– Não tenho culpa se o povo não sabe atuar.

– Você nem deixou a pobre terminar a fala! – Stevie se sentou e esfregou o rosto. – Preciso fazer uma pausa.

– Tá certo. – Adri desabou numa das poltronas de veludo. – Já passou da hora do almoço mesmo. Que tal pedir algo pra entregar aqui?

– Não. – Stevie ficou de pé. – Vou buscar comida. Preciso tomar um pouco de ar.

Adri assentiu.

– Sushi?

– Sushi – confirmou Stevie, descendo do palco pela direita e pegando a bolsa na primeira fila. – Quer o de sempre?

O olhar de Adri ficou terno e o sorriso, pequeno e meio triste.

– Você ainda lembra?

A princípio, Stevie não respondeu. É óbvio que lembrava, poxa. Atum picante. Sushi filadélfia, mas com acréscimo de abacate e salmão cru no lugar do defumado. Guioza cozido no vapor. Seis meses não poderiam apagar seis anos, não importava quanto Adri às vezes fizesse Stevie sentir que sim.

Stevie assentiu, pigarreando enquanto procurava o celular na bolsa.

– Tá, já volto – disse, antes de fazer o pedido on-line no restaurante favorito delas e partir pelo corredor.

– Stevie – chamou Adri, pegando sua mão quando ela passou.

Stevie ficou paralisada, com a respiração presa no peito. Antes que pudesse evitar, bateu os olhos numa pequena tatuagem na base do pescoço de Adri: um coração totalmente preto, tatuado cinco anos antes. Tinha um idêntico, resultado de um gesto romântico mal pensado que fizeram no aniversário de um ano e que ela não tinha coragem de remover.

Não queria Adri de volta. Sabia que não. Perto do fim, eram praticamente amigas dividindo um quarto: sem beijos nem sexo, apenas noites tranquilas dormindo de costas uma para a outra.

Mas...

Tinha saudade de ser de alguém.

Adorava pertencer a uma pessoa. Sempre adorou, desde que ela e as amigas do ensino médio pegavam às escondidas os livros de romance das mães, lendo-os debaixo das cobertas em festas do pijama e rindo dos trechos sensuais. Mas Stevie sempre gostou ainda mais das declarações finais, quando uma pessoa – em geral, um homem, porque a heteronormatividade é isso aí – confessava não conseguir viver sem a outra. Ele nem conseguia respirar sem ela. Aquela devoção determinada sempre fazia o coração de Stevie disparar. Aquela união que parecia ao mesmo tempo impossível e inevitável.

Depois de passar seis meses solteira, ainda não sabia ao certo quem era quando estava sozinha, e isso a deixava apavorada.

– Obrigada – disse Adri baixinho, afagando a mão dela. – Por topar fazer isso comigo. Sei que o Imperatriz não é sua primeira escolha.

Stevie não sabia como responder a isso, portanto não disse nada. Limitou-se a afagar a mão de Adri também; depois, soltou-se dela.

CAPÍTULO NOVE

O IMPERATRIZ ERA UM PREDINHO entre uma lavanderia e um consultório barato de vidente. A fachada de tijolos exibia um pequeno letreiro anunciando a próxima montagem de *Muito barulho por nada* num degradê de arco-íris, embora o primeiro *O* estivesse torto e tremulasse um pouco à brisa da manhã. A bilheteria de vidro, embora meio manchada e precisando de limpeza, era emoldurada em madeira cor de bordo e coberta com ornamentos de latão vintage.

– É um lugar charmoso – comentou Iris.

Nunca estivera naquele teatro, mas, quanto mais pensava em participar de uma comédia shakespeariana totalmente queer, mais gostava da ideia.

– Né? – disse Simon, sorrindo e abrindo a porta para ela.

Lá dentro, o saguão de entrada era pequeno e moderno, mas tinha toques vintage aqui e ali que Iris adorou. O chão era de cimento, as paredes de tijolos aparentes, as sancas roxo-escuras. Faixas de seda das cores do arco-íris cobriam as paredes aqui e ali, assim como quadros com fotos em preto e branco de peças anteriores. A iluminação era suave e cor de mel, dando uma atmosfera aconchegante a todo o espaço. Apesar desse clima, havia sinais de deterioração por toda parte, como tapetes gastos e cortinas desfiadas.

– Oiê!

Havia uma mulher latina de blusa preta rendada e jeans da mesma cor sentada a uma mesa perto da porta fechada do auditório. Estava digitando num laptop prateado, os olhos passando por Simon e Iris a cada duas palavras.

– Vieram para o teste?

— Hã – disse Simon, quase babando enquanto olhava para a mulher.

Iris revirou os olhos. Por mais queer que fosse, Simon às vezes era um pateta na hora de falar com mulheres bonitas. E não havia como negar que aquela mulher era linda de morrer.

— Isso – respondeu Iris, enganchando o braço no de Simon e dando-lhe um puxão. – Elenco geral.

— Legal, legal – comentou a mulher, desenterrando uma prancheta de baixo de uma pilha de livros. – Nosso diretor-assistente, Julian, está cuidando dos testes do elenco geral na sala dos fundos. – Ela olhou para eles e entregou a prancheta. – É só vocês... – E parou, piscando, de olhos fixos em Iris.

Iris fez o mesmo, confusa, e então olhou para Simon.

— Você é ela – disse a mulher.

— Sou?

O sorriso da mulher ficou tão largo que Iris não pôde deixar de sorrir também. Nossa, os dentes dela eram impecáveis.

— É! Você é a Iris, né?

— Hã, nossa, eu...

— Eu sou a Vanessa. – Ela estendeu a mão para apertar a de Iris. – Tô muito feliz por te conhecer. Ela sabia que você vinha?

— Quê? – perguntou Simon. – Quem é que...

— Ai, meu Deus, então é surpresa! – exclamou Vanessa. – Você veio fazer uma surpresa pra ela. Que romântico!

— Hã – repetiu Iris alegremente. – Desculpa, quem...

— Peraí, peraí, vou chamar a Adri. – Vanessa abriu as portas do auditório, segurando uma delas aberta com a bunda. – Amor! – gritou pelo corredor. – Você não vai adivinhar quem tá aqui!

— Quem? – respondeu uma voz mais grave, rouca e provocante, mesmo ao pronunciar aquela única sílaba.

— Iris!

Um instante de silêncio. Iris apertou o braço de Simon, pronta para sair correndo. Ele olhou para ela com cara de *Que merda é essa?*, que ela imitou na mesma hora.

Passos percorreram o corredor, e logo chegou uma mulher bonita, de cabelo verde-escuro e ondulado na altura do queixo emoldurando o rosto em forma de coração.

– Ai, meu Deus, é você – disse ela, franzindo a testa. – Ela não falou que você vinha.

– Eu não… – Iris balançou a cabeça. – Como assim? A gente veio fazer o teste de elenco. Só isso.

– Maravilha – respondeu Adri, com o olhar medindo o corpo de Iris de alto a baixo de um jeito que a fez ter o impulso de se olhar para ter certeza de que não tinha nenhum resto de comida no rosto nem nas roupas. – Sabe atuar?

– Amor – disse Vanessa antes que Iris pudesse responder, segurando o braço de Adri. – A Beatriz. Você ainda não escalou ela, né?

As duas se entreolharam, com Adri de boca aberta num círculo pensativo.

– Não seria perfeito? – perguntou Vanessa.

– Ah, Van, sei lá – respondeu Adri.

– Por que não? Já sabemos que elas têm química. E ela ia ficar tão feliz! – argumentou Vanessa, falando num tom mais terno.

– É, acho que ela ia ficar surpresa. Mas ela nem sempre gosta de surpresas.

– Ela gosta de surpresas *boas*.

– Bom, quem é que gosta de surpresas ruins?

– Ninguém, acho – respondeu Vanessa. – Só tô dizendo que acho que ela ia gostar.

– Com licença – pediu Iris, pronta para sair daquela montanha-russa do Willy Wonka. – O que é que tá acontecendo?

Adri e Vanessa riram.

– Desculpa – respondeu Vanessa. – A gente só tava pensando se você toparia fazer o teste para Beatriz.

– Van… – avisou Adri, cruzando os braços.

– Que mal faz tentar? – questionou Vanessa.

– A Beatriz? – perguntou Simon. – A… protagonista?

– Eita, quê? – disse Iris.

Conhecia por alto a trama de *Muito barulho por nada*. Tinha lido a peça no ensino médio e visto o filme com Emma Thompson, mas não lembrava os nomes de ninguém.

– Já temos nossa Benedita – disse Adri, estreitando os olhos para Iris –, como você sabe. Ainda estamos procurando a coprotagonista.

– Você pode ser a escolha perfeita! – exclamou Vanessa.

– Poderia – disse Adri.

– Eu? – Iris apontou para si mesma. – Mas não sei atuar.

– Sabe, sim – afirmou Simon.

– Não sei, não! – Iris deu uma cotovelada nas costelas dele. – Não oficialmente.

– Ela é engraçada – Simon contou nos dedos –, é dramática, tem talento, carisma, paixão e tudo mais.

Adri abriu um sorrisinho amarelo.

– Parece mesmo perfeita para a Beatriz.

– Simon Everwood, você *morreu* pra mim – resmungou Iris pelo canto da boca.

Vanessa riu e estendeu a mão para dar um tapinha no braço dela.

– Que mal faz ler umas falas, vai? Vamos tentar. Se não der certo, não tem problema. A Adri te manda de volta pro teste de elenco geral com o Julian e o seu amigo aqui. Certo, amor?

Adri suspirou e esfregou a testa.

– Beleza. Acho que não faz mal fazer uma leitura.

Iris abriu a boca para reclamar – de jeito nenhum estava preparada para sequer pensar em fazer o papel principal –, mas Simon a empurrou para a frente.

– Ela topa.

– Ô Simon, que saco.

– Viram? – disse ele. – Paixão.

– Tô vendo. – Mais uma vez, Adri a olhou de alto a baixo.

– Tá bom, beleza – concordou Iris, porque sabia que Simon nunca a deixaria dar as costas e ir com ele para o teste geral. Era melhor acabar logo com aquela experiência bizarra.

Vanessa se ofereceu para levar Simon até Julian, enquanto Adri acompanhou Iris em direção ao auditório. Era pequeno e tinha paredes de tijolos aparentes, poltronas roxas macias e uma borda de arco-íris envelhecida emoldurando a frente do palco modesto. Luzes e cabos pendiam do teto, e Iris sentiu um entusiasmo inexplicável na forma de um frio na barriga.

Nunca havia participado de uma peça de verdade. Embora a mãe e os irmãos tivessem dito mais de uma vez que era dramática o bastante para ter sua própria trupe de teatro, abandonara as aulas de artes cênicas do ensino médio em poucas semanas por causa do olhar extremamente sinistro do professor

Bristow. Naquele momento, precisava admitir que entrar num teatro vazio, com o palco iluminado esperando por ela, até que era emocionante.

– Tá – disse Adri quando chegaram ao palco, entregando a Iris um texto já aberto numa cena. – Você conhece a história?

– Um pouco. – De repente Iris ficou nervosa. – Um exército volta pra casa e um cara se apaixona por uma mina.

Adri assentiu.

– Esses são Cláudio e Hero, mas na nossa peça são dois homens, um deles trans.

Iris sorriu.

– Adorei.

O rosto de Adri se iluminou.

– Eu também. Mas você vai ler umas falas da Beatriz, prima da Hero, uma mulher muito perspicaz que não tem paciência pra conversa fiada.

– Parece uma mulher inteligente.

– E é mesmo. Nessa primeira cena, ela ofende Benedito, um soldado, porque esses dois têm um histórico de troca de farpas. Ele chega, no nosso caso, *ela* chega, e os dois começam a pancadaria verbal. Vamos ter um texto revisado considerando os pronomes e outros ajustes assim que definirmos o elenco.

Iris assentiu, lendo as falas por alto. Shakespeare não era fácil, de jeito nenhum, mas ela havia lido o bastante na escola e na faculdade para entender a maior parte.

– Vou ler os outros papéis – disse Adri. – Você faz só a Beatriz.

– Dá só um segundo pra eu me situar? – pediu Iris.

– Claro. Sei que você não estava preparada pra fazer a Beatriz. Ou estava? – Ela inclinou a cabeça, como se esperasse alguma confissão.

Iris franziu a testa.

– Não estava, não, com certeza.

Adri estreitou um pouco os olhos, mas fez que sim com a cabeça e gesticulou para que Iris começasse a se preparar.

Iris deu as costas, roendo a unha do polegar enquanto lia as falas. *Em nosso último conflito, quatro de suas cinco tiradas erraram o alvo; se antes ele era um homem inteiro, com os cinco sentidos, agora ele é homem governado por um sentido só...*

Iris não pôde deixar de rir baixinho. Beatriz era engraçada. Inteligente. Sem dúvida, sexy. Ia dar conta dela. Pelo menos, faria o suficiente para passar pela leitura sem fazer papel de boba. No fim, ela se juntaria a Simon no elenco geral e daria risada com ele da diretora esquisita que a obrigara a fazer o teste para a protagonista.

– Acho que tô pronta – anunciou Iris, virando-se para Adri.

Vanessa tinha entrado enquanto ela estudava, e as duas a olhavam com tanto interesse que dessa vez Iris tocou mesmo no rosto em busca de migalhas perdidas.

– Ótimo – respondeu Adri. – Pode subir no palco.

Iris fez o que ela pediu, levantando a barra da saia longa para não tropeçar na escada curta à esquerda do palco. Ou seria à direita? Nunca conseguia lembrar de primeira.

– Pode começar quando quiser – disse Adri, acompanhando-a até lá. – A partir da linha trinta.

A diretora ficou a poucos metros de Iris e era a única coisa que ela conseguia ver. As luzes do palco eram fortes, fazendo com que tudo no teatro parecesse um sonho translúcido em preto e branco.

Iris girou os ombros para trás. Deu um pigarro. Então, quase caiu na gargalhada ao pensar no que estava fazendo. A energia nervosa a impulsionou adiante, então sua primeira fala saiu num instante de riso.

– *Rogo-lhe, diga-me: o Signior Estocada já retornou das batalhas ou ainda não?*

Entremear um pouco de alegria às palavras pareceu dar certo.

– *Não conheço ninguém com esse nome, senhorita* – disse Adri no papel de Mensageiro. Em seguida, como Hero: – *Minha prima quer dizer o Signior Benedito de Pádua.*

E assim por diante. Iris logo se animou com a personagem, uma mulher que estava farta de lero-lero arrogante e, ao mesmo tempo, obviamente queria transar com Benedito até desmaiar. Seria fascinante ver duas mulheres lgbtq+ naqueles papéis.

A ideia a estimulou ainda mais. Logo estava andando pelo palco, fazendo floreios com as mãos e caçoando quando a fala pedia. Porém, na hora de Benedito chegar, ela se aquietou. A esgrima verbal da dupla era veloz, cáustica, mas ela a cobriu de… bom, de desejo, para ser sincera. Parecia o tom certo, e ela se lembrou de ter ouvido falar que a peça inteira – pelo menos em se tratando de Beatriz e Benedito – era uma gigantesca sessão de preliminares.

– *O senhor sempre para do mesmo modo: sentando no cabresto* – disse ela, rangendo de leve os dentes ao ler a última fala de Beatriz na Cena 1. – *Eu o conheço, e não é de hoje.*

Silêncio.

Um instante de silêncio longo, tenso e aterrorizante.

Iris arfava um pouco e percebeu que tinha esticado a mão na direção de Adri, com um dos dedos pintado de esmalte coral apontando para o rosto dela enquanto lia as falas.

Baixou a mão; pigarreou; esperou.

Adri a encarava de boca entreaberta, sem dizer nada.

– Então... – disse Iris. – E agora?

– Nossa! – exclamou Vanessa, aplaudindo. – Caramba, né, Adri?

Adri ia dizer alguma coisa, mas, antes que pudesse começar, as portas do teatro se abriram.

– Desculpa, demorou uma eternidade – disse alguém.

Iris olhou para a plateia, mas só conseguiu ver uma forma sombreada chegar pelo corredor.

– A clientela deles na hora do almoço tá fora de controle.

Iris franziu a testa, meio que reconhecendo a voz. Franziu os olhos para enxergar, mas a pessoa ainda era um borrão na sombra.

– Não esquenta – disse Adri, espiando Iris. – Deu tempo de a gente conhecer sua namorada.

– Minha o quê?! – perguntou a pessoa.

– Sua o quê?! – perguntou Iris ao mesmo tempo. – Eu não...

Foi então que a pessoa, uma mulher de cachos desalinhados com olhos cor de âmbar, chegou à beira do palco, parando ao lado of Vanessa e encarando Iris com a boca aberta.

– Stefania? – disse Iris.

– Iris – respondeu Stefania com a voz baixa e trêmula.

As duas se encararam por um instante. A cabeça de Iris girava. Não esperava vê-la outra vez; para ser sincera, nem queria. Algo lampejou no fundo de sua mente, juntando as peças de toda aquela experiência bizarra: o fato de Adri e Vanessa saberem quem ela era, o nome dela, e de não pararem de falar em surpreender uma outra pessoa.

O que estava acontecendo?

Iris abriu a boca para perguntar exatamente isso, mas então, como se pegasse fogo de repente, Stefania largou um saco de papel no chão, pulou no palco e a tomou nos braços.

CAPÍTULO DEZ

IRIS.

Iris estava ali.

No Imperatriz.

No palco.

Stevie ficou zonza, o constrangimento tingindo suas bochechas enquanto olhava para a ruiva em quem havia vomitado apenas 72 horas antes.

A ruiva com quem todo o seu círculo de amizades achava que ela estava transando.

Não, não apenas transando.

Namorando.

Iris flutuava em sua visão, e ela entendeu que precisava fazer alguma coisa, dizer alguma coisa. Antes que pudesse pensar direito, largou o sushi que tinha levado quase uma hora para comprar, subiu correndo os degraus do palco, envolveu a cintura de Iris nos braços e a puxou para junto de si.

– Por favor – sussurrou no ouvido de Iris.

Foi a única coisa em que conseguiu pensar.

Iris ficou rígida, chocada, o que fazia todo sentido, mas, além disso, ela tinha um cheiro delicioso, de gengibre e bergamota, e o tecido do suéter dela era leve como seda sob os dedos de Stevie.

– Por favor – repetiu ao perceber que Iris não a abraçara também.

Stevie sabia que era um sinal claro de que devia recuar, mas o desespero para sair daquela situação sem que a mentira fosse pelos ares bem na frente de Vanessa e Adri expulsou qualquer outro pensamento para os cantos mais remotos da mente dela.

Finalmente (*obrigada, meu Deus, finalmente*) Iris amoleceu e abraçou os ombros de Stevie, mas não sem sussurrar "O que tá rolando?" no ouvido dela.

– É, eu sei. Desculpa – disse Stevie. – Só deixa eu...

– Essa é a coisa mais fofa que eu já vi! – exclamou Vanessa, cuja voz veio da plateia. – Né, amor?

– Muito fofa – respondeu Adri, embora seu tom de voz fosse com certeza mais pensativo.

Isso levou Stevie de volta à realidade, e ela se afastou de Iris, que a fitou nos olhos. Havia chamas em todo aquele verde.

Desculpa, Stevie articulou sem fazer som. Ela ia resolver tudo. Explicar. Iris a havia colocado na cama, pelo amor de Deus. Sem dúvida, ela entenderia a necessidade de não passar vergonha na frente de uma ex.

Stevie pigarreou e se virou para Adri e Vanessa, entrelaçando os dedos aos de Iris, que aceitou o gesto. Essa permissão foi uma tábua de salvação.

– Hum. Então, gente, essa é a Iris.

– É, a gente sabe! – Vanessa sorriu. – A mais romântica das românticas.

Iris riu pelo nariz, apertando os dedos de Stevie até doerem. Stevie riu, nervosa.

– É, eu, hum, eu não imaginava que ela vinha...

– Eu quis fazer uma surpresa pra Stefania – declarou Iris, ainda apertando a mão de Stevie. – E acho que consegui.

– Ah, conseguiu, sim. – Stevie apertou a mão dela também. – Com toda a certeza.

– Stefania? – indagou Adri, baixando as sobrancelhas grossas.

Stevie encarou os olhos dela e engoliu em seco. Adri sabia muito bem que, às vezes, ela se imaginava como uma pessoa diferente para encarar uma situação estressante. Sabia também que não se apresentava a ninguém como Stefania, o nome que ganhara em homenagem à sua bisavó italiana.

– É – respondeu Stevie, com as mentiras na ponta da língua. – Quando eu e a Iris nos conhecemos, eu disse meu nome completo. Ela gostou. Gostou, né?

Cutucou de leve o braço de Iris, que olhou para ela com fúria suficiente para reacender uma estrela enfraquecida.

– Pois é – disse Iris por fim, marcando o "é" com tanta ênfase que o som ecoou pelo teatro. – Só um minutinho, tá? – pediu para Adri e Vanessa, puxando Stevie pela mão rumo à escada.

– Claro – respondeu Adri.

– Mas não vá embora, Iris – acrescentou Vanessa. – Tenho certeza de que a Adri quer falar com você sobre a Beatriz.

– Van – disse Adri em tom seco. – A diretora sou eu.

– Eu sei, amor, mas deixa disso. Já viu alguém melhor?

– Peraí, sério? – rebateu Iris, parando nos degraus.

– A Beatriz? – perguntou Stevie, mas Iris encarava Adri.

Adri contraiu a boca numa linha reta.

– Eu admito, Iris, você é perfeita. Quer dizer, a gente pode fazer uma leitura com a Stevie pra você ter uma ideia de como vai ser com Benedita, mas sim. Você é a melhor Beatriz que já vi desde... bom, desde sempre. Sem dúvida.

Iris a encarou, aturdida, mas com um sorrisinho se abrindo em sua linda boca. Mas então o sorriso murchou, e ela olhou para Stevie.

– Você é a Benedita.

Não era uma pergunta, mas mesmo assim a resignação no olhar de Adri se transformou em desconfiança.

– Você não sabia?

Iris fungou em resposta. Stevie precisava tirá-la dali e resolver aquilo o quanto antes.

– A gente já volta – anunciou, mudando de direção e puxando Iris para os bastidores.

Não era um espaço muito grande, mas basicamente um corredor, com polias e cabos no teto e concreto cru no chão. Stevie só desacelerou o passo quando entraram num pequeno camarim que todo o elenco dividia nas noites de apresentação. Havia quatro espelhos iluminados, dois em cada parede, e cadeiras desiguais em frente às penteadeiras, além de um sofá de couro verde num canto, uma mesinha coberta de livros, textos e um Nintendo Switch.

Assim que a porta se fechou, Iris se virou para Stevie.

– Que porra é essa?

– Pois é – respondeu Stevie. – Eu sei, desculpa.

Iris cruzou os braços, o cabelo comprido e emaranhado cobrindo os ombros. Ela ficava linda assim zangada, com os olhos verdes um pouco mais escuros, o cabelo ruivo parecendo fogo...

Stevie balançou a cabeça. *Foco.* Precisava se concentrar.

– Quem é você? Porque com certeza não é Stefania.

Stevie levantou as mãos com as palmas para cima.

– Sou, sim. Mas todo mundo me chama de Stevie.

O olhar de Iris ficou mais suave, mas só um pouquinho.

– Stevie.

Stevie fez que sim.

– Então, por que me disse que seu nome era Stefania?

Stevie baixou os braços.

– Porque é o meu nome.

– Você entendeu.

Stevie assentiu e esfregou a testa.

– É. Desculpa. É que eu...

Procurou uma razão que a fizesse parecer menos patética, mas não encontrou nenhuma. Ela *era* patética, e quanto mais cedo Iris soubesse disso, melhor.

É verdade que Iris já devia saber muito bem... depois de Stevie vomitar na coitada.

– Fico nervosa quando conheço alguém – confessou Stevie. – Não mando bem com gente nova, e você é tão...

Linda. Hipnótica. Perfeita.

As palavras caíram como uma cascata na mente de Stevie, mas não podia dizer nenhuma delas.

– Autoconfiante – foi o que acabou dizendo. – Então eu agi como se também fosse. Pensar em mim como se fosse outra pessoa ajudou. Quer dizer, até certo ponto.

Iris a observou com a boca levemente franzida.

– Tá. Acho que entendi.

Stevie exalou com força, mas Iris não havia terminado de falar.

– O que eu não entendi é por que suas amigas estão achando que eu vim aqui por sua causa. Que nosso encontro foi mais que uma noitada desastrosa.

Stevie estremeceu.

– Bela escolha de palavras.

Iris ergueu as sobrancelhas.

– Acho que "desastrosa" é bem apropriado.

– Não, é, é perfeito.

O silêncio se derramou entre elas; um silêncio terrível e incômodo. Então, de forma inexplicável...

– Eu vomito quando fico muito nervosa – foi como Stevie decidiu rompê-lo.

Iris ficou boquiaberta.

– Nossa.

– É. Taí a graça.

– Sinto muito – disse Iris baixinho. – Você poderia ter dito que não queria transar comigo e pronto. Sou crescidinha e dou conta de...

– Mas eu *queria* – afirmou Stevie.

Iris inclinou a cabeça. Mais um silêncio constrangedor; porém, dessa vez, Stevie ficou de boca fechada. O rubor em suas bochechas já devia dizer o bastante.

– Tá bom. – Iris apertou os olhos com os dedos. – Vamos nos concentrar na questão mais urgente.

– Minhas amigas.

– É.

– E a Beatriz.

Iris baixou as mãos, encarando-a.

– Você deve ser muito boa – disse Stevie. – Eu nunca vi a Adri oferecer um papel pra alguém tão depressa.

Lá estava o sorrisinho outra vez.

– Sério?

Stevie fez que sim.

– E eu conheço a Adri há dez anos.

Iris balançou a cabeça.

– Eu não queria fazer um teste pra ser a Beatriz. Praticamente me obrigaram. Bom, elas e o meu amigo Simon, que está em algum lugar com a companhia de teatro.

– É, a Adri é meio mandona.

– Foi mais a outra. Van?

– Ah – disse Stevie.

Iris cruzou os braços.

– Agora, por que ela fez uma coisa dessas?

A voz de Iris exalava sarcasmo. Stevie sabia que precisava concluir a confissão, e saiu tudo de uma vez:

– Deve ser porque Ren, a pessoa com quem eu estava na balada aquela noite, mostrou pra elas uma foto de nós duas dançando no Lush, e elas ficaram tão felizes por eu ficar com alguém que obviamente é areia demais pro meu caminhãozinho que deixei todo mundo acreditar que a gente estava meio que namorando.

Iris a encarou com os olhos semicerrados, como se estivesse tentando acompanhar o falatório.

– Então – disse ela por fim –, estamos namorando.

Stevie não disse nada.

– Tipo um namoro de mentira. Desses de comédia romântica – concluiu Iris.

Stevie encheu as bochechas de ar e soprou devagar.

– É que... aconteceu. Eu namorava a Adri, e agora ela e a Vanessa...

– Ai, meu Deus, peraí, quê? Isso tudo é pra voltar com a sua ex?

– Não! – Stevie deu um passo na direção de Iris. – Não, eu não quero voltar com ela, juro. Mas...

Caramba, aquilo ia soar ridículo. Quando voltou a falar, Stevie fechou os olhos com força e os manteve assim.

– Eu só queria um tempinho pra respirar. Uma hora, um dia em que eu não fosse a ex-namorada-melhor-amiga patética com quem todo mundo se preocupa.

Ela abriu os olhos. Iris a encarava de boca entreaberta.

– Eu pensei: vou fazer de conta por umas semanas e depois dizer pra todo mundo que terminamos – declarou Stevie. – Não esperava que você, *você* de verdade, entrasse no teatro da minha ex.

Isso fez Iris sorrir um pouquinho.

– Bom, sou cheia de surpresas.

– É. – Stevie sorriu também. – Com certeza é.

CAPÍTULO ONZE

IRIS NÃO CONSEGUIA ACREDITAR que de alguma forma se encontrava no meio de uma comédia romântica.

Namoro de mentira.

Era ridículo.

Era absurdo.

Era...

Ela olhou para Stevie, cujos cachos caíam nos olhos, fazendo-a parecer uma espécie de estrela pop adorável e lésbica. Ela estava com uma camiseta cinza justa que dizia *Faz uma pausa, é por uma boa causa!* e mostrava, de forma inexplicável, o desenho de um gato cartunesco segurando um exemplar do livro *Uma dobra no tempo*. A camiseta beirava o ridículo, mas, combinada com o jeans preto de caimento baixo e as botas também pretas de Stevie, ficava bem nela.

Stevie era sexy, disso não havia dúvida.

E Iris tinha a nítida impressão de que ela nem imaginava, o que só a deixava ainda mais sexy.

Eu só queria um tempinho pra respirar... em que eu não fosse a ex-namorada-melhor-amiga patética com quem todo mundo se preocupa.

As palavras de Stevie ecoavam na mente de Iris, uma coleção de sílabas e fonemas que abriram caminho até o meio do peito dela.

Não podia dizer que não entendia a atitude de Stevie.

Entendia, sim.

Bem até demais.

E, claro, a mentirinha de Stevie devia ter parecido inofensiva antes de Iris entrar no Imperatriz. Palavras vazias para aliviar a pressão.

Mas Iris existia de verdade.

E Adri tinha oferecido a ela o papel de protagonista da peça.

E... ela queria aceitar.

Aquele era o verdadeiro estímulo. Se recusasse o papel, poderia apenas sair pela porta e pronto, com uma história completamente maluca para contar a Simon no caminho para casa, e Stevie poderia sustentar a mentira por algumas semanas antes de dar a notícia da separação. Iris não precisava fazer nada. Poderia voltar à sua vida em Bright Falls. Ajudaria Claire e Delilah a planejar o casamento e suportaria mais encontros aleatórios armados pela mãe – talvez a ginecologista de Maeve estivesse *solteira*, olha só – e tudo permaneceria como sempre foi. Ela continuaria a penar com seu livro, surtando a cada dia porque seria obrigada a devolver o adiantamento e arruinar sua carreira antes mesmo de começar, tudo porque sua veia romântica havia se esgotado e ela não conseguia ter nenhuma ideia decente, e...

De repente, parou.

Namoro de mentira.

Era um dos tipos de enredo menos favoritos de Iris – nunca conseguira imaginar uma situação na vida real em que um namoro de mentira seria necessário, mas... lá estava ela com Stevie Sei Lá das Quantas diante de si, pedindo que fingisse ser a namorada dela.

Poderia dar certo. Iris não tinha interesse em descrever aquele enredo em seu livro – Tegan McKee não parecia ser do tipo que faria isso e, para falar a verdade, Iris não sabia se conseguiria escrever aquilo de maneira verossímil –, mas passar um tempo com Stevie num ambiente romântico poderia romper seu bloqueio criativo. Ela poderia até viver um pouco de romance. Encontrar-se umas vezes com ela, andar de mãos dadas, voltar ao jogo do amor verdadeiro sem a menor obrigação de compromisso nem sinal de complicação.

Porque era tudo falso.

Além disso, queria muito participar daquela peça. Ao ler as falas de Beatriz no palco, ficara animada. Apaixonada. Fora divertido e, acima de tudo, Iris Kelly adorava se divertir.

– Tá bom – disse ela. – Mas pra fazer isso vou precisar de uns favores seus.

– Peraí... – respondeu Stevie. – Você quer mesmo fingir que a gente tá namorando?

– Quero fingir que estou namorando *alguém*. E quero estar nessa peça, então acho que, em se tratando de *Muito barulho por nada*, estamos num impasse.

– Posso contar a verdade pra elas. Vou lá agora e...

– Nem a pau! – exclamou Iris. – Não se eu quiser ser a Beatriz.

Se Stevie admitisse para o grupinho dela, incluindo a ex que por acaso também era a diretora, que tinha vomitado em Iris e depois mentido sobre as duas se pegarem, a dinâmica no palco seria pra lá de esquisita. Sem falar na humilhação total, e Stevie parecia já estar farta de se humilhar. Era drama demais para qualquer pessoa encarar, mesmo num ambiente teatral.

Foi visível que os ombros de Stevie relaxaram, mas depois ela franziu as sobrancelhas.

– Peraí, você disse que *quer* fingir namorar alguém?

Iris abriu um sorriso largo.

– Bom, olha só, é aí que você pode me ajudar... com a pesquisa.

Mas, antes que pudesse explicar mais, a porta se abriu e revelou Simon.

– Ah, achei você – disse ele. – Aquela mulher maravilhosamente linda disse que te ofereceram o papel da Beatriz. Iris, isso é incrível! Diz que você vai aceitar. Eu me nego a deixar você recus...

Ele parou ao fixar o olhar em Stevie.

– Ah. Desculpa interromper. Eu estava só... peraí. – Ele ajeitou os óculos um pouco para cima e apontou o dedo para Stevie. – Você não é a do vômito?

– Simon, *pelamor* – resmungou Iris.

– Desculpa, é... bom, mas é você? – insistiu ele, com a expressão perdida entre a confusão e o bom humor.

– Hum, é... Acho que sou eu – respondeu Stevie, engolindo em seco uma vez, depois outras, como se estivesse a ponto de fazer uma reprise do incidente vomitório.

– E ela vai fazer o papel de Benedita – disse Iris, depois agarrou a mão de Stevie e entrelaçou os dedos nos dela –, além de ser minha namorada de mentira.

Um silêncio pesado se derramou entre as duas e ele. Simon ficou olhando aturdido para Iris, de boca aberta, e ela se esforçou para não rir.

– Contar pra alguém que a gente tá fingindo namorar não vai contra o propósito da coisa? – murmurou Stevie.

– Pra sua turma, sim. Mas pra minha? Ninguém nunca ia acreditar.

– Por que não? – perguntou Stevie.

– Porque Iris Kelly não namora – disse Simon devagar, ainda com aquele ar de *Que merda é essa?*.

– Nem topa parcerias de nenhum tipo – acrescentou Iris. – Mas não tem problema. Não preciso que você convença minha turma de que me ama. Você só precisa sair um pouco comigo, agir como minha namorada, talvez ir a uns encontros românticos pra eu entender de novo como é.

– Como é o quê?

– O amor. – Iris gesticulou. – O romance. Sabe, almas gêmeas, amor eterno e essa lenga-lenga toda.

Stevie ficou olhando para ela, estarrecida, mas Simon espalmou a mão no próprio rosto.

– Ah, meu Deus, isso é pro seu livro! – exclamou ele.

– Que livro? – perguntou Stevie. – O que tá acontecendo?

Iris soltou a mão suada de Stevie e se virou para encará-la.

– Eu escrevo livros de romance e estou meio travada. Só preciso de um pouco de inspiração. A esperança é que uma boa paquera à moda antiga me faça entrar de novo no clima.

– E *eu* posso te ajudar a fazer isso?

Iris assentiu.

– Com certeza. Eu vou ser sua namorada de mentira perto da sua turma e quando a gente estiver no teatro. E você vai ser minha cobaia romântica.

Simon parecia horrorizado.

– Tá, não escolhi bem as palavras – admitiu Iris. – A parte da cobaia, mas não tem nada de mais. Eu te namoro e você me namora.

– Só no fingimento – acrescentou Stevie.

– Ô, a ideia foi sua – argumentou Iris, cruzando os braços. – Ou a gente pode contar pra Adri e a Van-Afrodite que você mentiu e...

– Não. – Stevie balançou a cabeça. – Eu topo. Deixa comigo.

– Não tô entendendo mais nada de nada – comentou Simon, enfiando as mãos no próprio cabelo. – Existe remédio pra isso?

– Aposto que existe. – Iris deu um tapinha carinhoso na bochecha dele.

– Stevie?

Ouviram passos no chão de concreto, e Adri e Vanessa chegaram pelo corredor.

– Ah – sussurrou Iris –, hora do show. Simon, fica de boa, hein.
– De boa como?
– De boca fechada.

Iris puxou Stevie para mais perto de si e a abraçou pela cintura. Stevie ficou feito um muro de tijolos perto dela; teriam que dar um jeito nisso.

– Ah, achamos vocês – disse Adri, vendo o trio pela porta do camarim. Os olhos dela foram parar no braço de Iris ao redor de Stevie antes de olhar para o rosto delas. – Querem fazer uma leitura? Fico feliz em dirigir se você quiser ter uma ideia de como interagir no palco com a Stevie.

– Não precisa – respondeu Iris depressa. – Eu quero o papel.

Vanessa bateu palmas uma vez, abrindo a boca num sorriso encantador.

– Maravilha! Sensacional.

– Que ótimo – disse Adri. – Estamos empolgadas.

Iris sorriu.

– Eu também.

Adri olhou para Stevie, depois pigarreou.

– Tá, então, algumas informações. Em geral, fazemos o ensaio da companhia inteira à noite por conta das pessoas que têm empregos diurnos, mas também ofereço treinamento separado para quem protagoniza as peças, se as pessoas puderem vir.

– Por mim, tudo bem – respondeu Iris.

– Vai começar nesta sexta-feira com o retiro do elenco principal na casa dos pais da Vanessa, em Malibu. Vamos fazer exercícios de trabalho em equipe, leituras em dupla e inversão de papéis. Sei que é de última hora, mas infelizmente não é negociável.

– Malibu? – perguntou Simon. – É meio longe, né?

– Para mim, não – disse Iris depressa, afinal, Malibu! – Nunca fui e sempre quis ir.

E, nossa, a ideia de sair um pouco de Bright Falls era ótima.

Vanessa sorriu.

– Meus pais pagam tudo, inclusive as passagens aéreas, então não se preocupem com isso. São grandes apoiadores das artes, e isso faz parte da contribuição anual deles para o Imperatriz. Quando estamos lá, eles não dão as caras, o que também agradecemos. – Ela riu. – A coisa pode ficar meio maluca.

– Maluquice é comigo mesmo – disse Iris.

– É com ela, sim – afirmou Simon, e Iris deu uma cotovelada nas costelas dele.

– Então você topa? – perguntou Adri, encaixando o cabelo verde-azulado atrás das orelhas repletas de brincos.

Iris espiou Stevie, que ainda olhava para a frente como se estivesse encarando o cano de uma arma. Iris a balançou um pouco, encostou o ombro no dela e sorriu para Stevie como a gatinha apaixonada que era.

Bom, que *fingia* ser.

– Eu topo muito – cantarolou ela, que já era muito boa na encenação.

– Meu Deus do céu... – resmungou Simon baixinho.

Mas Iris o ignorou, aninhando-se um pouco no pescoço de Stevie para arrematar. E não tinha certeza, porque tudo aconteceu muito rápido, mas poderia jurar que viu o sorriso de Adri murchar um pouco.

– Maravilha! – exclamou Vanessa. – Vai ser muito legal! Né, Stevie?

Iris ouviu Stevie respirar fundo, devagar, demorando uma fração de segundo antes de conseguir sussurrar:

– Muito legal.

CAPÍTULO DOZE

TRÊS DIAS DEPOIS, Stevie estava usando um maiô que não servia nela.

Não conseguia nem se lembrar da última vez em que havia nadado, mas naquele momento estava no deque aquecido da gigantesca piscina do Clube Belmont com Iris, tentando criar coragem para tirar a camiseta e o short e revelar uma peça que tinha desde os 17 anos. Era laranja, rosa e branca – o que Stevie tinha certeza de que havia escolhido como uma espécie de declaração de orgulho lésbico iniciante – e tinha decote assimétrico, com alça num ombro só. A alça estava tão esticada que parecia prestes a arrebentar.

Algum tempo antes, no dia seguinte àquela reunião tensa no Imperatriz, Iris tinha enviado uma mensagem enquanto Stevie estava limpando as mesas no Tinhosa.

Iris: Oi, mozão

Stevie encarou a tela. É claro que trocaram números de telefone antes de Iris sair do teatro naquela terça-feira, mas, ainda assim, aquele apelido carinhoso tirou Stevie dos eixos. Talvez quisesse enviar uma mensagem a uma das amigas dela e tivesse errado o número. Stevie ignorou a mensagem e continuou com seu turno, só para ver o celular vibrar cerca de sete minutos depois.

Iris: Amoreco

Iris: Ai, que horror. Que tal só meu bem?

Iris: Gata. Gostei

Iris: Amor

Iris: não é obrigatório todos os casais lgbtq+ se chamarem de amor? A julgar pelas minhas amigas, parece que é

Iris: Pode ser amore mio, se a gente quiser dar uma de chique

Iris: Não, deixa pra lá, isso me lembra um pouco demais a mãe da minha melhor amiga e *socorro*

Stevie ficou só olhando para a tela, piscando enquanto as mensagens se acumulavam, sem saber como responder. Por fim, se contentou em dizer um sofisticadíssimo **Olá**.

Iris: Ela tá viva!

Stevie: Desculpa, tô no trabalho

Iris: Onde você trabalha?

Iris: Acabei de perceber que a gente não sabe nada uma da outra. Tem que ver isso aí antes dos ensaios começarem

Nisso ela tinha razão. A única coisa que Stevie sabia sobre Iris era que ela era escritora e morava em Bright Falls.

Stevie: Café Tinhosa. Se você gosta de uma pitada de bruxaria queer no seu café, é o lugar certo

Iris: Sempre quero uma pitada de bruxaria queer

Stevie: E quem não quer?

Iris: Vou te deixar trabalhar, mas quero te convidar pra um encontro

Stevie: Encontro?

Iris: É, um "encontro"

Stevie inspirou devagar. Havia aceitado aquela parte do acordo, mas imaginou que Iris só ia... esquecer. Se bem que ela não parecia ser do tipo que esquecia as coisas. O nervosismo flamejou no estômago de Stevie, mas ela o engoliu. Era capaz. Não era o caso de ter que impressionar Iris de verdade, afinal já havia se humilhado da pior maneira possível na frente daquela mulher. Além disso, Iris era um doce. Meio pilhada, mas doce.

E maravilhosa.

Nossa, Iris era tão absurdamente linda que Stevie tinha dificuldade para respirar só de pensar naquelas sardas, no cabelo ruivo, no...

Iris: E aí?

Stevie balançou a cabeça para organizar as ideias e mandou uma mensagem: **O que você tem em mente?**

E foi exatamente assim que Stevie se viu usando seu maiô de adolescente numa manhã de sábado na Festa do Orgulho à beira da piscina do Clube Belmont, em Portland. Era um lugar chique que exigia filiação, mas, nos últimos anos, todo mês de junho, o clube organizava uma ação beneficente para o Projeto Trevor e enfeitava sua enorme piscina ao ar livre com todo tipo de badulaques de arco-íris. Ao que parecia, as amigas de Iris iam comemorar um noivado, e Iris queria que Stevie fosse com ela.

Seja minha acompanhante, dissera por mensagem. **A gente pode se conhecer melhor e talvez fique menos incômodo pra você se a gente começar no meio de um grupo.**

Na verdade, foi gentil da parte de Iris pensar assim no nível de conforto de Stevie, e a mulher já estava fazendo um favor imenso para ela ao bancar sua namorada durante a peça. O mínimo que Stevie podia fazer era ir a uma festa lgbtq+ na piscina por uma boa causa. Sem dúvida, na escola, tivera sua cota de amigues que precisavam de alguns dos recursos do Projeto Trevor, e sabia que a organização já havia salvado muitas vidas.

Mas, naquela hora, dez minutos depois de se encontrar com Iris no saguão do Belmont, Stevie ficou paralisada à beira da piscina enquanto o público da festa não parava de chegar. E não ajudava em nada o fato de Iris estar...

Bom, ela estava deslumbrante até dizer chega. Usava uma regata branca fina o suficiente para revelar o biquíni por baixo – estampado de flores vermelhas, amarelas, rosa e laranja, amarrado em volta do pescoço com uma tira bem fina – e um short jeans curtinho com o tecido interno dos bolsos aparecendo abaixo da bainha. O cabelo estava preso num coque desalinhado e, quando ela tirou a regata, Stevie quase parou de respirar.

– Você tá bem? – perguntou Iris enquanto começava a passar o protetor com FPS 50.

Stevie assentiu, mas não fez nenhuma menção de tirar a própria regata verde. Em vez disso, olhou em volta, observando o ambiente. Precisava admitir que era bem impressionante. A piscina era grande e cintilante, e havia bandeiras e faixas de arco-íris por toda parte, além de bandeiras de identidades específicas ao vento, fincadas em jarros de vidro nas mesas que contornavam a área. O deque exibia espreguiçadeiras de teca e grandes guarda-sóis de diversas cores, e um bar oferecia uma variedade de bebidas com guarda-chuvinhas de arco-íris. Parecia ser também um evento de família, com muitos casais de todos os gêneros sentados em volta da piscina enquanto as crianças brincavam na água.

– É maravilhoso – disse Stevie.

– Eu te disse – respondeu Iris, oferecendo o frasco de protetor solar para ela. – Passa nas minhas costas?

Stevie arregalou os olhos, mas pegou o creme e derramou um tanto na mão enquanto Iris se virava. As costas dela eram lisas e cobertas de sardas, e a única coisa que interrompia a faixa de pele eram as duas tirinhas de nada em volta do pescoço e do tronco. Stevie começou entre os ombros – um lugar seguro –, mas, assim que tocou em Iris, sentiu os joelhos vacilarem um pouco. A outra parecia firme como uma rocha, mas logo abriu um sorrisinho tímido, olhando para trás.

– Que gesto mais romântico, minha flor, obrigada.

Stevie não pôde deixar de sorrir diante do novo apelido carinhoso. O tom brincalhão de Iris ajudou a acalmar seu nervosismo, distraindo-a de toda aquela pele em que seus dedos tocavam.

– De nada, chuchuzinho.

Iris riu, depois inclinou a cabeça para a frente para dar acesso ao pescoço. Stevie terminou o serviço depressa, e estava limpando as mãos na toalha quando o celular vibrou na bolsa. Cavando nas profundezas, viu o nome de Adri aparecer na tela. Agarrou o celular e olhou para a mensagem de texto.

> **Adri: E aí, como vai?**
>
> **Stevie: Bem, e você?**
>
> **Adri: Tudo bem. Como tá a Iris? Tudo bem com vocês?**

Stevie olhou para Iris, que no momento besuntava a coxa curvilínea com protetor solar. Os olhares das duas se cruzaram, e Iris deu uma piscadela.

– Doçura! – disse ela, depois franziu a boca num beijinho.

Stevie riu pelo nariz. **Tudo ótimo, respondeu para Adri. Fantástico.**

> **Adri: Legal**
>
> **Adri: Então, eu queria me encontrar com você pra falar do texto**
>
> **Stevie: É?**
>
> **Adri: Afinal, esse projeto começou com você e eu num apartamento furreca**
>
> **Stevie: E uma pizza medonha**

Adri: Meu Deus, horrível. Tinha cheiro de chulé. Tô lembrando direito? Não tinha o maior cheiro de chulé?

Stevie: Tinha, sim. Mas custava 5 dólares e a gente tava sem grana

Adri: Fato. E aí? Topa se encontrar comigo no nosso cantinho hoje de tarde?

Stevie: Nosso cantinho?

Adri: Desculpa. Você entendeu

Stevie entendia, sim, mas não ia ao apartamento que havia dividido com Adri desde a mudança e, para falar a verdade, não estava com muita vontade de fazer isso, ainda mais com Vanessa morando lá. Ela estremeceu, os polegares pairando sobre as teclas. Olhou de novo para Iris, que estava acenando para um grupo de pessoas que vinha na direção delas.

Stevie: Hoje não dá. Estou no Belmont com a Iris

Três pontos piscaram na tela e desapareceram antes de reaparecer. Stevie sentiu a garganta meio apertada. Mas ela e Adri haviam terminado. Era só amizade. Podiam namorar outras pessoas. Adri entenderia.

Adri: Tá certo. Não esquenta

Stevie pressionou a mão no estômago. Saco, era justamente por isso que detestava conversar por mensagens de texto. Conhecia Adri e sem dúvida havia um *tom de voz* na resposta dela, mas também sabia que, se lhe perguntasse sobre isso, ela – e a maioria das pessoas, porque era uma porcaria de mensagem de texto, pelo amor de Deus – não teria a menor ideia do que Stevie estava falando, e Stevie se acharia uma besta.

Então, engoliu em seco algumas centenas de vezes, respirou fundo 5 mil vezes e largou o celular de volta na bolsa.

– Oi! – gritou Iris para o grupo que chegava, e em seguida se virou para pegar a mão de Stevie, puxando-a para perto antes mesmo que ela terminasse de fechar a bolsa.

– Ah, tá – disse Stevie, atrapalhada, ao lado dela.

– Te prepara, minha cara – sussurrou Iris, e Stevie riu outra vez, relaxando na mesma hora.

– Que lugar lindo – disse uma bela mulher de óculos.

Estava com um maiô vintage estampado de bolinhas e uma saia pareô. Chegou de mãos dadas com uma mulher de cabelo cacheado, regata e short pretos, com uma coleção de tatuagens cobrindo os braços e reluzindo ao sol.

– Né? – disse Iris.

– Lógico, é o Belmont.

Quem disse isso foi uma loira de aparência sofisticada e franja desfiada, de mãos dadas com outra mulher, que tinha cabelo castanho-avermelhado, curto e rapado de um dos lados.

– A gente tira a mina da aula de etiqueta, mas não tira a etiqueta da mina – comentou a mulher tatuada.

– Manda ela se ferrar, Astrid – disse Iris para a loira. – Por favor.

Astrid se limitou a franzir a boca e negar com a cabeça.

– Tá vendo? – insistiu a tatuada.

– Caramba, como tá quente – comentou o cara de quem Stevie se lembrava como Simon. – Era pra fazer tanto calor assim em junho?

– Aquecimento global, amor – respondeu uma pessoa negra com um halo de cachos escuros.

Iris sorriu para todo o grupo, depois passou o braço em volta da cintura de Stevie.

– Gente, essa é a Stevie.

Todas as seis pessoas ficaram paralisadas, como se tivessem acabado de perceber que Stevie estava lá.

– Puta merda – murmurou a tatuada.

– Amiga... – disse a de óculos para Iris, arregalando os olhos castanhos, meio boquiaberta. – Você... trouxe companhia?

– Ai, meu Deus – resmungou Simon, balançando a cabeça.

– Que foi? – perguntou Emery.

Iris riu.

– Não é nada assim tão absurdo. Stevie é minha namorada de mentira.

Todas as pessoas piscaram ao mesmo tempo, como se tivessem uma espécie esquisita de mente coletiva.

– É *o quê*? – perguntou Astrid.

– Eu te disse que era uma péssima ideia – afirmou Simon.

– Iris, do que você tá falando? – perguntou a de óculos.

Iris suspirou, e Stevie desejou muito que a terra a engolisse inteira. Aquilo era mais do que constrangedor. Não sabia direito por que tinha achado que daria certo, nem se conseguiria levar o plano adiante sem se sentir uma besta completa.

– Tá bom, escutem só – disse Iris.

E começou a contar como tinha conhecido Stevie no Lush e a encontrara de novo no Imperatriz. Não falou das mentiras de Stevie, nem comentou o fato de que o namoro de mentirinha era sério – ou falso? Nossa, como aquilo era confuso… – para a turma de Stevie. Simplesmente disse que Stevie concordou em sair com ela algumas vezes para fins de pesquisa.

– Pesquisa – repetiu Astrid.

Não era uma pergunta. Parecia mais uma acusação.

– É – respondeu Iris. – E eu agradeceria muito se todo mundo aqui parasse de fazer caras e bocas, porque a Stevie é um amor e está colaborando muito.

O grupo todo se entreolhou, e Stevie se sentiu encolher ainda mais. Iris a apertou mais junto dela, e a mulher de óculos deu um passo à frente, estendendo a mão.

– Desculpa, Stevie, foi grosseria nossa. É muito bom te conhecer. Eu sou a Claire.

– Oi, Claire – respondeu Stevie, apertando a mão dela. – Sei que a situação é esquisita.

– É bem coisa da Iris – disse a mulher tatuada. – Nem esquenta. Eu sou a Delilah.

Stevie sorriu e acenou, e as outras pessoas se apresentaram como Astrid, Jordan e Emery.

– Maravilha – falou Iris com leveza, mas havia certa tensão na voz dela. – Agora que já passou, eu e minha namorada vamos dar um mergulho. – E se virou para Stevie. – Bora lá?

– Hã, bora – respondeu Stevie, deixando Iris levá-la pela mão.

Enquanto saíam, ela ouviu alguém no grupo sussurrar "Que porra é essa?", mas Iris só seguiu em frente. Pararam perto de outras espreguiçadeiras, Iris tirou o short e...

Stevie quase desmaiou.

Sabe, parte do problema de fingir que namorava uma mulher absurdamente sexy era que Stevie ainda nem tinha aliviado aquela coceirinha de contato físico que dera as caras no Tinhosa, quando havia tentado se aninhar a Adri na semana anterior. E ali, parada sob o sol enquanto Iris, lindíssima e curvilínea, tirava a roupa e ficava só com o biquíni minúsculo... Stevie estava sentindo *um negócio*.

– E aí? – perguntou Iris. – Vem comigo, meu botãozinho de rosa?

Stevie gargalhou ao ouvir o novo apelido, o que a ajudou a relaxar.

– Acho que vou, *mon petit chou*.

Iris riu.

– Francês, já? Estou lisonjeada.

– Quer dizer "meu repolhinho". Não sei se você devia ficar lisonjeada.

– Me chamou de verdura. Que sexy.

Stevie balançou a cabeça, e foi impossível reprimir o rubor que tomou conta das bochechas. Iris inclinou a cabeça, estreitando os olhos.

– Não é fingimento, né?

– Que foi?

– A timidez.

Stevie deu risada.

– Hum... não, de jeito nenhum. Você viu na noite em que a gente se conheceu, né?

Iris deu de ombros.

– Só me lembro de uma mulher muito sexy que me beijou primeiro.

– E que depois deu indícios de ser a pior sedutora do Noroeste do Pacífico – emendou Stevie.

Iris continuou com uma expressão pensativa ao se aproximar, passando os dedos debaixo da barra da camiseta de Stevie.

– Então deixa a iniciativa comigo. Posso?

Stevie engoliu em seco, ciente de que Iris estava muito perto dela. Sabia que era fingimento – uma encenação de romance para entrar na cabeça de uma personagem ou coisa do tipo –, mas, com Iris a um suspiro de distância, dava para contar cada sarda no rosto dela, e seus pulmões pareciam ter esquecido como respirar.

Porém, conseguiu fazer que sim com a cabeça, e Iris levantou a camiseta dela, fazendo-a erguer os braços. O tecido deslizou devagar – muito mais do que precisava, na opinião de Stevie –, e quando a camiseta saiu, Iris estava sorrindo.

– Que foi? – perguntou Stevie, girando os ombros para trás enquanto a alça do maiô puxava o pescoço dela.

– Nada, não. É que você é bonita, só isso.

Stevie bufou.

– Essa fala é da sua pesquisa?

O sorriso de Iris vacilou, mas só por um instante.

– Claro que é, florzinha do meu jardim.

Stevie tratou de tirar o short – de jeito nenhum conseguiria deixar uma mulher que poderia muito bem estar na lista das Pessoas Mais Sexy do Ano tirar aquela peça para ela – e se aproximou com Iris da piscina, onde a água já ondulava com o movimento das pessoas. Stevie viu o grupo de Iris passear perto da escada, metade segurando bebidas com guarda-chuvinhas.

– Pronta? – perguntou Iris, entrelaçando os dedos aos de Stevie.

Stevie puxou a alça do maiô, que era tão fina que parecia um fio de espaguete. O tecido mal cedeu, fincando-se no ombro como um barbante. Mesmo assim, ela confirmou com a cabeça e apertou a mão de Iris.

– Um... – contou Iris. – Dois... três!

Stevie pulou, erguendo o braço livre e mergulhando. A água a atingiu como um tapa, repentina e gelada. Mesmo assim, sentiu-se livre e fora de controle. No impacto, soltou a mão de Iris e deixou os joelhos dobrados durante todo o mergulho, roçando com os pés o fundo da piscina antes de disparar de volta à superfície. Emergiu sob o sol, tirando o cabelo do rosto e rindo.

– Que delícia! – exclamou, piscando os olhos por conta da luz e procurando Iris. – Eu devia fazer isso mais...

– Ai, caramba – murmurou Iris, com os olhos arregalados e fixos no peito de Stevie.

Foi então que Stevie percebeu direitinho por que se sentira tão livre e fora de controle ao cair na água: a alça do maiô tinha arrebentado e, no momento, flutuava diante dela enquanto as ondas lambiam seus...

– Puta merda – resmungou ela, cruzando os braços para se cobrir, porque, apesar do mergulho vigoroso, ela e Iris haviam pulado no lado raso da piscina, e os seios dela estavam à mostra naquele evento de família.

– Tudo bem, tá tudo bem – disse Iris, nadando em sua direção.

Ela pegou a alça flutuante e a puxou para cima, tirando os braços de Stevie do caminho para poder passar a alça em volta do pescoço dela, e foi para trás de Stevie, que sentiu o leve puxão.

– Tudo bem aí? – perguntou Claire, aproximando-se delas pela água.

– Meu palpite é que não – disse Delilah, sem maldade, e se virou para Stevie numa expressão de pura empatia.

– Dá pra amarrar com alguma coisa? – perguntou Astrid, que também estava atrás de Stevie enquanto ela e Iris tentavam ajeitar o maiô antigo na marra.

Logo todo o grupo havia cercado Stevie, protegendo-a dos olhos do público. Mesmo assim, ela sentiu que estava a cinco segundos de mostrar os peitos para todas elas, e essa não seria a melhor das primeiras impressões.

– Bom, boneca – comentou Iris –, parece que não tem jeito de salvar esse maiô. – E puxou um pouco mais.

– É melhor eu ir embora – respondeu Stevie. – Não quero estragar a festa de vocês.

– Nem ferrando. Minha mulher está com um problema, e eu vou resolver. – Iris soltou a alça devagar para que Stevie pudesse segurar o maiô no peito sozinha. – O clube vende roupa de banho.

Stevie concordou e deixou Iris ajudá-la a sair da piscina pela escada. Alguns meninos pré-adolescentes apontaram e riram, e ela sentiu que tinha voltado aos 11 anos de idade enquanto saía da água e Iris a enrolava numa toalha.

– Que primeiro encontro mais romântico – comentou Stevie.

Iris riu.

– Tenho que admitir, você sempre deixa tudo mais interessante.

– Então... você viu muita coisa? Antes de eu me cobrir?

Iris torceu a boca enquanto fechava mais a toalha.

– Digamos que a curiosidade que eu não sanei na noite em que a gente se conheceu foi totalmente saciada.

– Ai, meu Deus. – Stevie cobriu os olhos.

– Opa, não precisa ficar com vergonha.

Stevie espiou por entre os dedos.

– Não?

– Nem um peitinho. Quer dizer, pouquinho.

Por um instante, Stevie ficou paralisada – não conseguia acreditar que Iris tinha dito aquilo –, mas logo uma risada brotou em seu peito e verteu pela boca. De repente, as duas estavam gargalhando, literalmente apoiadas nos ombros uma da outra. Stevie não conseguia se lembrar da última vez que rira até os músculos da barriga doerem.

– Nossa, eu tava precisando disso – comentou, enxugando os olhos.

– Todo mundo aqui precisava – comentou Iris.

Stevie voltou a rir quando ela pegou sua mão e a levou para dentro.

– Agora – disse Iris ao abrir a porta de vidro, o ar frio saindo para recebê-las –, para a próxima escolha, estou pensando numa peça pelo menos três tamanhos menor que o seu, sem nada além de uma tirinha pra cobrir a sua bunda.

– Talvez eu não use nada na parte de baixo – respondeu Stevie. – É só entrar de cabeça nesse clima de atentado ao pudor que já comecei.

Iris riu mais enquanto andavam pelo saguão, todo de vidro e madeira nobre. Stevie sentiu uma onda de orgulho; fazer uma mulher como Iris rir assim parecia uma grande realização.

Estavam quase na loja do clube quando Iris parou tão de repente que Stevie esbarrou nela.

Iris, porém, pareceu nem notar. Estava paralisada, com a pele já clara adquirindo um tom que só poderia ser descrito como rosa-salmão intenso.

– Iris? – disse Stevie com delicadeza. – Você tá bem?

Iris se limitou a piscar, com os olhos arregalados e fixos numa mulher cerca de 6 metros à frente delas, na recepção. Era alta, tinha cabelo loiro-gelo curto nas laterais e cheio no alto, e usava regata branca, bermuda azul-marinho e tênis brancos. Parecia estar comprando as entradas da festa e logo se juntou a outra mulher, de cabelo escuro e comprido, com uma saída de praia em tie-dye e uma bolsa cheia de toalhas de praia no ombro, acompanhada por um menino de cabelo castanho-claro que parecia ter uns 9 ou 10 anos.

– Tá pronta, amor? – perguntou a loira, pegando na mão da morena e começando a andar na direção de Iris e Stevie.

Ao se aproximar, ela cruzou olhares com Iris, abrindo a boca. Então balançou a cabeça em um gesto sutil e apertou o passo, mas a morena também tinha visto Iris.

– Ah, meu Deus! – exclamou ela, recuando como se Iris tivesse cuspido veneno. – Você!

– Lucy, vem – chamou a loira. – Vamos embora.

Mas Lucy não quis saber. Soltou a mão da outra e se voltou contra ela.

– Você sabia que ela estaria aqui? Ainda tá transando com ela? Que saco, Jillian, achei que isso era assunto encerrado!

– Mamãe, o que foi? – perguntou o menino.

A loira, Jillian, se limitou a balançar a cabeça, enquanto Iris parecia estática no lugar. Stevie apertou a mão dela, tentando fazê-la voltar a si, mas a única reação que conseguiu foi fazer o lábio inferior de Iris tremer.

– Não é nada, meu bem – respondeu Jillian para o menino, e olhou feio para Iris. – Por que ainda tá parada aqui? Pode ir embora, por favor?

Iris ficou encarando a mulher, abrindo e fechando a boca como um peixe.

– Ah, não – disse Lucy, cruzando os braços. – Ninguém sai daqui enquanto não me responderem. Acho que precisamos ligar pra nossa terapeuta. E já.

– Olha... – disse Stevie com a maior firmeza possível.

Não sabia quem eram aquelas duas, mas já a estavam irritando. De repente, a audaciosa e atrevida Stefania assumiu o controle, e Stefania não aceitaria ver Iris ser intimidada a seu lado.

– Não sei quem são vocês – continuou ela –, mas minha namorada não fez nada pra vocês.

– Namorada – retrucou Lucy, bufando de desdém. – Toma cuidado, porque ela gosta de transar com mulher casada.

– Lucy – disse Jillian em tom de censura.

– Tô errada? – perguntou Lucy com uma voz estridente.

Os olhos da mulher brilhavam, marejados, mas Stevie já estava farta. Segurando o maiô rasgado com uma das mãos, puxou Iris, ainda pálida, e não parou até chegar ao vestiário, decidida a levá-la o mais longe possível daquelas duas babacas.

CAPÍTULO TREZE

JILLIAN.

Logo ela?

Iris sabia que Jillian morava em Portland, mas ainda não tinha cruzado com sua ex-amante desde a manhã da festa de Claire e Delilah, no ano anterior.

Naquela noite, Lucy tinha telefonado para Iris – pelo celular que Jillian tinha deixado para trás sem querer – e o caso foi escancarado. Lucy até chorou ao telefone com Iris enquanto as duas meio que lamentavam a injustiça juntas. Mas, naquele momento, ficou óbvio que a raiva havia substituído qualquer comiseração.

– Oi? – disse Stevie.

Iris olhou para o vestiário ao redor, cheio de armários lustrosos de teca e piso de mármore. Havia toalhas brancas muito macias empilhadas nas prateleiras e vigas de madeira por todo o teto. Pias com cubas redondas e limpíssimas revestiam as bancadas reluzentes, e o ar cheirava a ervas: lavanda, manjericão e hortelã.

– Nossa, que lugar chique – murmurou Iris; sua voz soou distante, quase ausente.

Stevie riu.

– É, acho que não vou virar sócia daqui tão cedo.

Iris assentiu, ainda observando todo o glamour à sua volta. O vestiário estava vazio, mas, ao ver uma sauna nos fundos, ela foi direto até lá.

O local estava quente, mas não sufocante; mesmo assim, Iris desabou no banco de teca e jogou a toalha longe. Inclinou a cabeça para trás e fechou os olhos. Logo ouviu Stevie entrar e se acomodar no banco em frente, com a toalha roçando os tornozelos de Iris.

– Foi uma bela cena de heroísmo – disse ela sem abrir os olhos. – Foi Stefania em ação?

Stevie não respondeu.

Iris fechou os olhos com ainda mais força. Não queria olhar para Stevie. Não queria ver nos olhos dela as perguntas, o julgamento. A vergonha pesava no peito, e ela fechou os punhos. Não pensava em Jillian com frequência. Depois que tudo descambou, mais de um ano antes, Iris levou algumas semanas para conseguir processar os acontecimentos, e gostava de pensar que havia aceitado o fato de não ter sido culpa dela, que não sabia nada sobre o casamento de Jillian nem sobre suas mentiras. Mas havia instantes, lampejos rápidos em que a mente voltava a repassar a situação, desde o momento em que Jillian entrou na loja dela até a noite em que Lucy ligou, e nessas horas era difícil respirar.

Difícil se olhar no espelho.

Iris não tinha amado Jillian. Sabia disso; não se tratava de amor. É verdade que o sexo tinha sido surreal de tão bom, e também fizeram juntas coisas que não envolviam orgasmos, indo a bares sofisticados e a algumas exposições de arte em galerias chiques de Portland. Mas, mais do que qualquer coisa, o problema era o fato de Jillian ter escolhido Iris.

Ela a *selecionou*.

Encontrou-a no Instagram, contratou-a para criar um planner personalizado, e, assim que Iris terminou o serviço, transou com ela pelas costas da esposa.

E Iris só... permitiu.

– Merda – resmungou Iris na sauna, apertando os olhos com os nós dos dedos. – Aposto que você tá imaginando o porquê daquilo.

– Não precisa me contar. Mas você tá bem?

Iris finalmente abriu os olhos. O olhar de Stevie era terno, tão castanho, profundo e intenso que Iris nem se deu ao trabalho de mentir.

– Não sei – respondeu ela, e alguma coisa nessa confissão fez lágrimas aflorarem em seus olhos. Ela os esfregou em vão. – Saco. Desculpa.

– Tá tudo bem – assegurou Stevie. – Poderia ser pior. Sabe, uma vez eu vomitei numa mulher que estava tentando levar pra cama...

Iris arregalou os olhos por um instante antes de começar a rir.

– Minha nossa.

– Pois é. É a pior tentativa de encontro de que você já ouviu falar, né?

Iris continuou a rir, sacudindo os ombros. Por sorte, Stevie também começou a rir porque, nossa, tinha graça *mesmo*. Pelo menos, olhando em retrospecto.

As duas passaram uns bons dois minutos rindo, tanto que os músculos da barriga de Iris começaram a doer. Stevie tinha uma risada bonita: suave, mas forte e apaixonada.

– Nossa, eu tava precisando disso – comentou Iris, sentada no banco de madeira quente com as pernas abertas. – Agradece à mulher em quem você vomitou pelo alívio cômico. Em meu nome, de coração.

Stevie sorriu.

– Pode deixar.

Iris olhou para o teto, voltando à realidade.

– Eu fiquei com ela. Com a loira. O nome dela é Jillian.

E toda a história transbordou. Ela não queria falar sobre isso, mas, ao mesmo tempo, *queria*. Queria explicar para Stevie, mas também se sentia pesada, como se as palavras e os sentimentos de toda aquela confusão estivessem pesando em suas costas, retardando os movimentos e pensamentos.

Ao terminar, encostou a cabeça na parede, de repente exausta.

– Então, essa é minha historinha triste. Quer saber do namorado com quem passei três anos e que me largou porque eu não quis ter filhos com ele? Essa também é boa.

Iris virou a cabeça para olhar para Stevie, porque, em algum momento, ela havia se sentado ao seu lado, ainda segurando o maiô no peito, com os cabelos molhados se encaracolando em volta do rosto.

– Nada disso foi culpa sua – disse Stevie.

– O quê? Os filhos ou a traidora?

– As duas coisas.

– É, todo mundo que eu conheço diz isso.

– Lógico que diz. Mas talvez você precise ouvir a mesma coisa de alguém que mal te conhece e que não ganha nada falando isso, porque parece que você não acredita muito.

Iris balançou a cabeça e desviou o olhar.

– Acredito, sim. – Mas, mesmo aos próprios ouvidos, a frase soou vazia. – É que... você já sentiu que a pessoa que você quer ser é alguém que ninguém mais quer?

Stevie riu, mas não foi de alegria.

– Já. O tempo todo.

Iris inclinou a cabeça.

– Por quê?

Stevie suspirou e dobrou uma perna em cima do banco, abraçando o joelho com um dos braços.

– Eu tenho transtorno de ansiedade generalizada. Desde criança. E isso... deixa tudo mais complicado. Nem sempre eu sei o que vai ativar minha ansiedade, e fico com a impressão de que a porcaria do mundo não dá uma trégua, sabe? Pra não ficar pra trás, tenho que *fazer, ser* e *agir* assim ou assado, me mudar pra certa cidade, dizer não pra certa pessoa e ficar de boa quando minha ex diz que é melhor a gente terminar, apesar de eu morrer de medo de viver sozinha.

– E ficar de boa quando essa ex começa a namorar uma das suas melhores amigas? – perguntou Iris.

Ninguém havia contado para ela que Vanessa era amiga íntima de Stevie, mas ela percebeu; era a mesma energia do clã queer que ela conhecia e amava.

Stevie suspirou, dando de ombros.

– É. E eu tô de boa, *sério*.

Iris sorriu.

– Do mesmo jeito que eu acredito que não é minha culpa.

As duas se observaram por um tempo, o que de repente fez Iris querer abraçar Stevie, aninhar o rosto no pescoço dela e respirar fundo.

– Isso não é muito romântico – disse Iris por fim, porque precisava romper aquele feitiço.

– Não mesmo. E tá mais quente que a antessala do inferno. – Stevie enxugou a testa, ajeitando o cabelo para trás, depois voltou a ficar séria. – Quer voltar pra piscina?

– Nem um pouco.

– Graças a Deus. Eu até *poderia* pagar 200 dólares por um maiô do clube, mas aí passaria um mês sem poder comprar comida, então...

– Entendido.

Ainda assim, nenhuma das duas se mexeu. Era verdade que Iris não queria correr o risco de ver Jillian outra vez, nem explicar ao grupo o que havia acontecido, mas também não queria ir para casa.

E não queria que Stevie fosse para casa.

Pela primeira vez em muito tempo, apesar do encontro com Jillian, Iris estava… relaxada. Não estava pensando no desastre que era seu livro, em como tudo estava mudando em seu círculo de amizades e em como todo mundo parecia estar seguindo com a vida, crescendo, mudando sem ela.

Iris simplesmente *existia* ali, ao lado de outro desastre igual a ela – porque Stevie era cem por cento uma fofura de desastre –, e a sensação era a de tomar o primeiro gole de água fresca depois de uma longa caminhada.

– Sabe de uma coisa, chuchu? – disse ela, endireitando-se e enrolando a toalha na cintura. – Acho que eu topo um flat white superqueer e bruxesco.

Stevie levantou uma das sobrancelhas.

– Sério?

– Sabe onde tem?

– Talvez. E eu ganho um bom desconto lá.

Iris sorriu.

– Ótimo. Mas, meu dengo, você tem que buscar nossas coisas lá na piscina, porque não existe a menor chance de eu voltar lá.

CAPÍTULO CATORZE

O TRAJETO ATÉ O TINHOSA não era demorado, mas Stevie não entrava no carro de Iris desde *aquela noite*, e teve uns vislumbres viscerais que a deixaram meio horrorizada e meio… excitada.

Ainda mais por estar sem calcinha e sutiã.

Depois de pegar as coisas na área da piscina e explicar ao grupo de Iris que ela estava com dor de cabeça, Stevie tirou o maiô no vestiário e vestiu a regata e o short. Como havia se encontrado com Iris no Belmont já com aquele maiô apertado, nem tinha pensado em levar roupa íntima. É verdade que seu peito não exigia apoio constante, e ela já passava mesmo a maior parte do tempo sem sutiã.

— Nossa, eu amo essa cidade — disse Iris, saindo do carro a dois quarteirões do Tinhosa.

Ela abriu os braços na calçada e ergueu o rosto para o sol, mas uma nuvem cobriu a luz e lançou o rosto dela na sombra. As pessoas que passavam a olharam descontentes ao precisar contorná-la, e ficou óbvio que Iris não deu a mínima.

Stevie não pôde deixar de sorrir para ela.

— Você sempre morou em Bright Falls?

Iris baixou os braços e girou uma vez, depois enganchou o braço no de Stevie quando começaram a andar.

— Morei. Bom, desde que eu tinha 10 anos, quando a gente se mudou de São Francisco pra lá. E fiz faculdade em Berkeley.

— Então tem muito sangue da cidade grande nas suas veias — concluiu Stevie.

Iris assentiu.

– Acho que sim. Adoro cidade pequena, mas isso aqui... – Ela gesticulou com as mãos, indicando a rua. – O barulho, as luzes, as pessoas, as bandeiras de arco-íris. Não é Bright Falls.

– Já pensou em se mudar?

Iris franziu a testa e ficou de boca aberta por um instante antes de fechá-la e balançar a cabeça, negando.

– Todo mundo que eu amo mora em Bright Falls.

Stevie fez que sim.

– Todo mundo que eu amo mora aqui.

Iris sorriu para ela, depois a cutucou com o ombro.

– E você? Nasceu e cresceu na cidade?

– Ah, não. Nasci em Petaluma.

– Isso fica na Califórnia?

– Sim, é uma cidade superpequena. Minha mãe ainda mora lá. Ela é veterinária. Éramos só eu e ela, e era ótimo, mas aí eu fiz 18... sei lá. Não era fácil ser lésbica lá.

Iris afagou o braço dela.

– Dá pra imaginar. Eu só aguentei morar em Bright Falls por causa da Claire. Além disso, só entendi mesmo que era bi na faculdade. Você era jovem quando percebeu?

– Era. Tinha 13 anos. Com a minha ansiedade no meio, foi interessante. Mas minha mãe sempre me apoiou muito.

– Pelo menos isso.

– É muito mais do que várias pessoas na minha cidade tiveram.

As duas pararam na faixa de pedestres entre os quarteirões.

– E a sua família?

Iris respirou fundo.

– Quase sempre, me apoia. É católica. Sou a filha do meio fracassada entre um irmão e uma irmã perfeitos.

– Fracassada? – Stevie franziu a testa. – Como assim?

Iris deu de ombros, e começaram a andar de novo.

– Não sou casada e não tenho filhos nem planos de mudar minha situação no futuro. Além disso, gosto demais de sexo, então também tem isso.

– Ah.

– Pois é. – Iris abriu um sorriso amarelo. – Minha família me ama, mas... bom... minha mãe se "preocupa". – Ela fez sinal de aspas com os dedos em volta da última palavra.

Stevie abriu a boca para perguntar mais, mas o Tinhosa apareceu à esquerda e Iris abriu um sorriso de verdade.

– Esse lugar é maravilhoso. – Ela indicou as várias bandeiras do Orgulho voando ao vento em volta da porta de carvalho escuro, assim como as letras bruxescas na janela informando o nome do café. – Em Bright Falls, tem poucos lugares que se jogam assim de cabeça no Orgulho.

Stevie riu.

– Aqui, é como se tivesse uma parada todo dia.

– Adoro.

O sorriso de Stevie se alargou enquanto via Iris observar a decoração, e estava prestes a abrir a porta quando a viu:

Adri.

Sentada à janela.

Olhando diretamente para elas com os olhos arregalados e uma cópia de *Muito barulho* nas mãos.

– Ai, saco – sussurrou Stevie ao exalar.

– Que foi? – perguntou Iris, olhando em volta.

Stevie percebeu o instante em que Iris também avistou Adri, porque todo o corpo dela se enrijeceu.

– Ah. Tá. Então é hora do show.

– Saco – repetiu Stevie, sentindo seu nível de oxigênio se esgotar num instante.

Não estava preparada para aquilo. Nem tinha pensado que uma das amigas poderia estar no Tinhosa, muito menos a própria Adri, mas devia ter imaginado. Devia ter sabido ou previsto ou...

– Vem cá – disse Iris baixinho. Acenou para Adri e, em seguida, levou Stevie para mais perto da porta até saírem do campo de visão da outra. – Tá tudo bem.

– Saco, saco. – Era a única coisa que Stevie conseguia dizer.

– Você tá abalada mesmo.

– É que... Não lido bem com surpresas.

– Já notei.

– Desculpa – disse Stevie.

Saco, ela estava uma pilha de nervos.

– Tá tudo bem – repetiu Iris. – Essa é a primeira vez que a gente tem que fazer isso de verdade. Você só precisa entrar um pouco no clima. Vamos ensaiar. Só nós duas.

Roçou os dedos na mão de Stevie, primeiro de leve, depois entrelaçando as mãos. Com o contato, o estômago de Stevie deu um pulo, mas ela sabia que era apenas parte do jogo.

– Tudo bem? – perguntou Iris.

Stevie fez que sim e respirou fundo.

– Vai dar tudo certo. É só dar as mãos e ficar mais juntinho. Pronto. A gente não precisa entrar lá e transar em cima da mesa pra provar que tá namorando.

– Meu Deus, tomara que não – respondeu Stevie, mas estava rindo e já respirava mais devagar.

Iris afagou as mãos dela com os polegares num ritmo tranquilizador.

– E você é uma ótima atriz – continuou Iris.

– Você nunca me viu atuar.

Iris inclinou a cabeça.

– Bom, minha joaninha preciosa, você disse que a Adri só escala as melhores, então pronto. Você consegue.

Stevie sorriu.

– Joaninha preciosa?

Iris deu de ombros.

– Tô improvisando. Viu? A gente já tirou de letra.

Stevie riu, depois girou os ombros para trás. Teve vontade de invocar Stefania, mas, por algum motivo, não parecia a atitude certa. Dessa vez, não.

– Tá bom. Tô pronta.

Iris abriu a porta e levou Stevie para dentro, com a mão atrás da cintura dela. Um toque muito sutil que, de alguma forma, ajudou a aterrar Stevie no próprio corpo. Os pés no chão. Os dedos roçando os de Iris enquanto entravam na fila.

Ela acenou para Adri, que acenou também, acompanhando-as com o olhar até o caixa.

– Tá indo muito bem – assegurou Iris, encostando-se um pouco mais do lado de Stevie para sussurrar no ouvido dela.

Stevie estremeceu, e Iris riu. Meu Deus, a mulher praticamente exalava sexo. Stevie tinha certeza de que a única coisa que *ela* já tinha exalado eram hormônios de estresse.

No caixa, cumprimentou Ravi, que começara a trabalhar lá em meio-período poucas semanas antes, pedindo um flat white para Iris e um café gelado para si.

– Nossa, somos duas hipsters – comentou Iris enquanto pegavam as bebidas e iam na direção de Adri.

Stevie riu.

– Tenho um óculos na bolsa.

– Tem, é?

– Não, mas dá pra ser hipster sem óculos?

– Tá, então somos duas péssimas hipsters.

Stevie riu de novo; a conversa fluía com tanta naturalidade que ela nem percebeu que haviam chegado à mesa de Adri.

– Oi – cumprimentou Adri, ficando de pé. – Que bom te ver de novo, Iris.

– Digo o mesmo! – respondeu Iris, animada. – Tô ansiosa pra viagem pra Malibu.

Adri ergueu uma única sobrancelha.

– Aposto que está.

O ânimo de Iris diminuiu um pouco ao ouvir o tom de voz de Adri, mas, mesmo assim, sentou-se e cruzou as pernas. Adri se acomodou também, seguida por Stevie, que deslizou para a cadeira ao lado de Iris como se afundasse em areia movediça.

Iris apoiou o braço nas costas da cadeira de Stevie, usando os dedos para brincar com as pontas do cabelo dela. Adri acompanhou o gesto com o olhar, e Stevie pigarreou.

– Tá revisando o texto? – perguntou.

Adri olhou para ela por um instante, depois para o livro e o laptop aberto.

– Estou. Acho que tá ficando bom.

– Em que você tá trabalhando, especificamente? – perguntou Iris, tomando sua bebida. – Está reescrevendo?

O sorriso de Adri mais pareceu um ranger de dentes.

– Não se reescreve Shakespeare. São só mudanças sutis para adaptar a peça ao nosso elenco lgbtq+.

Iris assentiu.

– Adorei. É uma ideia maravilhosa.

Dessa vez, o sorriso de Adri foi sincero, e Stevie sentiu os ombros destravarem em volta do pescoço.

– A gente acha que sim – disse Adri, olhando para Stevie. – Trabalhamos nessa interpretação pela primeira vez nos tempos da faculdade.

– É mesmo? Fizeram faculdade juntas?

Adri estreitou os olhos.

– Você não sabia?

Iris fungou.

– Uma hora a gente ia tocar no assunto. Falar de ex não é bem nosso maior passatempo.

Ela se aproximou e beijou a bochecha de Stevie. E não foi um selinho singelo, mas um beijo lento, de boca entreaberta, perto da orelha dela. Arrepios percorreram os braços de Stevie, e ela encarou Iris enquanto a outra voltava ao próprio espaço.

Iris deu uma piscadela.

Nossa, ela era boa mesmo.

Stevie sorriu para ela; foi um sorriso de verdade, mas esmaeceu assim que ela olhou para Adri, que encarava as duas com as sobrancelhas grossas franzidas. É óbvio que Stevie, na verdade, era uma atriz lamentável.

– Sabe – disse Adri, recostando-se na cadeira –, a Beatriz é um papel bem difícil.

Iris inclinou a cabeça.

– Imagino. Afinal, é Shakespeare.

– Ela é complexa – continuou Adri. – Exige certa sutileza que não sei se você tem.

– Ô Adri... – disse Stevie.

– Só estou sendo sincera. Eu escalei a Iris e sustento minha decisão, mas quero que ela esteja preparada pra trabalhar.

Iris franziu a boca.

– Eu posso ser sutil. Posso ser qualquer coisa que você precisar.

– Quer dizer que você não tem identidade teatral?

– Adri, qual é a sua, hein? – perguntou Stevie.

– Não tem problema – disse Iris. – Adri está só fazendo o trabalho dela.

– Estou mesmo.

Dessa vez, o sorriso de Iris foi um breve ranger de dentes, e Stevie sentiu o pânico se inflamar mais uma vez. Sabia que Adri era uma diretora severa. Já tinha ouvido críticas dela muitas vezes, o que era bom, e estava preparada para receber um parecer. O teatro era assim. E sem dúvida já ouvira Adri desancar outras pessoas, chegando a fazer algumas fugirem do palco aos prantos, mas não estavam no teatro naquele momento. Ali, no café, numa interação social acidental, Iris era a namorada de Stevie, não a atriz principal de Adri.

– Acho que é melhor a gente ir embora – disse Stevie, ficando de pé.

Mal tinham tocado nas bebidas, mas isso era o de menos. Havia dezenas de outros lugares onde Stevie poderia pedir um flat white para Iris se ela quisesse.

– Vamos – respondeu Iris sem vacilar. – Hoje à noite, filminho lá em casa.

E entrelaçou os dedos aos de Stevie, dando um beijo nas costas da mão dela enquanto os planos falsos deslizavam por sua língua feito seda.

– Te vejo semana que vem? – perguntou Stevie para Adri.

Adri fez que sim e sorriu.

– Em Malibu. Não vai esquecer os remédios, hein?

Stevie franziu a testa.

– Você sabe que eu não esqueço.

– Só por desencargo. – Adri relaxou na cadeira. – Lembra daquela vez que a gente foi pra Austin? Tivemos que ligar pra sua médica e pedir pra ela mandar a receita pra uma farmácia de lá. Foi um baita perrengue, e no retiro vou precisar de você na sua melhor forma.

Stevie se limitou a assentir, mas sentiu o olhar de Iris fixo nela. Iris não sabia dos remédios. Stevie não tinha vergonha, nem um pouco, e imaginava ter que contar para ela em algum momento, mas não era o tipo de informação que dava a qualquer pessoa.

Porém, Iris não era qualquer pessoa.

Mesmo assim, ela não pediu mais detalhes, e Stevie entendeu que não faria isso. Não na frente de Adri.

– Tchau – disse Stevie.

Nem esperou que Adri respondesse. Deu as costas e levou Iris para a rua, de volta ao dia quente de verão. Mas também não parou por aí, e continuou a andar, segurando a mão de Iris, até chegarem ao carro.

– Bom – comentou Iris, afastando-se para procurar as chaves no fundo da bolsa –, foi interessante.

– Foi mal. – Stevie esfregou o rosto com a mão. – Acho que a Adri não tá engolindo essa história de namoro.

Iris ficou parada, depois tirou as chaves da bolsa, fazendo-as tilintar na palma da mão.

– Você acha que aquilo foi sinal de que ela não engoliu?

– Acho. Ela foi escrota pra caramba, como se estivesse tentando pegar a gente no pulo ou coisa assim.

Iris franziu os lábios, como se reprimisse um sorriso.

– Tá.

– Você não acha?

Iris apertou o botão para destrancar o carro e, em seguida, ocupou o banco do motorista. Stevie entrou também, fechando-se no banco aquecido pelo sol do outro lado.

– O negócio é o seguinte – afirmou Iris. – Acho que a Adri acredita na gente. Acho que não duvida nem um pouco desse relacionamento.

– Sério?

Iris fez que sim e ligou o motor.

– E agora, pra onde?

– Não sei. Acho que você pode me deixar na minha casa.

Iris encurvou um pouco os ombros e passou um instante olhando pela janela.

– Sabe – disse ela por fim –, até aqui, a gente é um zero à esquerda na hora de bolar um encontro romântico.

Stevie estremeceu.

– O quê? Literalmente arrebentar o meu maiô, depois topar com uma mulher posuda e finalizar com minha ex ranzinza não é romântico?

Iris riu.

– Pois é, chocante.

– Como podemos corrigir isso? – perguntou Stevie, porque *queria* corrigir.

Queria ajudar Iris, cumprir sua parte no acordo. E talvez um pedacinho dela não quisesse ir para casa, para aquele apartamento vazio, e ouvir o rangido dos canos enquanto a pessoa do apartamento ao lado tomava o quinto banho do dia.

– Bom – disse Iris –, ouvi dizer que um filme com pipoca e uma quantidade obscena de vinho numa cidade pequena pode ser bem romântico.

Stevie tocou no queixo, fingindo pensar.

– Acho que seria uma ótima oportunidade de pesquisa pra você. Eu topo.

Iris sorriu e deu marcha a ré.

O apartamento de Iris tinha conceito aberto e estilo eclético, com eletrodomésticos turquesa na cozinha, um sofá vermelho-berrante em forma de L e almofadas coloridas espalhadas ao acaso. Havia vasos de plantas em todos os cantos, inclusive nas mesas e nos peitoris de janelas, várias obras de arte nas paredes e cordões de luzinhas enrolados em volta do varão de cortina da grande janela principal. Na sala anexa, havia uma estante enorme com livros organizados nas cores do arco-íris.

Era tudo bem... *Iris*. Mesmo que Stevie não a conhecesse muito bem, achou que a atmosfera do apartamento combinava com ela.

– Você tem muitos livros – comentou, e em seguida estremeceu com a banalidade da frase.

Era óbvio que Iris tinha muitos livros.

– Pois é – respondeu Iris, indo para o corredor. – Me deixa só trocar de roupa rapidinho.

Stevie assentiu e começou a ler as lombadas dos livros, encontrando muitos de seus favoritos em meio ao arco-íris.

– Quer tomar alguma coisa? – perguntou Iris.

Ela estava voltando para a sala de estar com uma calça de ginástica justa e uma camiseta verde slim fit, cuja cor fazia os olhos parecerem esmeraldas. O cabelo ainda estava úmido, secando em vários padrões de caracóis e ondas.

– Hum, água, se não tiver problema – respondeu Stevie.

Iris ficou parada com uma garrafa de vinho na mão.

– Mas pode beber – emendou Stevie depressa. – É que é melhor eu não misturar com os remédios.

Iris assentiu e colocou a garrafa de volta no lugar.

– Tudo bem, amoreco. Vamos de água com gás.

Stevie riu e balançou a cabeça enquanto Iris revirava a geladeira e voltava com duas latas de LaCroix, entregando uma para ela e indo até a despensa. Tirou de lá um saco gigante de pipoca com cheddar branco e indicou o sofá vermelho.

– Tá bom. Então – disse ela, jogando-se no sofá e ligando a TV. – Temos todas as opções básicas de streaming à nossa disposição. A questão é: qual comédia romântica é a *mais* romântica?

Stevie se acomodou no canto oposto e abriu a lata.

– *Escrito nas estrelas*, claro.

Iris riu.

– Ai, meu Deus, você é fã do John Cusack?

Stevie deu de ombros e escondeu as bochechas coradas atrás da lata fria.

– Assim, ele não é meu tipo, nem um pouco, mas adoro a parte do destino.

– Ah. Então, Kate Beckinsale.

Stevie sorriu.

– Como aconteceu com qualquer sáfica da nossa idade que se preze, a Kate fez parte da minha formação. Vi esse filme pela primeira vez quando tinha uns 11 anos e… é, achei ela linda.

Iris sorriu.

– Pra mim foi *A onda dos sonhos*.

– Qual das atrizes?

– Todas.

Stevie riu.

– Você é bi, né?

Iris assentiu.

– Acho que essa informação é importante pra minha namorada de mentira.

– É, sim.

Passaram um instante sorrindo uma para a outra; depois Iris encontrou *Escrito nas estrelas* e apertou o play. Abriu o saco de pipoca enquanto John e Kate tentavam pegar a mesma luva no Natal da Bloomingdale's, e Stevie teve que se aproximar para pegar um pouco.

– Adoro Nova York – comentou Iris enquanto os atores passeavam pelo Central Park.

– Foi lá muitas vezes? – perguntou Stevie.

Iris deu de ombros.

– Algumas, com minha amiga Claire e a... – Ela respirou fundo. – A noiva dela. Nossa. É a primeira vez que digo isso em voz alta.

Stevie inclinou a cabeça.

– Ah, é?

Iris assentiu, mas seus olhos ficaram meio cintilantes e ela fez um gesto de desdém.

– Enfim, Nova York é... sei lá. É o único lugar que conheci que era igualzinho ao que eu esperava, exatamente como em todos os filmes, histórias e poemas sobre a cidade. Como se a magia e o realismo tivessem dado as mãos.

– Nossa. – Stevie sorriu com leveza para Iris. – Você é escritora mesmo.

– Ah, vai, cala a boca – respondeu Iris, mas também sorria.

Ainda assim, certa ansiedade floresceu no peito de Stevie enquanto Nova York se espalhava na tela à sua frente. Para ela, a cidade sempre fora mítica, uma utopia teatral, mas inalcançável, um monstro etéreo capaz de devorar Stevie sem dó, não importava quanto Ren acreditasse que era lá que ela deveria estar. Apesar de tudo isso, o elogio poético de Iris, ainda que breve, bastou para acender algo no coração de Stevie.

Mas, ao longo dos anos, tinha aprendido muito bem a ignorar esse tipo de faísca, portanto foi isso mesmo o que fez naquele momento, encarando o filme, e a faísca em si, como um livro ou filme de fantasia. Era lindo, extasiante, mas, no fim das contas, impossível.

– Sabe minha amiga Astrid? – perguntou Iris depois de um tempo, enquanto John corria desenfreado por Nova York com Jeremy Piven em busca de pistas e sinais. – Ela e a namorada dela, Jordan, acreditam muito no destino.

E contou a Stevie como Jordan havia passado meses tirando a mesma carta de tarô, o Dois de Copas, e Astrid tirou a mesma depois que as duas meio que terminaram.

– Astrid reconquistou Jordan com umas 22 cartas do Dois de Copas espalhadas pela Pousada Everwood.

– Nossa, foi bem romântico – comentou Stevie.

– Verdade. Mas não tão romântico quanto tomar um banho de vômito numa noitada e depois fingir que namora a pessoa.

Stevie riu.

– Meu Deus, que história.

Não sabia ao certo se um dia se lembraria daquela noite sem morrer de vergonha, mas pelo menos estava virando uma espécie de piada entre as duas.

Iris inclinou a cabeça, olhando para Stevie.

– Posso te fazer uma pergunta?

– Claro – respondeu Stevie devagar.

Perguntas introduzidas assim quase nunca precediam uma resposta fácil.

– Por que a ideia de transar comigo te deixou tão nervosa? Foi a sua ansiedade ou…

Pois é, pois é, Stevie tinha razão. Sem dúvida, a resposta não seria fácil.

– Ah. Hum… bom…

– Não precisa me contar.

– Não, tudo bem – respondeu Stevie.

Se iam levar aquela história de namoro de mentira adiante, seria melhor se Iris soubesse direitinho no que estava se metendo.

– Eu não faço muito isso de transar com desconhecidas. E "não faço muito" quer dizer "nunca".

Iris levantou as sobrancelhas.

– Tipo… nunquinha?

Stevie balançou a cabeça.

– Com certeza, a ansiedade tem muito a ver com isso, mas é difícil saber se é pelo meu transtorno, se é só meu jeito de ser ou o quê. Nem sempre é fácil me separar da minha condição, nem mesmo entender se devo me separar, sabe? Tipo, o que é a minha personalidade e o que é a minha ansiedade? Ou são a mesma coisa? Às vezes é confuso.

– Parece mesmo – comentou Iris baixinho.

– Tô tomando remédios, e eles ajudam, mas acho que fiquei pensando demais na noite em que a gente se conheceu.

– A Stefania não te levou até o fim, é?

Stevie riu, passando a mão no cabelo.

– Não. Ela só ajuda até certo ponto. Mas deve ser bom você saber tudo isso agora. Acho que até se *fingisse* transar com alguém eu ia fazer besteira.

Iris franziu a testa.

– Você é atriz. Fingir faz parte do seu trabalho.

– É, mas na hora de atuar eu tenho um texto. Por isso adoro tanto. Não tem surpresa. Mesmo que precise beijar alguém no palco, sei quando vai acontecer. Sei o que digo e o que diz a pessoa contracenando comigo antes mesmo de acontecer. Sei direitinho o que fazer e dizer depois. É diferente da vida real.

– Você conseguiu me beijar na noite em que a gente se conheceu.

Stevie riu com amargura.

– É, e logo em seguida vomitei em você.

Iris se encolheu.

– Tá, entendi seu argumento.

– Entendo que o que a gente tá fazendo é de mentira ou pra uma pesquisa ou sei lá o quê, mas... – Ela balançou a cabeça, corando.

– Mas o quê? – perguntou Iris, cutucando o joelho dela. – Vai, fala.

Stevie apertou o rosto com as mãos.

– Que vergonha.

– Mais vergonha do que vomitar na peguete?

– Não, tá no mesmo nível.

Ela encostou a cabeça no sofá enquanto a noiva de John dava um presente de casamento para ele na tela. Talvez ela conseguisse dar uma resposta mais objetiva se não ficasse olhando para Iris, a Deusa do Sexo de Bright Falls.

– Adri foi a única pessoa com quem transei. E isso exigiu quatro anos de flerte e de surtos particulares. Quatro anos pra conhecer ela e entender que ela me amava e não ia me julgar nem me largar. Bom... pelo menos, não tão cedo.

– Ah.

– Pois é. – Stevie sentiu Iris mudar de posição, mas não olhou na direção dela, concentrando-se nos adornos de gesso do teto. – Mas agora não tenho quatro anos... quer dizer, até a gente fingir que terminou ou sei lá. Não quero demorar tanto. Um dia, quero ter uma namorada de verdade, e, até lá, quero conhecer pessoas e transar. Faz muito... bom, não importa quanto tempo faz, mas você viu em primeira mão o que acontece quando tento transar com alguém que não conheço muito bem.

– Nem todo mundo curte sexo casual, Stevie. Minha amiga Claire tá noiva da única pessoa com quem tentou ter um relacionamento puramente sexual.

Stevie sorriu.

– Que fofo.

– Fofo de dar nojo – disse Iris, revirando os olhos, mas logo ficou séria outra vez. – Além disso, você, não sei, considerou outra opção? Tipo, será que você não é demissexual? Ou está em algum ponto do espectro assexual?

Stevie abraçou as pernas junto ao peito, espelhando a posição de Iris, que a olhava com tanta paciência, tanta... ternura, que ela relaxava cada vez mais a cada segundo.

– Já pensei nisso, sim. Mas também sinto atração sexual por pessoas com quem não tenho nenhuma conexão emocional. Como te contei no Imperatriz, eu queria mesmo transar com você.

– Ora – disse Iris, sorrindo e jogando o cabelo de lado. – Quem não ia querer?

Stevie riu, mas notou que o sorriso de Iris não chegava aos olhos.

– Enfim – continuou Stevie –, tem menos a ver com atração e mais com a minha cabeça. Naquela noite, quando estava com você, eu não conseguia me acalmar. Não parava de ter medo de errar, de ser ruim de cama, e de pensar no fato de os meus seios serem muito menores que os seus e que a ideia de tirar a roupa na sua frente me fez sentir que precisava...

– Vomitar? – disse Iris de bate-pronto.

Stevie gemeu e cobriu os olhos.

– Eu sei, não é nada lisonjeiro, mas juro que o problema não é você. Na verdade, eu queria ser mais parecida com você.

– Comigo?

– Na noite em que a gente se conheceu, você foi perfeita. Tipo uma profissional.

– Uma profissional do sexo.

Stevie riu.

– Bom... é. Como se soubesse exatamente o que queria. Você estava relaxada, tranquila, sexy. Bem que eu queria ter metade dessa autoconfiança.

Por um tempo, Iris não disse nada; foi tempo suficiente para Stevie virar a cabeça e olhar para ela. Iris mordia o lábio inferior, com o olhar meio distante.

Stevie cutucou o joelho dela.

– Olha. Eu digo isso no bom sentido.

Iris voltou ao momento.

– Não, não, eu sei. Mas... Stevie... – Ela suspirou e fez um pouco de beicinho. – Essa coisa de autoconfiança se aprende. Sou autoconfiante, barulhenta e engraçada porque desde criança tive que ser. Eu gosto de sexo, sim, mas nem todos os meus encontros são maravilhosos. Pelo menos metade é no máximo medíocre. Alguns são simplesmente pavorosos. E sabe de uma coisa? Nas primeiras vezes em que transei, eu não era essa deusa radiante que você tá vendo. – Ela gesticulou, indicando o próprio corpo de cima a baixo, com um sorriso que entortou só um canto da boca. – O sexo é igual a qualquer outra coisa. A prática leva à perfeição. Ou, pelo menos, faz melhorar.

– Faz não vomitar.

Iris riu.

– Isso mesmo.

– Mas o problema é esse, não tenho como praticar. Como vou praticar até relaxar enquanto tiro a camiseta na frente de uma desconhecida se é isso mesmo que me deixa ansiosa?

– Não sei! – respondeu Iris, rindo. – Quem sabe exista uma mulher num bar por aí com o fetiche de dar aulas de sexo?

Stevie também riu, mas depois ficou parada, de boca aberta, quando uma ideia floresceu em sua mente.

– Que foi? – perguntou Iris.

Stevie fechou a boca de repente.

– Nada.

– A cara que você fez não quer dizer "nada".

Stevie balançou a cabeça, sentindo o rosto quente como o verão no Alabama.

– É que eu... bom... hum...

Nossa, não podia dizer aquilo. Nunca poderia fazer aquela pergunta.

– Desembucha. Dá pra ver que você quer falar, então respira fundo e manda ver.

Stevie não pôde deixar de sorrir diante da maneira firme mas gentil com que Iris deu a ordem. Foi muito... professoral.

– Você meio que tá reforçando a minha ideia – disse ela.

– A ideia que você ainda não disse em voz alta? – Iris cruzou os braços.

– Isso, essa mesma. – Stevie enfiou o cabelo encaracolado atrás da orelha.

– Tá, e se... você me ajudasse?

Iris deitou a cabeça de lado.

– Te ajudasse com o quê?

Stevie mexeu a boca, tentando formar as palavras. Como falar de *coisas de sexo* sem dizer, bom, *coisas de sexo*? Ainda assim, se pedisse, e se por acaso Iris dissesse que sim, teria que fazer muito mais do que apenas pronunciar as palavras. Ai, meu Deus. Era uma ideia absurda.

Seu estômago pulou em direção à garganta, e ela engoliu em seco. Queria ser mais autoconfiante. Queria ficar com alguém, até mesmo só beijar alguém, sem vomitar. Sua ansiedade era o que era, e sempre estaria presente em tudo o que fizesse. Mas a terapia comportamental era uma grande parte do tratamento. Sua terapeuta, Keisha, estava sempre propondo pequenos desafios para ajudá-la a ficar mais à vontade: ir ao cinema sozinha, fazer uma aula para aprender alguma coisa em que se sentia incompetente, levar uma pessoa de confiança a um bar e chamar alguém para sair.

E Stevie fez tudo isso. Conheceu Iris, até a beijou, mas obviamente precisava de mais prática além daquela primeira interação. Precisava passar para o próximo estágio.

– Oi – disse Iris, cutucando o joelho dela. – Ajudar com...

– Coisas de sexo – respondeu Stevie antes que pudesse se convencer a ficar calada.

Iris arregalou os olhos.

– Stevie, eu *não* tenho fetiche de dar de aulas de sexo.

– Não, é, eu sei, mas escuta só. – Stevie mudou de posição, sentando-se em cima dos joelhos, então agarrou o controle remoto, pausou no meio do encontro de John e Kate no Central Park coberto de neve e começou a contar nos dedos, com a adrenalina a impulsioná-la. – A gente já se beijou.

– Fato. O melhor beijo da sua vida.

Stevie se esforçou para não rir e continuou.

– Você já viu meus... meus... você sabe. – E apontou a área em volta dos peitos.

– Nossa, Stevie, você não consegue nem dizer *peitinhos*.

– Consigo, sim.

– Então diz. – Iris franziu a boca em desafio.

– A gente é pré-adolescente, é?

– Peitim, peitim, peitim – cantarolou Iris.

Stevie riu.

– Tá, beleza. Peitinhos. Pronto, falei.

– Agora diz *tetas*.

Stevie gemeu.

– Por quêêê?

– Lição número um.

– Sério? – Stevie sentiu um frio na barriga. – Então você topa?

Iris se limitou a erguer uma das sobrancelhas e cruzar os braços. Stevie bufou, afofando a franja.

– T-tetas.

– Tá – disse Iris devagar. – Agora, fala com vontade.

– Tetas! – gritou Stevie.

Iris riu.

– Agora, sim. Próxima palavra: xerec…

– Ai, meu Deus, vai com calma, tá? – Stevie cobriu o rosto com as mãos; como Iris ficou em silêncio, ela a espiou por entre os dedos. – E aí?

Iris suspirou e se virou, ficando de frente para ela e cruzando as pernas.

– Conta mais. O que exatamente você quer que eu faça?

Stevie baixou as mãos.

– Não sei.

– Então não posso topar. Você tem que saber, Stevie. Ainda mais em se tratando desse tipo de coisa.

Stevie se sentiu relaxar um pouco ao ouvir o tom suave de Iris. Não só isso, mas também as palavras dela, o modo gentil como a levava a sério, apesar das piadas. Ficou evidente que Iris, apesar de toda a fanfarrice, também levava o sexo muito a sério.

Era por isso mesmo que ela era a pessoa perfeita para ajudar Stevie.

– Tá bom – disse. – Quero ser capaz de falar com parceiras românticas em potencial…

– Românticas ou sexuais? Nem sempre são a mesma coisa.

– Ambas. É, ambas. Quero falar com elas sem sentir que preciso de uma dose de tequila, que aliás não posso beber. Quero… beijar elas sendo *eu*. Não a Stefania. Quero tirar a roupa com elas sem vomitar.

– É, elas iam preferir mesmo.

Stevie sorriu.

– E quero transar de verdade com alguém por quem não passei quatro anos suspirando. Eu... bom, acho que quero ser mais parecida com você.

Iris franziu a testa, mas não disse nada. Olhou para o rosto paralisado de Kate na tela por alguns segundos e depois se virou para Stevie.

– Se a gente fizer isso, você vai estar no comando. Ou seja, você tem que definir os limites, as regras. Não quero fazer por acidente nada que te deixe incomodada.

Stevie fez que sim.

– Você também. Também não quero que você fique incomodada.

Iris deu um sorrisinho irônico.

– Quando o assunto é sexo, não tem muita coisa que me incomode.

– E quando é romance? – perguntou Stevie, notando outra ideia surgir na cabeça.

Se iam mesmo fazer aquilo, ela queria que também fosse proveitoso para Iris. Afinal, ela corria o risco de tomar outro banho de vômito ao ensinar a uma mulher incorrigível de 28 anos a tradição das noitadas. O mínimo que Stevie podia fazer era dar a ela uma razão para persistir.

– O que é que tem? – perguntou Iris.

– Romance te deixa incomodada, né?

Iris suspirou.

– Não é bem incomodada, é mais... atualmente desinteressada.

– Mas você *precisa* estar interessada, certo? Por causa do livro.

– Aonde você tá tentando chegar?

– Bom, então, um dia, quando eu finalmente ficar com alguém, ainda quero que seja... bonito.

– Bonito.

– Romântico. Mesmo que seja só por uma noite, eu gosto de música, luz suave e, ah, sei lá. Romance.

Iris olhou para ela como se Stevie tivesse perdido o juízo.

– Ainda não sei aonde quer chegar, Stevie.

– Você me ajuda a...

– Mostrar as tetas.

– É. Isso. E eu deixo tudo romântico. Pra você. Assim você pode conseguir mais dados pro seu livro. É metade do motivo da nossa parceria, né?

Iris estreitou os olhos, mas logo ergueu as sobrancelhas.

– Tá, seu argumento é válido. Mas quero ter certeza de que entendi direito. A gente finge que namora na frente da nossa turma.

– Isso.

– E agora tenho fetiche de dar aula de sexo.

Stevie sorriu.

– Bom, pode chamar do que quiser.

– E você tem fetiche de dar aula de romance.

– Olha que simbiose perfeita.

– Beleza pura – disse Iris num tom seco que depois ficou mais suave. – Tem certeza disso?

– Tenho. – Stevie ficou de pé; o sangue corria depressa por suas veias, fazendo a ponta dos dedos formigar e o coração bater como um tambor contra as costelas. – E acho que a gente devia começar já.

– Já?

– Já.

Stevie se conhecia bem: se fosse para casa dormir, no dia seguinte desistiria e continuaria sendo a aspirante a atriz cheia de tesão porém aterrorizada que tentava se aninhar no pescoço da ex.

Iris também se levantou, mas as duas só ficaram ali, de pé, sem saber o que fazer em seguida. De alguma forma, embora Iris fosse a especialista ali, sua indecisão fez os ombros de Stevie relaxarem.

– Tá bom – disse Iris por fim. – Se a gente vai mesmo fazer isso, acho melhor começar no ponto que deu errado pra nós.

– É, faz sentido.

– Estava escuro. E tinha música.

Stevie concordou, mas, olhando para o apartamento de Iris, com a luz do anoitecer entrando roxa na sala, *Escrito nas estrelas* ainda pausado na tela e restos de pipoca pontilhando o sofá e o chão, ela sentiu tudo, menos um clima de romance. E, para o acordo também ser útil para Iris, tinha que criar esse clima.

– Precisamos de velas – declarou Stevie, olhando em volta.

– Quê? Da outra vez não tinha vela.

– Não, eu sei, mas a gente precisa da atmosfera certa, não acha?

– Atmosfera?

– Nossa, você não manja mesmo de romance – disse Stevie.

Iris gemeu e esfregou a testa.

– Ai, eu sei. Quando chega nessa parte, me dá um branco. A última vez que transei com alguém, isso antes de você, foi numa...

Ela deixou a frase assim, incompleta, franzindo a boca e balançando a cabeça.

– Foi numa o quê? – perguntou Stevie.

– Deixa pra lá.

– Você me fez contar minha ideia maluca. – Ela colocou as mãos na cintura. – Iris!

– Tá bom. – Iris deu um suspiro. – A última vez que transei com alguém foi numa cabine de banheiro.

– Sério?

– Sério.

– Aposto que muita gente faz isso.

– Num campo de minigolfe?

Stevie quase não conteve o riso.

– Num campo de minigolfe.

– Fui lá com a galera e a bartender era gostosa, tá?

Stevie riu.

– Aposto que era.

– Então, né? Ultimamente, romance não faz parte do meu repertório.

– Bom, por sorte, eu mal consigo pensar em beijar alguém sem um banho de espuma e uma música gostosa. Tem velas?

Iris fez que sim, indicando algumas espalhadas pela sala.

– Tem mais no meu quarto.

– Tá, vai comprar um jantar pra gente – disse Stevie, olhando a hora no celular. – Eu cuido do clima.

– Jantar – repetiu Iris. – É, tô com fome mesmo.

– Eu também. Topo qualquer coisa.

– Olha o duplo sentido.

Stevie balançou a cabeça, uma risada brincando em sua boca.

– Vai.

– Tô indo, tô indo – respondeu Iris, pegando as chaves e o celular. – Vê se não bota fogo na casa.

– Não, isso não seria romântico.

Iris sorriu, deixando os olhos passearem pelo rosto de Stevie por uma fração de segundo antes de abrir a porta e sair.

Stevie se virou para o apartamento vazio, desligou a TV e começou a agir antes que recuperasse o juízo.

CAPÍTULO QUINZE

IRIS ESTAVA NERVOSA.

Voltava do Tor&Tinhas com a mão dentro de um saco cheio das melhores batatas fritas que já tinha comido. Ironicamente, o café ocupava o espaço onde antes ficava a papelaria dela, e mal conseguia engolir as coisinhas gordurosas.

Com *coisas de sexo*, como Stevie dizia, ela conseguia lidar. É verdade que nunca havia estado naquela exata situação em que praticamente ensinaria alguém a fazer as preliminares. Mas era sexo. Ou pré-sexo. Para ela, sempre tinha sido fácil. Gostava do próprio corpo, sabia que era gostosa e não tinha vergonha de tirar a roupa na frente de outras pessoas, desde que todas consentissem.

Mas romance... bom, não se envolvia em nenhum fazia uma eternidade, desde o término com Grant, e em geral era ele quem cuidava do tal "clima". Ele reservava os jantares românticos, sugeria uma caminhada à beira do rio ao pôr do sol e sussurrava palavras doces no ouvido dela enquanto transavam. Ou "faziam amor", como ele dizia.

E ela gostava. Adorava livros de romance, sempre havia adorado. Adorava os gestos grandiosos, as cidades pitorescas, as heroínas por acidente à procura do amor verdadeiro. Ansiava pela ideia de se envolver num romance, de ser uma Iris Kelly completamente cativada pelo amor.

Suavizada.

Transformada.

Ao chegar a seu prédio e parar no degrau da entrada, recordou todos aqueles momentos que deveriam ser românticos com Grant, os momentos em que ele queria olhá-la bem nos olhos quando ela gozava, e ela nunca conseguia sustentar o olhar. Tentava, mas, no momento em que o orgasmo irrompia dentro dela, sempre fechava os olhos.

Nas caminhadas à beira do rio ao pôr do sol, ela sempre fazia piadas.

Nos jantares românticos e chiques, brincava de inventar as conversas dos outros casais no ambiente.

Simplesmente não levava jeito para aquele tipo de relação, não importava quanto quisesse isso no passado. Portanto, não sabia ao certo no que as tais aulas iam dar.

Subindo a escada até o apartamento, ficou pensando em Stevie e em como poderia ajudá-la, listando na cabeça que tipos de coisa poderiam fazer sem que ela ficasse incomodada. Até ali, beijar era a única coisa em que conseguia pensar, e já tinham feito isso...

Quando abriu a porta, arfou de susto. O lugar estava iluminado.

Chamas pequeninas tremeluziam por toda parte. Iris sempre adorou velas. Comprava algumas toda vez que ia à feirinha de rua em Sotheby, mas em geral acendia apenas uma ou duas de cada vez. Naquele momento, todas as velas da casa estavam acesas e espalhadas pela sala de estar. O cordão de luzinhas que serpenteava em volta do varão da janela também estava aceso, convertendo a sala toda em âmbar e ouro.

– Nossa! – exclamou ela.

Uma música instrumental suave e moderna saía da caixa de som de Iris.

– E aí? – perguntou Stevie, levantando-se do sofá onde olhava alguma coisa no celular. – O que achou?

– Achei... – falou Iris, deixando a comida na bancada. – Nossa.

Stevie sorriu.

– Isso você já disse.

Iris fez que sim, sentindo um frio na barriga.

Um friozinho *de verdade*.

Não se lembrava da última vez que isso havia acontecido. Quando combinou tudo aquilo com Stevie no Imperatriz, não chegou a visualizar o que poderia significar um romance. Imaginou passeios, encontros, só isso. Andar de mãos dadas pelo parque... Não aquilo.

– Você tá bem? – perguntou Stevie.

Iris assentiu. Ela ia conseguir. *Precisava* conseguir. Devia ser mesmo uma gata escaldada para se assustar tanto com umas velinhas acesas, e o prazo de entrega do livro assomava feito uma tempestade no horizonte.

– Como a gente começa? – perguntou Iris, porque não fazia a menor ideia.

Pensou em acrescentar um novo apelidinho cafona à pergunta – "paixão" ou "meu docinho de canela" –, mas de repente suas piadas de romance não pareciam lá muito... engraçadas. Stevie, porém, assentiu e deixou o celular de lado.

– Não quer comer primeiro?

– E te beijar com bafo de hambúrguer vegetariano? Essa eu passo.

Stevie riu, mas apertou um pouco o estômago, o que Iris reconheceu como algo que ela fazia quando estava nervosa. Bom, que ótimo. Pelo menos Iris não estava sozinha nessa.

– Nesse caso, acho que a gente devia dançar primeiro – sugeriu Stevie.

– Dançar.

Stevie fez que sim. Iris não se mexeu. A música daquele momento era lenta e lânguida, em nada parecida com a batida rápida que tocava quando se pegaram no Lush.

Da pegação, Iris dava conta.

Já daquilo ali, não tinha tanta certeza.

Inspirou o ar devagar e ficou completamente imóvel, até Stevie se aproximar e pegar a mão dela, levando-a para o espaço mais amplo entre a mesa de centro e a TV.

– Tá, imagina que a gente estava na cidade – disse Stevie, envolvendo a cintura dela com o braço. – A gente se conheceu num... sei lá. Como é um encontrinho de comédia romântica?

– Numa degustação de vinhos – respondeu Iris enquanto Stevie punha uma das mãos dela no próprio ombro. – Sou vinicultora. E você é crítica de vinhos.

Stevie sorriu.

– Gostei. Sou malvadona?

– É, sim. Você fez uma crítica horrível à minha vinícola e agora eu te odeio.

– Mas me acha absurdamente atraente, e a gente acaba se encontrando na inauguração de outra vinícola. Da sua melhor amiga.

– E minha amiga acha que o negócio é a gente transar pra tirar todo esse ódio do nosso corpo – disse Iris.

– Só que eu não te odeio. Em segredo, quero te beber e te comer inteirinha – respondeu Stevie, juntando sua mão livre à de Iris e levando-as para junto do coração.

Ela girou Iris e a abraçou com mais força.

– Caramba – murmurou Iris com a voz meio trêmula, e pigarreou. – Como é que você é tão boa nisso?

Stevie deu de ombros.

– Sou, é?

– Sim, demais.

– Não faço ideia. – Stevie suspirou, mordendo o lábio inferior. – Nunca vivi um dia sem ansiedade, então fazer amizade com outras crianças quando eu era pequena foi difícil. Acho que isso me fez querer ainda mais as partes emocionais de um relacionamento. Não me entenda mal, os sentimentos ainda me assustam, mas são como uma língua que eu entendo. Medo. Felicidade. Esperança. Desespero. Raiva. Entendo o que são essas coisas, o que significam. Mas a parte física, o ato de usar meu corpo pra me comunicar quando sinto que ele está sempre em guerra com a minha mente... É o mesmo que tentar falar com gente de outro planeta.

Iris balançou a cabeça.

– Meu Deus, eu sou o completo oposto.

– É isso que eu mais adoro nos romances – continuou Stevie. – As cenas de sexo são gostosas, lógico, mas é a possibilidade do "felizes para sempre" que me faz continuar lendo, sabe? A sensação de encontrar alguém que te ame do jeitinho que você é. Nem mais, nem menos.

Iris bufou.

– Você já encontrou essa pessoa na vida real? Porque eu com certeza não encontrei.

Stevie franziu o rosto e passou um momento em silêncio.

– Não – respondeu por fim. – Acho que não.

Continuaram a balançar ao ritmo da música, e Stevie encostou a testa na de Iris. Iris sabia que era uma jogada, um gesto romântico, mas, no momento, com os cílios de Stevie literalmente roçando suas bochechas, sentiu todo o corpo ficar mole e quente. Ao abrir os olhos para ver Stevie observando-a, o castanho muito escuro à luz fraca, Iris se pegou escrevendo uma frase na mente.

... olhos em que a gente pode se perder, se afogar e nunca sequer tentar voltar à tona.

Nossa, era um lero-lero bem romântico. O que significava que o processo estava funcionando: as engrenagens de autora de romance dentro de Iris começavam a girar como se estivessem desenferrujando.

Mas, quanto mais ela e Stevie dançavam, fitando os olhos uma da outra, a mão de Stevie subindo e descendo pelas costas de Iris, menos... *falso* parecia.

Iris balançou a cabeça, forçando a mente a se concentrar na tarefa e abrir um pouco de espaço entre elas.

– Tá, conquista romântica desbloqueada.

Stevie sorriu.

– Legal.

Caramba, a voz dela era tão gostosa...

– Sua vez – disse Iris com firmeza, pondo as mãos na cintura de Stevie, que ficou meio rígida.

– Ah. Eita. Já?

– Já.

Iris não sabia se aguentaria mais daquele balanço lânguido e dos cílios roçando sua pele sem que alguma coisa dentro dela pifasse. Estava meio tonta, como se tivesse comido uma jujuba de cannabis de estômago vazio. Além disso, tinha conseguido uma frase, um *lampejo* daquela faísca romântica fugaz. Não queria abusar da sorte.

– Da última vez que a gente fez isso, em que ponto você travou? – perguntou ela a Stevie.

– Hã...

Stevie esfregou a testa e deu um longo suspiro. Iris apertou os quadris dela num gesto de incentivo.

– Você consegue. Pense com o corpo, não com a mente.

– É isso que você faz? Quando fica com alguém?

Iris assentiu.

– É só separar uma coisa da outra.

– E dá certo mesmo?

Iris hesitou, sentindo uma pequena pontada no peito que ignorou.

– Com certeza.

– Hum, tá, beleza. – Stevie respirou fundo. – Da última vez, foi depois que você tirou a blusa. Eu... surtei com a ideia de tirar a minha.

– Tá, podemos partir daí. Quer que eu tire a blusa?

A risada de Stevie saiu trêmula.

– Hã, tudo bem por você?

– Por mim, tudo ótimo, mas não quero parecer uma pervertida te convencendo a fazer as coisas. A decisão é sua.

– Você não é pervertida. A ideia foi minha.

Iris fez que sim, depois tirou as mãos da cintura de Stevie e deu um passo para trás, tocando no queixo com o dedo.

– Na verdade, acho que pode ajudar se você assumir o controle de tudo.

– Como assim?

– Você tira a minha blusa. No seu ritmo.

Iris percebeu que Stevie se encolheu por dentro, retesando o corpo todo, mas logo soltou um suspiro prolongado.

– Na verdade, faz sentido – respondeu. – Se eu estiver no controle, então... bom, eu vou estar no controle.

– Isso mesmo.

– E você consente?

Iris sorriu.

– Consinto totalmente.

Stevie assentiu, depois passou alguns segundos parada com as mãos na cintura.

– Pode começar com um toque mais fácil – sugeriu Iris. – Nos meus braços ou nos ombros, por exemplo.

– É. É, boa ideia.

Stevie deu um passo adiante e fechou os dedos em volta dos pulsos de Iris. Subiu as mãos bem devagar pelos braços dela... até o pescoço. O toque era delicado e... nossa, muito gostoso. Arrepios percorreram a pele de Iris, mas ela não prestou atenção neles. Não fechou os olhos nem suspirou como gostaria, pois não queria assustar Stevie; em vez disso, manteve o rosto impassível mas convidativo. Aberto mas quase inexpressivo.

Stevie acompanhou os próprios dedos com o olhar, descendo pelo pescoço de Iris, passando os polegares pela clavícula, abrindo a boca só um pouquinho. Iris ouviu a respiração de Stevie ficar mais intensa. E teve que apertar as pernas uma junto da outra porque... caramba, estava ficando excitada, com aquela palpitação delatora florescendo entre as coxas.

– Você pode me beijar – disse ela, com a própria respiração também um tanto rápida. – Ou não. O que você quiser.

Stevie assentiu, elevando o olhar até a boca de Iris. Hesitou apenas durante um instante antes de aproximar o rosto, pegando o lábio inferior de Iris entre os dela de um jeito que fez Iris querer gemer.

Ela não gemeu.

Mas foi uma proeza se conter, porque, com ou sem autoconfiança, Stevie beijava maravilhosamente bem.

Stevie inclinou a cabeça, mergulhando a língua na boca de Iris como uma provocação antes de recuar, antes de seus dentes puxarem de leve o lábio dela e depois reencontrar a língua.

Minha nossa.

– Posso tocar em você também? – perguntou Iris, porque *meu Deus do céu*, ela tinha que fazer alguma coisa.

– Pode – respondeu Stevie junto da boca dela, e a beijou outra vez, uma dança desvairada mas lenta de língua e dentes que Iris teve certeza de nunca haver experimentado antes.

Iris agarrou os quadris de Stevie, desesperada para puxá-la para si. Mas não puxou. Esforçou-se para ficar imóvel enquanto Stevie descia pelos braços dela com a ponta dos dedos até brincar com a barra da camiseta.

– Quando quiser – disse Iris, ouvindo a própria voz rouca quando a boca de Stevie deslizou até sua orelha. – Estou pronta.

Pronta até demais, mas tudo bem. Os pensamentos dela ficaram turvos, e percebeu seus quadris rebolarem de leve ao encontro de Stevie. Precisava se controlar, e depressa, mas, antes que pudesse fazer isso, Stevie puxou a blusa de Iris, erguendo-a e fazendo com que ela soltasse Stevie e levantasse os braços. O tecido deslizou por sua pele, fazendo-a tremer quando o ar fresco atingiu a barriga e o peito.

Stevie deixou a camiseta cair no chão e recuou um pouco.

– Eu lembro – sussurrou ela.

– Do quê?

– De como você é linda.

Percorreu o corpo de Iris com o olhar, parando não apenas nos seios por baixo do sutiã cor-de-rosa, mas também no pescoço, na barriga e nos quadris. Iris se sentiu incrivelmente exposta e vulnerável, e... não sabia ao certo se gostava disso.

– Beleza – disse ela, esforçando-se para voltar ao jogo. – E agora?

Stevie olhou para a própria camiseta, com a boca rosada e meio inchada dos beijos.

– Eu... também me lembro disso. Naquela noite, eu estava sem sutiã e acho que isso foi parte do que me fez entrar em parafuso. Tipo, uma exposição automática.

– Bem, eu já vi seu peito, como você disse antes.

– É, mas foi um acidente. Isso...

– Não é um acidente.

– Pois é.

– Então, o que te ajudaria nesse ponto? Ou podemos parar.

Stevie balançou a cabeça.

– Acho que não quero parar.

– Tudo bem – sussurrou Iris. – Sem pressa. Você tá no controle. É você quem decide.

Stevie baixou o olhar por um instante, mas logo se aproximou de Iris outra vez, envolvendo a cintura dela com a mão. Iris reprimiu um arrepio, mas levou as próprias mãos aos braços de Stevie, puxando o corpo dela para bem junto do seu. Stevie a beijou de novo, uma vez... duas... antes que seus dedos se aproximassem do fecho do sutiã de Iris.

– Posso? – perguntou Stevie.

Não podia, não; devia. Iris fez que sim com a cabeça e disse "pode" em voz alta. Stevie abriu o sutiã e dessa vez Iris não conseguiu conter um suspiro enquanto as alças deslizavam por seus braços. Ela baixou as mãos e a peça caiu no chão, deixando os seios totalmente livres.

– Puta merda – murmurou Stevie, e segurou Iris pela cintura, passando os polegares nos quadris dela.

– O palavrão é um bom sinal ou...

– É bom – afirmou Stevie, encarando-a. – Você é uma deusa.

Iris riu, ficando tímida de repente.

– Não. Eu sou só eu. Não esquece isso, tá? Quem quer que faça isso com você pra valer é só uma pessoa, igualzinha a você.

Stevie assentiu e a beijou de novo. Dessa vez, foi um beijo doce, terno, e Iris teve que resistir ao impulso de corresponder com força. Mas logo Stevie fez isso por conta própria, e a boca dela se tornou voraz, gemidos baixos escapando do fundo da garganta. Ela pegou a barra da própria camiseta e a levantou de uma vez só, passando-a por cima da cabeça como quem arranca um Band-Aid.

Ficou ali por um momento, de olhos fechados, respirando depressa. Iris estendeu a mão e tocou a cintura dela com leveza, mas não foi além.

– Você é linda, Stevie – disse, e estava sendo sincera.

Havia uma pequena tatuagem preta de coração na base do pescoço que Iris não tinha notado antes, delicada e discreta. É verdade que os seios de Stevie eram menores que os dela, mas eram lindos: harmoniosos e empinados, com mamilos rosados e perfeitos que Iris, sem querer, se imaginou chupando.

Stevie abriu os olhos e puxou Iris mais para perto... e mais. Quando os seios se tocaram, as duas soltaram um gemido baixo, e a respiração de Iris voltou a ficar rápida e ruidosa num instante. Estava completamente molhada, e a mente ficava cada vez mais turva. Stevie encostou a testa na dela e os quadris se colaram, procurando.

Stevie encaixou a perna entre as de Iris, que gemeu outra vez. Foi um gemido alto, com um *ai, nossa* saindo de sua boca, porque dane-se, estava gostoso, *tão* gostoso, e gemer era o que ela faria se tudo aquilo fosse de verdade.

Mas não era.

E ela percebeu o instante em que Stevie se lembrou disso.

Stevie ficou paralisada, depois recuou tanto que os centímetros entre as duas se transformaram em meio metro num piscar de olhos.

– Saco. Stevie, me desculpa.

– Não, não, tá tudo bem – respondeu ela, balançando a cabeça. – Fui eu que avancei o sinal. Devia ter te perguntado.

– Você tá perdendo a cabeça.

Stevie fechou os olhos, de repente começando a respirar como um aparelho de ar-condicionado com defeito.

– Um pouco. Juro que não é culpa sua. Só preciso de um tempinho.

– Posso ajudar?

Stevie balançou a cabeça, negando, e cruzou os braços.

– Me dá minha camiseta?

Iris pegou a regata e a passou pela cabeça de Stevie do jeito menos sexy possível. Stevie puxou o tecido para baixo até os quadris, e sua respiração ficou um pouco mais lenta, mas não voltou ao normal. Iris pegou a própria camiseta e a vestiu enquanto Stevie continuava a arfar.

– É pra eu pegar um balde? – perguntou Iris.

Ah, pronto.

Stevie arregalou os olhos e sua respiração difícil se interrompeu de repente antes de se transformar numa risada. Foi uma gargalhada grave, escancarada e linda, e Iris também começou a rir. Logo as duas estavam gargalhando tanto que o estômago de Iris doía, e desabaram no sofá, com as velas ainda tremeluzindo ao redor delas.

– Bom – disse Stevie quando pararam. – Pelo menos cheguei mais longe do que da última vez.

– Chegou mesmo. – Iris endireitou o tronco e enxugou os olhos. – E não terminou em vômito, o que é sempre uma vantagem.

– Progresso. – Stevie se endireitou também, apoiando os cotovelos nos joelhos. – Obrigada.

Iris fitou os olhos dela, e ambas sustentaram o olhar pelo que pareceu tempo demais. Ela pigarreou.

– Não sei se ajudei de verdade.

– Ajudou, sim. Muito. Você me guiou, me lembrou de ficar no controle, me lembrou de mim mesma.

Iris assentiu, mas, por alguma razão, não conseguia mais encarar Stevie.

– Bom, valeu pela ajuda com o romance.

– De nada.

Ficaram ali, com a música lânguida ainda a envolvê-las, e de repente Iris teve vontade de ficar sozinha, como se precisasse de um banho frio. Não era novidade; de vez em quando, apesar de sua natureza extrovertida e espalhafatosa, precisava de silêncio, sossego, tempo para processar os acontecimentos, e com certeza precisava disso naquela hora. Sentia os braços e pernas trêmulos, o coração batendo um pouco rápido demais, e não ajudava em nada o fato de seu clitóris ainda pulsar entre as pernas depois daquela...

Aula.

Era apenas uma aula.

Ficou de pé e começou a soprar as velas.

– Acho que é melhor encerrar a noite – disse ela entre os sopros.

– É – concordou Stevie, levantando-se também e ajudando Iris a escurecer a sala.

Logo, apenas as luzes do cordão iluminavam a sala, que ainda parecia romântica demais para o gosto de Iris. Ela puxou o plugue da tomada perto da janela, mergulhando o ambiente numa escuridão momentânea.

Horas depois de Stevie ir embora, depois que combinaram de se encontrar na sexta-feira seguinte no apartamento dela, em Portland, para ir até o aeroporto e pegar o voo para Los Angeles juntas, Iris ainda não conseguia dormir.

Ficou deitada na cama, de olhos bem abertos e fixos no ventilador de teto, repassando a noite – na verdade, o dia inteiro – na mente. Não conseguia se livrar daquela inquietação. Já tinha gozado – de jeito nenhum conseguiria funcionar direito depois do que ela e Stevie fizeram se não se aliviasse. Tinha requentado e comido seu hambúrguer do Tor&Tinhas, tomado banho, terminado com a pipoca e recolocado todas as velas em seus devidos lugares.

E, ainda assim...

Grunhiu e rolou na cama, fechando os olhos bem apertados para forçá-los a dormir. Mas quando o celular tocou na mesa de cabeceira, ela pulou para atender, feliz com a distração. Viu uma mensagem de Claire no grupo, cujo nome agora havia mudado para *São tantas QUEERstões*.

Claire: Vamos mesmo ignorar o fato de que a Iris foi pra piscina com uma namorada de mentira?

Iris: Sim, de preferência

Astrid: Ah, graças a Deus. Tenho muitas perguntas

Iris: Ah, então você é a culpada pela mudança de nome do grupo

Delilah: Não, fui eu. PeQUEERliarmente

Jordan: Ela é bonita, Iris

Claire: Muito bonita. ENTÃO POR QUE É DE MENTIRA?

Iris: Calma, fera

Claire: A questão persiste

Iris: Acho que você quer dizer queerstão

Jordan: Não tá exatamente na ponta da língua

Delilah: Por falar em língua, vocês também estão transando de mentira?

Claire: Amor!

Astrid: Delilah!

Delilah: É uma queerstão válida!

Iris suspirou, depois digitou uma explicação rápida sobre a peça e a ex de Stevie. O grupo irrompeu em parabéns por ela interpretar Beatriz, o que, precisou admitir, foi muito gostoso, mas depois voltaram ao que de fato interessava, é óbvio.

Delilah: Então você é a salvadora da Stevie

Iris: É mutuamente benéfico

Astrid: Está mesmo tão desesperada assim por conteúdo romântico?

Delilah: Bela escolha de palavras

Astrid: Dei uma de Isabel de novo sem querer?

Jordan: Um pouco, amor

Astrid: Desculpa

Iris apertou os olhos com os dedos.

Iris: Gente, tá tudo bem. A Stevie é legal e estamos nos ajudando, só isso

Um vislumbre da boca de Stevie, dos dedos dela, macios como seda, nas costas nuas de Iris...
– Saco – resmungou Iris, apertando as coxas uma contra a outra e se sentando na cama.
Digitou um boa-noite ligeiro no grupo e logo desligou o celular. Ficou sentada lá, respirando depressa por um tempo, antes de pegar o laptop da mesa de cabeceira e abri-lo no rascunho de Tegan McKee.
Que consistia num total de duas palavras.
Tegan McKee...
Ela olhou para a tela, mas a única coisa em sua mente eram a dança lenta, o roçar vagaroso do algodão sobre a pele... e uma boca com gosto de verão e hortelã.
Deixou o computador de lado e pegou seu iPad, abrindo o programa de desenho e criando um arquivo. Tirou a caneta do suporte e começou a desenhar. Traços rápidos, pouquíssimo planejamento. Apenas linhas, arcos e sombras para processar os pensamentos. Sempre usou esboços e ilustrações para isso – reorganizar o mundo em sua mente, expulsar as preocupações, os medos, as esperanças. Quando criança, passava horas desenhando tudo na sua vida: a família, Claire e Astrid, o primeiro beijo. Na faculdade, quan-

do sua arte se transformou numa coisa um pouco mais prática – na forma de um planner que criou para Astrid para ajudá-la a administrar seu nível de estresse –, logo nasceu a papelaria Desejos de Papel. Ainda assim, quando dava tudo errado, ela sempre voltava para a página em branco. Tinha arquivos e mais arquivos narrando suas amizades; a filha de Claire, Ruby, em seu primeiro aniversário; o rompimento com Grant; o noivado condenado de Astrid com aquele paspalho do Spencer; Claire e Delilah quando começaram a namorar.

Jillian.

Agora, enquanto desenhava, percebia a inquietação se acalmando, a mente serenando enquanto uma figura tomava forma na página: cachos desalinhados, blusinha cropped listrada e calça xadrez. Iris acrescentou detalhes. O Lush como um plano de fundo sensual. O balcão laqueado em que Stevie estava apoiada quando Iris a viu pela primeira vez, com aquele olhar meio aterrorizado mas voraz.

Levou algum tempo, e a noite se converteu em alvorada, mas, quando Iris terminou o último traço, tinha um desenho completo.

Uma cena.

Ficou olhando a ilustração em preto e branco, já pensando nas cores que usaria e até mesmo nas palavras que combinariam com ela. Nunca chegava à fase de colorir os desenhos, usando-os mais como válvula de escape emocional, mas aquele ali...

Viu o rosto de Stevie, aquela boca linda e entreaberta. O entusiasmo zuniu dentro dela feito eletricidade, aquela sensação conhecida de faísca criativa, e Iris salvou o arquivo como "encontrinho" e saiu do programa. Então voltou a pegar o computador, abriu o esboço do romance e finalmente começou a escrever.

CAPÍTULO DEZESSEIS

– CARAMBA, ISSO É DE VERDADE? – perguntou Iris.

Stevie a viu olhar para a casa branca em estilo moderno, toda de vidro, madeira de demolição e ângulos de noventa graus, a boca aberta de um jeito adorável. A brisa que soprava entre as palmeiras era abafada e quente, e Stevie ouvia ao fundo o som do oceano Pacífico ondulando atrás da casa.

– É de verdade – respondeu Stevie, sorrindo para ela por cima do capô do carro de aplicativo do qual desceram.

O motorista abriu o porta-malas e tirou a bagagem delas, depois partiu depressa pela Yerba Buena Road. Stevie empurrou as duas malas de rodinhas até a calçada de paralelepípedos onde estava Iris.

– Bem-vinda à mansão à beira-mar absurdamente luxuosa da família Rivero.

– Eu topo esse tipo de absurdo – disse Iris. – A qualquer hora, em qualquer dia.

Stevie riu e aproveitou o fato de que Iris ainda estava contemplando a casa para... bom, para contemplar Iris. Não que não tivesse passado a manhã inteira fazendo isso sempre que podia, desde o momento em que Iris a pegara para irem ao aeroporto até as duas horas e meia de duração do voo.

Não conseguia parar.

Não sabia ao certo se olhava porque Iris era linda – e era mesmo, completamente radiante com o cabelo vistoso preso numa trança espinha de peixe e o vestidinho verde-claro soprando sobre a pele cheia de sardas – ou porque ainda estava tentando digerir a última vez que estiveram juntas.

As... aulas.

Desde então, ela e Iris só trocaram mensagens de texto, discutindo detalhes da viagem e o que levar. Uma vez, Iris perguntou sobre uma frase de *Muito barulho*, e ela e Stevie assistiram ao filme com Emma Thompson, mandando mensagens de texto com comentários e ideias o tempo todo. Mas nenhuma delas falou dos beijos, nem da pele contra pele.

Dos gemidos.

Meu Deus, os gemidos... Stevie achava que nunca esqueceria o som que ouviu quando encaixou a perna entre as coxas de Iris. Foi maravilhoso, rouco e sexy, e a atirou de cabeça num redemoinho de pensamentos em excesso, sem chance de acalmá-los.

Na semana seguinte, Stevie retomou aquele som de novo e de novo, e não sabia se um dia poderia confessar a alguém quantas vezes tinha ficado excitada, encharcando a roupa íntima por completo, em questão de segundos, só de pensar nisso. Por um lado, a aula em que Iris a guiou parecia ter funcionado, já que Stevie se sentiu mais relaxada à medida que se beijavam e conseguiu tirar a roupa das duas sem ter ânsia de vômito. Além disso, o gemido que Iris emitiu foi genuíno, e Stevie sentiu uma onda de orgulho e esperança de que um dia seria mesmo capaz de fazer isso com alguém numa situação espontânea que acabaria em sexo de verdade.

Por outro lado...

É... Stevie não conseguia parar de olhar para Iris.

Talvez só precisasse trabalhar nisso um pouco mais; se um som de prazer de Iris a deixava fora de controle, talvez só precisasse pedir que a guiasse numa aula em que houvesse... mais gemidos de prazer.

Meu Deus, aquilo era absurdo. Afastou o olhar de Iris e esfregou o rosto com uma das mãos. Tinha que parar de pensar em gemidos, e logo. Por muitas razões.

Não menos importante era o fato de que Adri, Vanessa e Ren já estavam na casa dos Riveros, porque haviam chegado no dia anterior para organizar tudo, e Iris e Stevie tinham que vestir a máscara do namoro falso. O resto do elenco principal chegaria no dia seguinte, o que dava a Stevie um tempinho com a turma para se acostumar a... ao que quer que ela e Iris fossem.

– Tá pronta? – perguntou Iris.

– Sinceramente? – disse Stevie. – Não, nem um pouco.

– Vai dar tudo certo. Você mandou bem naquele dia no Tinhosa.

– Mandei, é? Adri não foi nem um pouco simpática.

Iris deu um sorrisinho.

– Repito que não teve nada a ver com nossa mentira.

– Ainda acha isso?

– Somos muito convincentes, confia. E, sabe, naquela noite... acreditei mesmo em você.

Stevie franziu a testa.

– Em que sentido?

– De que você queria mesmo tirar minha roupa e fazer de tudo comigo.

Iris deu uma piscadela, mas as bochechas dela ficaram meio rosadas. As de Stevie, é lógico, arderam feito uma supernova.

– Iris, aquilo...

Mas... o que ia dizer? Não era de verdade. Não queria mesmo tirar a roupa de Iris e fazer de tudo com ela. Já haviam tentado, e fora um desastre. Portanto, era mesmo encenação, papéis que as duas encenavam, assim como cada uma das coisas que fariam nos dois dias seguintes, tivesse ou não a ver com *Muito barulho*.

Stevie balançou a cabeça. Voltou à personagem. Só não sabia direito que personagem era aquela.

– E aí, casal!

A voz de Vanessa chegou pela porta da frente, que Stevie nem tinha ouvido abrir. Adri surgiu ao lado de Van com o que parecia uma mimosa na mão. Estava linda, como sempre, com o cabelo verde-azulado intenso e os fios escuros naturais entremeados a ele por toda parte. Usava uma regata preta e um short soltinho minúsculo, estampado de hibiscos cor de coral.

– Oi – respondeu Stevie enquanto Iris pegava na mão dela.

– Vocês vieram – disse Adri, olhando de relance as mãos delas e voltando ao rosto. – Que bom te ver de novo, Iris.

– Ah, digo o mesmo! – respondeu Iris. – Muito obrigada por me convidarem. Tô muito animada!

– Lógico que tá! – exclamou Vanessa, que usava um biquíni cortininha rosa-choque e uma saída de praia de tecido floral transparente em volta da cintura. – Esse é o meu fim de semana favorito do ano.

– É, porque você fica bebendo e tomando sol enquanto a gente trabalha – disse Adri.

O tom de voz dela foi leve, provocador, mas mesmo assim a expressão de Van murchou.

Iris apertou os dedos de Stevie e riu.

— Pra mim parece um sonho.

Vanessa sorriu.

— Né?

Adri abraçou a cintura de Van com um braço só, plantou um beijo na têmpora dela e sussurrou alguma coisa em seu ouvido. Vanessa relaxou, e Stevie sentiu a necessidade súbita de também tocar em Iris, de ficar mais junto dela.

Não. Nem ferrando ia entrar numa batalha de demonstrações públicas de afeto. Além disso, foi Adri quem quis a separação primeiro; Stevie não conseguiria deixá-la com ciúmes nem se quisesse.

— Que interessante — comentou Iris baixinho.

— O quê? — perguntou Stevie.

Mas Iris se limitou a olhar para ela por um segundo e depois balançou a cabeça. Antes que Stevie pudesse questioná-la de novo, Van as chamou.

— Vem, gente — disse ela, acenando.

Entrar na casa dos Riveros era sempre um lembrete gritante de que não, gente rica não era igual a todo mundo. Nem de longe. O andar de baixo era um espaço amplo e aberto, com o piso de mármore da cozinha dando lugar a lindas tábuas de madeira bruta nos espaços de convivência. A sala de estar era enorme — havia assentos suficientes para vinte pessoas, no mínimo —, exibindo um gigantesco sofá modular branco como peça central e poltronas azuis e cinza-claro espalhadas por toda parte. Almofadas em tons oceânicos de verde-claro, azul-marinho e turquesa completavam a atmosfera de retiro litorâneo. A parede dos fundos não era uma parede, mas janelas que iam do chão ao teto com uma porta de correr que dava para o deque dos fundos. A piscina infinita reluzia verde-mar ao sol, e pouco além dela ondulava o oceano Pacífico.

— Caramba — disse Iris.

— Você já disse isso — comentou Stevie.

— E vou dizer de novo: caramba. O que os pais da Vanessa fazem mesmo?

— São herdeiros — sussurrou Stevie. — Os tataravós da Van imigraram da Colômbia e abriram uma pequena vinícola no norte da Califórnia que fez o maior sucesso. Mas, além disso, a mãe e o pai dela são agentes importantes na William Morris Endeavor.

– Ah. Galera de Hollywood.

– Aham.

Stevie respirou fundo, inalando o cheiro conhecido de protetor solar e produtos de limpeza naturais e caros. A última vez em que estivera ali fora um ano antes de ela e Adri terminarem, mas as fissuras já estavam lá, pequenas rachaduras denunciando que o tempo estava acabando porque o amor já chegara ao fim. Mas, no retiro, foi como se tudo desaparecesse. Stevie e Adri até transaram naquela última viagem – provavelmente pela última vez antes de terminarem. Um emaranhado desvairado de braços e pernas no chuveiro, alimentado por muito sol e comida deliciosa, e pela droga inebriante de trabalhar numa peça juntas, que sempre funcionou como um estimulante na vida sexual delas.

Stevie afastou as lembranças. Na frente delas, Vanessa se virou e sorriu.

– Separei o melhor quarto pra vocês.

– Ah – respondeu Stevie. – Não precisava...

– Na verdade, amor – disse Adri –, tive que transferir elas pra Suíte Jasmim.

Vanessa franziu a testa.

– Por quê?

Adri tomou um gole da bebida.

– Satchi e Nina queriam muito ficar na Suíte Jacinto. E estão namorando há mais tempo.

– Quando é que te disseram isso? – perguntou Van.

– Mandaram uma mensagem pra mim quando perguntei sobre os quartos. Você sabe que elas sempre adoraram aquela suíte, e eu...

– Tá ótimo – disse Iris, fazendo um gesto de desdém. – Vamos gostar de qualquer quarto. Na boa, eu dormiria até no deque dos fundos.

– É – concordou Stevie, sentindo a palma da mão suar na de Iris.

Nunca tinha visto Van e Adri trocarem falas atravessadas. Mas, na verdade, não importava para ela em que quarto ficariam. Nunca conseguiu guardar na cabeça os nomes que os Riveros davam aos dez quartos da casa, mas não existia nem um único quarto ruim naquele lugar.

– Tá ótimo.

– Que bom – disse Adri. – Eu levo vocês.

Vanessa olhou para ela, aturdida.

– Vou lá preparar uns drinques.

Então Van deu as costas e entrou depressa na cozinha colossal antes que Stevie pudesse agradecer.

Stevie e Iris subiram com Adri a escada flutuante carregando as malas e seguiram por um corredor aberto até um quarto no final. Adri abriu a porta e uma luz forte saiu de lá.

– É aqui – disse ela, gesticulando para que passassem na sua frente.

Stevie entrou num espaço encantador. Todos os quartos ficavam nos fundos da casa, então todos tinham acesso a uma varanda e vista para o mar; a roupa de cama era branca, enfeitada com almofadas coloridas que combinavam com as do andar de baixo; o banheiro da suíte ostentava um belo revestimento de pastilhas e um enorme box de vidro.

– Ah! – exclamou Iris, assentindo com a cabeça enquanto olhava em volta.

– Que foi? – perguntou Stevie.

Iris ergueu as sobrancelhas, mas se virou para Adri.

– Obrigada, é sensacional.

Adri sorriu.

– Vou deixar vocês se acomodarem.

Então, ela deu as costas, afagando o ombro de Stevie ao sair.

– Nossa – disse Iris assim que ouviram os passos dela descendo a escada.

– Que foi? – perguntou Stevie. – O que tem de "nossa"?

– Quem são Nina e Satchi?

– Trabalham no Imperatriz. Vão interpretar Dom Pedro e Dom João. Se juntaram há uns cinco anos, acho.

Iris riu e empurrou a mala em direção à cômoda de madeira bruta.

– Tá.

– Que foi?

– Sério? Você não percebeu?

– Não percebi o quê?

Iris gesticulou indicando o quarto. Stevie ficou olhando para ela.

– Adri mudar nosso quarto na última hora? – disse Iris. – E pôr a gente aqui?

– Bom, imaginei mesmo que iam colocar a gente num quarto juntas. Se você tiver razão e a Adri acreditar mesmo que a gente tá namorando, então é claro que...

– Pois é. Só que esse quarto é para *amigas*. Não amantes.

– Do que você está falan...

Mas então Stevie percebeu.

Camas.

Duas camas.

Eram camas de solteiro. Arrumadas com todo o requinte, é claro, mas sim, sem dúvida, era um quarto para duas pessoas que não dormiam juntas.

O pânico subiu pela garganta de Stevie.

– Saco – murmurou, já respirando mais depressa. – Ela sabe, né? Sabe que a gente tá fingindo, que droga, isso é tão humilhante, eu...

Mãos no rosto dela. Macias e carinhosas, com o aroma de gengibre e bergamota tomando conta. Stevie se acalmou na mesma hora, mais pelo choque com a proximidade de Iris do que por qualquer outra coisa.

– Não – afirmou ela. – Stevie, acho que ela não sabe.

– Ainda acha isso?

– Ainda. – Iris inclinou a cabeça, passando os polegares pelas bochechas de Stevie. – Você é uma fofura, sabia?

Stevie ficou olhando para ela. Iris a olhou também. Foi como passar uma vida inteira... só olhando.

E nada daquilo parecia falso.

– Então, por que ficamos com duas camas? – perguntou Stevie.

Iris abriu um sorriso leve.

– Pois é: por quê?

– Tô confusa.

Iris riu e se afastou, indo até a mala e colocando-a em cima de uma das camas.

– Você vai descobrir. Enquanto isso, vou pôr meu biquíni mais sexy e entrar na piscina o mais depressa possível.

Ela olhou de lado para Stevie, erguendo as sobrancelhas numa pergunta. Stevie, porém, não sabia a resposta. Só sabia que não tinha certeza de que conseguiria encarar um biquíni mais sexy do que aquele que viu Iris usar no Belmont.

– Vem comigo? – perguntou Iris.
– Hã...
– Não é uma pergunta.
– Certo. Tá. Vamos.
– Você trouxe uma roupa de banho nova, né?
– Trouxe, sim.
– É sexy? Tem que ser sexy, Stevie.

Stevie riu. Não conseguiu evitar. O tom de Iris era ao mesmo tempo provocante e firme, e diante daquela mulher o sorriso era uma reação espontânea.

– Acho que vai servir – disse ela, e torceu para que Iris concordasse.

CAPÍTULO DEZESSETE

– SERVE? – PERGUNTOU STEVIE, passando as mãos pela barriga nua ao sair do banheiro.

Iris sorriu, tentando não deixar o queixo cair. A parte de cima do biquíni era preta e frente única, mas tinha um pouco de renda nas bordas. Estava com uma saída de praia tipo quimono com estampa azul e laranja, exibindo a misteriosa tatuagem de coração. De alguma forma, o visual era feminino e ao mesmo tempo neutro, e lhe caía muito bem. Muito bem mesmo.

– É, tá... tá perfeito – respondeu Iris. – E eu?

Ela abriu os braços, revelando o que sabia ser um biquíni verde de arrasar. A parte de cima era no estilo cortininha, com tiras por toda parte. Mal cobria a bunda, o que era metade do apelo, ainda mais porque estava claro que a intenção dela ia um pouco além de um simples esquema de namoro falso.

É verdade que tocar adiante um namoro de mentira não era exatamente simples, mas não se tratava mais de apenas livrar a cara de Stevie diante da turma e garantir que a produção da peça fluísse bem.

Tratava-se de *ciúme*.

Iris não conseguia acreditar que Stevie não estava percebendo: os olhares, as alfinetadas em Van, a mudança de quarto.

Adri estava morrendo de ciúme.

Iris desconfiou disso quando ela e Stevie a encontraram no Tinhosa na semana anterior, mas depois teve certeza. E não sabia ao certo o que sentia a respeito, nem como Stevie se sentiria quando descobrisse o verdadeiro sentimento da ex. Não queria comentar isso, porque talvez tivesse entendido mal a situação e não queria causar a Stevie mais ansiedade do que precisava. Ela não conhecia Adri. Mal conhecia Stevie. Caramba, talvez fosse tudo uma grande trama cósmica para as ex-namoradas reatarem.

As duas passaram seis anos juntas. Iris nunca teve nada que durasse seis anos. Talvez uma planta. Tinha mão boa para suculentas. Até sua empresa, por mais bem-sucedida que fosse, só existia havia cerca de cinco anos quando ela conseguiu se estabelecer e obter lucro. Então, talvez Iris estivesse só preparando o caminho para uma reconciliação.

E tudo bem.

Iris olhou para Stevie, que estava de boca entreaberta enquanto percorria as curvas de Iris com o olhar até voltar ao rosto dela. Stevie engoliu em seco, e arrepios irromperam por todo o corpo de Iris só porque ela a observava.

Iris pressionou as coxas uma na outra.

Pratique, disse a si mesma. *Finja*. Não queriam misturar as coisas dando ouvidos ao tesão, mesmo que esse tesão não indicasse nada além de uma libido ativa.

– É – disse Stevie, desviando o olhar. – Serve, sim.

Iris sorriu.

– Então bora lá arrasar.

Iris tinha certeza de que nunca estivera em nenhum lugar que pudesse descrever como o paraíso.

Até aquele momento.

Passaram a tarde nadando na piscina infinita, que cintilava como uma fonte da juventude, com o Pacífico se chocando com a praia abaixo. Iris não passou nem um minuto sem uma bebida na mão, primeiro as mimosas acompanhando o almoço de frutas, queijo e biscoitos sofisticados à beira da piscina, depois aperol spritzes à tarde. Também bebeu litros de água: era melhor não ficar bêbada demais para não dar com a língua nos dentes.

Usou esse tempo para observar Adri, descobrindo que ela tinha uma pequena tatuagem de coração na base do pescoço igual à de Stevie. Informação relevante. Além disso, a mulher era linda, inteligente e não tirava as mãos de Vanessa. Um beijo aqui, uma pegadinha na cintura ali. Mas os olhos seguiam Stevie, e pelo jeito Iris não foi a única a perceber isso.

Mais de uma vez, notou que Ren, amigue chique que foi com Stevie ao Lush e ajudava a criar os figurinos do Imperatriz, também estava vigiando Adri. Vanessa pareceu não notar, ou, se notou, não demonstrou. Stevie também não fazia ideia, ou assim parecia. Iris fez questão de ficar perto dela. Não queria agarrá-la – lhe pareceria um gesto meio pervertido, para dizer a verdade –, então deixou que Stevie tomasse a iniciativa em termos de contato físico.

O que não foi grande coisa. Stevie bebeu club soda com limão, riu com a galera e com Iris, teve uma conversa séria com Adri enquanto estavam na banheira de hidromassagem a respeito de como fazer Benedito ser mais um babaca arrogante do que um babaca arrogante e misógino. Falaram dos outros papéis, sobre os Dons que seriam interpretados por mulheres, sobre os dois gays – um deles trans – que fariam os papéis de Hero e Cláudio, e dos ajustes que Adri fez no texto para acomodar toda a glória queer, que incluía os pronomes elu/delu para a pessoa agênero que interpretaria Leonato. Enquanto isso, Iris ficou sentada ao lado de Stevie, esperando que ela passasse o braço pelos seus ombros, roçasse em seu joelho ou beijasse sua bochecha, alguma coisa que exibisse sua união diante de Adri.

Mas Stevie não fez nada disso.

E tudo bem. Aquele era o show dela; Iris estava ali apenas para apoiá-la.

Ainda assim, depois que todo mundo tomou banho e se vestiu para jantar, ficou de mau humor. Devia ser o excesso de sol e álcool, e ela estava faminta. Aquele queijo não durou muito tempo no estômago, e, quando estava com fome, ela era sem dúvida o tipo de pessoa que tendiam a evitar – ou alimentar imediatamente.

Sentou-se à ampla mesa de madeira bruta e agradeceu a todas as divindades por já haver uma cesta de pães ali. Velas foram colocadas ao longo do aparador, e um lustre ramificado moderno brilhava acima delas. Iris arrancou um pedaço do pão integral quentinho enquanto Vanessa chegava da cozinha com um prato gigantesco de lasanha, seguida por Adri com uma tigela cheia de salada verde.

– O jantar de hoje é simples – anunciou Vanessa. – Tomara que vocês gostem.

– Tá perfeito – respondeu Iris, aceitando uma taça de vinho tinto de Ren.

— Então, Iris — disse Adri depois que todas as pessoas foram servidas e estavam comendo. — O que você faz quando não está tomando de assalto o mundo do teatro comunitário?

Iris sorriu.

— Sou escritora de livros românticos. E tenho uma linha de planners digitais que vendo on-line, a Desejos de Papel.

— Uma mulher de muitos talentos — disse Vanessa. — Será que a gente conhece os seus livros?

— Stevie adora romance — comentou Adri, de olho em Stevie.

— Eu sei — respondeu Iris e, caramba, não resistiu à vontade de pegar a mão livre de Stevie e depois se inclinar para beijar o rosto dela.

Stevie riu baixinho, fitando por um breve instante os olhos de Iris antes de tirar a mão.

— E não, Vanessa, vocês provavelmente ainda não conhecem meus livros — disse Iris, dividindo outro pedaço de pão ao meio.

— Não fazem sucesso? — perguntou Adri.

— Amor! — censurou Vanessa.

— Quê?

— Sutil como sempre, Adri — comentou Ren.

Stevie pigarreou, mas não disse nada.

— Ainda não publiquei — explicou Iris, de olhos fixos em Adri. — Mas assinei o contrato, e meu primeiro livro sai em outubro.

— Ah, que emoção! — exclamou Van. — Parabéns!

Iris ergueu a taça para ela como num brinde.

— Espero vocês na festa de lançamento em Bright Falls.

Adri olhou de relance para Stevie e depois de novo para Iris.

— Se em outubro você ainda quiser a gente lá, vamos, sim.

O silêncio se derramou sobre a mesa; a insinuação de Adri foi como um dedo extinguindo a chama de uma vela. Iris estava tentando descobrir como interpretar seu papel naquela situação; afinal, Adri era sua diretora, e aparentemente planejava interagir com Iris sempre naquela passivo--agressividade. Iris tinha acabado de decidir que era melhor mudar de assunto quando Adri prosseguiu.

— Sabe, a Stevie é especial — disse ela.

— Adri... — começou Stevie.

– O quê? Você é, sim. É uma atriz talentosa, mas é sensível. Só quero ter certeza de que a Iris sabe disso.

– Eu mesma posso explicar pra ela que sou sensível.

– Pode mesmo?

– Adri, o que você tá fazendo? – perguntou Vanessa, que estava de sobrancelhas franzidas e os olhos cintilando úmidos à luz fraca.

Adri suspirou e largou o garfo no prato.

– Estou cuidando da nossa amiga. Isso é crime?

– Stevie sabe se cuidar sozinha – afirmou Ren.

– Só que pra Stevie isso é difícil, Ren. Sempre foi. Você sabe disso. E me desculpem, estou feliz porque ela está com alguém, e Iris, você parece ser uma pessoa maravilhosa, sério, mas não é exatamente delicada. Pelo menos, pelo que eu vi. Só estou cuidando dela. Stevie é...

– A Stevie tá *bem aqui*, caramba.

A voz de Stevie interrompeu o solilóquio de Adri. Ela encarou a ex, mas não com despeito, como Iris esperava – como Iris meio que *queria*, para dizer a verdade –, e sim com espanto.

– Com licença – disse Stevie, e se levantou da mesa, saindo pela porta dos fundos rumo à praia.

Iris pegou sua taça e tomou um gole, olhando feio para Adri de modo que todo mundo visse. Dane-se que ela fosse essencialmente a chefe dela na peça. De qualquer jeito, era tarde demais para substituí-la como Beatriz.

– Bom, alguém vai querer sobremesa? – perguntou Ren.

Vanessa jogou o guardanapo no prato e se levantou, depois saiu pelo corredor sem dizer nem mais uma palavra a ninguém.

– Caramba, hein, Adri – disse Ren.

– Ah, não enche, Ren. Você não tem ideia do que é passar seis anos com alguém. O cuidado e a preocupação com a pessoa não somem de uma hora pra outra, tá?

– Pareceu sumir rapidinho quando você começou a transar com a Van dois meses depois de terminar com a Stevie.

Adri franziu os lábios, e um músculo ficou tenso em sua mandíbula. Por fim, também se levantou e saiu pela porta dos fundos exatamente como Stevie tinha feito.

Iris ficou ali, com o coração palpitando mais do que gostaria de admitir. Não era de recuar diante de conflitos, mas aquilo... ela não sabia bem que papel desempenhava ali, entre aquele grupo de pessoas que se conheciam havia uma década. Não sabia se deveria ir atrás de Stevie ou dar tempo para ela esfriar a cabeça, porque a verdade era que nem a conhecia direito.

Ren esfregou a mão no rosto e, em seguida, levantou a taça num brinde.

– Bem-vinda à família, Iris.

CAPÍTULO DEZOITO

QUANDO ESTAVA EM PORTLAND, Stevie sempre esquecia quanto adorava o mar. A vastidão. Passava a vida lutando contra emoções e pensamentos colossais, empenhando-se o tempo todo em evitar transbordar. Mas ali, em frente ao Pacífico, ao entardecer, sem nada à sua volta a não ser a água, as rochas e o céu, lembrava-se de como era pequena e insignificante no projeto do universo.

Era um bom lembrete, dava uma perspectiva saudável e coisa e tal, ainda mais quando se sentou na areia com as lágrimas escorrendo livremente pelo rosto. Mal começara a vertê-las, sentindo o peito se abrir de alívio, quando percebeu uma sombra à direita. Enxugando o rosto, olhou para lá, esperando ver uma ruiva vindo em sua direção, mas em vez disso viu a ex.

O coração fez uma coisa estranha dentro do peito: deu um salto, uma sacudida, ela não sabia ao certo e não tinha ideia do que significava. Voltou a olhar para o oceano, concentrada em toda aquela força, todo aquele mistério.

Adri não se deixou intimidar pelo silêncio de Stevie, é claro. Acomodou-se ao lado dela, e por um instante a familiaridade soterrou Stevie: o aroma de água de rosas de Adri, o som conhecido do suspiro que escapou da garganta dela, a forma como encostou o ombro no seu. Aquele toque era como uma impressão digital; ela reconheceria Adri de olhos vendados.

– Desculpa – disse ela.

– Desculpa, é? – perguntou Stevie, ainda sem olhar para ela.

Oceano. Água. Ondas.

– É. Desculpa.

– Pelo quê, exatamente?

Adri demorou a responder, mas era uma pergunta justa. Ela abraçou os joelhos e se inclinou um pouco para a frente, e o vento jogou seus cabelos para o céu, a luz mortiça da tarde escurecendo os fios verdes.

– Por ter sido babaca com a Iris? – disse Adri por fim.

– Está em dúvida? Porque você foi babaca com a Iris, sim. E está sendo desde o teste para a peça.

Adri assentiu.

– É. Desculpa por ser babaca com a Iris.

– Tá. É um começo.

Adri suspirou e balançou a cabeça.

– Olha, acho que eu não estava muito preparada pra isso.

– Você ofereceu o papel pra Iris. Sabia que ela estaria aqui.

– Não é por ela estar *aqui*. É por ela estar com *você*.

Stevie sentiu as palavras como um golpe no peito. Devia ter ouvido errado. Adri estava com Vanessa. Vanessa, que era amável, inteligente e linda, e não era puro caos o tempo todo. Foi Adri quem começou toda aquela conversa que levou ao término das duas, que tocou no assunto numa noite de janeiro, na cama, depois que já tinham escovado os dentes, apagado as luzes e dito boa-noite.

Acho que a gente precisa conversar sobre terminar.

Foi o que Adri disse, as palavras exatas, e Stevie as sentiu como uma bomba que finalmente detonava, uma bomba que ela já via cair do céu meses antes. É claro que Stevie concordou – ela sempre concordava com Adri, com todo mundo –, e, depois que sua parceira diz uma coisa dessas, tão definitiva e devastadora, não há mesmo como voltar atrás.

Então, terminaram.

E Stevie passou meses perdida, imaginando se um dia teria arranjado coragem para terminar com Adri se ela não tivesse falado primeiro, o que a jogou num redemoinho de pena e ódio de si mesma que quase a paralisou até muito recentemente.

Stevie sabia que aquele relacionamento não tinha o que ela queria, e também não tinha o que Adri queria, mas, ao mesmo tempo, ansiava por familiaridade.

Por segurança.

E viver com Adri tinha lhe trazido muita segurança. Mesmo ali, na praia, aquela segurança era como o olho do furacão: aberto e sereno. Sem noitadas com desconhecidas, vômito nervoso nem aulas de sexo.

Sem uma ruiva desenfreada que fazia Stevie...

Ela fechou os olhos com força, detendo o próprio pensamento. Não se tratava de Iris. No fundo, não era isso. Não podia ser. Seu relacionamento com ela nem era de verdade.

– Foi você quem quis assim – disse Stevie por fim. – Foi você quem deixou as coisas assim. Você tá com a Van. Tá morando com ela.

– Eu sei. E eu... Não tô dizendo que... saco. – Adri esfregou a testa e passou os dedos por entre os cabelos ondulados.

– O quê? Não tá dizendo o quê?

Adri baixou as mãos.

– Não tô dizendo que quero voltar com você, tá?

Stevie balançou a cabeça.

– Adri, essa conversa tá fazendo eu me sentir um lixo.

– Desculpa. Saco. – Ela se virou para encarar Stevie e pegou uma de suas mãos entre as dela. – Não é essa a minha intenção. Sério. É que eu... Olha, a gente passou muito tempo juntas. Isso não acaba do nada, né?

Stevie sentiu um nó na garganta; um nó muito apertado, mas conseguiu responder numa voz rouca:

– Não.

– E sinto saudade de você. Sinto mesmo.

Lágrimas tomaram conta dos olhos de Stevie.

– Porra, Adri.

– Pois é.

– Você tá com a Van – repetiu Stevie.

– E você com a Iris.

Stevie engoliu em seco.

– Isso mesmo.

Adri se aproximou e apoiou o queixo no ombro de Stevie. Estava tão perto. Era tão... familiar.

– Viu? – disse Adri baixinho. – Várias coisas podem ser verdade ao mesmo tempo.

Stevie encostou a cabeça na de Adri; foi muito fácil, muito normal, ainda que sua mente fluísse como o vento do oceano.

– Eu me preocupo com você – disse Adri depois de um tempo. – Não quero que se machuque. E a Iris parece ser muito intensa.

– E daí? Quer que eu termine com ela? Por acaso *você* vai terminar com a Van?

Adri não respondeu. Stevie nem sabia ao certo o que queria ouvir; ela amava Vanessa e não queria voltar com Adri, mas, nossa, precisava admitir que a ideia era inebriante. Acomodar-se numa situação que já conhecia, que já entendia, mesmo que fosse um tanto sem graça em comparação com as grandes histórias de amor.

Mas talvez Iris tivesse razão.

Talvez aquelas histórias fossem apenas isto: histórias. Mitos que a humanidade tecia para entremear a esperança ao caos sem sentido da vida.

Ainda assim, a esperança de um grande amor estava lá, atiçada na forma de uma chama ainda mais forte desde que ela e Adri se separaram, e Stevie achava que não poderia ignorá-la.

E achava que Adri também não queria ignorá-la.

Stevie recuou um pouco para encarar a ex.

– Você não vai terminar com ela.

Não era uma pergunta.

Adri fechou os dentes sobre o lábio inferior e balançou a cabeça.

– Eu amo a Van. Amo mesmo. Mas também amo você.

Uma nitidez reluziu à beira dos pensamentos de Stevie, um vislumbre de luz em meio à tempestade. A atitude de Adri com Iris. O fato de que não parava de agarrar Vanessa na piscina. E aquela conversa ali, que era como tentáculos se estendendo para puxar Stevie de volta ao lugar, de volta para Adri.

As lágrimas afloraram e escorreram pelo rosto de Stevie, mas ela se esforçou para se levantar. Sabia o que precisava dizer; precisava pedir que Adri parasse, que a libertasse, mas não conseguia juntar as palavras na cabeça. Elas se revolviam numa mistura de coisas que Stevie sabia serem verdadeiras e coisas que a aterrorizavam, aquela clareza ainda pairando além do alcance. Mas sabia que não podia ficar ali, e isso, pelo menos, era mais fácil de expressar.

– Preciso ir.

– Stevie…

Mas Stevie não parou de andar, e o vento e as ondas engoliram o que quer que Adri pretendesse dizer para detê-la.

CAPÍTULO DEZENOVE

IRIS VIU STEVIE ENCOSTAR A CABEÇA NA DE ADRI.

Não pretendia espiar. Tinha ido para o quarto pegar um prendedor de cabelo para ir à praia procurar Stevie. Enquanto prendia o cabelo ainda úmido num rabo de cavalo baixo, saiu para a varanda, olhando para a esquerda e a direita para descobrir aonde ir.

E lá estava ela, sentada na areia, olhando para as ondas, uma silhueta minúscula a alguns metros dali, na praia. Mas, bem quando estava prestes a se virar, descer as escadas e sair, Iris viu Adri.

Viu Adri se sentar ao lado de Stevie; se aproximar mais dela; apoiar o queixo no ombro dela.

Por Iris, tudo bem.

O que quer que estivesse acontecendo entre as duas, era complicado. Iris sabia que não tinha a ver com ela; eram seis anos de emoções e união, e para ela não havia como entender de fato o que era aquilo.

Não havia como competir com aquilo.

Não que estivesse tentando. Estava lá para ajudar Stevie e para participar de uma peça em que ela mesma queria estar.

Depois que voltou para dentro e fechou a porta de correr da varanda, decidiu se concentrar em Beatriz. Lavou o rosto e, em seguida, acomodou-se na pequeníssima cama de solteiro e tentou ler o texto revisado que Adri entregara antes do jantar. Mas não conseguiu se concentrar. Não parava de ver Stevie, pensar em Stevie, se preocupar com Stevie. Por fim, deixou o texto de lado e pegou seu iPad, abrindo uma pasta chamada "S&I".

Na semana anterior, desenhara muito. Também havia escrito muito, vendo seu romance finalmente ganhar certa forma, o que bastou para ela respirar um pouco melhor quando pensava no prazo de entrega. Mas também tinha muitas ilustrações: uma cena de Iris acomodando Stevie na cama na noite em que se conheceram, a surpresa de se encontrarem no Imperatriz, a conversa nos bastidores. O Clube Belmont. As expressões incrédulas de sua turma quando ela apresentou Stevie.

As aulas naquela noite.

Estava prestes a abrir o arquivo, o dedo pairando na tela, a mente já recriando as bocas unidas, a ponta dos dedos de Stevie descendo as alças do sutiã de Iris pelos braços.

Mas não fez isso.

Na verdade, não voltara a ver nenhuma das cenas que havia desenhado e não conseguia explicar o porquê. Criou um arquivo novo e começou a esboçar Stevie sentada na praia, sozinha, mais próxima do olhar do que Iris conseguia de fato ver. Desenhou os detalhes do cabelo, os cachos ao vento, o equilíbrio indeciso dos ombros. Estava entretida em acrescentar detalhes ao oceano crepuscular quando a porta do quarto se abriu, revelando Stevie.

Para falar a verdade, não esperava que Stevie voltasse para o quarto aquela noite, mas, ao vê-la ali, não conseguiu conter a explosão de... *alguma coisa* no peito.

Alívio?

Confusão?

Talvez as duas coisas.

Iris se deixou suspirar, dizendo a si mesma que estava feliz por saber que Stevie estava em segurança.

– Oi – disse ela, clicando no iPad para escurecer a tela e endireitando-se na cama enquanto Stevie fechava a porta. – Você tá bem?

Stevie olhou para ela. Olhou *de verdade*. O cabelo dela estava uma bagunça, emaranhado e frisado de umidade, as bochechas estavam avermelhadas. Stevie não usava maquiagem, então não havia rastros de rímel, mas Iris percebeu que ela tinha chorado.

– O que aconteceu? – perguntou Iris.

Stevie balançou a cabeça e foi se sentar na beirada da cama de Iris, que dobrou as pernas para abrir espaço.

– Nada – respondeu Stevie.

A respiração dela estava acelerada e os dedos tremiam.

– Olha. – Iris estendeu a mão e entrelaçou os dedos aos dela por impulso. – Tá tudo bem. Respira fundo.

– Eu tô bem. – Stevie tirou a mão. – Tô legal. Sério. Será que a gente pode fazer uma aula?

As palavras dela chegavam depressa; tanto que Iris levou um instante para entendê-las.

– Uma aula – repetiu ela.

Stevie fez que sim. Lágrimas cintilavam em seus olhos.

– Tô precisando.

– Agora?

– É, agora mesmo.

Iris recuou.

– Tá bom, o que tá acontecendo?

Stevie esfregou os olhos.

– Nada. Tudo. Sei lá. Só sei que preciso seguir em frente. Tenho que seguir em frente agora e, se eu não descobrir como estar com outra pessoa, vou... Eu e a Adri vamos...

As lágrimas se derramaram, e Iris se aproximou dela.

– Olha. Espera só um instante.

– Não.

Stevie se levantou, cruzou os braços, e todo o corpo dela vibrava de... de quê? Iris não sabia. Energia, sem dúvida, mas havia algo mais. Parecia pânico.

Iris empurrou o lençol que a cobria e também ficou de pé.

– Stevie. Vamos devagar.

– Não preciso ir devagar, Iris. Se for devagar, começo a pensar, e se eu pensar, nunca vou seguir em frente. Vou me convencer a desistir, do mesmo jeito que me convenço a desistir de tudo que me dá medo, e aí vou ficar paralisada. Ou pior, vou voltar pra alguém que nem quer ficar comigo de verdade porque... nem sei por quê. Porque é fácil, porque é seguro.

Ela se aproximou de Iris, passando as mãos pelos braços dela.

– Qual é a minha próxima lição? Amanhã a gente pode fazer alguma coisa super-romântica, tá? Mas será que hoje... a gente pode...

Ela não terminou a frase, e Iris se aproximou para pegar as mãos dela, entrelaçando os dedos. Encarou Stevie, que sustentou o olhar, e, caramba, quis poder dar a Stevie o que ela achava que queria.

Mas não podia.

Quer fossem aulas, quer fosse uma preparação, terapia de exposição ou qualquer nome que escolhessem, ainda era uma experiência *física*, a junção de corpos; era impossível separá-los por inteiro da mente, e Iris não podia levar aquilo adiante com Stevie tremendo daquele jeito. Não podia fazer nada vendo a marca das lágrimas no rosto dela.

– Stevie – disse com delicadeza, puxando as mãos dela. – Vem sentar comigo.

Stevie balançou a cabeça, negando, e não se mexeu.

– Iris, por favor.

Iris suspirou.

– A gente não vai ter aula hoje. Desculpa, mas assim não tem como.

A expressão de Stevie murchou, e ela soltou as mãos.

– Assim como?

– Com você desse jeito, chateada. Vamos conversar, tá? Ou dormir. O dia foi longo, e acho que você precisa...

– Vai se ferrar você também! – disse Stevie num tom ríspido.

– Eu também o quê? – perguntou Iris.

– Mais uma pessoa me dizendo o que fazer e o que é melhor pra mim. Porque a Stevie sozinha não presta pra nada, né?

– Quê? – Iris tentou pegar a mão de Stevie, mas ela recuou. – Não, não é isso...

– Deixa pra lá – resmungou Stevie, puxando a mala para a outra cama e abrindo o zíper.

– Stevie, peraí. Fala comigo.

Mas Stevie não respondeu. Limitou-se a pegar a nécessaire e entrar no banheiro. Alguns minutos depois, Iris a ouviu ligar o chuveiro e ficou ali, no meio de um quarto em Malibu, se perguntando se ela e sua namorada de mentira tinham acabado de terminar.

Iris não conseguia dormir.

Em geral, dormia como um bebê; nada lhe tirava o sono, nada fazia seu coração e sua mente se debaterem noite adentro. Mas naquele momento sentia muito calor, e, cinco minutos depois de chutar o lençol longe, o ventilador de teto lhe dava arrepios.

Não parecia ser a única a ter essa dificuldade, já que Stevie também não parava de se remexer na cama, deitando-se de barriga para cima e encarando o nada, depois de lado, de costas para Iris.

Bem depois da meia-noite, Iris ainda estava acordada para ver Stevie se sentar e respirar fundo, trêmula. Não se mexeu; continuou deitada de lado, olhando Stevie brincar com uma linha solta no lençol na escuridão do luar, ouvindo a canção de ninar do oceano entrar pela porta aberta da varanda.

Finalmente, Stevie se voltou para Iris.

As duas se olharam, e Iris arfou de susto. Stevie parecia arrasada; pequena, assustada e exausta. Iris nem parou para pensar no que estava fazendo quando se apoiou no cotovelo, empurrou o lençol de vez e se deslocou para a esquerda, pondo a mão no espaço que abriu na cama apertada.

Stevie acompanhou seus movimentos, hesitando por apenas um instante. Levantou-se, usando uma regata fininha e short preto com cós de arco-íris, e foi se deitar ao lado de Iris.

Acomodou-se num instante, virada de lado, com as mãos debaixo da cabeça, de costas para Iris, que esperou um instante, apenas para ter certeza de que Stevie queria mesmo estar lá, antes de cobrir as duas com o lençol.

Iris se acomodou no colchão devagar, encostando a testa de maneira inevitável nas costas de Stevie. Stevie estava quente, com a respiração calma e uniforme, e cheirava a mar, sol e sal, e algo mais único e próprio dela.

– Posso? – perguntou Iris num sussurro enquanto abraçava Stevie; não havia mais onde pôr os braços.

– Pode.

Iris apoiou a cabeça no travesseiro, mas Stevie chegou para trás, encaixando-se ainda mais nela. Nem foi um gesto sensual, foi apenas... proximidade.

Intimidade.

Por um momento, Iris prendeu a respiração, tentando descobrir o que fazer com o tronco e as pernas. Ela não fazia aquilo havia muito tempo: ficar abraçada a alguém. Desde o término com Grant. Com Jillian, apesar das muitas vezes em que se encontraram, nunca teve esse tipo de relacionamento. A relação se resumia a bons jantares e ótimo sexo, seguido de Jillian declarando ter uma reunião bem cedo em Portland enquanto calçava os sapatos de 500 dólares. E os casinhos de Iris nos últimos tempos... bom, nunca deixava que chegassem àquele ponto, dando o fora dez minutos depois do orgasmo.

Não sabia nem se lembrava *como* abraçar, mas, à medida que Stevie parecia afundar junto dela, viu-se fazendo a mesma coisa, o corpo agindo e reagindo por conta própria. Aconchegou o rosto no cabelo de Stevie, alojando os joelhos atrás das pernas dela numa conchinha perfeita. Stevie entrelaçou as mãos às dela, e ambas expiraram juntas, como numa canção ou numa dança – Iris não sabia ao certo.

Naquele momento, não sabia de muitas coisas.

Mas logo isso não importou mais, porque a respiração de Stevie estava profunda e uniforme, e Iris sentiu as pálpebras pesarem enquanto o ritmo e o calor de Stevie a embalavam num sono tranquilo.

CAPÍTULO VINTE

STEVIE ACORDOU ANTES DE IRIS. Demorou um momento para lembrar que lugar era aquele e por que estava lá. Ficou parada, não ousando se mexer nem se permitindo virar para o outro lado e fazer alguma coisa patética, como olhar para Iris enquanto ela dormia.

Na noite anterior, só precisara de um pouco de conforto. Só isso. Foi o desespero provocado pela confusão, pela raiva, pela exaustão.

Parte disso ainda perdurava, mas tudo tinha ficado mais nítido.

Adri estava mais nítida.

Uma de suas melhores amigas, sua primeira e única amante, parceira por seis anos. Adri a amava. Stevie acreditava nisso. Adri estava acostumada a cuidar dela, ajudá-la a vivenciar o mundo, o relacionamento, a vida sexual das duas e até mesmo o teatro.

Stevie também estava acostumada a isso.

Entendia que as duas estavam tendo dificuldade para se desapegar, mas sabia que precisavam fazer isso. Fora do palco, Adri não tinha a menor confiança em Stevie; era óbvio. E talvez parte disso fosse culpa de Stevie, que também não tinha muita confiança em si mesma, mas sabia que Ren tinha razão.

Stevie estava paralisada.

E, se não descobrisse como cuidar de si mesma e como fazer o que queria quando queria, ficaria exatamente onde estava para sempre.

Ao seu lado, Iris se mexeu, e Stevie virou o corpo por instinto.

Um grande erro…

Porque Iris Kelly ficava absolutamente linda de manhã.

Stevie imaginou que o próprio cabelo devia estar um ninho de rato depois de lavá-lo entre lágrimas na noite anterior e dormir em cima dos cachos meio molhados. Já Iris...

Iris reluzia à claridade da manhã que entrava pelas janelas, o cabelo num tom radiante de rubi, os olhos verde-mar àquela luz. Os cílios longos piscaram, pesados, depois se abriram por completo quando seu olhar encontrou Stevie.

– Oi – disse Iris, com uma voz adoravelmente confusa. – Conseguiu dormir?

– Consegui. – Stevie juntou as mãos debaixo da cabeça e ajeitou as pernas, mal tocando nos joelhos de Iris. – E você?

Iris fez que sim e bocejou, mas logo ficou com uma expressão séria, os olhos procurando os de Stevie.

– Desculpa por ontem.

Stevie balançou a cabeça, negando.

– Tudo bem. Me desculpa por agir feito uma pirralha.

– Não agiu, não.

– Acho que agi. E você tinha razão, eu estava pilhada demais pra... aprender alguma coisa.

Iris sorriu.

– É, bom, de que adianta ter aula se não der pra assimilar todo o meu amplo conhecimento, né?

– Pois é.

Stevie acompanhou as sardas no rosto de Iris. Tinha uma pinta azulada logo abaixo de um dos olhos.

– Me fala disso aqui – pediu Iris, que, com a ponta dos dedos, roçou a pequena tatuagem de coração no pescoço de Stevie.

– Ah. – Stevie também tocou o local, embora não sentisse mais nada ali depois de tantos anos. – Eu e a Adri fizemos juntas.

– Imaginei. Também reparei na dela.

– Fazia um ano que a gente tava namorando. Eu sempre quis uma assim, quer dizer, uma tatuagem, mas tinha medo de fazer sozinha, é óbvio.

Iris baixou um pouco as sobrancelhas, mas não disse nada.

– Enfim, foi meio que de improviso. A gente saiu na noite do nosso aniversário de namoro e passou por um estúdio de tatuagem. Adri sugeriu fazermos uma juntas. Eu concordei. E pronto. Na verdade, não foi nada muito sofisticado nem romântico.

Iris olhou de relance para a tatuagem, depois voltou para o rosto de Stevie.

– Acho que você é muito mais corajosa do que admite.

Stevie fechou os olhos por uma fração de segundo.

– Não sou, não. Mas obrigada por dizer isso.

– Stevie. Não tô puxando o seu saco por obrigação.

Stevie olhou para ela, aquela pinta azulada parecendo uma pequena faísca entre as sardas castanhas, e respondeu:

– Eu quero acreditar que isso seja verdade. Tô tentando.

– E tá indo superbem, tá bom?

Stevie fez que sim, sentindo o peito se abrir com as palavras de Iris. Não tinha percebido quanto precisava ouvir isso de alguém até aquele momento. Ainda assim, não bastava tentar: tinha que *agir*. Se não agisse, continuaria parada. Voltaria para os braços de Adri; a ex só precisava pedir. Não conseguia acreditar em quanto havia chegado perto de ceder àquele sentimento na noite anterior, à imagem de *Adri e Stevie*, ao fato concreto de ser parte de um casal de verdade. Se não fosse Vanessa pairando em sua mente e a declaração de Adri de que amava a namorada, Stevie sabia que não estaria naquela cama com Iris.

– Ainda quero continuar praticando – declarou ela. – Se você aceitar.

Iris mudou de posição, apoiando-se no cotovelo.

– Tem certeza? Você foi muito bem da última vez.

Stevie sentiu as bochechas esquentarem, o sangue correndo em direção à superfície, e apontou para si mesma.

– Olha isso. Não consigo nem pensar em estar com alguém sem ficar vermelha.

– Ficar vermelha não é crime, Stevie. Na verdade, é muito fofo.

– Talvez pra você. Mas você… nós… isso aqui não é de verdade. Você e eu. Aqui não existe risco, certo?

Iris engoliu em seco.

– Certo.

– Quando acontecer de verdade, não quero me atrapalhar toda, tremer e ofegar. Não quero ter que explicar pra alguém por que estou tremendo e ofegando. Meu Deus. Quero me sentir sexy. Quero *ser* sexy. Não tem nada de sexy num ataque de pânico.

– Tá bom – disse Iris. – O que você quer fazer?

Stevie riu e se deitou de barriga para cima, olhando para o teto.

– Não é você a professora?

– Sou, sim. E estou dizendo, do mesmo jeito que disse antes, pra você assumir o controle. É assim que vai se sentir sexy: assumindo o que quer e *tomando a iniciativa*. Então, manda bala.

Stevie olhou de lado para ela.

– Agora?

– Agora.

Elas se entreolharam por um instante; Iris abriu a boca só um pouquinho.

– Tem certeza? – perguntou Stevie.

Iris sorriu.

– Mais uma vez, você tem todo o meu consentimento.

Stevie assentiu, depois saiu debaixo dos lençóis e ficou de joelhos na cama. Respirou fundo algumas vezes. Olhou para Iris, que continuava apoiada no cotovelo, o lençol cobrindo seu corpo até as costelas.

– Deita – disse Stevie.

Iris fez o que ela dizia, afundando nos travesseiros. Por um momento, Stevie a deixou se acomodar ali, e se acomodou também porque suas mãos já começavam a tremer. Mas então fechou os olhos e visualizou como seria... assumir o controle, do jeito que Iris disse. Formou a cena em sua mente, exatamente o que queria fazer com ela, como queria fazê-la se sentir, e não invocou uma personagem. Invocou a si mesma, Stevie Scott, mas uma Stevie Scott que fazia o que queria. Uma Stevie que sabia ser capaz.

Respirou mais uma vez, um pouco trêmula, estendeu a mão e puxou o lençol para baixo bem devagar, revelando o corpo de Iris centímetro a centímetro, a regata que vestia, um trecho da pele uniforme em volta do umbigo e então...

A roupa íntima.

Ela não estava de short nem de calça. Só uma calcinha tipo biquíni roxo-viva.

– Ih, desculpa – disse Iris, estremecendo. – Eu devia ter te avisado.

Stevie balançou a cabeça, esforçando-se para fitar de novo os olhos dela.

– Tudo bem.

– Mas foi bem sexy – elogiou Iris. – Isso de puxar o lençol devagar.

– É?

– Aham.

A boca de Stevie se curvou num sorrisinho. Seu pulso acelerou quando pensou no que deveria fazer a seguir, chocada de verdade ao perceber a resposta tão nítida na própria mente. Nem chegou a duvidar de si mesma ao colocar a mão na barriga de Iris, com delicadeza, e depois montar nela, passando a coxa por cima do quadril de Iris e sentando em cima dela. Iris arfou, mas não se mexeu. Não disse uma palavra.

– Tudo bem? – perguntou Stevie.

Ela se limitou a assentir, fitando os olhos de Stevie.

Stevie passou as mãos pelo corpo de Iris até as costelas, juntando os polegares no esterno. Iris estava sem sutiã, e seus mamilos já estavam enrijecidos, pressionando o algodão fino. Stevie pegou a barra da regata dela, levantando-a até fazê-la erguer os braços, e logo Iris estava sem camiseta, nua, de uma forma que fez Stevie ter vontade de gemer.

Ela não gemeu, mas *meu Deus do céu*. Iris era absolutamente maravilhosa: os seios fartos, os mamilos rosados, os bicos endurecidos implorando pela boca de Stevie. Não sabia ao certo se isso seria passar do limite ou não, então se contentou em arrastar os dedos logo abaixo daquele lindo volume. Iris arqueou o corpo àquele toque, fechando os olhos.

– Aaah – murmurou Iris.

– Tudo bem? – perguntou Stevie, parando.

– Tudo – respondeu Iris, rindo. – Tudo mesmo. Você tá... indo superbem.

– Que bom.

Stevie levantou a própria camiseta, e Iris abriu os olhos de uma vez. Stevie a viu engolir em seco e sentiu as mãos dela pousarem em suas coxas.

Iris, porém, não a tocou em nenhum outro lugar, embora Stevie soubesse que os próprios mamilos estavam tão endurecidos e firmes quanto os dela. Não sabia se era inapropriado pedir que Iris a tocasse, já que era ela quem estava aprendendo.

Então, se concentrou em Iris, abaixando-se até encostar os seios nos dela, misturando a respiração acelerada das duas no espaço entre os corpos. Ela beijou Iris... uma vez... duas vezes... antes de colar os lábios nos dela, mergulhando a língua naquela boca. Iris reagiu com a mesma intensidade, deixando gemidinhos escaparem dos lábios. Colada a ela, Stevie sorriu.

Dessa vez, os sons que Iris estava fazendo não a assustaram nem um pouco. Eram como música, suaves, leves e lindos.

Stevie tirou as mãos de Iris das próprias coxas e as esticou acima da cabeça dela, levantando um pouco o tronco para admirá-la. Ficava tão linda assim, contorcendo-se debaixo dela. Ficou esperando que o pânico começasse a inevitável ascensão. Sentiu, sim, um aperto no estômago, os dedos traindo um vago tremor, mas manteve a calma, e o pânico mal se anunciou.

Porque estava gostando daquilo.

Não, *adorando*.

O controle. A forma como fazia Iris suspirar e se retorcer. Era por causa *dela* que as pupilas de Iris estavam dilatadas. Por causa *dela*, Iris erguia e remexia o quadril, procurando contato.

E Stevie *queria* deixar que ela o encontrasse. Queria dar prazer a Iris; assim saberia que era capaz, que poderia dar prazer a alguém quando o relacionamento fosse de verdade.

Mas nada ali parecia falso quando Stevie deslizou de cima de Iris para o lado dela.

– Fica parada – pediu. – Com os braços acima da cabeça.

Iris obedeceu, virando um pouco a cabeça para encarar Stevie, que se inclinou para beijá-la, um puxão de lábios firme e rápido, o deslizar das línguas diferente de tudo que Stevie já havia sentido antes. Ela desceu a mão até a própria coxa e, em seguida, ergueu-a de novo entre as pernas de Iris, um toque levíssimo antes de pousar a mão entre os seios dela, pairando sobre um mamilo antes de visitar o outro.

Iris ofegou quando Stevie pegou um deles entre o polegar e o indicador, fechando os olhos com força. Stevie sorriu, roçando a ponta dos dedos pela barriga de Iris, seguindo as sardas até o umbigo e mais abaixo. Passou um dedo pela barra da calcinha, parando.

Nossa, como queria tocá-la.

Queria fazê-la gemer, fazê-la gozar.

– Posso? – perguntou Stevie num sussurro, respirando tão depressa quanto Iris.

Iris hesitou, observando Stevie em busca do que imaginou serem sinais de dúvida, mas ela tinha certeza daquilo.

Nunca tivera tanta certeza de algo na vida.

Finalmente, Iris fez que sim com a cabeça, acrescentando um "sim" sussurrado ao consentimento. Stevie encostou a boca no ombro dela, movendo os dedos sobre seu osso pélvico. Continuou pairando acima da calcinha, sem saber se tocar a pele de Iris seria demais para as duas, mas já percebia que ela estava encharcada. Sentiu a umidade enquanto levava os dedos até o sexo de Iris, fazendo círculos lentos por cima do algodão.

– Ah, meu Deus – disse Iris, arqueando as costas, jogando os quadris para o alto em busca de mais contato.

Stevie abriu a boca encostada no braço de Iris, passando a língua pela pele dela, mordiscando de leve enquanto os dedos exploravam, abrindo o sexo dela por baixo da calcinha, levando mais umidade em direção ao clitóris.

– Aaah – murmurou Iris. – Stevie.

A respiração dela ficou ainda mais ruidosa, desesperada, e Stevie aplicou mais pressão, fazendo círculos até Iris não conseguir articular nem mais uma palavra. Eram só gemidos e suspiros, e Stevie nunca havia se sentido tão poderosa.

Tão à vontade.

Enganchou a perna em volta da coxa de Iris, abrindo-a ainda mais, ganhando mais acesso ao clitóris. Iris agarrou o pulso de Stevie, soltando gemidos cada vez mais agudos.

Ela tinha acabado de começar a fazer círculos mais rápidos quando Iris puxou sua mão.

– Espera aí – disse Iris, com o peito subindo e descendo.

Manteve os dedos em volta do pulso de Stevie, as mãos das duas apoiadas na barriga de Iris. Stevie se apoiou num dos cotovelos.

– Você tá bem?

Iris riu e soltou um longo suspiro.

– Tô, sim. Mais do que bem. É que eu...

Ela mirou os olhos de Stevie e juntou as mãos das duas no próprio peito. Sondou os olhos de Stevie enquanto os dela brilhavam, marejados. O lábio inferior tremeu, só um pouquinho, mas Stevie viu.

– Iris...

– Eu tô bem, juro. – Iris riu outra vez. – Você foi ótima. Sensacional, tá? É que eu... acho que chega, não acha?

Stevie franziu a testa.

– Você não queria...

– Queria – respondeu Iris. – E garanto que estava quase lá. Mas isso... isso é por você. E você conseguiu. Me seduziu. – Iris então piscou para ela, embora estivesse de rosto corado, com a respiração meio falha. – Nota 10.

Stevie conseguiu abrir um sorriso enquanto afastava a mão e esperava se sentir aliviada, triunfante, ou autoconfiante e sexy. E, sim, ela sentiu algumas dessas coisas, mas, acima de tudo, sentiu...

Não sabia ao certo. Ou talvez soubesse e simplesmente não quisesse nomear a sensação que afundou em seu peito, aquela frustração na boca do estômago.

– Tá bom – respondeu, fazendo que sim com a cabeça. – Aham.

– Você é uma aluna excelente – acrescentou Iris.

Stevie sorriu para ela.

– Tenho uma professora maravilhosa.

Iris assentiu e se sentou na cama, apoiou os pés no chão do outro lado e contornou o pé da cama para pegar a regata onde a haviam jogado. Vestiu-a e foi para o banheiro.

– Vou só me lavar.

– Tá bom – disse Stevie, mas, quando Iris fechou a porta, ela não sentiu que havia progredido, que dera mais um passo em direção ao objetivo.

Nem um pouco.

CAPÍTULO VINTE E UM

IRIS APOIOU A PALMA DAS MÃOS nos azulejos frios do banheiro. Ainda não bastou para acalmá-la, por isso abriu a torneira, jogando água fria no rosto várias vezes até voltar ao normal.

Enxugando o rosto, olhou seu reflexo no espelho, os olhos ainda um pouco vidrados depois daquela... o quê?

Aula?

Com certeza não parecia uma aula.

Foi uma experiência sensacional. Divertida, sexy e desvairada. Stevie a provocou, a controlou, e Iris adorou. E depois... meu Deus, o toque de Stevie. Mesmo por cima da calcinha, tinha sido intenso, perfeito, pressionando e fazendo círculos em padrões aleatórios que levaram Iris até o limite muito rápido, o orgasmo iminente pegando-a meio desprevenida.

Não esperava gozar durante aquelas aulas.

Não esperava estar tão *desesperada* para gozar.

E de jeito nenhum esperava ter que pôr um freio naquela experiência.

Iris não sabia bem o que a levara a fazer isso. Mas, de repente, a ideia de gritar nas mãos de Stevie, de deixar que ela a visse exposta e vulnerável... Não aguentou. O que não fazia o menor sentido, porque Iris sempre gozava. Em todo encontro que tinha, tratava de gozar. Mesmo quando mal se lembrava do nome da pessoa, mesmo quando estava entediada, cansada ou um pouquinho zonza demais depois de uns drinques. E nunca sentia que estava expondo alguma parte de si mesma. O orgasmo era uma ciência simples, um feixe de nervos reagindo a estímulos.

Com Stevie não deveria ser diferente.

Mas, de alguma forma, era.

Iris disse a si mesma que o aspecto instrutivo na situação a abalou, nada mais. Lógico que nunca tinha dado aulas de sexo antes, e não queria passar uma impressão bizarra, acumulando orgasmos enquanto Stevie perguntava se estava fazendo tudo certo. O que acontecera naquela cama tinha sido por Stevie, e Iris a ajudara a assumir o controle, o que era obviamente do que ela precisava para ter autoconfiança na cama.

Talvez Adri nunca tivesse dado isso a ela. Adri sem dúvida irradiava uma energia bem dominadora, então era totalmente possível que, em se tratando de sexo, Adri e Stevie...

Iris fechou os olhos. Não queria envolver Adri em seu processo mental. A forma como Adri falara com Stevie na noite anterior ainda a fazia ter vontade de pôr fogo em alguma coisa, mas sabia que a vida sexual delas – e qualquer coisa complicada e difícil que ainda estivesse acontecendo entre as duas – não era da sua conta.

E foi por tudo isso que deteve Stevie. Imaginou até se ela conseguiria continuar sozinha daquele ponto em diante e conhecer alguém de verdade.

Além disso, Iris precisava se concentrar no livro.

Na peça.

Em qualquer coisa que não o som que Stevie fez quando tocou nela, aquele arfar quase imperceptível que deixou Iris tão molhada que...

Ela voltou a fechar os olhos com força. Aquilo era só tesão reprimido.

Nada mais. Assim que retornassem ao Oregon, ela voltaria ao Lush e encontraria uma pessoa qualquer, descomplicada e anônima. Alguém que poderia esquecer com facilidade.

Trançou o cabelo depressa e escovou os dentes, tentando pensar na próxima cena do livro, talvez algo que incluísse uma caminhada na praia iluminada pelo luar ou um passeio de carro pela Pacific Coast Highway.

O problema era que não conseguia visualizar o rosto de Tegan McKee em sua mente, nem Briony, o interesse amoroso adoravelmente desajeitado da protagonista. Nas cenas que pairavam na mente de Iris naquele momento, havia apenas uma mulher com olhos cor de mel e cachos emaranhados espiralando por cima da testa em cada página.

Quando Iris terminou de se recompor e saiu do banheiro, Stevie já tinha saído. Ignorou o nó que se formou no estômago ao ver o quarto vazio; afinal, tinham muito trabalho a fazer naquele dia e, para falar a verdade, estava ansiosa para ver Stevie como Benedita.

Quando desceu a escada, usando um macacão listrado de arco-íris, o resto do elenco principal já havia chegado. Stevie estava à mesa do café da manhã, com uma xícara de café nas mãos, e Adri sentada diante dela, com óculos de armação transparente, concentrada em seu iPad.

Iris passou um tempo olhando para as duas, sem saber o que procurava.

Camaradagem?

Amor?

Desejo?

Que inferno, não sabia nem por que estava procurando alguma coisa. Então pigarreou, e os olhos de várias outras pessoas se voltaram para ela.

– Oi, você deve ser a Iris! – disse um homem negro com um piercing no septo. – Eu sou Peter. Vou fazer o Cláudio.

– Ah, oi! – Iris aceitou um beijo dele na sua bochecha. – Que prazer te conhecer!

– E eu sou o Jasper – disse um homem branco perto da cafeteira. – Ou Hero. E aquelas são Satchi e Nina. – Ele apontou para uma mulher nipo-americana de cabelo curto dividido ao meio com as pontas tingidas de roxo e uma mulher branca com duas tranças loiro-avermelhadas. – Elas são Dom Pedro e Dom João.

– Oi – disse Iris, e elas acenaram numa saudação.

– O que achou da Suíte Jasmim, Satch? – perguntou Ren, que manobrava uma frigideira gigante de ovos mexidos.

– É esse o nome do quarto? – perguntou Satchi, servindo-se de um pouco de suco de toranja. – Nunca lembro os nomes dos quartos nesta casa.

– É – respondeu Ren, olhando para Adri, que fez questão de não olhar para ninguém. – Nem eu.

– Ren... – murmurou Stevie.

– Que foi? – Ren desligou o fogão.

Stevie suspirou e tomou um gole de café, cruzando o olhar com o de Iris por uma fração de segundo antes de desviar.

– Tá bom, o que a gente perdeu? – perguntou Peter, levantando as sobrancelhas para Ren. – Já rolou algum drama? A gente nem começou a ensaiar.

– Por falar nisso – disse Adri, ficando de pé e empurrando os óculos para cima do nariz. – Vamos começar. Onde é que tá...

– Tô aqui, tô aqui, graças a Deus Todo-Poderoso, tô aqui. – Uma pessoa de pele marrom-escura e topete de cachos pretos entrou depressa na cozinha, usando uma blusa cropped vermelha e short jeans desfiado. – Desculpa, a pessoa que veio dirigindo o carro do aplicativo era um espetáculo e eu perdi a noção do tempo.

Adri franziu a boca.

– Iris, conheça Zayn, que vai interpretar Leonato.

– Ah, sangue fresco! – exclamou Zayn, dando uma piscadela enfática com o olho bem delineado para Iris.

Ela não pôde deixar de rir; simpatizou com elu na mesma hora.

– Pega leve comigo – pediu ela.

– Nunca – respondeu Zayn, mas estava sorrindo.

– Tá, vamos nos reunir à beira da piscina para fazer a leitura o quanto antes – disse Adri, e com certeza não estava sorrindo enquanto saía da sala.

Iris não sabia se ela havia entrado em modo diretora a todo vapor ou se só estava ranzinza mesmo.

Todo mundo devorou a comida e saiu rumo à varanda dos fundos. Iris demorou a finalizar os ovos mexidos, esperando por Stevie.

– Escuta – disse ela quando restaram só as duas. – Você tá bem?

Stevie fez que sim. Não olhou para ela.

– Tô legal.

– Beleza – respondeu Iris, sentindo de repente uma estranha timidez. – Eu só queria saber, porque...

– Eu tô *legal* – repetiu Stevie num tom meio ríspido. Suspirou e apertou os olhos com os dedos. – Desculpa. É que... a Adri tá me deixando nervosa.

– Tem certeza de que é só isso? – perguntou Iris.

Logo em seguida, quis engolir a pergunta. Não sabia o que faria se a fonte da preocupação de Stevie fosse outra. Se fosse a própria Iris.

– Tenho – respondeu Stevie, mas o sorriso que abriu não chegou aos olhos.

Ela brincou com a barra da camiseta, uma peça branca e justa com uma foto de Ruth Bader Ginsburg estampada na frente.

– Como posso ajudar? – perguntou Iris.

Stevie balançou a cabeça, mas de repente parou, fitou os olhos de Iris e inspirou devagar.

– Me leva pra sair quando a gente voltar para o Oregon?

Iris franziu a testa.

– Te levar pra sair? Tipo um encontro ou...

– Não. Quer dizer, sim, a gente pode fazer isso por você. Pelo seu livro. Mas quero dizer que preciso *sair*. Ir para um lugar seguro. Um lugar onde eu possa conhecer alguém e tentar... sei lá. – O lábio inferior de Stevie tremeu um pouquinho; ela o mordeu e deu de ombros. – *Tentar*.

– Olha – disse Iris, dando um passo na direção dela. – Sabe, não precisa ter pressa.

– Não, eu sei, mas preciso. – Stevie balançou a cabeça. – Tenho que provar pra mim mesma. Porque, enquanto não fizer isso, ninguém vai me ver como nada além da minha ansiedade. Enquanto eu mesma não me vir de um jeito diferente.

Ela estava levantando a voz outra vez, assim como na noite anterior, quando entrou no quarto tremendo.

– Tá bom. – Iris pegou as mãos dela entre as suas. – A gente pode sair. Vamos ao Bar da Stella em Bright Falls semana que vem. Conheço todas as pessoas lgbtq+ da cidade, e todas saem à noite pra dançar passinho country. É um espaço totalmente seguro.

– Dançar passinho country? – perguntou Stevie.

– Que é que tem? É legal. Vou estar com você o tempo todo. Além disso, não precisa dançar muito se não quiser.

Stevie assentiu, rindo, ao mesmo tempo que uma lágrima escorria por seu rosto. Iris não resistiu a enxugá-la com o polegar e, em seguida, encostar a testa na de Stevie. Era um gesto íntimo, mas parecia tão espontâneo, tão... fácil. Stevie pegou a cintura de Iris, esfregando o tecido do macacão entre os dedos, e Iris relaxou. Inalou o cheiro de Stevie, todo algodão limpo e sal marinho, e tinha acabado de fechar os olhos quando Stevie afastou a cabeça.

– Você é muito boa nisso – disse Stevie.

Iris franziu a testa.

– Em quê?

– Em ser namorada de mentira.

O tom de voz de Stevie era suave, quase como uma pergunta. Ela sondou o olhar de Iris, que também olhou fundo nos dela porque, por uma fração de segundo, tinha esquecido.

Talvez já estivesse esquecendo havia muito tempo.

Iris sentiu um pequeno nó na garganta, e ficou difícil respirar. Todas as razões pelas quais fez Stevie parar naquela manhã, na cama, reapareceram de uma vez, mais nítidas do que nunca, e cada uma delas era aterrorizante.

Cada uma representava tudo que Iris Kelly não era.

Balançou a cabeça e riu, soltando as mãos de Stevie e fazendo um pequeno giro, seguido de uma reverência teatral. *Esta* era a Iris que conhecia.

A Iris que ela entendia.

A que *todo mundo* entendia.

– Bom, eu sou uma atriz foda – disse ela –, como você está prestes a descobrir.

Stevie não riu. Abriu apenas um meio sorriso e assentiu, pegando a mão de Iris e levando-a para se juntar ao resto do elenco.

Iris descobriu que adorava atuar.

Sob as nuvens da manhã, o elenco se sentou ao redor da piscina com as pernas nuas na água, Adri afundada numa cadeira com seu iPad, e deu vida a uma história de amor turbulenta e improvável. Iris ficou inebriada com a sensação de entrar na psique de outra pessoa, pensando em suas motivações e emoções. Era como escrever, mas ao vivo e em cores, com todos os sabores, sons e sentimentos da vida real.

O resto do elenco era puro talento. Iris entendeu por que Adri havia escalado cada uma daquelas pessoas e gostou principalmente de ver Peter e Jasper interpretarem os jovens Hero e Cláudio, com seu amor inocente e ingênuo. Shakespeare era brilhante, é claro, mas ver seus personagens interpretados como pessoas lgbtq+, com identidades que o mundo tantas vezes tentou reprimir e derrotar... bom, foi intenso.

Foi lindo.

E ainda havia Stevie.

Iris sabia que ela era boa – como a própria Stevie dissera, Adri não escalava ninguém que não fosse –, mas não estava preparada para vê-la em toda a sua glória. Ela interpretou Benedita de uma maneira que Iris nunca teria imaginado; arrogante, sim, mas também delicada. Até mesmo tímida. Uma mulher – naquela versão, pelo menos – que usava uma máscara diante do mundo para esconder um medo mais profundo de ser vista. De ser amada... e abandonada.

É claro que as falas que Stevie leu não diziam nada disso, mas foi o que Iris sentiu. E sabia que todas as pessoas ali também sentiam, pois um silêncio distinto tomava conta delas sempre que Benedita dizia falas mais longas.

Quanto a Iris, leu Beatriz por instinto, um sentimento que havia começado naquele estranho teste com Adri. A Beatriz de Iris estava zangada, sim, irritada e um tanto amarga, mas, acima de tudo, o que a sintetizava era a exaustão, o cansaço profundo de viver num mundo que lhe pedia o tempo todo para ser alguém que ela simplesmente não era.

Mas o amor a transformou.

– "Benedita" – leu Iris do Ato 3, Cena 1. – "Não deixes de me amar! Eu saberei te recompensar, domesticando meu selvagem coração ao comando de tua doce mão."

Olhou então para Stevie, que estava sentada na frente dela, no lado raso da piscina, observando-a com a boca entreaberta. A princípio, se sentiu triunfante: tinha lido a fala com suavidade, mas também com um pouco de raiva, um projétil envolto numa pluma. Parecia o tom certo, até perfeito, mas Adri interrompeu o momento:

– Vamos acrescentar um pouco de anseio, Iris – disse ela, rabiscando alguma coisa no iPad. – Tá, vamos pra Cena 2. Acho que...

– Eu discordo – respondeu Iris.

Adri levantou uma das sobrancelhas.

– Ah, é?

Iris pigarreou.

– Acho que a Beatriz não tem certeza de que ama Benedita. Ainda não. Ela diz que vai lhe dar o coração, mas tem medo, até raiva de ter esses sentimentos, por isso fala com um pouco de... não sei bem.

– Vigor – sugeriu Zayn.

– Isso – disse Iris, sorrindo para elu. – Vigor.

Adri franziu a boca.

– Essa é a primeira vez que a Beatriz percebe o amor, Iris. É importante o tom estar carregado de cuidado. De certo deslumbramento.

– Isso eu entendi – respondeu Iris. – Mas acho que a Beatriz não está deslumbrada. Ela está é apavorada.

– Ela diz: "Eu saberei te recompensar".

– Porque no fundo ela anseia pelo amor – argumentou Iris –, não porque não tenha medo. Ela está falando sozinha. Sabe o que o coração dela quer, mas também sabe que o coração é selvagem, e ela…

– Quer amar Benedita, então vai amar – declarou Adri.

– Você acha mesmo tão simples assim? Eu acharia que, sendo a diretora, você pediria mais nuances nesses personagens, principalmente sendo uma peça queer e porque todo mundo aqui é…

– O que eu quero como diretora – afirmou Adri, a voz soando quase ameaçadora – é que meu elenco aceite meus comentários e cale a boca.

O silêncio tomou conta do grupo. Iris encarou Adri com rebeldia, sentindo o peito se inflar com uma estranha sensação de triunfo. Tinha razão sobre Beatriz – *sabia* que tinha –, mas, de repente, entendeu que o estado emocional da personagem naquela cena tinha muito pouco a ver com o motivo pelo qual decidira confrontar Adri.

– Bom, vou dizer o que *eu* quero – disse Iris.

Mas, antes que pudesse continuar, Stevie se levantou tão depressa que gerou ondas na piscina ao tirar as pernas da água.

– Acho que a gente podia fazer um intervalo, né? – sugeriu ela, olhando para Iris de olhos arregalados.

– Boa ideia – disse Ren.

Elu estava sentade à mesa do pátio debaixo de um guarda-sol, trabalhando num laptop, e mal interrompeu o ritmo da digitação enquanto falava.

– Vou pegar um drinque pra Adri – completou.

– Eu não bebo em serviço – declarou Adri, que continuava sentada, de olhos cravados em Iris.

– Talvez devesse – comentou Iris, plenamente consciente de que estava abusando da sorte; mais um pouco e seria expulsa da peça, mas não conseguia ficar calada.

– Iris... – disse Stevie, aproximando-se e entrelaçando os dedos aos dela. – Vamos dar uma volta.

– Drama, drama, drama – entoou Peter enquanto Iris deixava Stevie levá-la dali.

– Com essas duas, a gente sabia que ia ter – comentou Nina, indicando Adri com o queixo.

– A-do-ro – disse Zayn.

– Dá pra vocês calarem a boca? – disparou Stevie, puxando Iris em direção à escada que levava à praia.

O tom de voz dela, porém, não tinha maldade; parecia mais o de uma irmã implicando com os irmãos. E não parou de andar, apressando o passo até chegar à praia rochosa.

Os pés descalços de Iris afundaram na areia, e ela deixou Stevie puxá-la até a água quase correndo.

– Tá, vai devagar – pediu Iris assim que chegaram às ondas.

– Desculpa.

Stevie fez o que ela pediu, e começaram a caminhar para o norte, ainda de mãos dadas.

Iris suspirou, olhando para a casa atrás delas. Adri estava parada na escada, observando-as, o cabelo verde voando ao vento.

– Ela quer voltar pra você? – perguntou Iris. – É esse o problema?

Stevie suspirou.

– Como assim? Foi você quem começou o bate-boca.

– Eu apenas expressei minha opinião artística.

Stevie bufou.

– Tá bom – disse Iris. – Beleza. Eu queria pisar no calo dela. Mas isso não quer dizer que eu não tenha razão quanto a Beatriz.

Stevie olhou para ela de soslaio.

– Acho que você tem razão, sim. Mas a questão não é essa. Por quê?

– Por que o quê?

– Por que pisar no calo dela?

Iris fungou e olhou para o mar. Naquele dia, estava cinzento e turvo, e as nuvens no céu ficavam cada vez mais densas e escuras. O vento ficou mais forte, sacudindo as roupas de Iris e puxando fios de cabelo de sua trança.

– Não sei – disse Iris, embora soubesse.

Quanto mais pensava na cena da noite anterior, mais a lembrança a incomodava. A agressividade de Adri, a mudança de quarto, o modo como Stevie estava abalada ao voltar da praia. Iris não gostava da maneira como Adri tratava Stevie, pura e simplesmente, mas também não queria que Stevie sentisse que precisava que Iris tomasse uma atitude em nome dela.

– Sério? – Stevie parou e se virou para encará-la. – Porque você tá dando uma de namorada ciumenta.

Iris deu um sorrisinho irônico.

– Não é isso que eu deveria ser?

Stevie passou um tempo só olhando para ela, de braços cruzados, os olhos parecendo pás tentando cavar além da expressão tranquila de Iris.

– Que foi? – perguntou Iris, começando a ficar constrangida.

Numa disputa de quem desvia o olhar primeiro, ela *sempre* perderia para Stevie.

– Por que você não namora, Iris? – perguntou Stevie num sussurro.

– O quê? Essa veio do nada.

Stevie sustentou o olhar.

– É só curiosidade. Sei que você escreve livros de romance, que é a filha do meio e que suas amigas te amam muito, mas não sei mais nada sobre você. Nada mesmo. Estou só tentando entender.

O coração de Iris acelerou com aquele cutucão num ponto sensível demais.

– Por quê? Isso aqui não é…

– Não é de verdade, tá, eu sei. – Stevie levantou os braços e os deixou cair do lado do corpo. – Mas muita coisa aqui é de verdade, sim. Minha vida. A peça. O seu livro. Adri e eu. Você e eu afetamos coisas de verdade, Iris, quer você admita ou não. E eu… só quero entender por que é que você tá arrumando briga com a minha ex e por que tá aqui comigo. Por que não tá com outra pessoa?

Iris fechou a boca, tensa, e desviou o olhar. No ano anterior, as pessoas mais próximas do seu círculo de amizades tinham feito aquela mesmíssima pergunta várias vezes. *Por que não tenta namorar, Iris? Você é maravilhosa, Iris. Qualquer pessoa teria sorte em estar com você, Iris. Quem perde são os outros, Iris.*

Será? Mesmo que todas as suas tentativas de viver um romance a tivessem deixado sozinha, tentando entender o que havia feito de errado? Por que não conseguia ser diferente?

– Você é arromântica? – perguntou Stevie. – Se for, tá ótimo, eu só quero...
– Não – respondeu Iris.

Seria muito fácil dizer que sim. Principalmente para Stevie, que mal a conhecia, mas de jeito nenhum Iris cooptaria a identidade legítima de alguém. Sabia que aquele não era o seu caso.

– Eu gosto de romance, tá? Tenho interesse. É que eu...

Stevie esperou, com carinho e paciência no olhar.

– Eu queria muito que você não me olhasse assim – disse Iris.

– Assim como?

– Como se eu fosse uma otária porque tomei uma decisão lógica.

– Decisão... lógica – repetiu Stevie devagar.

Iris assentiu.

– Olha, não vou começar a falar de novo do meu triste histórico amoroso. Você já sabe da Jillian e do Grant.

Stevie franziu a testa.

– Então, uma babaca e um cara que te amava mas queria outra vida significam... o quê?

– Não são só eles, tá? – disse Iris.

Sentiu a garganta meio embargada, mas engoliu em seco e continuou a falar. Se contasse apenas o bastante, Stevie entenderia. Entenderia, até concordaria com ela, e poderiam mudar de assunto.

– É a minha vida inteira, droga – explicou ela. – São meus pais perdidamente apaixonados sempre me dizendo pra levar a vida a sério, minha mãe arranjando encontros pra mim porque sabe que eu não tenho a capacidade de conhecer alguém decente por conta própria. São todos os caras no ensino médio fazendo eu me sentir um brinquedo pra passar de mão em mão no time de futebol. E eu deixei fazerem isso porque sim, mesmo naquela época, eu gostava de sexo, tá? Me julgue.

– Iris, eu...

– E aí, depois que me assumi bissexual na faculdade – continuou ela, os olhos ardendo –, de repente, o fato de eu gostar de sexo virou uma espécie de falha de caráter. Eu era "muito atirada". E, meu Deus do céu, os convites pra sexo a três! Não eram piada, veja bem, eram convites *de verdade* de uns caras que iam falar comigo no centro estudantil, no ginásio, no meio da porra da sala de aula, como se eu não passasse de uma oportunidade de negócio. E não se atreva a dizer que todo mundo que é bi passa por isso, porque minha amiga Claire se assumiu no ensino médio e nunca ouviu esse tipo de proposta. Nem uma vez. E por quê? Porque ela é um amor. É mulher *pra casar*. E eu não, Stevie. Eu sou só mulher pra transar.

Os pulmões de Iris ardiam, e ela desviou o olhar; não queria ver a expressão de Stevie, qualquer que fosse. Enxugou as lágrimas que vertiam dos olhos. *Porcaria de vento*.

– E a Jillian... – disse ela, cruzando os braços e olhando para as ondas. – Foi só a cereja de um bolo gigantesco.

Por um tempo que pareceu uma eternidade, Stevie não disse nada. Ficou calada por tanto tempo que Iris olhou para ela para ter certeza de que ainda estava lá, mas estava, sim, olhando para as ondas também.

– É informação suficiente a meu respeito? – perguntou Iris. – Te deixei devidamente surpresa?

Stevie olhou para ela e abriu um sorriso suave.

– Acho que estou te devendo um passeio romântico.

Iris franziu a testa.

– O quê?

– Isso mesmo que você ouviu. Até agora a gente só teve *uma* aula de romance.

Iris sentiu as bochechas esquentarem quando a lembrança de dançar devagarinho com Stevie na sala voltou como um vendaval.

– Não precisa fazer isso.

– Faz parte do nosso acordo – argumentou Stevie.

Iris teve uma vontade repentina e inexplicável de dizer *o acordo que se foda*, mas ficou de boca fechada.

Stevie gesticulou, indicando o ambiente à volta delas.

– Além disso, estamos numa *praia*.

O dia estava nublado e as ondas do oceano furiosas, subindo e arrebentando entre espumas.

– É... uma praia meio *Morro dos ventos uivantes* – comentou Iris.

Stevie riu.

– Justo. Mas tá bom: se você fosse o Heathcliff e eu a Catherine, o que você faria agora?

– Hum, te abandonaria? Heathcliff era uma pessoa horrível. Você não leu *O morro dos ventos uivantes*, não?

– Foi você quem falou do livro!

– É, ela é a *antítese* do romance.

Stevie passou a mão no cabelo.

– Tá bom, protagonistas narcisistas à parte, vamos andar um pouco.

– Andar?

– De mãos dadas.

– Andar a esmo procurando conchinhas pra deixar de presente no travesseiro uma da outra?

Stevie estendeu a mão.

– Agora, sim, você entendeu.

Iris olhou para a mão de Stevie, hesitando apenas um instante antes de deslizar os dedos pela palma dela. O contato percorreu seu braço, provocando uma onda de arrepios, o que era absurdo.

O romance não passava de reações neuroquímicas, meia dúzia de palavras bonitas e um belo cenário. Nada mais. Uma ficção que a mente contava ao coração.

Ainda assim, Iris se entregou, ainda que apenas pelo bem de Stevie. Caminharam ao longo da praia por um tempo, balançando as mãos dadas. Procuraram conchas, recolhendo da areia os tesouros brancos e rosa que ainda não tinham se partido e guardando-os nos bolsos. Falaram sobre nada e sobre tudo. Iris descobriu que Stevie era alérgica a morango, na opinião dela, uma tragédia, e contou sobre a Desejos de Papel e como tivera que fechar as portas no ano anterior.

– Conta do seu livro – pediu Stevie. – O que você tá escrevendo. Eu já li a respeito de *Até nosso próximo encontro*.

Iris sorriu.

– Sério?

Stevie a olhou de lado.

– Lógico.

– Bom – disse Iris, sentindo as bochechas quentes outra vez –, esse novo é sobre...

Ela hesitou, de repente se sentindo encabulada com a guinada em seu livro.

– O quê? – perguntou Stevie. – É sobre o quê?

Iris apertou os dedos de Stevie.

– Sobre uma vinicultora e uma crítica de vinhos.

Stevie arregalou os olhos e parou de andar, girando Iris para encará-la, sorrindo.

– Tipo, a ideia que você teve aquela noite no seu apartamento?

Iris assentiu.

– Foi uma boa ideia. E você ajudou mesmo a fazer parecer que era... de verdade.

Stevie sorriu ainda mais, os olhos cor de âmbar brilhando mesmo sob as nuvens escuras.

– Que legal! Foi mesmo uma boa ideia. Tô ansiosa pra ler.

Iris abriu um sorriso também, mas ele se desmanchou quando as primeiras gotas caíram do céu. A garoa logo se transformou numa chuva forte, ensopando as duas em questão de segundos.

– Ai, meu Deus – disse Stevie, tirando o cabelo colado do rosto. – Acho que é melhor voltar.

Iris assentiu e começou o caminho de volta, mas de repente parou.

– Aguenta aí – disse ela, pegando a mão de Stevie.

– Você tá bem? – perguntou Stevie.

Iris assentiu mais uma vez, com a chuva escorrendo pelo rosto. Viu gotas de água se acumularem na boca de Stevie e teve a vontade súbita de lambê-las.

Em vez disso, puxou Stevie para um abraço.

– Isso parece o tipo de coisa que a gente devia fazer – disse ela. – Dançar na praia debaixo da chuva.

Stevie abriu um pouco a boca, mas logo sorriu.

– Olha só pra você.

– Eu aprendo depressa.

– Dá pra perceber – respondeu Stevie baixinho. – Vai ser um hábito nosso... quer dizer, das suas personagens? Elas dançam pela cidade toda, encontrando situações superesquisitas e únicas pra dançar?

– Pode ser. Daqui a pouco vou ter que te creditar como coautora.

Stevie fez um gesto de desdém.

– Eu me contento com meu nome nos agradecimentos.

– Combinado.

Iris abraçou Stevie pela cintura. Não fazia a menor ideia do que tinha dado nela, mas parecia a atitude certa. Entrar um pouco no clima de romance parecia o próximo passo para Iris, ou melhor, para Tegan.

E Stevie se acomodou nos braços dela com tanta disposição, tanta perfeição. Era no máximo cinco centímetros mais alta, apenas o bastante para Iris encostar a boca no ombro dela. Stevie levou uma das mãos ao cabelo de Iris, que não teve como evitar o suspiro que exalou.

Mas não se derreteu. Bom, só um pouquinho.

E, naquele momento, ela se permitiu sentir a chuva quente na pele e a pressão suave dos quadris de Stevie. Deixou-se mergulhar de cabeça e acreditar, se não na própria história de amor, na de Tegan e Briony.

Naquela noite, depois de uma tarde extenuante com uma segunda leitura da peça cheia de anotações detalhadas de Adri – e Iris bancando a tranquila tão bem quanto possível pelo bem de Stevie –, Iris saiu do banheiro para encontrá-la já na própria cama, completamente desmaiada.

Iris a observou por um segundo, sentindo algo semelhante a decepção se aglomerar no peito, porque obviamente iam dormir separadas.

Ela se livrou do pensamento – era evidente que iam mesmo dormir separadas – e prendeu o cabelo molhado numa trança lateral enquanto se dirigia à outra cama. Afastou o lençol, pronta para se deitar, mas se deteve.

Ali, bem no meio do travesseiro, havia uma concha perfeitamente cor-de-rosa.

CAPÍTULO VINTE E DOIS

A SEMANA SEGUINTE PASSOU VOANDO num furacão de turnos no Tinhosa, com Effie resmungando o tempo todo porque as corporações se apropriaram do Orgulho, e ensaios.

Stevie só viu Iris no Imperatriz, e provavelmente foi melhor assim. O fim de semana em Malibu tinha sido intenso, e ela precisava de tempo para pôr as emoções de volta nos eixos.

Ela e Iris fizeram uma bela encenação no teatro, andando de mãos dadas aqui e ali, dando um beijo na bochecha entre as cenas e sentando-se juntas na plateia quando Adri dirigia alguma cena em que as duas não atuavam, mas, para falar a verdade, o limite entre o que era e o que não era real ficava cada vez mais difuso na mente de Stevie, e ela não sabia ao certo como esclarecer tudo.

Iris, por sua vez, estava radiante. Era uma estrela – não apenas no palco, como Beatriz, mas também com Stevie, piscando para ela sempre que cruzavam olhares pelo teatro, deslizando a mão pelo cabelo dela ao passar perto, apoiando a cabeça no ombro dela quando estavam no intervalo ou assistindo a outra cena.

Stevie não estava preparada para toda a intimidade física que vinha com um relacionamento inventado. Uma intimidade que parecia… emocional. Mas ela sabia que emoções eram complicadas, fáceis de interpretar da forma incorreta e de confundir umas com as outras. Então continuou a atuar, interpretando a namorada cheia de adoração, reagindo a cada toque de Iris com outro.

Mesmo assim, quando chegou o ensaio de sexta-feira, estava exausta, porque o esforço necessário para interpretar não uma personagem, mas *duas*, havia drenado a maior parte de sua energia. É verdade que dormia como uma pedra à noite, mas, naquele dia, quando ela e Iris iriam à Taverna da Stella em Bright Falls para dançar passinhos country, sentia-se como uma corda esticada desfiando nas extremidades.

E a cena de *Muito barulho* em que estavam trabalhando não a ajudou em nada.

– De novo – disse Adri, andando pela frente do palco, de óculos e batom vermelho perfeitamente aplicado, mesmo depois de três horas de ensaio. – Essa cena é fundamental.

– A gente sabe – respondeu Stevie.

Estavam ensaiando o Ato 4, Cena 1, em que Benedita e Beatriz professavam seu amor, e em seguida Beatriz insistia para que Benedita matasse Cláudio para defender a reputação de Hero.

– Então façam direito – retrucou Adri. – A conversa é dolorosa. O mundo cruel entra em foco. Mas também é um momento de ternura. *Sintam* isso.

Iris ergueu uma sobrancelha para Stevie e articulou "sintam" com os lábios, levando-a a cobrir uma risada com a mão. Ainda assim, Iris não disse nada diretamente para Adri. Naquela semana, sua docilidade com a diretora estava surpreendente, e, na verdade, Stevie ficava grata por isso. Não sabia se conseguiria encarar ao mesmo tempo as próprias emoções em espiral e Iris Kelly batendo de frente com sua ex.

– "Por minha espada, Beatriz, tu me amas!" – disse Stevie como Benedita, derramando o máximo de anseio nas palavras.

– "Não jure; antes, engula a sua espada" – retrucou Iris como Beatriz.

Fitaram os olhos uma da outra, e uma pausa que não foi planejada por nenhuma das duas pesou entre elas.

– Isso – disse Adri enquanto a tensão crescia. – Ótimo.

– "Juro por minha espada que me amas, e terá de engolir suas palavras quem disser que não a amo" – continuou Stevie.

– "Não vai engolir suas palavras?" – perguntou Iris num mero sussurro.

– "Nem com o melhor dos molhos. Estou declarando que te amo."

– "Ora, mas então… Deus que me perdoe."

Nos olhos de Iris brilhavam lágrimas verdadeiras, mas sem exagero. As palavras dela eram murmúrios, uma onda rítmica que fluía pela boca. Stevie ouviu o silêncio da plateia, onde o restante do elenco principal assistia à cena.

– "De que pecado, doce Beatriz?"

Iris riu, um som repleto de vulnerabilidade e beleza.

– "Você me interrompeu em boa hora. Eu estava prestes a lhe declarar meu amor."

As duas se rodeavam, a cada passo chegando mais perto... e mais, até Stevie agarrar a cintura de Iris com uma das mãos e puxá-la para um abraço. Iris ofegou, enlaçando os ombros de Stevie com um braço, e as pupilas dela se dilataram quando Stevie a fez inclinar a cabeça e acariciou seu rosto com um dos dedos.

– "Pois declare, com todo o teu coração" – sussurrou Stevie, com a boca a parcos centímetros da dela.

Encararam-se mais uma vez, os olhos cintilando sob as luzes do palco, e Iris entreabriu os lábios, tão bonitos, carnudos e...

– Ótimo, vamos parar por aí – disse Adri baixinho, quebrando o feitiço.

Stevie recuou, soltando Iris devagar.

– Olha, minha nossa! – exclamou Jasper na plateia.

– Tô contigo e não abro – respondeu Zayn, se abanando. – Acho que preciso de um banho gelado.

O elenco principal riu e Iris também, fazendo uma reverência breve e graciosa. Stevie gesticulou, sentindo o rubor tomar conta das bochechas. Por dentro, o coração voava com asas, penas e tudo mais. Não era raro sentir tanta adrenalina quando estava no palco. Precisava daquilo para passar por cenas especialmente complicadas, mas o que sentia no momento... bom, não era só adrenalina. O coração palpitava, é claro, mas havia também um latejar distinto entre as pernas que ela tentava ignorar e um arquejar que não tinha nada a ver com a atuação.

– Cinco minutos de pausa, pode ser? – perguntou, tirando o cabelo do rosto.

– Claro – respondeu Adri, inclinando a cabeça. – Você tá bem?

– Tô ótima.

Estava mesmo. Só precisava de um instante consigo mesma e um pouco de ar fresco. Correu escada abaixo e pegou sua garrafinha d'água numa poltrona, depois partiu pelo corredor rumo aos fundos do teatro.

Estava quase chegando às portas duplas, olhando a tela do celular em busca de uma distração, quando ouviu seu nome.

– Stevie Scott.

A voz era baixa e firme. Conhecida. Stevie ergueu o rosto de uma vez, procurando a fonte. Ali, sentada numa poltrona de veludo roxo junto da parede de tijolos dos fundos, estava uma mulher negra com o cabelo trançado em longas *box braids* e um tornozelo apoiado no joelho. Ela sorriu para Stevie.

– Dra. Calloway! Ai, meu Deus, o que a senhora tá fazendo aqui?

A Dra. Thayer Calloway era a professora de teatro favorita de Stevie na faculdade. Era uma pessoa lgbtq+, brilhante, e tinha sido a primeira a fazê-la acreditar na própria capacidade. A Dra. Calloway era durona e exigente, e fez Stevie chorar mais de uma vez, mas também a transformou na atriz que era. O que quer que isso significasse.

– Estou na cidade por causa do aniversário da minha irmã – respondeu a Dra. Calloway. – Uma festa horrorosa num bar de karaokê no centro. Agora não consigo tirar "My Heart Will Go On" da cabeça.

Stevie riu.

– É muito bom te ver.

A Dra. Calloway se levantou, elegante em seu estilo bofinho de jeans escuro, camiseta branca por baixo de um blazer azul-marinho e mocassins marrons sem salto.

– Na verdade, daqui a pouco vou para o aeroporto – explicou ela, apontando para uma mala de rodinhas –, mas não resisti a passar por aqui pra ver meu grupo favorito de estudantes e o Imperatriz.

Stevie sorriu outra vez.

– Ainda estamos aqui.

– Dá pra ver. – A Dra. Calloway abriu um sorriso. – E estão a todo vapor.

– Mérito da Adri. Ela é muito determinada.

– Não é só dela.

A Dra. Calloway estreitou os olhos, encarando-a com uma expressão conhecida que sempre a deixava meio acanhada e ao mesmo tempo a fazia endireitar os ombros. Uma vez, ela passou quinze minutos olhando Stevie daquele jeito na frente da classe toda, fazendo-lhe a mesma pergunta sobre a personagem que ela estava interpretando na época, várias vezes – *o que Angélica quer, Stevie?* – até ouvir uma resposta aceitável.

– Aquilo foi bem impressionante – disse a Dra. Calloway, apontando para o palco. – Um Benedito diferente de todos que já vi.

Stevie fez um gesto de desdém.

– Não é nad...

– É *muito*, Stevie.

Ela levantou uma das sobrancelhas, e Stevie aquiesceu.

– Tá. Desculpa. Quer dizer, obrigada, Dra. Calloway.

– Por favor, me chama de Thayer. Não estamos mais na sala de aula.

– Thayer – disse Stevie, corando na mesma hora.

Metade do departamento de teatro amava Thayer Calloway; jovens lésbicas, bis e pans a rodeavam, atraídas por sua energia queer feito mariposas em volta da luz, além de algumas mulheres que sempre presumiram ser heterossexuais. E Stevie estava entre aquelas.

– Enfim, ainda quero dar um oi pra Adri e Ren, mas estou feliz por ter te encontrado sozinha primeiro – disse Thayer.

– Ah, é?

Thayer sorriu.

– Agora estou em Nova York, como você deve saber.

– Sei, sim. Como vão as coisas?

– Na verdade, vão muito bem. Acabei de ser convidada para dirigir *Como gostais* no Shakespeare in the Park no verão que vem. No Delacorte.

Stevie arregalou os olhos. Metade da sua educação dramática na faculdade consistira em estudar atrizes que pisaram no famoso palco do Teatro Delacorte do Central Park, de Anne Hathaway a Meryl Streep e Rosario Dawson.

– Ai, meu Deus! – exclamou ela. – Isso é maravilhoso! Parabéns, Dra... *Thayer*. É um sonho!

Thayer sorriu, exibindo todos os dentes e covinhas nos dois lados do rosto.

– É, sim. E quero te oferecer um papel.

Stevie ficou paralisada, a boca se abrindo sem sua permissão. As letras pareciam partículas no ar, juntando-se devagar para formar palavras e frases.

– Peraí, como é que é? – perguntou Stevie por fim.

– Isso mesmo que você ouviu, Stevie.

– Eu... Não sei se...

– Antes de dizer que não pode – Thayer levantou a mão –, pense no assunto. Quero que faça a Rosalinda.

– Rosalinda. Quer dizer...

– A protagonista.

A cabeça de Stevie girava.

– Não entendi. Deve ter uma centena de pessoas que poderiam ser convidadas pra fazer a Rosalinda. Gente famosa. Tipo a Natalie Portman!

Thayer fez que sim.

– Realmente. Mas não quero a Natalie Portman. Quero o que acabei de ver naquele palco. Quero aquilo que entrevi quando você ainda tinha 18 anos e mal conseguia me olhar nos olhos. Quero a Stevie Scott.

Não podia ser verdade. Só podia ser um sonho.

– Eu... Tô chocada.

– Sei como é – disse Thayer. – Também estou meio chocada. Pra falar a verdade, entrei aqui pra dar um oi pra Adri, e *só* pra ela. Fiquei surpresa por você ainda estar em Portland.

Stevie abriu a boca, mas nada saiu.

– Em todo caso, assim que te vi lá em cima, entendi que estava diante da minha Rosalinda – continuou Thayer, tirando uma pasta de papel pardo da bolsa mensageiro e começando a folhear os documentos dentro dela. – Em algum lugar aqui tem um cronograma com os ensaios, as datas em que a peça vai ser apresentada e tudo mais. Vou mandar pra você por e-mail também, mas quero que fique com essa cópia agora. Ah, fica com tudo e pronto.

Ela ofereceu a pasta e Stevie a pegou, com a mão já trêmula. Mal conseguia digerir o que Thayer estava dizendo, muito menos o que significava.

– Vou precisar da sua resposta até 1º de setembro, antes do começo oficial dos testes de elenco – informou Thayer. – Posso te ajudar com moradia, comida e essas coisas, então não deixe nada disso te impedir. Por favor, promete que vai pensar.

– Eu...

– É a *Thayer Calloway*?

A voz de Ren ecoou do palco, onde tinha acabado de sair dos bastidores carregando vários tecidos e materiais. Cobriu a vista com a mão para bloquear as luzes e enxergar os fundos do teatro.

– Caramba, é ela mesma!

– Hein? – perguntou Adri, pulando de sua poltrona na primeira fila. – Cadê?

– Oi, gente. – Thayer acenou.

Ren saltou do palco, quase se atirando pelo corredor, e Adri seguiu logo atrás.

– Pensa nisso – repetiu Thayer, dando um apertozinho no braço de Stevie antes que Ren e Adri a alcançassem.

Logo começaram a pôr a conversa em dia, Adri contando a Thayer sobre o jantar beneficente que acompanharia a peça, e ela e Ren perdendo completamente o controle quando Thayer contou sobre a Shakespeare in the Park.

– Acabei de chamar a Stevie aqui pra ir trabalhar pra mim em Nova York – contou ela.

Stevie fechou os olhos por uma fração de segundo enquanto a notícia caía feito uma bomba.

– Minha. *Nossa*! – exclamou Ren, voltando-se para ela. – Sim. Ela topa.

– Ren... – disse Stevie.

– Sério que tá pensando em *não* topar? Stevie!

– Sei lá – respondeu Stevie.

Ela sentiu o pânico crescer no peito e olhou de lado para Adri, que se limitou a encará-la com a boca vermelha aberta num pequeno círculo.

– Stefania Francesca Scott – disse Ren, cruzando os braços e fazendo lenços coloridos e faixas de tecido tremularem com o movimento. – Tenha a santa paciência.

– Deixa ela em paz, Ren – resmungou Adri.

Ren estreitou os olhos.

– Sério, Adri? Tá tão desesperada assim pra manter a Stevie presa no cabresto que quer convencer ela a não...

– Não quero convencer ela a nada – respondeu Adri. – Eu só disse...

– A gente sabe o que você disse – retrucou Ren –, e eu...

– Calem a boca – disse Stevie.

As lágrimas tomaram conta de seus olhos: lágrimas de vergonha por ver Ren e Adri tendo aquela conversa na frente da professora, vergonha por não conseguir dizer sim de uma vez, como sabia que devia. Mas era isto que Ren não entendia: Stevie sempre dizia sim a todo mundo e a qualquer coisa. Era o caminho mais fácil.

Menos àquela proposta.

Aquele *sim* traria consequências, uma série de decisões que a faziam sentir que estava se afogando. E Adri... Stevie não conseguia nem olhar para ela.

– Stevie – disse Ren –, só estou tentando ajudar.

– Mas não tá ajudando – respondeu ela, as lágrimas já rolando.

– Tá, vamos respirar fundo – sugeriu Thayer, que conhecia bem a ansiedade da ex-aluna.

Mesmo assim, Stevie duvidava muito que a ideia de uma atriz perdendo a compostura por nada no palco do Delacorte fosse uma boa referência.

– Desculpa, Dra. Calloway – disse ela, antes de dar as costas, empurrar as portas que levavam ao saguão e sair correndo.

Não parou até estar lá fora, com o sol do fim de junho luminoso e forte demais, certeiro demais.

Deixou cair a pasta ao lado da porta e tentou respirar, mas era o mesmo que tentar enfiar um navio num ralo. Ouviu o som áspero que vinha dos pulmões e viu as pessoas que passavam olharem para ela. Dispensou os olhares preocupados e recuou para baixo do toldo do Imperatriz.

Respira.

Respira, porra.

Stevie fechou os olhos e inspirou, mas, caramba, tinha entrado em parafuso. Era só ladeira abaixo. Pensou em chamar Ren, que sabia como ajudá-la, mas a ideia só fez o pânico crescer ainda mais. Por que é que Stevie precisava entrar em pânico desse jeito só porque as pessoas a estavam incentivando a agarrar uma oportunidade única na vida?

Ou *desincentivando*, conforme o ponto de vista.

Mas não era isso; nem a insistência de Ren nem a óbvia relutância de Adri. Era o modo como falavam dela, como se não fosse capaz de fazer nada por conta própria.

E, caramba, se a ideia de ir para Nova York a assustava tanto assim, talvez não devesse ir.

– Stevie?

A voz de Iris.

– Saco – Stevie conseguiu grunhir.

Não queria que Iris a visse assim. Não queria que...

– Ah – disse Iris enquanto Stevie desabava contra a fachada do Imperatriz. – Ai, nossa. Tá. Hã...

Stevie gesticulou, tentando informar que estava bem, mas não sabia se estava mesmo. Iris já tinha feito tanto por Stevie que não queria que ela se arrependesse.

O pensamento foi rápido e frio, como uma explosão de gelo congelando num instante a superfície de um lago: não queria que Iris se arrependesse *dela*. Quando tudo acabasse, quando fingissem terminar o namoro e Iris saísse de sua vida, Stevie não queria... não queria que Iris...

– Olha pra mim.

Iris.

Bem na frente de Stevie, tão perto que pôde ver salpicos dourados naqueles olhos verdes. Ela segurava o rosto de Stevie com as mãos em concha, de olhos fixos nos dela.

– Olha pra mim – repetiu. – Se concentra nas minhas sardas. Tá vendo elas?

Stevie conseguiu fazer que sim. Naquele momento, parecia um hipopótamo asmático, com a respiração difícil e ruidosa.

– Conta elas – disse Iris. – Conta as minhas sardas. Começa com a que fica debaixo do meu olho esquerdo.

Stevie tentou engolir em seco, tentou se concentrar nas sardas e pintas no rosto de Iris. Cravou o olhar naquela de que Iris falava e sentiu sua atenção se concentrar. Reconheceu a pinta.

– É... azul.

Iris sorriu.

– Que bom. Tenho mais alguma pinta azul?

Stevie vasculhou o rosto dela com o olhar, procurando. Havia sardas e pintas em todos os tons de castanho, da cor de café com leite à de café expresso. Derramavam-se pelo nariz, pelas bochechas e pálpebras, pontuando até os lábios.

Eram lindas.

Mas havia apenas uma pinta azul, escura como as profundezas do oceano.

– Não – disse Stevie, encarando os olhos de Iris.

– Isso mesmo – respondeu Iris baixinho. – Essa é a única.

Ficaram assim por algum tempo, silenciosas e próximas. O coração de Stevie ainda batia depressa, o estômago parecia uma criatura esticando as asas, mas logo seu peito se abriu e o ar fluiu com suavidade.

Porém Iris ainda estava perto dela.

Muito perto.

E cheirava a hortelã e flor de laranjeira, e o cabelo dela era de um vermelho tão escuro que combinava com o batom rubi. Uma trancinha partia da têmpora, dando uma volta por cima do ombro, e Stevie teve vontade de esticar a mão e passar os dedos por ela.

Foi o que fez.

Pegou a trança na mão e deslizou o polegar devagarinho pelos fios sedosos. Iris continuou de olhos fixos nos dela, respirando o mesmo ar. A respiração de Stevie acelerou de novo, mas dessa vez não foi por pânico. Os pulmões estavam desimpedidos, os pensamentos cada vez mais tranquilos... e mais... até que a única coisa em que conseguia pensar era Iris.

Bem ali.

Tão linda e gentil. Stevie duvidava que Iris usasse alguma dessas palavras para se descrever, mas era assim. Iris, apesar de toda a audácia e das bravatas, era gentil. Demonstrava carinho de um jeito que Stevie nunca vivenciara, falando *com ela* em vez de falar *dela*. Deixando-a tomar decisões.

Mas tudo isso era parte do acordo.

Não era?

– Stevie... – sussurrou Iris.

O olhar dela desceu até a boca de Stevie e voltou para cima, e essa foi a gota d'água.

Stevie se inclinou para a frente, centímetro após centímetro, acreditando que Iris se afastaria, mas ela não recuou. E, quando envolveu a cintura dela com as mãos e a puxou para mais perto, Iris soltou um suspiro ínfimo que fez Stevie se sentir completamente fora de controle.

Ela encostou os lábios nos de Iris, primeiro com delicadeza, mas logo o desejo tomou conta dela. Abriu a boca, e Iris abriu também, passando as mãos do rosto para o cabelo de Stevie. As línguas se tocaram, se emaranharam, e, quando Iris puxou um pouco o cabelo de Stevie, ela deu um gemidinho que não a envergonhou nem um pouco. Iris tinha gosto de laranja e canela ao mesmo tempo, como num encontro do verão com o inverno. Era inebriante.

Ela era inebriante.

– Iris – murmurou Stevie junto à sua boca.

Apenas isso. Apenas o nome dela, porque era a única coisa em que conseguia pensar no momento.

– Eu sei – disse Iris, e a beijou de novo, puxando o lábio inferior de um jeito que fez o espaço entre as pernas de Stevie latejar.

Tinha acabado de enfiar as mãos por baixo da camiseta preta e justa de Iris quando ouviu alguém pigarrear.

As duas recuaram, olhando-se em choque por uma fração de segundo antes de se voltarem para o som.

Adri estava ali, de pé, com uma expressão insondável.

– Precisamos voltar ao trabalho – disse ela.

Stevie assentiu, soltando Iris e endireitando a própria camiseta.

– Claro. Tá. A gente já vai.

Adri abriu um sorriso tenso e voltou ao teatro. Iris se afastou ainda mais de Stevie, depois enxugou a boca com a mão.

– Acho que é melhor a gente voltar pra dentro – disse Stevie.

Iris fez que sim com a cabeça. Não quis olhá-la nos olhos.

– É. Lógico.

As duas se aproximaram da porta, e Stevie parou para recolher a pasta que Thayer tinha dado para ela.

– O que é isso? – perguntou Iris, abrindo a porta e segurando-a escancarada.

Stevie balançou a cabeça e enfiou a pasta debaixo do braço.

– Nada. Não é nada, não.

CAPÍTULO VINTE E TRÊS

IRIS ABRIU A PORTA GIGANTE de carvalho da Taverna da Stella, e aromas de cerveja, suor e perfume rodopiaram em volta dela quando entrou com Stevie.

O bar estava lotado naquela noite do passinho, mas, até aí, sempre estava. O evento mensal era um dos favoritos da pequena comunidade lgbtq+ de Bright Falls, tinha uma multidão ainda maior naquela noite, já que era uma das poucas empresas da cidade que se decorava *de verdade* no Mês do Orgulho. Bandeiras de arco-íris tremulavam por todo o salão, e o cardápio ostentava coquetéis especiais para representar a bandeira do Orgulho, com o mojito, verde, e um martíni que mudava de cor, ficando roxo, até uma coisa chamada *Adiós, hijo de puta*, que era praticamente um long island iced tea azul.

– Iris! – chamou Claire do canto dos fundos, ficando de pé e acenando.

Usava uma camisa xadrez de flanela amarrada na frente e um short jeans azul-claro desfiado.

– Olha aqui!

Iris pegou a mão de Stevie e a levou até as amigas. O trajeto foi lento em meio a tanta gente, e Iris teve tempo de sorrir para pessoas conhecidas e controlar seus impulsos.

Ela e Stevie não conversaram muito desde aquele beijo no Imperatriz. Tinham terminado o ensaio – com o humor de Adri pior que o normal – e depois Iris praticamente correra do teatro para o carro, despedindo-se apenas com um "te vejo mais tarde".

Naquela noite, quando ela chegou ao apartamento de Iris, só conversaram sobre a camisa de flanela que Stevie combinara com uma camiseta vintage do Nirvana, o short preto desfiado e o coturno preto serem a coisa mais próxima que ela tinha do estilo country. Iris ofereceu um chapéu de caubói para completar o visual e... bom...

Stevie ficou uma graça.

Sexy, se Iris se permitisse pensar na palavra, o que não fez, porque aquela noite era para ajudar Stevie a encontrar alguém para...

Iris respirou fundo, tentando acalmar o próprio estômago. Antes de sair, pensou em comentar a respeito do ataque de pânico de Stevie no Imperatriz e perguntar o que a havia deixado naquele estado. Estava preocupada, é claro, mas também temia que a conversa levasse ao que aconteceu depois, o beijo que ainda fazia os joelhos dela amolecerem quando lembrava a cena.

O beijo que não tinha nada a ver com convencer o círculo de amizades de Stevie nem com praticar alguma coisa.

Tinha sido de verdade.

Ou será que não?

A mente de Iris não conseguia concluir isso nem descobrir o que sentia a respeito. Stevie estava abalada, e Iris a ajudou. Existia atração entre elas, sim. Claro que existia. E, lógico, com todo o tempo que vinham passando juntas, estavam se conhecendo melhor. Começando a gostar uma da outra. Não era de se esperar?

Não significava *nada*. Afinal, Iris gostava de muita gente.

– Estamos quase lá – disse ela no bar.

Olhou para Stevie, que sorriu para ela, com o chapéu de caubói cor de palha inclinado sobre um dos olhos e os cachos desalinhados pairando pouco acima dos ombros.

Caramba, que linda.

Iris inclinou o próprio chapéu marrom-escuro para ela, com um cumprimento; talvez *mais* um pouco de drama ajudasse a acalmar os nervos. Ora, no passado sempre tinha dado certo.

Iris tá meio emocionada demais, ai, saco, o que a gente faz?

Iris sempre soube: mais risadas, mais piadas, mais Iris. Era o que todo mundo esperava dela. Até Stevie, que riu e balançou a cabeça com um belo rubor tomando conta das bochechas macias.

Iris apertou a mão dela e atravessou a multidão até a mesa onde as amigas já tinham começado a beber.

– Vocês duas estão lindas! – exclamou Claire, aproximando-se de Iris e beijando o rosto dela.

– Eu sei – respondeu ela, soltando Stevie e dando uma voltinha para mostrar a saia curta com babados de renda e cintura jeans combinada com autênticas botas de caubói vermelhas e blusinha cropped da mesma cor com estampa de bandana.

– Pelo amor de Deus, não elogia mais ela – disse Delilah.

Estava relaxando no canto do reservado, usando as cores góticas que eram sua marca registrada: regata vinho e jeans preto.

– Cala a boca, Mortícia – respondeu Iris, mostrando o dedo do meio.

Mas Delilah sorriu e inclinou o copo de bourbon para Iris como num brinde, que lhe soprou um beijo.

– Oi, Stevie, que bom te ver – disse Astrid, que usava uma regata marfim e jeans escuro, mas pelo menos estava com um chapéu de caubói.

– Oi – respondeu Stevie. – Bom rever vocês todas.

– Como vai a peça? – perguntou Jordan, que estava com uma camisa de botão estampada de cactos verdes miudinhos e a mão apoiada na nuca de Astrid, brincando com o cabelo dela.

– Tá indo bem. A Iris é incrível.

– Claro que é – disse Claire. – Senta, gente!

– Primeiro, vamos lá pedir uma bebida – respondeu Iris. – Mas toma, amiga, segura minha bolsa.

Ela jogou a bolsa com franjas para Delilah, que a pegou sem dificuldade e a pendurou no próprio ombro tatuado, dizendo:

– Achado não é roubado.

Iris riu, depois se virou e guiou Stevie em direção ao balcão do bar. Quase pegou na mão dela outra vez, mas podia não ser o gesto mais sensato se todas as pessoas lgbtq+ ali achassem que as duas eram um casal. Então se contentou em fazer uma pressão suave entre os ombros de Stevie.

– Club soda? – perguntou quando chegaram ao balcão.

Stevie sorriu para ela.

– Aham.

Iris pediu a bebida de Stevie, além de um *Adiós, hijo de puta* para si mesma. Afinal, por que não? Na opinião dela, o long island iced tea nunca era uma decisão sábia para ninguém, mas naquela noite, para falar a verdade, ela não dava a mínima.

– Tá bom, vamos traçar estratégias – disse ela assim que recebeu a bebida.

Tomou um longo gole, desejando que o álcool a fortalecesse. Talvez até encontrasse alguém de quem também gostasse. Não transava havia muito tempo, e só Deus sabia como... o que quer que ela e Stevie estivessem fazendo a deixava com tesão.

É verdade que conhecia todas as pessoas lgbtq+ em Bright Falls... todas, isto é, umas dez, sem contar a própria turma. Só umas poucas que se identificaram como mulheres ou não binárias estavam disponíveis para um relacionamento, e os olhos de Iris percorreram o salão à procura delas.

– Tá, bora lá – disse Stevie, tomando um gole do club soda. A voz dela tremeu um pouco.

Iris olhou para ela.

– Tem certeza de que quer fazer isso?

Stevie assentiu com vigor, mas estava de olhos arregalados, e a boca tremia um pouco, como se estivesse com dificuldade para respirar.

– Stevie. – Iris tocou o cotovelo dela. – Não precisa...

– Preciso, sim.

Iris engoliu em seco, sentindo uma espécie de aperto no peito.

– Tudo bem – disse com delicadeza. – Então, mãos à obra.

Stevie fitou os olhos dela, sustentando o olhar por uma fração de segundo antes de Iris desviar o rosto. Uma música country começou a tocar no sistema de som, e um grito de entusiasmo pulsou por toda a multidão. No meio do salão, de onde as mesas tinham sido empurradas para ficar nos cantos, as pessoas se reuniram no piso de madeira empoeirado, começando de imediato a dançar um passo que Iris reconheceu da última vez que tinha ido à taverna.

– Nossa, todo mundo aqui sabe dançar – comentou Stevie.

Iris riu.

– É, o pessoal leva o passinho a sério. Cidade pequena não tem muito o que fazer.

Stevie concordou, os olhos de âmbar acompanhando os chutes e arrasta-pés com os polegares enfiados na fivela dos cintos. Iris viu Jordan e Astrid na pista, uma fazendo palhaçada enquanto a outra, lógico, realizava os passos perfeitos. Iris estabeleceu como objetivo da noite levar Delilah para a pista de dança. Seu lado nova-iorquino se recusava a dançar música country – a não ser que fosse uma canção lenta com Claire.

Iris se apoiou no balcão e estava prestes a sugerir que tentassem dançar, apenas para deixar Stevie mais solta, quando a viu.

Jenna Dawson.

Jenna era bonita; tinha um ar de moça do interior, com o cabelo castanho, extremamente liso e lustroso descendo até o meio das costas. Estava com uma camisa xadrez azul amarrada na frente, mostrando a cintura curvilínea, e um short desfiado que exibia coxas grossas e lindas. Jenna tinha se mudado para Bright Falls cerca de cinco anos antes e dava aula de química avançada na escola, portanto, além de bonita, era inteligente.

Era também muitíssimo lésbica e solteira.

Iris a observou por um segundo, arrastando os pés na pista de um jeito desajeitado e sexy que era adorável. Jenna riu com a melhor amiga, Hannah Li, também superlésbica, mas não solteira; seu jeito de ser era doce e acessível.

Ela era perfeita.

Jenna era gentil e paciente – para dar aula numa escola pública hoje em dia, tinha que ser –, e Iris sabia que Stevie ficaria segura com ela... talvez pudesse até ir além da simples noitada, embora Jenna não fosse de torcer o nariz para diversão sem compromisso. A própria Iris nunca havia tentado nada com ela – ir para a cama de vez em quando com residentes de Bright Falls era receita para um desastre –, mas já tinha visto a moça no Lush uma ou duas vezes, e uma sorriu para a outra do outro lado do bar enquanto ficavam com outras pessoas.

Então, sim, Jenna era perfeita.

Apesar disso, lá estava Iris, completamente paralisada, com a bebida transpirando na mão, tentando fazer com que aquelas palavras exatas saíssem da própria boca.

Respirou fundo e tomou outro gole do drinque. O álcool turbinou seu sangue enquanto olhava para Stevie, vendo aquela expressão aberta no rosto lindo, observando o ambiente.

Stevie *queria* aquilo. Qualquer que fosse o motivo por que havia beijado Iris no Imperatriz, não importava. Ela não queria mesmo que importasse...

Balançou a cabeça e tomou mais um gole generoso da bebida azul.

– Tá bom – disse ela, deixando a bebida no balcão. – Bora lá.

– Aonde é que a gente... ah, tá.

Iris pegou o braço de Stevie e a levou para a pista de dança, ziguezagueando entre as pessoas até chegar perto de Jenna e Hannah.

– E aí, meninas? – gritou Iris por cima da música.

– Oi, Iris. – Jenna sorriu e já olhou para Stevie, o que foi perfeito.

Foi mesmo... né?

Tudo estava simplesmente perfeito.

Iris sentiu um aperto no estômago, mas seguiu em frente.

– Essa é a minha amiga Stevie. Ela mora em Portland e é atriz. Uma atriz maravilhosa.

– Oi – disse Hannah com tranquilidade, mas Iris percebeu a cutucada que ela deu no braço de Jenna.

– Oi, Stevie. Eu sou a Jenna.

– Opa... oi. Meu nome é Stevie. Mas a Iris já disse isso.

Jenna riu.

– Pois é.

E assim, como se fosse a vontade das deusas lgbtq+, a música animada deu lugar a uma canção lenta, com bandolim e uma voz sensual. A multidão se dispersou, formando pares, e Hannah se aproximou da parceira, Alexis, perto da jukebox.

– Chama ela pra dançar – disse Iris pelo canto da boca.

– Hein? – respondeu Stevie, e logo entendeu. – Ah, tá, isso.

Jenna riu outra vez, e Stevie corou, como numa cena tirada diretamente de uma comédia romântica.

– Eu adoraria – disse Jenna antes mesmo que ela pudesse perguntar.

– Maravilha. Vou buscar mais uma bebida. – Iris deu um empurrãozinho em Stevie na direção de Jenna e sussurrou no ouvido dela: – Você tá no controle, não esquece.

E saiu, abrindo o máximo de espaço possível entre ela e a dupla que acabara de juntar. Mas não foi até o balcão. Em vez disso, seguiu em linha reta até as amigas, precisando de um instante de alívio seguro antes de descobrir o que fazer com o resto da noite.

Mas, assim que terminou de abrir caminho entre os casais felizes na pista, com certeza não foi alívio o que encontrou. Em vez disso, deu de cara com um grupo de quatro mulheres que a encaravam com ar incrédulo.

– Que foi? – perguntou, sentando-se ao lado de Claire e bebendo meio copo d'água.

O *Adiós, hijo de puta* estava cumprindo sua missão, mas era uma missão um tanto nauseante, na verdade.

– Que merda foi essa? – perguntou Delilah, sempre a mais sutil do grupo.

– Como assim? – perguntou Iris.

– Ela quer dizer – respondeu Claire, com uma expressão horrorizada no rosto – por que você acabou de empurrar sua namorada pra Jenna Dawson?

– Ela não é minha namorada.

– O que é a maior besteira – retrucou Claire, com o tom de voz mais agudo. – É óbvio que vocês se gostam. Lá no grupo você só fala dela.

Iris estremeceu, mas logo se controlou.

– A gente tá sempre junta por causa da peça.

– É a situação perfeita pra desenvolver sentimentos – afirmou Jordan.

Iris suspirou.

– Olha, eu tô ajudando a Stevie, tá? Ela fica meio nervosa na hora de chegar em alguém, então...

– Acho que você não está sendo sincera consigo mesma, Iris – disse Astrid.

Iris rangeu os dentes. Astrid tinha passado anos fingindo que a vida dela era completamente perfeita e, desde que se libertara de um trabalho que detestava, sem falar das expectativas da mãe sobre como ela deveria viver, seu detector de lorotas ficou extremamente sensível. A pessoa não podia nem fazer uma careta sem que Astrid começasse a questionar se "estava sendo sincera consigo mesma".

– Estou sendo absolutamente sincera – declarou Iris. – Todo mundo aqui sabe que eu não...

– Não namora – disseram as quatro em uníssono.

Iris franziu os lábios.

– Que bom. Então estamos entendidas.

– O que não entendemos é *por quê* – insistiu Claire, e se aproximou de Iris com aquele ar maternal que adotava sempre que a filha dela, Ruby, tinha um colapso. – Amiga, sei que te magoaram. Um povo muito babaca passou pela sua vida, mas isso não tem nada a ver com você.

Iris deu uma risada sarcástica, pegou o vinho de Claire e tomou um gole. Já tinha ouvido tudo aquilo. Mais de uma vez, no ano anterior, a amiga havia tentado ter essa conversa com ela, às vezes com Astrid ao lado, às vezes a sós. Mas elas não entendiam nada. Não compreendiam como era perceber que o denominador comum a todos aqueles relacionamentos fracassados era, na verdade, *ela mesma*.

Tinha *tudo* a ver com Iris.

– Claire, não começa. Por favor. Me deixa ficar aqui bebendo e pronto, tá bom?

– Por que você tá com vontade de beber se não liga que a Stevie fique com a Jenna? – perguntou Astrid.

– Sério? – respondeu Iris, olhando para Delilah em busca de apoio.

– Não olha pra mim. – Delilah mostrou a palma das mãos. – Tô do lado delas.

– Então agora existem "lados" – disse Iris.

– Em se tratando de você se autossabotar em tudo o que presta na sua vida, sim – respondeu Delilah.

Iris ficou de queixo caído. Não estava se autossabotando em tudo o que prestava, caramba. Trabalhava muito. Amava as amigas; bom, nos últimos tempos, nem tanto, mas em geral sim. Criou uma empresa do zero e foi inteligente o bastante para saber quando era hora de se dedicar a outra atividade. Arriscou-se a confiar na própria escrita e valeu a pena. Era a protagonista de uma peça de teatro e estava dando tudo de si. Mas, naquele momento, só porque não queria se prender a um relacionamento que também acabaria, diziam que era autossabotagem.

Ah, pelamor.

– Sabem de uma coisa? – disse ela, pegando a bolsa de onde Delilah a havia deixado. – Vou embora.

– Fica, amiga! – pediu Claire. – A gente só tá dizendo que…

– Eu sei o que estão dizendo. Entendi direitinho, tá bom?

Deixou a mesa antes que alguém pudesse dizer qualquer outra coisa horrível e se enfiou na multidão dançante. Olhou em volta à procura de Stevie e logo a encontrou sentada a uma mesa, numa conversa animada com Jenna.

Passou um tempinho olhando as duas e… é. Todos os sinais estavam lá. Estavam bem juntas; poucos centímetros separavam um rosto do outro. Jenna tinha estendido as mãos além do meio da mesa, entrando bem no espaço de Stevie e, de vez em quando, como se para enfatizar algo que dizia, encostava o dedo no pulso dela.

E Stevie… sorria. Até mesmo ria. Estava relaxada, linda e perfeita, e algo dentro do peito de Iris começou a doer.

Stevie olhou para cima e percebeu o olhar dela.

Sorriu.

Iris também sorriu para ela e indicou com a cabeça a direção da porta, erguendo o polegar numa pergunta silenciosa.

O sorriso de Stevie murchou, mas só por um instante. Iris a viu engolir em seco e quase pôde sentir quando ela respirou fundo. Mas ela fez que sim com a cabeça, mostrando o próprio polegar em resposta.

Então tá, pensou Iris. Missão cumprida.

E, sem olhar outra vez na direção de Stevie, deu as costas, empurrou a porta da Taverna da Stella e saiu.

CAPÍTULO VINTE E QUATRO

STEVIE VIU IRIS SAIR e sentiu alguma coisa inexplicável afundar no estômago.

– Você tá bem? – perguntou Jenna, tocando no braço dela.

Stevie olhou para ela. Era mesmo bem bonita. E gentil. *Muito* gentil. Quando dançaram, ela a abraçou com ternura e fez perguntas sobre o teatro. Não foi como o primeiro encontro ardente que teve com Iris, mas devia ser um bom sinal, já que essa tal noite não terminou nada bem.

Não, Jenna era tranquila. Agia de forma lenta e segura, e Stevie sabia que era a pessoa perfeita com quem estar naquela hora. Talvez até namorar. Conseguia se imaginar saindo para jantar com ela, entrando de mãos dadas numa sorveteria, vendo comédias românticas numa tarde chuvosa de sábado.

Jenna fazia sentido.

– Tô, sim – respondeu Stevie.

– Quer dançar de novo? – perguntou Jenna quando outra música lenta começou.

– Só se for agora.

Levantaram-se e foram para a pista de mãos dadas. Stevie respirou fundo e puxou Jenna para perto dela. Conduziu a dança, passando os dedos pelas costas da mulher e descendo até a cintura antes de acomodar as mãos naqueles quadris lindos e largos. Jenna encostou a cabeça na de Stevie, passando os dedos nos cabelos dela, puxando-os de leve.

Nossa, como era bom.

Stevie fechou os olhos, sentindo a respiração acelerar, mas não por pânico.

Virou um pouco a cabeça, sentiu a boca de Jenna roçar sua bochecha e continuou o movimento quando ouviu a respiração dela acelerar também.

– Tudo bem? – perguntou quando as bocas estavam próximas, e Jenna fez que sim.

Stevie a beijou. Foi um beijo delicado, suave e perfeito, e com certeza não pensou em nenhuma outra pessoa.

Não pensou numa ruiva desenfreada.

Nem numa Beatriz terna e ruidosa.

Nem numa namorada de mentira com uma única pinta azul.

– Quer ir lá pra casa? – perguntou Jenna quando terminaram o beijo.

Stevie olhou para ela, sentindo um frio na barriga. Mas, sim. Sim, é claro que queria ir para a casa de Jenna. O objetivo era aquele e, caramba, ela não queria ter que encarar Iris no ensaio do dia seguinte e dizer que tinha amarelado. Então abanou a cabeça, concordando. Jenna sorriu e, antes que Stevie percebesse, as duas estavam de mãos dadas numa rua de paralelepípedos de Bright Falls, chegando ao apartamento de Jenna dali a alguns quarteirões.

– Chegamos – anunciou ela, destrancando uma porta no terceiro andar.

O prédio era bonito, com apenas três andares, e ficava do outro lado da Main Street em relação ao prédio de Iris.

– Legal – disse Stevie, entrando no pequeno espaço.

Era limpo e moderno, com paredes e móveis cinza, almofadas em tons vívidos de coral e verde-água e objetos de decoração aqui e ali. Uma gata tricolor se esfregou nas pernas de Stevie.

– Ah, essa é a Nyla. Você não tem alergia, né?

– Não. – Stevie se abaixou para afagar a cabeça da gata.

– Vou só pôr comida pra ela e depois sou toda sua – disse Jenna, entrando na cozinha. – Quer tomar alguma coisa?

– Água tá ótimo – respondeu Stevie, entrando na sala de estar.

A palma das mãos estava meio suada, e ela as enxugou na parte de trás do short, depois tirou o chapéu e o deixou no sofá.

– Pronto – disse Jenna, entregando um copo d'água para ela.

– Valeu.

Stevie tomou um único gole, de olhos fixos em Jenna, e deixou o copo numa mesa de canto antes de se aproximar e envolvê-la com um dos braços.

– Ah! – disse Jenna, rindo e pegando os braços de Stevie. – Direto ao assunto, é?

– É – respondeu Stevie, e a voz tremeu só um pouquinho. – Se você quiser.

– Quero, sim.

Jenna aproximou o rosto e a beijou. Stevie agarrou os quadris dela e a beijou também. Ela tinha um sabor delicioso, de vinho e sol, e sem dúvida sabia usar a língua. Foi um beijo perfeito, que prometia mais. Stevie sentiu o estômago dar um pulinho quase imperceptível e se concentrou. Visualizou o que queria fazer com Jenna, pintando a imagem na mente: tiraria a roupa devagar, deitaria a mulher na cama e afastaria as pernas dela, colando a boca ao calor entre as coxas.

Faria Jenna arfar, gritar e gozar.

Mas, em sua mente, quando levantou a cabeça para sorrir para a amante, não era Jenna.

Era uma ruiva desenfreada.

– Saco – disse ela, recuando.

– Você tá bem? – perguntou Jenna, com a preocupação fazendo um vinco entre as sobrancelhas.

Os dedos de Stevie continuavam nos quadris dela. Fechou os olhos com força e assentiu. Tentou voltar àquele momento, não às cenas imaginárias.

– Olha – disse Jenna baixinho. – Tá tudo bem. A gente não precisa fazer nada se você não quiser.

Stevie balançou a cabeça, negando, mas as lágrimas já afloravam.

Saco, saco, saco!

– A gente pode só conversar – sugeriu Jenna com muita, muita doçura.

Mas Stevie não queria doçura.

Pelo menos, não o tipo de doçura de Jenna. Talvez, em outra época da vida, em outro mundo, ficar com ela fizesse sentido. Na verdade, Stevie sabia que sim, mesmo que só por uma noite.

– Desculpa, Jenna – disse, soltando as mãos dela e dando um passo para trás.

A expressão de Jenna murchou.

– Ah.

– Você é maravilhosa. Muito mesmo, mas preciso ir embora.

CAPÍTULO VINTE E CINCO

IRIS TINHA ACABADO DE SE ACOMODAR no sofá com uma tigela de pipoca e uma garrafa de vinho – não precisava de taça, muito obrigada – quando ouviu uma batida na porta.

Gemeu e deixou a cabeça cair na almofada das costas. Devia saber que as amigas não a deixariam se safar depois de sair da Taverna da Stella fazendo birra.

Outra batida.

Ela se levantou do sofá.

– Sabe, Claire – disse em voz alta para a porta –, às vezes, uma boa amiga não vem atrás da ruiva teimosa. Às vezes, a boa amiga deixa a ruiva teimosa em paz e não...

Mas suas palavras silenciaram quando abriu a porta, pronta para agir feito uma chata de carteirinha, e encontrou Stevie ali no corredor. Ela estava sem fôlego, como se tivesse corrido até ali, com os olhos reluzentes e fixos em Iris.

– Stevie. O que... você tá bem? O que aconteceu?

Stevie entrou no espaço pessoal de Iris sem hesitar, já deslizando as mãos pelos quadris dela. Fechou a porta com um chute e a puxou para ainda mais perto.

– *Você* aconteceu – disse antes de beijá-la.

Iris mal teve tempo de se surpreender ou de pensar antes que seu corpo reagisse. Seus braços envolveram os ombros de Stevie, os dedos afundaram logo nos cabelos.

E, caramba, estava cansada de lutar contra aquilo, cansada de dizer a si mesma que não queria.

Stevie girou Iris, apoiando o corpo dela na porta, encaixando logo a coxa entre as pernas dela. E, nossa, Iris já estava molhada, o clitóris latejando. Stevie devorou a boca dela, puxando o lábio inferior antes de mergulhar a língua. Agarrou a barra da blusa dela e a levantou, expondo o sutiã rendado.

– Eu amo seu peito – disse Stevie.

E, caramba, depois disso Iris só conseguiu gemer enquanto ela passava os polegares por cima dos mamilos, tateando e beliscando. Também puxou a camiseta de Stevie, e logo metade das roupas das duas estava no chão. Stevie estava sem sutiã, e Iris morria de vontade de pôr os mamilos dela na boca, mas ela mal a deixava se mexer, prendendo-a contra a porta com a coxa, passando as mãos pela bunda dela e apertando a perna com mais força junto ao seu centro de prazer.

– Que delícia – disse Iris enquanto a sensação atravessava o short e a roupa íntima.

Stevie riu de encontro ao ombro dela, soltando-a por um instante. Iris gemeu em protesto, mas logo Stevie puxou o short dela pelas pernas, cutucando os pés dela para que os soltasse do tecido. Iris obedecia a todos os pedidos, já meio tonta quando Stevie retomou a posição, agarrando a bunda dela outra vez e roçando a coxa no sexo.

– Ai, meu Deus – murmurou Iris, inclinando a cabeça para trás.

Stevie colou a boca ao pescoço dela, roçando a pele com os dentes. Com uma das mãos, Iris agarrava o cabelo de Stevie, e com a outra tateava entre as pernas dela.

– Nossa – disse Stevie quando Iris encontrou o alvo, enterrando o rosto no pescoço dela.

Esfregou a coxa entre as pernas de Iris com ainda mais força, enquanto a outra remexia os quadris pedindo mais fricção.

Caramba, estava quase lá.

Stevie gemeu enquanto Iris apertava o meio do short dela com a base da mão, movendo a palma para cima e para baixo, acrescentando os dedos à mistura também. Stevie acompanhava cada impulso dela, e logo as duas eram um emaranhado de gemidos irrefreáveis bem ali, de pé, encostadas à porta.

– Ai, sim – disse Iris, arranhando o ombro de Stevie com a mão livre. – Por favor.

– Por favor, o quê? – murmurou Stevie junto ao pescoço dela.

– Me faz gozar.

– Então pede.

Stevie parou o movimento da perna, e Iris praticamente rugiu de desejo.

– Puta merda, Stevie, por favor, me faz gozar! Me faz gozar agora!

Stevie lambeu o pescoço dela e empurrou os próprios quadris na mão de Iris, gemendo enquanto esfregava a coxa nela. Iris sentia quanto estava molhada, encharcando a calcinha e escorregando na pele de Stevie. O cheiro de sexo tomou conta do ar entre elas, e era tudo que Iris mais adorava.

Grunhiu de frustração, remexendo os quadris num ângulo diferente e girando a palma da mão em Stevie. A sensação aumentou, crescendo desde o baixo ventre e se espalhando para a vagina, os dedos das mãos e dos pés.

– Ah, meu Deus, isso! – exclamou Iris, sentindo o orgasmo percorrer seu corpo.

Ela gritou, agarrando e puxando o cabelo de Stevie, o que pareceu ser também aquilo de que a outra precisava. Stevie ficou rígida por um instante, gemendo no pescoço de Iris enquanto gozava, empurrando os quadris contra os dedos dela.

Ficaram agarradas por um momento, arquejando com força. Iris tinha acabado de soltar Stevie, pronta para rir daquilo e fazer algum tipo de piada picante, quando Stevie entrelaçou os dedos com os dela e começou a puxá-la em direção ao quarto.

– Acho que eu quero mais – declarou, e isso bastou para deixar Iris toda molhada outra vez.

– Aquele frenesi lá na porta não bastou? – perguntou ela, cambaleando atrás de Stevie, que praticamente corria para o quarto.

Stevie a fez se virar para encará-la, segurando os quadris dela. Percorreu o rosto de Iris com o olhar, adotando uma expressão séria.

– Nem chegou perto. Quero fazer isso desde que te vi pela primeira vez. Eu queria esse tempo todo, mas… não consegui perceber.

Iris arfou, as palavras "eu também" na ponta da língua. Mas não conseguiu dizer. Aquelas duas palavrinhas tão simples pareciam imensas, como a confissão de que levava uma vida secreta.

– Bom, então acho que é melhor aproveitar – disse ela, sorrindo para Stevie.

Stevie riu.

– Com prazer.

Ela beijou Iris uma vez... e mais uma, levando-a de costas em direção à cama. Então passou as mãos por trás das coxas dela, levantando-a numa espécie de exibição de força movida a adrenalina. Iris agarrou os ombros dela enquanto se aproximavam da cama, e Stevie praticamente a jogou no colchão.

– Opa, então bora – disse Iris, rindo ao pular e recuando em direção à cabeceira.

Stevie sorriu.

– É?

– Com certeza.

Stevie subiu na cama e escorregou pelo corpo de Iris, montando nos quadris dela e beijando-a. Pegou os seios, beliscando-os com aqueles polegares sacanas, e Iris já se contorcia por baixo dela.

– Está com roupa demais – disse Iris, ofegando e puxando o short de Stevie.

– Você também.

Stevie passou a mão pelas costas de Iris e abriu o sutiã dela, arranhando a pele de leve enquanto puxava as alças pelos braços.

Tiraram depressa o resto das roupas, e Stevie se deitou ao lado de Iris, abraçando sua cintura nua e beijando-a.

Ficaram assim por algum tempo, apenas se beijando, as mãos vagando de lá para cá. Por fim, Iris não aguentou mais. Precisava pôr os lábios em Stevie, em alguma parte que nunca havia saboreado. Inclinou a cabeça, brincando com a língua em volta de um mamilo antes de começar a chupá-lo.

– Aaah – disse Stevie, respirando com força, e levou o dedo até o sexo de Iris, que se abriu para ela com o maior prazer. – Nossa, tão molhada.

– Faz *semanas* que estou molhada.

Stevie riu.

– Eu também.

Arrastou a mão pelas dobrinhas do sexo, depois levou os dedos à boca, chupando-os enquanto olhava bem nos olhos de Iris.

Iris gemeu.

– Tá, então em segredo você é uma deusa do sexo, é isso?

– Você acha? – perguntou Stevie entre um dedo e outro.

– Porque, *nossa* – disse Iris, observando-a.

– Com você é fácil.

A expressão de Stevie ficou séria e suave. Ela se aproximou e beijou Iris com delicadeza, abraçando sua cintura.

– Com você, é *muito* fácil.

Iris riu, mas sentiu um pequeno aperto no peito. Deixou-o de lado e se concentrou em sentir a boca de Stevie em seu pescoço.

– Você tem um gosto maravilhoso – murmurou Stevie.

Teve que se esforçar para respirar, porque caramba...

– Quero sentir mais desse gosto – disse Stevie, inalando o aroma do pescoço dela. – Agora.

– Isso – respondeu Iris, deitando a cabeça no travesseiro. – É, vai ser... vai ser...

Mas mal conseguiu pronunciar outra palavra antes que Stevie a virasse de costas e montasse por cima das coxas dela.

– Caramba, Iris – disse, arranhando de leve as costas dela até a bunda. – A deusa aqui não sou eu.

Iris sorriu para ela, olhando por cima do ombro; um sorriso que logo se tornou um gemido quando a boca de Stevie a tocou entre as escápulas, descendo bem devagar. A língua dela estava quente e molhada, e Iris não pôde deixar de rebolar, empinando a bunda em busca de mais fricção.

– Calma – pediu Stevie, enquanto seus lábios chegavam à base das costas de Iris. – Meu Deus, sua bunda é uma obra de arte – acrescentou, antes de roçar com os dentes o lado esquerdo do traseiro dela.

Iris arfou, girando os quadris.

Stevie afastou as pernas dela, agarrando os quadris para fazê-la ficar de joelhos. Então, apoiou o corpo dela entre os ombros, deixando-a com o rosto apoiado no colchão e a bunda erguida no ar.

– Tudo bem assim? – perguntou.

– Ai, sim! – respondeu Iris numa voz arfante e carente.

Se pareceu desesperada, não deu a mínima. Nunca havia sentido tanto tesão na vida.

– Graças a Deus – disse Stevie, e mergulhou a boca no corpo de Iris.

A língua e os dentes passearam pelas nádegas, os dedos massageando e abrindo. Quando ela aproximou os lábios do centro de prazer, Iris não conseguia mais ficar quieta. Ela ofegava, gemia e gritava no travesseiro, agarrando os lençóis.

A boca de Stevie finalmente encontrou o alvo, depois arrastando a língua para cima pelo meio da bunda de Iris – só uma vez, mas bastou para causar uma inundação no sexo dela e arrancar mais gritos de sua garganta. Depois disso, Stevie se concentrou no sexo, a boca beijando, a língua lambendo, girando. Enfiou um dedo, depois outro, fazendo um vaivém enquanto chupava o clitóris por apenas um momento antes de explorar os lábios íntimos.

– Ai, meu Deus – gemeu Iris, sentindo o segundo orgasmo se anunciar.
– Puta merda.
– É?
– É! Stevie, meu Deus, não para.

Stevie abriu a bunda dela ainda mais e chupou o clitóris com força.
– Quer gozar?
– Quero. Quero! – A voz de Iris era um gemido alto, quase um grito.

A língua de Stevie ficou frenética, impossível de acompanhar, escorregando para dentro de Iris, depois para fora, substituída pelos dedos, depois girando pelo clitóris antes de abocanhar todo o sexo. Iris ficou zonza, certa de que estava prestes a desmaiar de verdade se não gozasse logo, então pediu numa voz quase irreconhecível para os próprios ouvidos.

Por favor.

Isso.

Agora, Stevie, por favor!

E Stevie obedeceu. Deslizou dois dedos para dentro de Iris outra vez, dobrando-os para a frente num movimento que a fez bater a mão no colchão. Stevie a penetrou com os dedos e a boca, a língua girando em volta do clitóris enquanto a boca chupava, chupava e chupava...

– Ai, puta merda, meu Deus – gemeu Iris, apertando o rosto na cama enquanto gritava ainda mais, onda após onda de prazer subindo e arrebentando, apenas para subir e arrebentar mais uma vez.

Pareceu levar uma eternidade para voltar a si. Stevie beijou seu sexo com delicadeza, depois as coxas e a bunda, antes de Iris cair de bruços, o peito arfando em busca de ar.

– Então... – disse Stevie, deitando-se ao lado dela. – Pelo jeito foi bom, né?

Iris se virou para encará-la, rindo enquanto ainda arquejava.

– Tá de sacanagem? Quem é você, hein?

Stevie riu, ficando corada, a umidade de Iris ainda cintilando nos lábios. Iris aproximou o rosto e a beijou até limpá-la enquanto Stevie rebolava junto da perna dela. Iris passou a mão por entre as coxas de Stevie, deliciando-se com os pelos encharcados que encontrou. Stevie agarrou o pulso dela, empurrando a mão para seu sexo com mais força.

– Deixa comigo – disse Iris, arrastando os dedos e abrindo aqueles lábios até chegar ao clitóris. – Você gosta de penetração?

– Gosto, às vezes. Mas não preciso – respondeu Stevie, de olhos fechados, mordendo o lábio. – Esfrega… me esfrega, por favor.

– Com prazer – disse Iris, abrindo mais as pernas dela.

Stevie levantou os braços acima da cabeça, gemendo quando Iris se debruçou e fechou a boca em volta de um dos mamilos. Ela chupou enquanto brincava com o sexo de Stevie, mergulhando os dedos nas dobras molhadas, roçando de leve o clitóris antes de afastar os dedos.

Stevie gemeu, levantando os quadris.

– Iris…

– Que foi? Essa tortura é justa – retrucou ela, girando a língua no mamilo de Stevie. – Você não viu o que acabou de fazer comigo?

– Vi – respondeu Stevie com a voz rouca. – E vou fazer tudo de novo.

Iris riu, soprando uma lufada de ar sobre o bico úmido do mamilo.

– Estou ansiosa por isso, mas agora é sua vez de pedir.

Stevie sibilou quando Iris fez círculos em volta do clitóris dela, depois mergulhou mais uma vez entre os lábios, de novo, de novo e de novo, até que Stevie estava quase choramingando.

– Iris, meu Deus, por favor – disse ela com palavras quase inaudíveis.

Iris chupou o mamilo dela outra vez, usando dentes e língua, e seus dedos finalmente deram a Stevie o que ela queria. Manteve os dedos lá dentro, apertando o clitóris com a base da mão, esfregando mais e mais, até Stevie se retesar e chegar ao clímax, jogando os quadris para o alto enquanto o gemido mais sexy que Iris já tinha ouvido saía de sua boca.

Ela esperou até o corpo de Stevie se acalmar, arrastando os dedos preguiçosamente pelo sexo até a respiração dela voltar ao normal. Então, deitou-se ao lado de Stevie, com o braço apoiado na barriga nua dela.

– Foi bom? – perguntou Iris.

Stevie riu, mas foi um som aguado, e ela enxugou as bochechas. Iris se apoiou no cotovelo, olhando para o rosto dela. Sem dúvida, havia lágrimas escorrendo daqueles olhos.

– Putz. Você tá bem?

Stevie riu de novo, gesticulando.

– Tô ótima, juro. Aceite isso como um elogio.

Iris franziu a testa.

– Hein?

– Sabe quando o orgasmo é muito bom? – disse Stevie. – Então, às vezes me faz chorar. Mas de um jeito bom. Tipo uma superabundância de sentimentos.

Os ombros de Iris relaxaram.

– Tem certeza?

Stevie sorriu, e foi um sorriso genuíno, enrugando o canto dos olhos e tudo. Ela segurou o rosto de Iris com as mãos e o trouxe para si, beijando-a.

– Tenho certeza – respondeu de encontro aos lábios dela. – Na verdade – continuou, fazendo Iris se deitar de barriga para cima –, já estou pensando em chorar de novo.

Iris riu, abraçou os quadris de Stevie com uma das pernas e não pensou em mais nada além de fazer aquela mulher chorar a noite inteira.

CAPÍTULO VINTE E SEIS

STEVIE ACORDOU DEVAGAR, com o corpo tomado por aquela exaustão relaxada que só havia experimentado algumas vezes com Adri. Lá fora, a chuva escorria pelas janelas, deixando o quarto aconchegante, cinzento e sereno.

Ela se virou para olhar para Iris, pronta para vê-la dormir, dessa vez sem nenhum constrangimento, mas o outro lado da cama estava vazio. Em vez disso, Iris estava encolhida na poltrona perto da janela, com o iPad no colo e a caneta percorrendo a tela. Passou um instante olhando para ela, imaginando o que haveria na página. Sabia que Iris desenhava, tinha até visitado a loja dela na Etsy, mas nunca tinha visto uma ilustração completa, apenas florezinhas, floreios e outras pequenezas que ocupavam planners digitais e adesivos.

– Oi – disse Stevie.

Iris levou um susto.

– Você acordou.

– Finalmente – respondeu Stevie. – Desculpa ter dormido tanto.

– Eu te esgotei mesmo, hein? – disse Iris com um sorrisinho.

Stevie riu, mas não disse nada. Sem dúvida, era verdade que as duas se exauriram na noite anterior, mas, naquele momento, ela não queria piadas picantes.

Queria Iris na cama, nos braços dela.

Queria beijá-la ao acordar, fazê-la gozar com delicadeza e sem pressa, e depois sair de mãos dadas para tomar um brunch.

Os pensamentos se sucederam na mente dela como um livro ilustrado, uma cena após a outra, rápidos, decididos e surpreendentes.

– O que você tá desenhando?

Iris apertou um botão no iPad, escurecendo a tela, e recolocou a caneta no suporte.

– Nada. Só... rabiscando.

Stevie deu um tapinha no lugar vazio ao lado dela.

– Então volta pra cama.

Iris franziu a testa e não se mexeu. Stevie sentiu um nó na garganta.

– Você tá bem?

– Tô – respondeu Iris, e inclinou a cabeça para ela. – Então... o que aconteceu ontem à noite? Com a Jenna?

Stevie conseguiu sorrir.

– Achei que eu já tivesse te contado.

– Não. Você invadiu meu apartamento, disse uma coisa superbrega e romântica e transou comigo até me virar do avesso. Várias vezes.

Stevie ficou corada, repassando as lembranças da noite anterior.

– Do avesso, não. Eu me lembro bem do seu corpo espetacular em várias posições, mas nenhuma era do avesso.

Iris riu.

– Você entendeu.

Stevie pôs uma mecha de cabelo atrás da orelha.

– A Jenna foi legal. Eu sabia que ia ficar numa boa com ela, você acertou nisso. E, sei lá, talvez, se fosse em outro momento, eu ficasse mesmo a fim dela.

Iris franziu as sobrancelhas só um pouquinho.

– Mas?

– Mas eu fui até o apartamento dela e... não conseguia parar de pensar em você.

– Sério?

Não havia sentimentalismo na palavra. Nem entusiasmo, nem felicidade. Somente espanto, como se Iris achasse que Stevie ia rir e dizer: "Primeiro de Abril!".

Stevie se apoiou no cotovelo.

– Sério, Iris. É tão difícil assim de acreditar?

Iris contraiu os lábios numa linha reta, mas depois sorriu. Deu risada.

– Bom, eu sou muito boa de cama mesmo.

Stevie franziu a testa.

– Não. Não faz assim.

– Não faz o quê?

– Não fala como se você fosse só um corpão.

Iris abriu a boca, mas nada saiu dali. Ela endireitou o corpo, deixando o iPad escorregar para o chão, e esfregou o rosto.

– Olha, foi legal. Ontem à noite. E é lógico que estava pra acontecer fazia muito tempo, mas tenho umas encomendas de planners pra fazer e muita coisa pra escrever, então é melhor você ir embora.

Ela se levantou, e o roupão de cetim lavanda se abriu, revelando o lindo corpo. Ela o fechou e amarrou o cinto.

– Peraí – respondeu Stevie, sentando-se na cama. – Iris, eu...

– Preciso que você vá embora, Stevie.

Ela disse as palavras com firmeza, mas com um ligeiro tremor na voz enquanto andava pelo quarto, recolhendo peças de roupa aqui e ali e jogando-as no cesto de roupa suja.

Stevie ficou olhando para ela, piscando várias vezes, querendo que Iris parasse e a encarasse, mas ela não fez isso.

Não sabia ao certo o que esperava. Ouvir uma declaração de amor? Ver Iris escrever a história de amor delas assim como escrevia a de Tegan e Briony? Não, Iris tinha deixado claro, em mais de uma ocasião, que não topava amor. Não topava relacionamentos.

Mas Stevie e seu coração romântico e bobo acharam que, quem sabe, dessa vez fosse diferente – talvez a própria Stevie fosse. Como um tornado se formando sobre um campo, veloz, rodopiante e devastador, ela percebeu que tivera essa esperança o tempo todo. Em seu desespero para superar o namoro com Adri – alguém que controlava todo o relacionamento, cada movimento na cama, cada programa de TV a que assistiam e jantar que preparavam –, tinha se convencido de que precisava mesmo é de uma noitada aleatória.

Sexo, puro e carnal, uma demonstração de coragem e autoconfiança.

Mas estava enganada.

Muito enganada.

Não queria nada disso.

Queria Iris.

Talvez a quisesse desde o momento em que Iris a colocou na cama, naquela primeira noite. Talvez tenha sido depois, Stevie não sabia, mas tinha certeza de que era verdade. Naquele momento, enxergava com toda a nitidez. E, caramba, tinha perdido tanto tempo achando que tudo o que ela e Iris fizeram juntas naquelas semanas era para ajudá-la a ficar com uma desconhecida, para que provasse algo a si mesma...

Mas seu desejo sempre fora ficar com Iris.

E Iris estava pedindo para ela se retirar.

Estava dizendo *não*, e Stevie sabia que precisava respeitar isso, mas o pânico invadiu seu peito mesmo assim.

– Mas tá tudo certo entre a gente, né? – perguntou, desesperada para fazer Iris parar de andar pelo quarto e olhar para ela. – Com nosso... acordo?

Iris finalmente parou e a encarou. Estava com a blusinha vermelha da noite anterior nas mãos.

– Sim. Lógico. Eu não ia te deixar na mão assim.

– Eu sei, é que... não sabia se a noite passada...

– A noite passada foi sexo, Stevie – afirmou Iris, todo o calor em seu olhar e em sua voz desaparecendo outra vez, deixando-a fria e analítica. – E, pra falar a verdade, foi maravilhoso, e eu supertoparia transar de novo. – Abriu um sorrisinho, com aquela expressão sedutora e conhecida tomando conta de suas lindas feições. – Mas a noite passada não mudou nada. Tá tudo certo.

Stevie fez que sim, sentindo um nó na garganta.

– Certo.

– Mas eu preciso mesmo fazer minhas coisas hoje, então...

Iris olhou para a blusa que segurava e pigarreou.

– Certo – repetiu Stevie.

Afastou o lençol, encontrou a camiseta no chão e a vestiu.

– Vou pro chuveiro – disse Iris. – Você se vira?

Os olhos de Stevie se encheram de lágrimas, mas ela se concentrou em vestir o short. Primeiro uma perna, depois a outra.

– Aham.

– Legal. Eu... te vejo segunda, no ensaio.

Stevie se limitou a assentir, e Iris saiu.

Do corredor, Stevie ouviu a porta do banheiro se fechar e o chuveiro se abrir. Lutou contra as lágrimas enquanto terminava de se vestir, recusando-se a aceitar o alívio do choro. Iris nunca havia prometido nada a ela; só havia sido ela mesma.

Levantou-se e começou a arrumar a cama, apenas para ocupar as mãos enquanto respirava fundo, de novo e de novo, tentando se controlar. Puxou a colcha de retalhos e pegou as almofadas decorativas do chão, onde as tinham jogado na noite anterior. Quando alcançou a última almofada turquesa, esbarrou com o calcanhar na borda do iPad, ainda no chão. Recolheu o aparelho e, enquanto o deixava na mesa de cabeceira, tocou sem querer na superfície, vendo a tela se iluminar.

Levou alguns segundos para perceber que a imagem no iPad não era um papel de parede. Não era a tela de bloqueio. Não era nem mesmo a imagem de fundo na tela inicial de Iris.

Era o rosto da própria Stevie, com um chapéu de caubói inclinado na cabeça e a boca aberta numa risada enquanto segurava a mão de Jenna na pista de dança da Stella. Era apenas um esboço, todo em preto e branco e linhas rápidas, mas sem dúvida era ela.

Seu coração batia como um bumbo no peito enquanto navegava no programa, encontrando outros arquivos com seu nome.

Stevie e Iris no palco do Imperatriz.

Stevie sozinha na praia em Malibu.

Stevie e Iris dançando nos braços uma da outra na sala do apartamento de Iris, com velas por toda parte, as cores do desenho completas, escuras e suaves.

As ilustrações eram lindas. Cada uma delas, cada retrato, captava todo o relacionamento das duas. Foram desenhadas com técnica e talento, sem dúvida, mas também havia algo mais.

Algo verdadeiro.

Stevie não sabia o que pensar nem o que sentir. Aqueles desenhos... pareciam afetuosos. Cuidadosos e detalhistas, cada linha planejada e intencional. Não combinavam com a Iris que, para todos os efeitos, tinha acabado de expulsá-la do apartamento depois de uma noite de prazer.

Não tinham absolutamente nada a ver.

Mas, antes que Stevie pudesse pensar mais nisso, o chuveiro desligou. Não queria ainda estar ali quando Iris voltasse para o quarto; além disso, sabia que ela esperava que já tivesse ido embora, e precisava respeitar isso.

Então voltou ao arquivo em que Iris estava trabalhando antes, com sua própria imagem na Taverna da Stella, escureceu a tela do iPad e o deixou na mesa de cabeceira. Depois calçou as botas, pegou a bolsa no chão da sala de estar e saiu.

A chuva bombardeava o carro de Stevie, escorrendo em rios pelo para-brisa. Ela só percorrera dois quarteirões desde o prédio de Iris, mas mal conseguia enxergar o caminho, e a ansiedade fazia seu coração se atirar contra as costelas.

Parou num acostamento para recuperar o fôlego. Tentou pensar no que faria da próxima vez que visse Iris e imaginar tudo entre elas voltando ao que era, como estava na cara que Iris queria, mas a simples ideia de fingir o que estava sentindo – o que vinha sentindo o tempo todo – só fez aumentar o aperto nos pulmões.

Encostou a cabeça no assento, imaginando quanto tempo teria que esperar a chuva passar, quando o celular zumbiu. Ela o tirou do fundo da bolsa, sentindo o coração pular para a garganta quando viu a notificação de um e-mail da Dra. Calloway. Tocou na mensagem, e surgiram diante dela palavras com as quais não sabia o que fazer.

> Oi, Stevie,
> Foi ótimo ver você ontem. Seguem anexas todas as informações relativas à peça. Torço para que considere a proposta. Por favor, saiba que eu não escalaria uma pessoa qualquer, pois há muito em jogo aqui, muito a provar, e não arrisco minha carreira. Espero que também não arrisque a sua. Agradeço se me informar sua decisão até 1º de setembro.
> Um abraço,
> Thayer

Stevie jogou o celular no banco do carona, o pânico já começando a se elevar feito a maré. A ponta dos dedos formigava e ela fechou os olhos com força, concentrando-se no tecido do assento debaixo das pernas, no peso do próprio corpo no carro, colocando-se no momento presente usando todos os cinco sentidos como sua terapeuta sugeria que fizesse quando ficasse sobrecarregada.

Nova York.

Uma legítima peça de prestígio em Nova York.

Mal tivera tempo de digerir a oferta da Dra. Calloway, com Iris aparecendo em primeiro plano em sua mente desde que tinha visto a antiga professora.

Mal conseguia entender a ideia: Stevie Scott no palco do Teatro Delacorte.

Stevie Scott em Nova York.

Sozinha.

Não conseguia visualizar, não conseguia nem se imaginar deixando para trás tudo o que conhecia e todas as pessoas em que confiara naqueles dez anos, tudo o que a mantinha equilibrada e segura.

E ainda havia todos aqueles sentimentos por Iris...

Sentimentos que Iris não queria que se aprofundassem.

Os olhos de Stevie estavam só começando a arder quando a chuva diminuiu o bastante para ela ver a placa balançando ao vento lá fora.

Livraria Rio Selvagem.

Inspirou fundo e saiu do carro, correndo até a calçada de paralelepípedos e o toldo da livraria antes de ficar completamente encharcada. Quando entrou, um sininho tocou acima da porta, e logo foi atingida pelo cheiro de livros, papel, cola e couro, com uma pitada de café logo no final.

Era uma bela loja, toda cheia de estantes de madeira clara e iluminação suave; no meio, havia uma área de leitura com poltronas de couro castanho-escuro e uma mesinha de centro repleta de livros.

– Oi, posso ajudar?

A voz surpreendeu Stevie, e ela se virou para encarar uma menina de no máximo 13 anos sorrindo para ela. Tinha cabelo castanho-dourado rapado de um lado e caindo pelo ombro do outro, olhos castanho-esverdeados e um crachá que dizia *Ruby*.

– Ah – respondeu Stevie. – Oi, hã... Estou só dando uma olhada.

A menina assentiu.

– Me avisa se precisar de ajuda.

– Valeu.

A menina deu as costas, mas Stevie teve uma ideia.

– Na verdade, você pode me indicar a seção de romance?

Ruby sorriu.

– Claro.

Seguiu determinada por um labirinto de mesas com pirâmides de livros até parar numa seção de prateleiras embutidas cheias de lombadas de diversas cores.

– É aqui.

– Obrigada.

– Recomendo conhecer nossa coleção do Orgulho – acrescentou ela, indicando uma mesa próxima, ocupada por edições coloridas em brochura, arrumadas na ordem das cores do arco-íris. – Estamos em julho, mas o orgulho é o ano inteiro, né?

Stevie sorriu para a menina.

– É. Com certeza.

Ruby sorriu e a deixou sozinha para explorar os livros. Concentrou-se na mesa do Orgulho, pegando um livro amarelo com a ilustração de um homem de pele escura abraçando uma mulher negra de cabelo cor-de-rosa. Sentou-se no chão e começou a ler, logo se perdendo no mundo dos dois personagens – um deles, uma mulher bissexual – que começavam um namoro de mentira. De repente, ela se viu sedenta pelas cenas de sexo, a maneira como o homem obviamente adorava a mulher, embora ela tivesse pavor de compromisso, e pelo final que Stevie sabia que seria feliz.

Quando se deu conta, estava chorando no chão da livraria. Chorando pra valer. O ranho escorreu do nariz, ela o limpou no próprio ombro e ficou pensando se era possível ser mais patética do que isso.

– Stevie?

Ela parou e, quando ergueu a cabeça, deu de cara com Claire, a amiga de Iris, parada ali com alguns livros nas mãos, os olhos castanho-claros arregalados de preocupação.

– Querida, você tá bem? – perguntou Claire.

E, mais uma vez, Stevie irrompeu em lágrimas.

– Ah, meu Deus. – Claire deixou os livros na mesa mais próxima e se agachou na frente dela. – O que aconteceu? Posso trazer alguma coisa pra você?

Stevie gesticulou, tentando tirar um "tô bem" da própria boca, mas as lágrimas continuaram a cair.

Pronto, não tinha como ser mais patética que aquilo.

Claire deixou uma caneca de chá de hortelã na frente de Stevie, que tinha se sentado numa cadeira do café da livraria, soluçando enquanto se agarrava ao livro que havia tirado da mesa do Orgulho como se fosse um ente querido.

– Desculpa – disse ela, tomando um gole da bebida quente.

Claire fez que não era nada, sentando-se na cadeira em frente a ela com outra caneca.

– Eu choro por causa de livro pelo menos uma vez por semana.

Stevie assentiu e indicou a capa do livro.

– Vou comprar. Tenho certeza de que chorei em cima dele.

Claire riu.

– Eu agradeço.

– Então... você é a dona da livraria?

Claire levou a caneca à boca.

– Sou. A Iris não te contou?

– Acho que dá pra encher várias estantes aqui com todas as coisas que a Iris não me conta.

Claire contraiu os lábios.

– É por isso que você tá chorando na minha loja? Por causa da Iris?

Stevie não disse nada. Não sabia ao certo qual era o protocolo. Não tinha nada com Iris, era tudo falso, uma transação comercial, e Claire era uma das melhores amigas de Iris, não dela.

– Vi que você ainda tá com a roupa de dançar passinho – comentou Claire. – Você... e a Jenna...?

– Não é a Jenna. Ela é linda, mas eu não...

– Entendi.

Claire tamborilou com as unhas na mesa, e um anel de diamante amarelo cintilou num dedo muito importante.

– Que anel maravilhoso – comentou Stevie.

Claire sorriu, olhando o próprio dedo.

– Obrigada. A Delilah foi atrás dele sozinha. Fiquei muito impressionada.

Stevie sorriu, e algo que Iris dissera algumas semanas antes voltou devagar a seus pensamentos.

Minha amiga Claire tá noiva da única pessoa com quem tentou ter um relacionamento puramente sexual.

Tomou outro gole de chá, vendo Claire mexer no anel, ainda com um sorrisinho nos lábios.

– Posso te fazer uma pergunta? – disse Stevie.

Claire olhou para ela.

– Claro.

– Como é que você...

E parou, se perguntando se deveria mesmo continuar, mas precisava saber. Não havia mais ninguém a quem pudesse perguntar. Todo o seu círculo de amizades já achava que ela estava com Iris.

– Como é que você percebeu? – perguntou Stevie. – Que era a Delilah. Quando vocês começaram... sabe?

Claire riu.

– Então a Iris te contou pelo menos *essa* história.

– Não, nem tudo. Só que começou com... bom, começou sendo...

– Sexo?

Stevie sentiu o rosto esquentar.

– É.

Claire assentiu.

– E você tá perguntando como percebi que queria mais do que isso.

– É. Acho que sim.

Claire inspirou fundo e se reclinou na cadeira.

– Eu... percebi, simplesmente. Não conseguia parar de pensar nela. Detestava ficar longe dela. E, sim, em parte foi pelo sexo, mas era mais do que isso. Eu queria segurar a mão dela. Fazer ela rir.

– Viver um romance.

Claire sorriu.

– É, acho que sim. Mas também era mais profundo do que um simples romance. Eu queria fazer parte da vida dela, na alegria e na tristeza, com todo o sarcasmo, a petulância e a fanfarronice dela. Não liguei pra nada disso. Ou, na verdade, liguei, mas isso não me impediu. Eu queria a Delilah por inteiro.

Stevie sentiu os olhos arderem e, caramba, não ia chorar de novo na frente de Claire. Só que já estava chorando, as lágrimas decididas a humilhá-la enquanto escorriam pelo rosto.

– Ah, meu bem – disse Claire, pegando um guardanapo e entregando-o para Stevie.

– Desculpa. Que saco.

– Tá tudo bem.

Stevie enxugou os olhos, o guardanapo pardo arranhando as pálpebras macias.

– Você gosta dela – disse Claire. – Gosta *pra valer*.

– De quem, da Delilah? – respondeu Stevie.

Claire deu uma gargalhada. Stevie riu também, sentindo as lágrimas se misturarem àquele breve momento de alegria, mas então Claire estendeu a mão e afagou o braço dela.

– Você gosta dela – repetiu – e hoje de manhã ela te mandou embora. Não foi?

Stevie levantou o polegar, confirmando.

– Você conhece a sua amiga.

– Pois é – disse Claire. – Conheço bem até demais.

– Então, pronto.

Claire fungou, estreitando os olhos um pouquinho, concentrada.

– Sabe, quando você tava dançando com a Jenna ontem à noite, a Iris ficou...

O coração de Stevie quase parou.

– A Iris ficou o quê?

Claire bateu os dedos na caneca.

– Só digo uma coisa: deu pra perceber que ela não gostou. Não gostou nem um pouco.

Stevie relembrou a noite que passaram juntas. Imaginou que Iris tivesse ido para casa e esquecido que ela e Jenna existiam, mas depois tinha sido pega num momento de tesão quando Stevie bateu à sua porta.

Mas a mente de Stevie trouxe à tona aquelas ilustrações, imagens em completa dissonância com o modo como Iris se recusava a olhar para ela enquanto arrumava o quarto. Ou, mais ainda, a forma como Iris olhou, *sim*, para ela, toda sorridente e sedutora ao se autointitular boa de cama.

Teatro.

Pura encenação.

Parte do trabalho de Stevie era estudar o desempenho de outras atrizes. Mergulhar na atuação delas, nos métodos, na forma como criavam uma persona, uma personagem.

E Iris…

Era *profissional*.

– Stevie, a Iris já sofreu um tanto… quer dizer, nos relacionamentos.

Stevie fez que sim.

– Eu sei.

– Sabe?

– Ela me contou da Jillian e do Grant, das pessoas na escola e na faculdade.

Claire a encarou, aturdida.

– Não é comum ela contar essas histórias pras pessoas.

– *Eu* não sou comum, Claire – disse Stevie, sentindo-se de repente tão audaciosa e atrevida quanto a própria Iris.

Além disso, tinha razão: não havia nada "comum" entre ela e Iris. Nada mesmo.

Claire passou um instante olhando para ela antes de parecer chegar a uma conclusão.

– Não, acho que não é mesmo. A Iris sabe o que você sente? Foi por isso que ela te mandou embora?

Stevie riu.

– Não tem essa de chegar pra Iris Kelly e dizer que gosta dela e pronto, né?

Claire ficou boquiaberta.

– Nossa, você entendeu mesmo o jeito dela.

– Não entendi, não. – Stevie passou a mão pelos cachos desalinhados. – Não tenho a menor ideia do que estou fazendo.

Claire estreitou os olhos, pensando.

– Bom, a Iris é… durona. Pra ela, as palavras não valem muito. Ela já ouviu de tudo, do melhor ao pior, e isso deixou ela… arisca.

– Arisca.

– Em relação ao amor.

– É, percebi. Então, como faço pra convencer ela?

Claire inclinou a cabeça, olhando para ela.

– Primeiro, você tem que querer pra valer. Não brinca com ela, Stevie.

– Não tô brincando. Eu juro. Eu...

Stevie não podia falar de *amor* com a melhor amiga da amada. Iris merecia ser a primeira pessoa a ouvir aquelas palavras.

– Juro pra você, Claire, o que sinto pela Iris é sério. E agradeço qualquer coisa que possa dizer pra me ajudar a convencer ela disso.

Claire ergueu as sobrancelhas enquanto um sorriso lutava para tomar conta dos lábios franzidos.

– Então tá bom.

– Tá bom.

Claire olhou à sua volta, depois de novo para Stevie.

– A Iris reage bem à sinceridade. A atitudes. Ela é escritora, sim, mas, como eu disse, em se tratando da vida amorosa dela, as palavras não valem muito. Mas acho que, com a pessoa certa, ela acreditaria que o sentimento é verdadeiro se a pessoa demonstrasse. Se *provasse* que é, acho. Só que ninguém faz isso há muito tempo, e ela tá magoada.

Stevie fez que sim. Tudo aquilo fazia muito sentido. Tinha certeza de que Jillian havia proferido muitas palavras bonitas para levar Iris para a cama e logo depois traí-la. Até Grant, que Stevie achava que amava mesmo Iris, no fim a abandonou. Ele provavelmente até disse as palavras exatas: *eu te amo, mas...*

Portanto, fazia sentido que Iris precisasse de provas, de atitudes que falassem muito mais alto do que qualquer palavra que Stevie pudesse dizer. Era verdade que, nas últimas semanas, ela e Stevie estavam dando um verdadeiro espetáculo para o mundo, para a turma de Stevie, para si mesmas.

Mas e se o espetáculo fosse de verdade?

E se, apesar de caçoar tanto do romance, fosse disso que Iris realmente precisava, o que queria de verdade?

Stevie sorriu para Claire enquanto uma ideia se formava em sua mente.

– Então eu preciso *cortejar* a moça.

Claire sorriu.

– No fundo, acho que a Iris só quer se apaixonar perdidamente, sabe?

Stevie sorriu também, a esperança expulsando todo o desespero anterior. Iris queria aulas de romance? Queria situações em que suas personagens pudessem se apaixonar?

Pois era isso mesmo que ia conseguir.

– Oi, amor.

Stevie ergueu o rosto e viu Delilah entrando no café da livraria, de camiseta preta e jeans preto com a barra dobrada.

– Oi – respondeu Claire, inclinando a cabeça para ganhar um beijo. – Já tá na hora do almoço?

– Quase. – Delilah acariciou o canto do rosto dela com o polegar. – Fiquei com saudade.

Foi então que Stevie se derreteu por dentro. Bom, só um pouquinho.

– Oi, Stevie. – Delilah a cumprimentou com um aceno. – E aí? A Iris tá por aqui?

– Hã... não – respondeu Stevie.

O olhar de Delilah disparou de Stevie para Claire. Então fechou os olhos.

– Ai, meu Deus.

– O que foi? – perguntou Claire.

– Não quero estar metida em nada disso – declarou Delilah.

– Isso o quê? – perguntou Claire na maior inocência.

Delilah apontou o dedo para Stevie e Claire.

– Essa historinha de juntar casal que vocês estão bolando.

Claire colocou a mão no peito, fingindo choque.

– Eu *nunca* faria isso.

– Faria e está fazendo, e a Iris vai te esfolar viva quando descobrir.

– Não se a Stevie aqui conquistar a moça – argumentou Claire, piscando para Stevie por cima da caneca.

Stevie sorriu para ela, sentindo uma autoconfiança inesperada tomar conta dela.

Delilah apertou os olhos com o polegar e o indicador.

– Que a deusa tenha piedade da alma de vocês.

CAPÍTULO VINTE E SETE

IRIS PASSOU O FIM DE SEMANA todo sem falar com Stevie, que não mandou mensagem nem telefonou. Iris também não. Nem sequer pensou nisso. Também não a stalkeou nas redes sociais. Em todo caso, Stevie quase nunca publicava nada no Instagram dela. Não que Iris tivesse notado.

Não que estivesse pensando nela.

Mesmo assim, no domingo à noite, depois de dois dias de escrita incansável, com a contagem de palavras de seu romance finalmente chegando à metade do objetivo, ela ficou na sala de estar desenhando Stevie Scott.

A boca de Stevie Scott no pescoço dela.

As mãos de Stevie Scott no corpo dela.

Os olhos de Stevie Scott fechados quando Iris a tocou, a beijou, a fez...

– Saco – resmungou Iris depois de uma ilustração ganhar vida em seu iPad, uma imagem que, sem dúvida, ninguém deveria ver em horário comercial.

Ela não pretendia desenhar a noite que passaram juntas, mas foi o passo seguinte, a cena seguinte em seu estranho projeto de história real, e agora não conseguia parar de pensar em quantas vezes Stevie a fez gozar, no jeito suave como a abraçou com o corpo todo depois que as duas finalmente se exauriram.

Como Iris havia adormecido assim, sem que a possibilidade de pedir para Stevie ir embora no meio da noite sequer lhe passasse pela cabeça.

E ela sempre pedia para as pessoas irem embora.

E elas sempre iam, sem questionar.

Iris balançou a cabeça e saiu do programa de desenho. Só precisava de uma distração. Tinha passado o fim de semana inteiro no apartamento, escrevendo o romance e relembrando e, caramba, precisava fazer outra coisa.

Com *outra* pessoa.

Suas mãos tremiam enquanto vestia um jeans de cintura alta e uma blusa cropped amarela, enquanto aplicava rímel e um brilho labial cor de coral cintilante. Era hipoglicemia, só isso. Quando estava escrevendo, nunca se lembrava de comer. Na cozinha, devorou uma caixa de biscoitos e escreveu uma mensagem de texto no grupo, que passara a se chamar *QUEERidinhas*.

Digitou **Bora pro Lush?**, mas hesitou antes de clicar em *Enviar*. Tinha visto o jeito como Claire olhava para ela na Taverna da Stella na outra noite, as suposições que todas as amigas fizeram sobre ela e Stevie, mesmo que Stevie estivesse dançando com Jenna. Para falar a verdade, não queria lidar com as reações horrorizadas delas por querer se divertir com uma pessoa aleatória.

Saiu da tela do grupo e tocou no nome de Simon.

– Sabe, gente normal manda mensagem – disse ele ao atender.

– Eu não sou normal, Simon. A esta altura, você já devia saber.

Ele riu.

– Justo. E aí?

– Tá em Portland?

Uma pausa, longa o suficiente para fazer Iris imaginar se ele ainda estava do outro lado da linha.

– Opa, desculpa, tô aqui – respondeu ele. – E tô em Portland, sim. Por quê?

– Preciso de um ajudante – cantarolou Iris, pegando as chaves e a bolsa.

– Não. Não precisa, não.

– Como assim?

– Acha mesmo que eu não fiquei sabendo que você saiu toda pistola da Taverna da Stella depois que a Stevie ficou com a Jenna Dawson?

– Ai, saco, até você?

– Só tô dizendo que a Claire enfiaria agulhas debaixo das minhas unhas se soubesse que levei você pra transar por aí.

– Não é da conta dela.

– Tá, beleza, mas é da *minha* conta, já que você tá pedindo pra eu participar e eu tô recusando.

Iris riu.

– Fala sério.

– Tô falando sério, Iris – disse ele com aquela voz tão suave e gentil que irritava.

– Tá, beleza, o que tá acontecendo? – perguntou ela, mas começava a sentir um aperto na barriga e a garganta embargada.

Simon suspirou.

– Olha, não quero te dizer como viver sua vida.

– Então não diga.

– Mas eu te amo. A turma toda te ama, e acho que, se você parasse um pouco pra pensar no que quer, perceberia que…

– Não – respondeu Iris, sentindo a garganta se apertar mais. – Pode parar, Simon. Você *não* vai me dizer o que eu quero nem com quem eu quero transar ou não.

– Não estou…

– Está, sim. Pode ir se foder, e fica à vontade pra transmitir meu comunicado pra todo mundo.

– Iris, eu…

Mas ela encerrou a chamada antes que ele pudesse dizer mais. As mãos tremiam e lágrimas afloravam nos olhos. Ela *sabia*. Sabia muito bem, durante aquele tempo todo, que todo mundo do seu grupo achava que estava estragando a própria vida e que, para ser feliz, para ser completa, tinha que ficar com alguém.

Ah, pelamor.

– Que se foda! – gritou para o apartamento vazio.

Sua voz ecoou entre as paredes. Esfregou o rosto, obrigando as lágrimas a darem meia-volta. Apoiou a palma das mãos na bancada da cozinha, inspirando… expirando…

Ela estava bem.

Estava *ótima*, e não precisava de um ajudante para se divertir. É verdade que, por razões de segurança, nunca ia para o Lush nem a qualquer casa noturna sozinha, mas não tinha outro jeito. Não ia deixar que as opiniões tacanhas do grupo a impedissem de satisfazer as próprias necessidades.

Pendurou a bolsa no ombro e foi até a porta, pronta para sair pelo corredor, mas o caminho estava bloqueado.

Por Stevie Scott.

Usando jeans cinza de barra dobrada e regata preta, com os cabelos cacheados roçando os ombros, o *mullet* discreto fazendo-a parecer prestes a pegar uma guitarra e subir num palco.

– Oi – disse ela.

Iris ficou ali por um instante, com o peito arfando de adrenalina e raiva. *Vai embora.*

A frase estava na ponta da língua; precisava de outra pessoa, não de Stevie Scott, mas, caramba, ao mesmo tempo que pensava isso, pegou-se estendendo a mão, puxando Stevie para dentro pela cintura e beijando-a.

Com *muita* vontade.

Colou os lábios aos de Stevie, gemendo na boca dela, a língua procurando contato. Enfiou a mão pelas costas da camiseta dela, sentindo a pele tão lisa, tão macia... Fechou os olhos e se imaginou como outra pessoa qualquer, e que Stevie também era outra qualquer, duas mulheres anônimas em busca de conforto, sensações e...

– Opa, opa, opa – disse Stevie com delicadeza, afastando-se e tirando Iris daquela fantasia. – Espera um pouco aí.

Iris piscou para ela, confusa diante da realidade.

– Putz. Desculpa. Foi meio agressivo, né? Eu devia ter te perguntado.

– Não tem problema – respondeu Stevie. – Mas você tá bem?

Iris gesticulou.

– Tudo certo. Só... cheia de tesão.

Deu um sorrisinho, sedutora e presunçosa, mas Stevie não sorriu. Limitou-se a encará-la de um jeito que a fez ter vontade de gritar.

Iris recuou, fazendo com que as mãos de Stevie caíssem de seus quadris. Pigarreou.

– Eu estava de saída.

– Dá pra ver.

– Precisa de alguma coisa?

Stevie então sorriu.

– Na verdade, preciso. Queria que você fosse a um lugar comigo.

Iris franziu a testa.

– Aonde?

– É surpresa.

– Quê?

Stevie passou a mão pelo cabelo e riu, meio nervosa.

– Eu estava em casa, pensando em você, e percebi que ainda não tivemos um encontro romântico de verdade.

– Um encontro.

– O acordo ainda tá de pé, né? – disse Stevie. – Você fez sua parte, mas eu fui uma lástima de professora.

Iris suspirou.

– Stevie, não precisa fazer isso.

– Já acabou o livro?

– Não, mas...

Iris se calou, porque, apesar do que Stevie dizia, na verdade a havia ajudado muito, despertando cada faísca de romance dentro dela. A história de Tegan e Briony, inimigas que viravam amantes, estava fluindo feito uma fonte de chocolate num casamento. Na semana anterior, Iris tinha até enviado as primeiras cinquenta páginas para sua agente, que havia adorado e a incentivara a continuar.

E foi o que fez, escrevendo como se estivesse num sonho febril de manhã até tarde da noite, após os ensaios da peça.

Escrevendo e desenhando.

Desenhando Stevie.

Stevie e Iris.

Balançou a cabeça, decidida a dizer a Stevie que não, não ia sair com ela. Não podia.

Mas quando Stevie inclinou a cabeça com aquele sorriso terno nos lábios, Iris se viu curiosa a respeito da tal surpresa e do que Stevie planejava para a próxima aula de romance.

E, para ser sincera consigo mesma, não sabia se estava mesmo com vontade de ir para o Lush e procurar alguém com quem transar num mar de rostos anônimos.

Naquela noite, não queria anonimato.

Queria *uma amiga*. O tipo de amiga que não perguntaria sobre sua vida amorosa nem a olharia com aquela cara de "eu sei o que é melhor pra você" que Claire andava fazendo nos últimos tempos.

E Stevie era exatamente essa amiga.

Se acabassem transando no fim do encontro de mentira, tudo bem. Com certeza, Iris não recusaria. Nunca admitiria isso para Stevie – e menos ainda para Claire, Astrid ou mesmo Simon –, mas aquela noite de prazer com ela fora a melhor da sua vida.

– Tá bom – disse Iris. – Beleza. Que surpresa você guardou na manga?

Vinte e cinco minutos depois, viraram numa entrada de carros com uma placa de boas-vindas à Fazenda da Família Woodmont. O sol apenas começava a mergulhar além das árvores, tornando tudo dourado e suave.

– A gente vai... hã... colher morango? – perguntou Iris.

– Não é bem isso. – Stevie sorriu enquanto estacionava ao lado de uma casinha com uma placa na varanda que dizia "Escritório da Fazenda". – Tá pronta?

– Nem sei – respondeu Iris, rindo.

Mesmo assim, saiu do carro e deixou Stevie pegar sua mão. Afinal, era um encontro romântico, então tudo bem, e seguiram por uma trilha de terra que atravessava um bosque. Iris continuou tentando adivinhar o que iam fazer:

– Caçar um tesouro?

– Não.

– Caçar vampiros.

Stevie riu.

– Intrigante, mas não.

– Saco. Sempre quis me apaixonar perdidamente por uma vampira.

– Vou pesquisar isso aí pra próxima vez.

– Você tá bem convencida de que vou topar um segundo encontro – disse Iris.

Stevie se limitou a sorrir para ela.

Logo as árvores ficaram para trás, e as duas saíram num campo, uma faixa interminável de verde vívido. E lá, a cerca de 30 metros de distância, estava uma mulher de macacão num tom de bordô pálido ao lado de um balão de ar quente.

– Ai, meu Deus! – exclamou Iris, inclinando o pescoço para ver melhor.

O balão era imenso, muito maior do que ela poderia imaginar, com as cores de um lindo arco-íris.

– Surpresa? – murmurou Stevie enquanto ela olhava, boquiaberta.

– Sem dúvida. – Iris se virou para ela. – Sério?

– Sério. Já voou de balão?

Iris balançou a cabeça, negando.

– Mas sempre quis.

– Eu também. – Stevie afagou a mão dela.

Iris sorriu para ela, sentindo o mau humor de antes evaporar como névoa ao sol.

– Stevie Scott? – perguntou a mulher quando as duas se aproximaram.

– Sou eu. E essa é a Iris. Você é Laney?

– Isso mesmo. Boas-vindas a Woodmont. Estão prontas?

Iris engoliu em seco.

– Acho que sim.

Laney sorriu.

– É natural ficar nervosa, mas garanto a segurança de vocês. Venham, entrem na gôndola enquanto eu preparo tudo aqui no solo.

– Obrigada – disse Stevie.

Ela puxou Iris em direção à gôndola do balão, que na verdade era apenas um cesto de vime gigante com um cilindro de propano no alto, a chama enchendo o balão.

Entraram, Stevie segurando a mão de Iris mesmo depois que se acomodaram num canto. Não conversaram; Iris descobriu que estava sem palavras. Nunca tinha feito nada tão extravagante assim num encontro. Grant gostava de sair, mas não variava muito as escolhas, e a ideia dele de um encontro perfeito era jantar num bom restaurante e beber uma garrafa cara de pinot noir.

– Eita, nossa – disse Iris quando Laney terminou o que quer que estivesse fazendo e o cesto balançou um pouco.

Stevie riu.

– Pois é, é meio exagerado. Mas imaginei que, se uma personagem de um romance quisesse conquistar outra, faria uma coisa mais impactante do que chamar pra jantar e ver um filme.

Iris riu.

– Fato. E a essa altura a Briony já está a fim da Tegan.

– Viu? – disse Stevie baixinho, sorrindo para ela. – Perfeito.

Ela encarou Iris por um tempo antes de se voltar para o campo e, de repente, Iris sentiu perder o equilíbrio. Mas era só Laney, que tinha acabado de entrar na gôndola, fazendo-a balançar um pouco de um lado para o outro.

– Tá bom, aqui vamos nós – disse ela enquanto abria o maçarico e soltava os sacos pesados que seguravam o cesto.

Logo estavam subindo rumo ao céu, e Iris não conseguiu conter um gritinho, segurando as laterais do cesto. O solo ficou cada vez menor, assim como as árvores, as plantações e a casa branca da fazenda.

– Ai, meu Deus! – exclamou Iris, vendo seu mundo virar de cabeça para baixo. – É sensacional!

– É mesmo – respondeu Stevie.

Soltou a mão de Iris e se colocou atrás dela, prendendo-a entre os braços enquanto Iris apoiava as mãos nas laterais do cesto, então apoiou o queixo no ombro dela.

Iris encostou a cabeça na de Stevie. Não conseguiu evitar. Era um gesto tão natural, tão... normal.

– Nota 10 no romance – comentou ela, com a voz tremendo um pouco à medida que subiam pelos ares.

– Ah, tô só começando – sussurrou Stevie, fazendo cócegas no ouvido de Iris com a respiração.

Iris estremeceu, depois se firmou.

– Você não vai me pedir em casamento, né?

– Eu não faria uma coisa dessas com você.

Iris virou o rosto para olhar para ela, aquela simples declaração quase tirando seu fôlego, como se Stevie enxergasse Iris e o que visse fosse... certo. Até mesmo ótimo. De repente, a piada pareceu verdadeira até demais, assim como a resposta de Stevie, e Iris não sabia o que dizer.

– Mas vou te chamar pra dançar – acrescentou Stevie.

Iris ficou olhando para ela, surpresa.

– Quê?

– Bom, a gente dançou na sala do seu apartamento. Depois na praia, debaixo da chuva. Se esse for o hábito romântico peculiar de Tegan e Briony, acho que dançar dentro de um balão de ar quente é a próxima etapa lógica.

– Estamos muito empenhadas, hein?

– Sem dúvida.

Iris riu e se virou nos braços de Stevie, apoiando as mãos nos ombros dela. Stevie envolveu a cintura de Iris.

– Tá bom. Eu aceito.

Stevie sorriu e a abraçou ainda mais, encostando a bochecha na cabeça dela. Balançaram no ar, ficando perto da borda para poderem ver a vastidão do Vale Willamette lá embaixo. Iris tentou imaginar como poderia incluir aquilo no livro, mas não conseguia se ater a um único pensamento. Estava repleta de outras coisas: o cheiro de grama e verão no cabelo de Stevie, a sensação dos dedos dela subindo e descendo por suas costas... O jeito como o coração de repente parecia enorme, grande demais para o peito, mandando o sangue para a cabeça e deixando Iris um pouquinho tonta.

– Posso te fazer uma pergunta? – perguntou Stevie enquanto as fazia girar num pequeno círculo.

– Claro.

– Por que você me beijou? Hoje, quando cheguei na sua casa?

Iris engoliu em seco, sem saber como responder. Por fim, decidiu-se pela verdade.

– Não sei.

Stevie a abraçou com mais força e, de repente, Iris teve vontade de chorar. Não conseguia explicar. Tinha passado a maior parte dos catorze meses anteriores fugindo precisamente daquele sentimento, tratando de nunca deixar as emoções irem tão longe, mas lá estava ela, dançando com uma mulher que tinha vomitado na primeira noitada das duas e sentindo o coração na garganta. Detestava e adorava aquilo, o romance, a sensação de que estava caindo, apenas para que Stevie estendesse a mão e a resgatasse.

Era ridículo.

Não era de verdade. Não podia ser.

Mas, caramba, era tão, tão gostoso...

Pelo menos isto ela podia admitir: era bom viver um romance, e Stevie era uma especialista de mão cheia.

Então, Iris se deixou sentir tudo: a queda, o resgate e o conforto, expulsando o pânico que, ela sabia, a alcançaria mais cedo ou mais tarde.

Por enquanto, limitou-se a fechar os olhos e dançar, pairando no céu dourado.

Depois do passeio de balão, Stevie e Iris voltaram para Bright Falls e comeram no Tor&Tinhas, devorando hambúrgueres vegetarianos com batata frita e, claro, tortinhas caseiras de vários sabores. Falaram sobre crescer em cidades pequenas, sair do armário e fazer faculdade, sobre todas as histórias que Iris queria escrever e todas as peças que Stevie já tinha feito.

– Qual foi a sua pior atuação? – perguntou Iris, empurrando os restos de uma tortinha de morango pelo prato.

Stevie fez cara de ofendida.

– Pior? O que te faz pensar que já tive uma atuação ruim?

– Tá, estou vendo que minhas aulas de autoconfiança foram meio longe demais – disse Iris. – Vou ter que reavaliar as lições.

Stevie riu e comeu uma batata frita.

– Já tive várias atuações horrorosas. A pior... deve ter sido na primeira peça que fiz na faculdade. A nossa diretora era incrível, superexigente, e eu tava tão nervosa que Ren, em sua infinita sabedoria, me deu uma jujuba de maconha mais ou menos meia hora antes da abertura.

– Eita.

– Pois é. A bala inteira, não foi nem a metade. Digamos apenas que foi a interpretação mais risonha que *E não sobrou nenhum* já teve.

– Ah, então você ri muito quando tá chapada.

– Ai, meu Deus, muito! Depois de algumas cenas consegui me controlar, mas a Dra. Calloway ficou furiosa. – Stevie adotou um olhar sonhador enquanto os dedos brincavam com o guardanapo. – Fico espantada que ela tenha... – E parou no meio da frase, pigarreando. – Enfim, nem preciso dizer que jurei não usar mais substâncias recreativas pra enfrentar o nervosismo no palco.

– Decisão sensata. Mas parece que hoje em dia você não precisa delas.

Stevie encolheu um dos ombros, armando uma expressão brincalhona.

– É difícil ficar nervosa quanto a gente é tão boa no que faz.

Iris sabia que era piada, mas não riu.

– Pois é. Isso mesmo.

Stevie revirou os olhos.

– Você nunca pensou em ir pra outro lugar? – perguntou Iris.

Stevie franziu a testa.

– Como assim?

Iris espetou o último morango com o garfo.

– Nova York não é a capital mundial do teatro?

Stevie lambeu o lábio inferior e olhou pela janela.

– Ren vive dizendo que eu devia mudar pra lá. Ou pra outro lugar. Mas... sei lá.

– É um passo gigantesco.

– É. – Stevie se virou para ela. – É mesmo. Talvez seja grande demais pra mim.

Iris franziu a testa.

– Não acho. Acho que você poderia...

– Me dá um pedacinho dessa torta?

Iris assentiu e empurrou o prato. Deu uma garfada na torta de chocolate com menta de Stevie e logo passaram a outros assuntos, obviamente mais fáceis para ambas, do jeitinho que ela gostava.

Precisava admitir que aquele era um encontro perfeito.

Um encontro que ela não sabia se conseguiria mesmo recriar no papel, porque mal conseguia entender como era possível. Quando voltaram ao apartamento, estava tomada de emoções, como se precisasse chorar, gritar ou tomar Stevie nos braços imediatamente e beijá-la até desmaiar.

Chegando à porta do apartamento, escolheu a última opção. Precisava desromantizar um pouco a noite e ajudar seu coração a recuperar o ritmo normal. O sexo cuidaria disso, e Iris estaria mentindo se dissesse que não havia imaginado levar Stevie de novo para a cama um milhão de vezes naqueles últimos dois dias.

Então beijou Stevie à porta da casa.

Envolveu-a nos braços e deslizou as mãos até a bunda dela, encaixando a perna entre as coxas dela para informar exatamente o que estava pensando.

Mas Stevie se afastou, apoiando as mãos nos quadris de Iris.

– Ainda é demais? – perguntou Iris, olhando para ela por baixo dos cílios.

– A noite de hoje não era pra isso, Iris – respondeu Stevie, terna mas séria.

– Eu sei. – Iris riu. – Mas a maior parte dos encontros românticos não termina com uma boa sessão de pegação?

Stevie se encolheu, mas só um pouquinho. Na verdade, Iris pensou que talvez tivesse imaginado vê-la desmanchar a expressão e inclinar a cabeça enquanto olhava para ela. Finalmente Stevie sorriu, se aproximou e a beijou de leve na boca, uma vez... duas... antes de recuar e enfiar as mãos nos bolsos. Caminhou de costas em direção à escada, dizendo:

– Boa noite, Iris.

Depois deu as costas e se foi.

CAPÍTULO VINTE E OITO

IRIS KELLY ESTAVA SUBINDO pelas paredes.

Naquelas últimas duas semanas, teve mais "encontros" com Stevie do que com Grant em todo o último ano que passara com ele.

Saíram para jantar em Portland.

Foram a um brunch em Bright Falls.

Visitaram uma vinícola no Vale Willamette, uma viagem de um dia que terminou com Iris tão bêbada que nem lembrava como foi parar na cama.

Jogaram minigolfe alcoólico no Birdie's com a turma dela.

Fizeram uma caminhada pelo Parque Lower Macleay, em Portland, até a Mansão Pittock, uma construção centenária, e quando chegaram ao destino as pernas de Stevie estavam totalmente cobertas de picadas de insetos.

Em outro dia, Stevie bateu à porta de Iris às dez horas da noite, com cobertores e travesseiros nas mãos, para assistir a um eclipse lunar do terraço do prédio.

E, depois de cada encontro, Stevie a beijava na boca e dizia boa-noite.

Só isso.

Nunca sequer tentava dar uma passada de mão, muito menos tatear abaixo da cintura. Em meados de julho, faltando apenas duas semanas para a estreia de *Muito barulho* no Imperatriz, Iris estava a ponto de arrancar cada fio de cabelo do corpo. Tinha material mais do que suficiente para o livro; seu progresso com a vinicultora rabugenta e a crítica de vinhos fofa já avançava rumo ao último ato. Ainda assim, Stevie continuava a convidá-la para sair e a deixá-la louca enquanto dançavam juntinhas no meio da floresta e perto do buraco 18 no minigolfe.

E Iris, inexplicavelmente, continuava a dizer sim.

– Ganhou! – gritou o homem dentro da cabine de tiro ao alvo, pegando um sapo roxo de uma fileira de bichos de pelúcia e entregando-o para Stevie.

Estavam na Feira de Verão de Bright Falls, evento anual que incluía uma roda-gigante fluorescente e um brinquedo capenga tipo xícara maluca, jogos, algodão-doce e cachorro-quente, e vendedores de mel local, joias artesanais e obras de arte em bancas com cortinas de tecido.

– Pra você – disse Stevie, oferecendo o sapo para Iris.

Tinha acertado três argolas seguidas em garrafas antigas de 7-Up, ganhando o prêmio para ela.

– Eternamente grata – respondeu Iris, inexpressiva, aceitando. – Que nome devo dar pra ela?

– Peppa.

– Acho que Peppa é uma porca.

– Tá bom. Wilbur.

Iris riu.

– Wilbur também é um porco. Essa aqui é sapa.

Stevie entrelaçou os dedos aos de Iris, beijando as costas da mão dela.

– Quem disse? Ela que define a própria identidade.

Iris sorriu e guardou o sapo debaixo do braço. Caminharam pela multidão, vendo pessoas aqui e ali acenarem para ela, e um silêncio pairou entre as duas, fazendo a frequência cardíaca de Iris acelerar.

Isso vinha acontecendo muito ultimamente, à medida que chegava a noite de estreia de *Muito barulho*. Encenariam a peça por todo o mês de agosto, e depois...

O acordo com Stevie chegaria ao fim.

Não teriam motivos para continuar a farsa, e Iris achava mesmo que não conseguiria aguentar mais muitos encontros como aquele. Eram divertidos, claro, mas também confusos, fazendo-a esboçar cada ocasião em seu iPad até tarde da noite, analisar cada palavra no dia seguinte e se torturar pensando em por que Stevie parecia não querer ir para a cama com ela de novo.

Sabia que precisava mencionar o fim inevitável à espera delas. Até então, não haviam traçado uma estratégia de término, nenhum plano de como mostrar o fim do relacionamento falso para a turma de Stevie, para o elenco e a equipe da peça. Sabia que Stevie sempre se saía melhor quando tinha um plano, mesmo que a ideia de acabar com tudo deixasse Iris incomodada de um jeito que não conseguia explicar.

– E aí, meninas? – gritou Claire da banca da Livraria Rio Selvagem.

Ela e Ruby estavam trabalhando, vendendo os livros mais badalados do verão. Delilah estava por ali em algum lugar, tirando fotos para um projeto da *National Geographic* em que tinha se envolvido – um livro sobre cidades pequenas progressistas –, e naquela noite Astrid e Jordan trabalhavam na Pousada Everwood, já que os visitantes da feira se hospedaram em peso no lugar.

– Oi – respondeu Iris, soltando a mão de Stevie e beijando Claire, depois Ruby, na bochecha. – Vendendo muito?

– Ah, sim, os romances de verão. – Claire mostrou um livro de capa amarela. – Esse aqui é sobre um namoro de mentira e uma bissexual atrapalhada. Vende que nem água.

Ela piscou para Stevie, gesto que nem tentou esconder de Iris. Stevie pigarreou, fingindo estar muito interessada num livro sobre a flora e a fauna do centro do Oregon.

– Tá bom – disse Iris. – O que foi que eu perdi?

– Nada, não – respondeu Claire, gesticulando com indiferença.

– Acho que ela tá te chamando de bissexual atrapalhada, tia Iris – declarou Ruby.

Stevie engasgou, batendo no peito com o punho, e Iris pôs as mãos na cintura.

– Ah, olha quem fala! – disse ela para Ruby. – Vou te contar uma historinha sobre uma fotógrafa ranzinza e uma aposta que ela...

– Tá bom, tá bom – disse Claire, tapando a boca de Iris com a mão. – Ela conhece a história.

– Com certeza não conhece – retrucou Iris quando a amiga a soltou.

Claire se limitou a balançar a cabeça.

– Stevie não é sua namorada de mentira? – perguntou Ruby.

– É – respondeu Iris, puxando Stevie para mais perto. – É, sim.

Ruby franziu a testa, estreitando aqueles olhos castanhos que havia ganhado de Josh, seu pai, dirigindo-se a Stevie.

– Ainda? Mesmo depois de...

– Ruby, meu bem – disse Claire –, manda uma mensagem pro seu pai por mim? Pergunta se ele ainda vem te buscar amanhã às nove.

– Peraí. – Iris olhou para Stevie antes de encarar Ruby, franzindo a testa. – Depois de quê?

Ruby deu de ombros.

– Tipo, cê sabe, aquilo de cortejar e...

– Ruby – rosnou Claire. – Fala. Com. Seu. Pai.

A menina revirou os olhos e foi para os fundos da banca pisando duro com o telefone nas mãos.

– Adolescente é fogo – disse Claire, rindo.

Mas Iris não estava olhando para ela.

– Do que ela tá falando? – perguntou para Stevie. – *Cortejar*?

Stevie e Claire se entreolharam por um instante, depois afastaram o olhar, mas isso bastou para Iris perder a paciência.

– Tá, é melhor alguém me dizer que porra é essa, e *agora* – exigiu ela.

– Iris – disse Stevie. – Não é nada. Eu...

– A Ruby não mente – retrucou ela. – E a Claire, que a deusa a abençoe, mente mal pra caramba. A cara dela fica vermelha que nem um tomate e ela morde o lábio inferior até rasgar. – Apontou para Claire. – Isso, desse jeito aí mesmo.

Claire parou de morder o lábio.

– Iris. – Stevie pegou a mão dela. – Vamos conversar, tá? Quem tem que contar sou eu, não a Claire.

Os ombros de Iris se soltaram um pouco, mas a respiração continuava rasa e a mandíbula, travada e tensa.

– Tá.

Stevie a levou para longe das barraquinhas e para perto da água. A feira acontecia num parque nos arredores da cidade, com o Rio Bright ao leste. Stevie continuou andando até chegar a um dos pequenos píeres, quando a multidão da feira se tornou apenas um burburinho suave atrás delas. Um único poste de luz na grama dourava a área, mas, quanto mais avançavam pelo píer, mais escuro ficava. O mundo estava sereno, as estrelas cintilando como prata no céu.

– Se você disser que isso aqui é romântico, eu me jogo nesse rio – declarou Iris.

Deixando o sapo roxo no chão, apoiou os braços no guarda-corpo de madeira, contemplando a água.

– Eu não ia dizer isso – respondeu Stevie, indo ficar ao lado dela.

Iris se virou para ela.

– Bom, é melhor dizer *alguma coisa*, Stevie. – Sentiu um nó na garganta, mas engoliu em seco. – Do que a Ruby tava falando lá atrás? O que é tudo isso? Esses encontros absurdos. O que a gente tá fazendo? Porque não é pro meu livro, e não pode ser pra você, porque você mal toca em mim.

– Eu mal toco em você? Iris, eu passo a noite toda de mãos dadas com você. Te beijo na hora de ir embora e...

– É, um beijinho só, que emocionante. A gente não vai pra cama juntas desde a noite na Taverna da Stella.

– Então, sexo significa... o quê? Prova o quê?

Iris passou a mão pelo cabelo emaranhado.

– Não sei nem o que isso quer dizer. O que você tá *tentando* provar, Stevie? A gente tá fingindo namorar e transou, o que obviamente não estamos mais fazendo, e agora a filha de 13 anos da Claire parece saber alguma coisa que eu não sei, então... diz o que você quer, Stevie. Pra que tudo isso? O que é que você...

– Eu quero *você*.

Stevie falou com uma voz tão baixa que Iris quase não a ouviu. Os olhos dela estavam fixos nos de Iris, e a lua, brilhando naquele tom claro de âmbar, dava aos olhos dela a cor do bronze.

– Quê? – perguntou Iris, a própria voz reduzida a um sussurro.

– Eu quero você – repetiu Stevie.

Os olhos dela se encheram de lágrimas, e Iris percebeu que ela tremia, mas mesmo assim não desviava o olhar. Nem sequer piscava.

– Sei que você pode não acreditar em mim – continuou Stevie. – Mas, na noite em que a gente foi pra cama... na verdade, antes disso, quando fui pra casa da Jenna, percebi que não queria uma desconhecida. Nunca quis, só disse pra mim mesma o que achava que precisava pra poder ser... nem sei. Adulta? Alguém que controla a própria vida sexual? Mas eu não queria qualquer uma. E com certeza não quero transar com qualquer uma. Eu quero *você*. Naquela noite, na Taverna da Stella, tudo mudou. Foi como acordar do sono mais longo da minha vida. Mas, na manhã seguinte, você...

Ela parou de falar e respirou fundo. Iris não conseguia nem respirar, sentindo o corpo todo tenso e alerta.

– Você me pediu pra ir embora – continuou Stevie. – Eu fiquei sem saber o que fazer. Acabei indo parar na Rio Selvagem e fiquei muito mal. A Ruby estava lá. A Claire também, mas eu não sabia que era a livraria dela. Ela me encontrou e... me ofereceu chá. Só isso.

– Só isso?

Stevie suspirou.

– Talvez eu tenha confessado alguns sentimentos pra Claire. Acho que a Ruby ouviu.

Iris sentiu os olhos arderem também, e uma pontada no coração que não conseguia entender enquanto processava aquelas informações.

– E esses... encontros. Foi tudo pra mim?

Stevie deu de ombros.

– A Ruby não se enganou. Eu estava te cortejando.

– Me cortejando.

Stevie fechou os olhos e respirou fundo. Quando voltou a abri-los, deu um passo na direção de Iris.

– Sei que você conheceu gente escrota que dizia que te amava. Sei que acha que não foi feita pra namorar e ter um relacionamento. E, se não quiser mesmo nada disso na sua vida, tudo bem. Não vou discutir. Mas queria que você tivesse certeza. Queria te mostrar.

Lágrimas escorreram pelo rosto de Iris.

– Me mostrar o quê?

Stevie deu mais um passo. Iris não recuou. Não conseguia. Restavam poucos centímetros entre as duas, e já parecia demais.

– Me mostrar o quê, Stevie? – repetiu.

Stevie apoiou as mãos na cintura de Iris, hesitando, como se achasse que ela a impediria. Não foi o que aconteceu. Em vez disso, Iris agarrou os braços de Stevie, ofegando. Sentiu-se derreter, aquela Iris Kelly forte, autoconfiante, objetiva e segura de si desaparecendo bem diante dos olhos dela. Em seu lugar, ficou uma mulher cujo coração parecia estar em carne viva. Que estava muito, muito cansada de lutar contra o que Stevie Scott a fazia sentir.

Porque Iris começou a entender: os encontros, cada atitude de Stevie desde que embarcaram juntas naquele acordo absurdo, tudo vinha desbastando seu coração gelado, pouco a pouco, mostrando-lhe que ela... que Stevie... que Iris...

– Me mostrar o quê? Stevie!

Stevie encostou a testa na da Iris.

– Que você merece ser amada.

Era tão simples. Apenas cinco palavras, um mero sussurro, mas caíram como uma bomba que atinge o alvo. Iris explodiu: coração, mente e pele. Era só a carcaça da pessoa que fora alguns segundos antes e não sabia como se recompor, como fazer qualquer coisa senão simplesmente mergulhar na explosão, juntar-se a ela, tornar-se uma só com os estilhaços.

– Bom, deu certo – disse com a voz trêmula, enfiando as mãos pelo cabelo de Stevie e puxando-a para um beijo.

E dessa vez Stevie não se contentou com um simples toque dos lábios. Abriu a boca para Iris, abraçando a cintura dela, as mãos subindo pelas costas, entrando no cabelo junto dos ombros, depois envolvendo o pescoço dela, segurando-lhe o rosto, acariciando as bochechas com os polegares.

Stevie manteve Iris assim, deixando a língua explorar a dela, levando os lábios à orelha, ao pescoço, segurando o rosto dela como se sustentasse nas mãos uma espécie de tesouro que vinha procurando e por fim havia encontrado.

Iris inalou o cheiro de Stevie, todo feito de grama e noites de verão, enfiou as mãos por dentro da camiseta azul-marinho dela e deslizou a ponta dos dedos por aquela pele macia. Meu Deus, como queria aquela mulher. Queria-a por inteiro e não sabia o que isso significava, nem como enfrentaria o medo que sabia continuar adormecido em seu coração.

Só sabia que não podia dizer não.

Não queria.

Pela primeira vez em mais de um ano, talvez até desde o término com Grant, ou mesmo antes – talvez pela primeira vez na vida –, Iris quis dizer *sim*, sim para tudo, para cada palavra, pergunta e olhar silencioso.

Sim, sim, sim.

– Stevie – murmurou ela junto à boca da outra.

– Eu? – respondeu Stevie, arquejando de um jeito lindo.

– Posso te pedir uma coisa?

– Qualquer coisa. – Stevie beijou a testa de Iris. – Me pede qualquer coisa.

– Me leva pra casa? – Iris envolveu o rosto dela nas mãos, enfiando um cacho atrás da orelha. – Me leva pra casa, Stevie Scott, e me leva pra cama.

CAPÍTULO VINTE E NOVE

DEMORARAM UMA ETERNIDADE PARA chegar ao apartamento de Iris.

Stevie nunca havia tido um ataque de pânico causado por pura felicidade, mas tinha certeza de que estava prestes a passar por isso. Mal conseguia respirar enquanto corriam pela feira, rumo às calçadas de paralelepípedos de Bright Falls, e o cheiro de Iris a distraía, assim como sua risada e seu sabor, quando Stevie a puxou para o beco entre a padaria e o correio, beijando-a de encontro à parede de tijolos até as duas começarem a gemer.

– Precisamos de uma cama – ofegou Iris.

– Vou cuidar disso – garantiu Stevie, e a beijou de novo, apertando os quadris de Iris com os seus e sentindo os dedos dela agarrarem seus ombros.

– Mas vai mesmo? – respondeu Iris, rindo.

– Bom, você tá dificultando minha concentração.

– Sou só uma mulher na frente de outra mulher pedindo pra ela transar até desmaiar.

– Isso mesmo. – Stevie enterrou o rosto no pescoço dela. – Só de pensar não consigo nem andar direito.

Então Iris mordeu o lóbulo da orelha de Stevie, e todo o corpo dela irrompeu em arrepios.

– Você não tá ajudando.

Iris sorriu com malícia, e Stevie a puxou de volta para a rua, sem afrouxar o passo, nem mesmo olhando para ela até estarem dentro do prédio, subindo a escada até o apartamento.

Mas tiveram que enfrentar a porta, e Stevie não resistiu a agarrar Iris por trás enquanto ela procurava as chaves no fundo da bolsa, passando as mãos ao redor dos quadris e descendo até aquele calor delicioso entre as pernas.

– Nossa – disse Iris, empinando a bunda de encontro às coxas de Stevie.

Finalmente, conseguiu enfiar a chave na porta e estava no processo de virar a fechadura quando Stevie se lembrou.

– Ai, não – disse ela, cobrindo a mão de Iris com a sua na maçaneta.

– O que foi? – perguntou Iris, e riu. – Preciso te levar pra dentro e tem que ser agora.

– Tá bom, sim, mas... Eu meio que esqueci que mandei entregar uma coisa aqui hoje de tarde, quando você estava escrevendo lá no café.

Iris parou e virou o rosto para olhar para ela.

– Sério?

Stevie sorriu.

– Estou te cortejando, lembra?

Iris sondou o olhar dela com uma expressão nada menos que maravilhosa. Inclinou o rosto e deu-lhe um beijo suave.

– Adorei.

– Você nem sabe o que é ainda – argumentou Stevie.

– Não ligo. Adorei e pronto.

Stevie a beijou e a deixou abrir a porta. Entraram no apartamento mal iluminado e o cheiro as atingiu primeiro.

Doce e orgânico. Terroso.

– Ai, meu Deus! – exclamou Iris, acendendo a luminária que ficava no aparador da entrada.

A cor explodiu por toda a sala de estar e pela cozinha, revelando pelo menos dez vasilhas de vidro cheias de flores roxas ocupando o espaço.

– Íris roxa! – Iris pegou uma das vasilhas, encostando o rosto nas pétalas. – Como você sabia que essa era a minha flor preferida?

Stevie deu de ombros.

– Palpite? Você desenha essa flor em todos os seus planners. E também tem o nome. Achei que ia gostar do nome.

Iris riu, tirando uma única flor da vasilha e girando-a entre os dedos.

– Gosto, sim. Além disso, ela parece uma vulva, coisa que eu adoro.

Stevie riu, jogando a cabeça para trás.

– Você é uma verdadeira romântica, Iris Kelly.

– Olha pra ela! – Iris estendeu a flor para Stevie. – Não pode negar que parece uma xerec...

– Tá bom, flor. – Stevie tomou a íris da mão dela e a levou ao nariz. Então, enfiou a flor atrás da orelha dela e a abraçou. – Só pra você saber, pode ser que a Claire tenha deixado o pessoal da floricultura entrar.

Iris contraiu os lábios numa linha reta, mas Stevie percebeu que ela estava tentando não sorrir.

– Claire.

– Ela é romântica igual a mim.

Iris balançou a cabeça, mas a abraçou ainda mais.

– Adorei a surpresa.

A respiração dela roçou a boca de Stevie.

– Isso você já disse.

– É, mas agora eu adorei pra valer.

Stevie sorriu, sentindo o coração levantar voo dentro do peito.

– Qual é a *sua* flor favorita? – perguntou ela.

Stevie olhou para todas as íris.

– Tulipa. Amarela.

– Por quê?

Ela deu de ombros.

– Não sei. É simples mas forte, sabe? Tipo, as pétalas são supergrossas e resistentes. Eu gosto disso. Ela resiste ao vento e ao tempo.

Iris sorriu e suspirou enquanto olhava para a sala.

– Como você bancou isso? Sai caro comprar tanta flor. E o balão de ar quente, e a vinícola... tudo o que a gente fez nas últimas semanas. É demais, Stevie.

Stevie engoliu em seco, mas balançou a cabeça.

– Nada é demais pra você.

Por um tempo, Iris se limitou a olhar para ela, o peito subindo e descendo depressa. Então tirou o cabelo de Stevie da testa, enfiando os dedos por entre os cachos e aninhando a cabeça dela.

– Me leva pra cama *já*.

– Como quiser – disse Stevie, sentindo-se brega, romântica e cheia de desejo, tudo ao mesmo tempo.

Decidiu se entregar a tudo aquilo e levantou Iris nos braços como quem carrega uma noiva. Iris riu enquanto ela marchava pelo corredor.

– Ai, meu Deus, quem é você, a Mulher-Maravilha?

– Sou magra, mas sou forte – respondeu Stevie, entrando no quarto.

– Que delícia – disse Iris enquanto Stevie a colocava na beirada da cama.

Stevie esperava que uma pulasse em cima da outra, o tesão do começo da noite finalmente tomando conta delas, mas não: ficaram ali, uma contemplando a outra, ofegando. A forma como Iris olhava para ela era erótica e doce ao mesmo tempo, e desejou que aquilo nunca tivesse fim.

Stevie se aproximou, depois se abaixou, levantando o vestido fresquinho de Iris até os quadris. Estava com uma calcinha de algodão azul tipo biquíni, e ela nunca tinha visto nada mais sexy.

– Segura isso – disse, pegando os dedos de Iris e fechando-os na barra do vestido.

Então se ajoelhou, afastando as pernas de Iris e deixando as mãos subirem pelas coxas lisas. Encostou os lábios nela, por cima da calcinha.

– Ai, meu Deus – murmurou Iris, jogando a cabeça para trás. – Puta merda, Stevie.

Stevie a beijou e beliscou com os dentes, girando a língua sobre a mancha molhada no meio da calcinha e sentindo o gosto dela através do algodão.

Iris mergulhou a mão livre no cabelo de Stevie, segurando as mechas com firmeza enquanto sussurrava sacanagem. Stevie a lambeu, pronta para fazê-la gozar ali mesmo, mas, quando puxou a calcinha para o lado, lambendo o sexo nu, Iris a segurou com mais força, puxando-a e livrando sua boca.

– Peraí, peraí, peraí – pediu, fazendo Stevie se levantar.

– Você tá bem?

– Tô. – Iris soltou a barra do vestido para poder tirar a camiseta de Stevie. – Mas primeiro quero outra coisa.

Stevie sorriu quando Iris tirou também o sutiã *bralette* que ela usava, roçando os seios pequeninos com os dedos.

– Qualquer coisa.

– Boa menina. – Iris sorriu, abaixando a cabeça para chupar um dos mamilos de Stevie.

Stevie sibilou, arqueando as costas para dar ainda mais acesso a seu corpo. Iris desabotoou o jeans dela, arrancando-os das pernas. O pé de Stevie ficou preso por um instante, e as duas riram quando ela caiu na cama, chutando a roupa dos infernos.

– Muito melhor – disse Iris, jogando o próprio vestido num canto escuro e abrindo o sutiã.

– Que eficiente – comentou Stevie, contemplando aqueles seios divinos. – Gostei.

Puxou Iris para a cama e tirou a calcinha dela. A calcinha tipo boxer de Stevie foi a próxima a sumir, e ela se apoiou acima de Iris, beijando a barriga dela, deslizando a língua para cima em direção aos seios, os mamilos já endurecidos à sua espera.

– Você tem um gosto tão bom – murmurou, envolvendo os seios de Iris com as mãos enquanto lambia os mamilos. – Me diz que você quer.

Iris demorou a responder, passando as mãos pela barriga de Stevie até lá embaixo, explorando com os dedos entre os pelos úmidos e as dobras.

– Nossa. – Stevie encostou a cabeça entre os seios de Iris.

– Quero que você transe comigo – disse Iris ao mesmo tempo que enfiava os dedos com mais força dentro de Stevie, deixando-a louca de desejo.

Stevie conseguiu erguer a cabeça.

– Disso eu não tenho dúvida.

Tirou a mão de Iris de dentro dela, lambendo os dedos.

– Meu Deus – gemeu Iris, com as pupilas dilatadas.

– Me diz – repetiu Stevie entre lambidas – o que você quer.

Iris riu.

– Você é mesmo cheia de surpresas, sabia disso, né? Só esse seu jeito de dominadora já tá quase me fazendo gozar.

Stevie abriu um sorriso tão largo que as bochechas doeram. Não sabia ao certo por quê, mas saber que Iris a via assim, que a *enxergava*, depois de passar tantos anos sem que Adri enxergasse *nada*, era a definição da felicidade.

– Tudo bem. – Stevie beijou o esterno de Iris, com os olhos brilhantes ainda fixos nos dela. – Então meu lado dominador está mandando você me dizer o que quer. *Agora*, Iris.

Iris se contorceu embaixo dela, rindo.

– Já usou cinta?

Stevie parou, levantando a cabeça. Adri usava cinta, e Stevie sempre gostou, mas ela mesma nunca havia usado. Em geral, sua ex assumia o comando na cama, e Stevie sempre gozava, então nunca reclamava e mal pensava nisso. Naquele momento, porém, diante de Iris com aquele brilho safado nos olhos e os quadris rebolando debaixo dela, Stevie ficou encharcada com a ideia de penetrá-la, fazê-la gritar e ofegar.

A ideia de estar no controle.

– Nunca usei – respondeu Stevie. – Mas quero muito.

Iris levantou as sobrancelhas.

– Ótimo.

Ela empurrou Stevie com delicadeza para poder se levantar. Então, abriu a gaveta da mesa de cabeceira e tirou uma cinta de nylon preta e um dildo vermelho cintilante. Era liso e meio curvado na ponta, e fez Stevie apertar as pernas uma junto da outra.

– É... bem grande – disse ela.

Iris riu.

– Topa vestir a cinta? Tá tudo limpo.

– Topo. – Stevie se ajoelhou na cama e rastejou até o lado de Iris. – Mas você vai ter que me mostrar como vestir.

Apoiou as mãos nos quadris dela e a beijou.

– Deixa comigo – sussurrou Iris entre os beijos.

Ficaram assim por um tempo antes de Iris encaixar a base circular e plana do dildo no anel da cinta; em seguida, ajudou Stevie a passar as tiras pelas pernas.

– E isso aqui é pra você – disse Iris, brandindo um pequeno vibrador tipo *bullet* verde-hortelã.

– Ah, é?

Iris deu uma risadinha.

– Ah, é, sim.

Ela encaixou o bullet num bolsinho na parte interna da cinta, que ficaria bem junto do clitóris. Stevie respirou fundo quando o dedo de Iris roçou o sexo dela, e mais uma vez quando ela ligou o dispositivo. Uma vibração suave tomou conta do centro de prazer de Stevie e desceu pelas pernas. Iris a beijou, engolindo os gemidos dela enquanto ajustava a cinta em volta dos quadris.

– Quero você dentro de mim – disse Iris junto da boca dela, e passou os dedos ao longo do dildo.

– Você... precisa de lubrificante? – perguntou Stevie, tentando respirar normalmente.

Iris balançou a cabeça, negando.

– Já tô bem molhada. Só preciso de você.

Stevie agarrou os quadris dela, puxando-a de volta para a cama, e foi logo atrás, sem nunca deixar de fitar os olhos de Iris.

– Meu Deus, como você é linda – disse Stevie, passando as mãos pelo corpo de Iris, saboreando-a com os dedos.

Iris sorriu e abriu as pernas. Seu sexo era tão lindo quanto ela toda, molhado e pronto, e Stevie não resistiu: abaixou-se, beijando-a bem ali onde a perna se encontrava com o quadril, de um lado... depois, do outro. Iris fez um som que parecia um rosnado, arqueando as costas, e Stevie deslizou a língua para cima antes de fechar a boca ao redor daquele sexo, beijando e chupando.

– Meu Deus, Stevie. – Iris segurou o cabelo dela com o punho. – Por favor.

– Por favor, o quê? – perguntou Stevie, levantando a cabeça.

– Me come agora. Por favor – pediu Iris, fechando os olhos com força, mordendo o lábio inferior.

Stevie a beijou mais uma vez antes de se sentar entre as coxas dela. Abriu Iris com os dedos, e a visão que teve foi tão deslumbrante que quase a fez gozar. O *bullet* continuou a trabalhar, levando-a devagar rumo a um frenesi enquanto passeava com os dedos pelas dobras de Iris.

– Você tá *tão* molhada – disse ela, mergulhando o polegar naquele calor e depois retirando-o.

Iris ergueu os quadris em direção ao teto, rindo.

– Eu disse que estava. Eu te quero tanto, Stevie.

Stevie posicionou a cabeça do dildo na entrada de Iris, debruçando-se para beijá-la.

– Sou sua – disse junto à sua boca.

– Então me come. Me come agora, por favor!

Stevie se ergueu mais uma vez para se concentrar, esbaldando-se com a visão do dildo vermelho deslizando para dentro do calor úmido de Iris.

Ela gemeu, levantando os braços acima da cabeça.

– Assim? – perguntou Stevie.

Iris fez que sim, gemendo.

– Mais!

Stevie entrou mais fundo, com mais força, até Iris arquear as costas e gemer:

– Isso. Assim mesmo.

Ela abriu os olhos, respirando muito rápido, e agarrou a cintura de Stevie.

– Vem cá – disse, puxando todo o corpo de Stevie por cima dela.

Stevie se apoiou nos antebraços, beijando Iris enquanto rebolava devagar, adorando a sensação das pernas dela fechadas em volta da cintura, da boca ofegando junto à sua.

– Tá gostando? – perguntou, arremetendo os quadris. – Gosta de me sentir dentro de você?

Iris arqueou os próprios quadris, gemidos e gritinhos inarticulados transbordando de sua linda boca.

– Gosto! – conseguiu dizer afinal. – Isso, assim, me come, ai, assim.

Stevie acelerou o ritmo, sentindo o suor se acumular na testa, o *bullet* a levando ao próprio limite enquanto enterrava o rosto no pescoço de Iris, entre os seios dela, beijando aquela boca enquanto a penetrava com mais força, dando tudo o que ela pedia.

– Ai... isso... assim... – disse Iris. – Vou gozar!

– Goza – respondeu Stevie, perto do limite. – Goza pra mim.

– Ah, Stevie, eu...

O corpo inteiro de Iris se retesou e estremeceu enquanto ela gritava para o alto, gozando, cravando as unhas na pele dos quadris de Stevie, que não parou, rebolando até sentir as próprias pernas começarem a tremer, o próprio orgasmo correndo em sua direção como um maremoto.

– Nossa – disse ela, enterrando o rosto no pescoço de Iris, fechando as mãos nos lençóis enquanto desabava em cima dela, a visão escurecendo por uma fração de segundo enquanto gemia.

Mesmo assim, nenhuma das duas diminuiu o ritmo. Iris continuou abraçando o corpo de Stevie com as coxas, agarrando a bunda dela com as mãos e fazendo-a ir e vir, entrar mais fundo e apertar ainda mais o *bullet*.

– Não para – disse ela.

E Stevie não parou. Continuou o vaivém até as duas gozarem outra vez numa série de palavrões e gemidos. Stevie mordeu o ombro de Iris com força suficiente para deixar uma marca, e Iris rugiu o nome dela, o som mais lindo que Stevie já tinha ouvido.

– Minha nossa – sussurrou Iris, de forma quase inaudível enquanto os pulmões arfavam.

Stevie encostou o rosto no pescoço úmido dela. Achava que não era capaz de falar, muito menos de se mexer.

Iris apertou o traseiro dela mais uma vez antes de subir com as mãos, a ponta dos dedos pairando pelas costas e pelo pescoço até encontrar o cabelo.

– Acho que morri – Stevie conseguiu dizer por fim. – Você me matou, Iris Kelly.

Iris riu, acomodando a perna mais acima dos quadris de Stevie.

– Morrer de prazer. Não é um jeito ruim de partir.

Stevie levantou a cabeça e a beijou uma vez.

– Não mesmo.

Saiu de dentro de Iris, abriu a cinta e desligou o *bullet* antes de largar tudo no chão para poder envolvê-la nos braços.

– Espero que os vizinhos não estejam em casa – comentou Iris, aninhando-se junto de Stevie e suspirando feliz enquanto abraçava a cintura dela.

– Ai, meu Deus. Se estiverem, acabaram de ouvir um show.

– E bota show nisso. – Iris sorriu. – É um casal. Dois fofos de uns 40 e poucos anos, acho.

Ela inclinou o rosto para beijar Stevie. Ficaram assim por um tempo, peito com peito, só beijando e tocando. Iris tinha acabado de rolar para cima de Stevie, sussurrando no seu ouvido o quanto queria sentir o gosto dela, quando ouviram aquilo.

Era o som distinto de uma cabeceira colidindo num ritmo constante com a parede, além do gemido abafado de uma mulher no ápice do prazer.

As duas ficaram paradas, encarando-se com os olhos arregalados enquanto os vizinhos de Iris, cujo quarto devia estar logo ali, do outro lado, transavam fazendo o maior alarde.

– Ai, meu Deus – murmurou Iris, cobrindo a boca enquanto ela e Stevie gargalhavam.

– Acho que isso responde à dúvida sobre terem nos ouvido ou não.

– Aposto que a gente consegue gemer mais alto – disse Iris, levantando uma das sobrancelhas.

Stevie sorriu.

– Ah, consegue, sim.

E passaram a hora seguinte provando que tinham razão.

Um pouco mais tarde, depois de transar devagar e languidamente no sofá da sala, com a tigela cheia de pipoca abandonada na mesa de centro e *De repente 30* passando na TV sem que ninguém prestasse atenção, acomodaram-se na cama.

Stevie ficou deitada de conchinha, na frente, do jeito que gostava. Adorava sentir outra pessoa – Iris – cercando-a, acolhendo-a. Mas, com o passar dos minutos, sentindo-a cair num sono pesado, não conseguia aquietar a própria mente.

A ansiedade transbordou, e tudo o que aconteceu naquela noite passou por sua cabeça como um filme. Foi sensacional, mas aquela noite depois da Taverna da Stella também tinha sido.

E se...
Será que Iris queria mesmo...
Como Stevie ia lidar com...

As perguntas rodopiavam, aumentando a frequência cardíaca, secando a boca.

– Iris? – sussurrou.

Tinha certeza de que ela estava dormindo, então ficou surpresa quando Iris se aconchegou na nuca dela e respondeu:

– Hmm?

Stevie suspirou e se virou nos braços de Iris, ficando de frente para ela, que estava linda assim, sonolenta. Feliz.

– Você tá bem? – perguntou Iris.

Stevie demorou um pouco para responder, mas fez a principal pergunta que a mantinha acordada.

– Você... não vai me mandar embora de manhã, vai?

Iris ficou com os ombros tensos; só um pouquinho, só o bastante.

– Tudo bem se estiver com medo – disse Stevie. – Só não esconda isso de mim. Também estou com medo.

Iris fechou os olhos por um instante, relaxando o corpo. Stevie acariciou o rosto dela com a ponta do dedo.

– Não vou te mandar embora. Prometo.

– É isso que você quer?

– É – respondeu Iris, e riu, com a voz meio trêmula. – Quero você aqui amanhã. E depois de amanhã. Talvez até no dia seguinte.

Stevie riu, sentindo um alívio desconhecido fazer a ponta dos dedos formigar. Sabia que Iris não estava mentindo; nunca mentia sobre esse tipo de coisa e nunca fazia nada que não quisesse fazer.

– Eu aguento – disse Stevie. – Mas na segunda eu trabalho no Tinhosa.

Iris inclinou o rosto para beijá-la.

– Então vou aproveitar cada segundo.

CAPÍTULO TRINTA

TRÊS DIAS DEPOIS, STEVIE FOI EMBORA imersa numa névoa de sexo e comida entregue em domicílio, com o cheiro de Iris ainda na pele mesmo depois do banho. Preferiu não passar por seu apartamento antes de ir trabalhar no Tinhosa, decidindo usar o próprio jeans, que havia incluído entre as roupas que Iris deixou lavando e secando, e uma camiseta emprestada. A camiseta ficava meio folgada, um tamanho maior que o seu, revelando a faixa de arco-íris do top preto, mas ela não se importou. No Tinhosa, valia tudo, e ela adorava a ideia de usar uma roupa de Iris... o que significava que estava mesmo gamada naquela mulher.

Sorriu para si mesma ao empurrar a pesada porta de madeira do café.

– Aí! – resmungou Effie detrás do balcão, servindo uma xícara de expresso. – Tá atrasada.

Stevie olhou para o celular.

– Dois minutos.

– Dois minutos atrás, eu devia estar no escritório fazendo o pagamento de vocês, manés, então bate o ponto logo.

– É sempre um prazer te ver, Eff – respondeu ela, sorrindo.

Effie praticamente rosnou para Stevie, que riu quando a chefe passou por ela rumo à sala dos fundos.

Stevie bateu o ponto e estava guardando a bolsa num dos armários quando o celular vibrou. Ela o tirou do bolso de trás, já ansiosa por uma mensagem de texto de Iris.

Mas não era dela.

Ren: Você tá me evitando

Stevie passou a mão no cabelo e digitou: **Não tô, não.**

Porém, meio que estava, sim. Nas semanas desde a visita da Dra. Calloway e da subsequente oferta de interpretar Rosalinda, Stevie fez tudo que pôde para evitar aquela situação.

Isso incluía ficar longe de Ren e Adri, que já sabiam da oferta e haviam deixado bem claro o que pensavam a respeito – Adri com seu silêncio e Ren com sua insistência autoritária para que Stevie largasse toda a vida dela e se mudasse para Nova York. Adri estava cuidando da peça em modo crise, sempre ocupada com detalhes do jantar beneficente que se seguiria à apresentação na noite de encerramento de *Muito barulho*, então foi fácil evitá-la. Com Ren foi mais difícil, mas elu também ficava às voltas com os figurinos sempre que estava no Imperatriz, e seu trabalho diurno também ocupava muito tempo.

É verdade que Stevie havia recebido algumas mensagens de texto – tá, *muitas* mensagens – e simplesmente não tinha respondido, mas, em sua defesa... bom, estava com Iris.

Guardou o telefone no bolso e tomou o lugar de Effie atrás do balcão, perdendo-se no leite fumegante e desenhando folhas e flores na espuma dos cafés artesanais. Apesar do trabalho repetitivo, ela bem que gostava de preparar as bebidas. Era rápido e divertido, e a chefe pagava bem mais do que o salário-mínimo.

– Valeu, Tim – disse ela, percebendo o celular vibrar de novo enquanto entregava um macchiato a um freguês.

– Se cuida, Stevie – respondeu ele, remexendo o bigode em formato de guidão ao falar.

Ela assentiu e, em seguida, enxugou as mãos numa toalha para poder ver as mensagens.

Ren: Tá no trabalho? Eu tava pensando em passar aí

Os polegares do Stevie pairaram sobre a tela. Era raro mentir para Ren – pensando bem, com exceção do namoro de mentira, não conseguia lembrar nem uma única mentira que já tivesse lhe dito –, mas também não queria que a atitude de "sei o que é melhor pra você" de Ren estragasse seu bom humor naquela hora.

Stevie: Não. Tô na rua. Conversamos depois?

– É claro que você *não* tá mentindo pra mim.

Stevie deu um gritinho e o celular voou pelos ares, pousando com um estalo no balcão de aço inoxidável.

– Tomara que tenha quebrado – disse Ren, que estava diante do balcão, só um pouco à esquerda da máquina de expresso, onde Stevie não tinha visto. – Tomara mesmo.

– Nossa, Ren.

Stevie pegou o celular, grata ao ver que a tela continuava inteira. Enfiou o telefone no bolso de trás e começou a preparar o pedido seguinte.

– O que você tá fazendo?

– Estou sendo leal. – Ren se acomodou numa banqueta. – E você, Stefania, tá fazendo o quê?

Stevie terminou a última bebida da fila e a deixou no balcão de retirada.

– Olha, desculpa. Andei ocupada.

– Ocupada.

– Com a peça. Com o trabalho.

– E com Iris.

– Bom, é. – Stevie não pôde impedir o sorriso que se abriu em seus lábios. – Eu gosto dela.

– Tá bom. Legal. E Nova York?

Stevie suspirou. Ren sempre ia direto ao assunto.

– Não sei.

– Como pode não saber? Stevie. É o Delacorte. É a Thayer Calloway. É o Delacorte!

Ela apoiou as mãos no balcão, concentrando o olhar nas gotas de leite e expresso derramadas ali.

– Eu sei.

– Sabe, é? – Ren ergueu as sobrancelhas até o topete. – Porque parece que não faz a menor ideia. É o seu sonho, Stevie. Você passou os últimos... o quê, cinco anos...?, dizendo que precisava aumentar seu alcance, aprimorar sua arte, sair da região e ir para um lugar onde pudesse atuar em tempo integral.

– Eu nunca disse que precisava sair da região.

– Bom, tá certo, quem disse isso fui eu, e você sabe que é verdade.

– Muita gente atua em tempo integral em Portland, Ren. Olha a Adri.

Ren riu, mas não foi de alegria.

– Um patrocinador a menos e a Adri vai ter um infarto aos 28. Você quer mesmo esse tipo de estresse?

Stevie bufou.

– Você acha que eu não vou viver na pindaíba se sair do Tinhosa e tentar atuar em tempo integral… e ainda por cima em Nova York? Eu já mal consigo pagar as contas aqui. Esse tipo de vida não oferece nenhuma garantia, Ren.

– Então por que você insiste?

A pergunta pesou, a respiração e a frequência cardíaca de Stevie já aceleradas. Ficou encarando Ren sem uma resposta pronta para dar.

– Pois é – disse elu, que sempre parecia ter uma resposta. – Você insiste porque é isso que ama, e você arrasa no que faz. É melhor do que qualquer pessoa que já vi no palco, e não tô falando da boca pra fora. Stevie, deixa disso. Do que você tem tanto medo?

Ela balançou a cabeça e desviou o olhar. Aquela pergunta tinha respostas infinitas, da mundana à existencial. Tinha medo de fracassar. De ficar só. De se deslocar pelo sistema de metrô de Nova York. De ficar sem dinheiro. De fazer teste após teste após teste e nunca ser contratada. De decepcionar a Dra. Calloway. De atuar num palco ao lado de um nome legitimamente famoso e fazer papel de boba, topar com ratos, não conseguir pagar seus remédios…

Cite qualquer coisa; Stevie provavelmente tinha medo dela. E ainda tinha…

– O motivo é a Iris? – perguntou Ren.

Stevie levantou a cabeça de repente.

– Quê?

– É ela, né? Pelo menos em parte.

– Não é…

– Eu vi vocês, Stevie. Vocês duas. Você tá caidinha por ela, e tudo bem. Não é bem o que imaginei quando sugeri que você precisava de uns contatinhos pra esquecer a Adri, mas beleza. Tô feliz por você. Ela é legal e dá pra perceber que também tá doida por você.

Um sorrisinho se abriu nos lábios de Stevie, e Ren com certeza notou, porque revirou os olhos.

– Mas diz que você não vai recusar essa oportunidade única por causa de uma mulher – continuou Ren. – Diz que não é isso que tá acontecendo.

Stevie esfregou as têmporas sem olhar para elu.

– Olha, ainda não dei a resposta pra Dra. Calloway porque...

Stevie se calou, porque não fazia ideia de como terminar a frase, e tanto ela quanto Ren sabiam disso. Medo, claro. Mas havia milhares de outros fatores em jogo, fatores que ela não sabia como administrar.

– O que a Iris acha disso? – perguntou Ren.

Stevie ficou de boca aberta por uma fração de segundo antes de fechá-la. Ren arregalou os olhos.

– Putz. Você não contou pra ela... Né?

Stevie esfregou o rosto com a mão.

– Não acredito numa coisa dessas. – Ren respirou fundo pelo nariz. – Tá bom. Vou falar de uma vez, Stevie. Você não vai gostar, mas... rapadura é doce, mas não é mole, não. Tá pronta?

Ela cruzou os braços, olhando para o chão.

– Tá bom – disse Ren. – É o seguinte. Você passou os últimos dez anos girando em torno da Adri Euler.

– Eu não...

Ren levantou a mão.

– Me deixa falar. Depois você pode me evitar quanto quiser.

Stevie apertou a boca, os olhos já começando a arder.

– Você passou os últimos dez anos girando em torno da Adri Euler – repetiu Ren, com a voz baixa e trêmula. – Seguia ela, fazia tudo o que ela pedia, e eu entendo. Ela foi seu primeiro amor e tem personalidade forte. Beleza. Mas sabe de uma coisa? Quando vocês se separaram, me deu um baita alívio. Amo vocês duas, mas o relacionamento de vocês era tóxico, e fiquei feliz porque ela finalmente teve coragem de terminar, porque você nunca faria isso.

Stevie franziu a testa, sentindo um aperto no peito pela falta de confiança de Ren. Mesmo assim, não podia negar. Sabia que elu tinha razão: passou muito tempo sem conseguir enxergar quem Adri era de fato.

– Depois ela te envolveu em mais uma peça, e eu quase tive um troço de tanta raiva – disse Ren. – Mas aí chegou a Iris e eu pensei, opa, talvez ela seja legal pra Stevie. Um recomeço. Uma nova perspectiva. Mas você voltou pro mesmo ponto onde estava com a Adri.

– Iris não é Adri – protestou Stevie. – Eu entendo o que você tá dizendo, Ren. Entendo mesmo. Adri era controladora. Agora eu percebo isso, tá? Eu deixava ela decidir tudo, é verdade, mas a Iris não é assim. Ela me deixa ficar no controle. Ela conversa comigo e me ajuda a lidar com a ansiedade. Não tem nada a ver com a Adri.

Ren assentiu.

– Tá bom. Justo.

Stevie soltou o ar, esperando que aquela conversa horrível estivesse chegando ao fim. Mas foi então que elu apoiou os braços no balcão, inclinando a cabeça com aquele olhar objetivo e apavorante, e disse:

– Mas, se tudo isso é verdade, se você não tá fazendo sua vida inteira e seu amor-próprio girarem em torno de uma mulher por quem obviamente está apaixonada, por que não contou pra ela sobre Nova York?

Stevie encarou Ren. Dezenas de justificativas tomaram conta de sua mente: não teve tempo de contar para Iris, não decidiu o que queria fazer, não queria arruinar os encontros das duas... mas, no fundo, sabia a verdadeira resposta.

Estava com medo.

Com medo de que Iris dissesse "vá"... E com medo de que dissesse "não vá".

Ren balançou a cabeça e respirou fundo.

– Preciso voltar para o trabalho.

– É – respondeu Stevie. – Então tá.

– Escuta. – Ren estendeu a mão por cima do balcão e pegou a de Stevie. – Eu te amo. Você sabe disso, né?

Stevie só conseguiu fazer que sim, com as lágrimas prestes a escapar enquanto Ren saía pela porta.

CAPÍTULO TRINTA E UM

IRIS KELLY SE TRANSFORMOU em seu pior pesadelo.

Desde a noite da feira, mais de um mês antes, não conseguia parar de pensar numa certa lésbica de cabelo cacheado. Não conseguia parar de mandar mensagens para ela dizendo que estava com saudades. E não conseguia parar de sorrir o tempo todo quando estavam juntas.

Mal haviam se passado quarenta dias desde o começo daquele namoro oficial e *muito* verdadeiro com Stevie, e Iris já era um desastre total.

A turma toda adorou a notícia, é claro. Principalmente Claire. Iris até se dignou a sair numa turma de quatro casais, incluindo Simon e Emery, e precisava admitir que era gostoso andar de mãos dadas com alguém. E não era qualquer mão: a de Stevie era macia, um pouco calejada do trabalho no Café Tinhosa, e se encaixava perfeitamente na dela.

Até contou aos pais sobre Stevie, embora se recusasse a apresentá-la para eles antes do lançamento do romance *Até nosso próximo encontro*, na Rio Selvagem, em outubro. Lá, pelo menos, estariam cercadas de pessoas amigas, tornando quase impossível para Maeve mostrar a Stevie todas as fotos de Iris bebê que ela sem dúvida levaria consigo, e fazer insinuações intermináveis sobre alianças e vestidos de noiva.

Apesar de toda aquela felicidade romântica de dar nojo, de vez em quando Iris tinha um lampejo de memória – com Jillian, Grant ou algum babaca da faculdade. Nessas horas, ficava travada e surtava por um instante, mas Stevie Scott era especialista em acalmá-la. Aquela mulher só precisava olhar para Iris para perceber o que estava acontecendo; então ela a tomava nos braços, embalando-a ao ritmo de uma música lenta inaudível. Já haviam dançado em todos os lugares: restaurantes, pistas de boliche, mercados e até o postinho de pronto-socorro de Bright Falls quando Iris acordou numa manhã no final de julho com febre e dor de garganta.

Dançaram até no palco, bem no meio de uma apresentação de *Muito barulho*, na cena em que Benedita e Beatriz confessavam se amar. E, numa noite da semana anterior, Stevie mergulhou de cabeça na cena, tomando Iris nos braços e girando-a pelo palco enquanto gritava:

– "Por minha espada, Beatriz, tu me amas!"

Iris riu, beijou Stevie ali mesmo, no palco, e sussurrou de encontro ao rosto dela:

– "Não jure; antes, engula a sua espada."

A plateia foi ao delírio, e Iris também. No palco, Stevie era magnética, pura magia, e Iris não conseguia tirar os olhos dela, nem quando esperava nos bastidores, assistindo a alguma cena que não incluía Beatriz.

A peça estava indo bem, com a casa quase lotada em todas as apresentações desde a estreia, no começo de agosto. Àquela altura, conforme o clima esfriava e chegavam ao fim da temporada, preparando-se para a noite de encerramento, o jantar beneficente e o leilão, Iris estava absolutamente exausta. Era cansativo atuar numa peça quatro vezes por semana durante um mês; além disso, nas horas vagas, estava fazendo os ajustes que a agente havia pedido no segundo livro. Mas era um cansaço gostoso, produtivo, e Iris sentia uma pontada de tristeza ao pensar que seu tempo no Imperatriz ia acabar.

– Não tem que acabar, sabia? – disse Stevie, abraçando-a e beijando a nuca dela.

Estavam na cama de Stevie, na manhã da última apresentação, e Iris riu.

– Ah, tá. Mesmo que eu tivesse tempo pra participar de outra peça, trabalhar pra sua ex não é exatamente um sonho.

Ela sentiu Stevie sorrir de encontro à sua pele.

– Ela até que não anda tão ruim.

– Só porque tá ocupada demais com os planos pra hoje à noite. Na semana passada, ela disse que a minha Beatriz era sentimental demais. Dá pra acreditar? Eu, Iris Kelly, nunca fui acusada de tal crime.

Stevie a abraçou com mais força, envolvendo um de seus seios nus com a mão.

– Bom, talvez minha Benedita audaciosa e irresistível esteja te afetando mais do que você imaginava.

Iris se virou nos braços de Stevie, enfiando um cacho solto atrás da orelha dela.

– Talvez.

– Existem coisas piores.

– Pois é.

Iris inclinou o rosto para beijá-la.

O beijo logo se tornou ardente e ávido, e dentro de quinze minutos estavam ofegando, sussurrando *isso*, *nossa* e *ai, meu Deus* enquanto se esfregavam uma na outra até gozarem, com pressa e com gosto.

– Meu Deus, mulher – exclamou Iris ao recuperar o fôlego. – Acho que perdi uns dois quilos desde que a gente começou essa história, de tanto transar.

Stevie riu, passando a mão pelo lado de fora da coxa macia de Iris.

– Então preciso te dar um pedaço de bolo.

– Astrid faz uns bolos maravilhosos. Meu preferido é um de chocolate meio amargo e caramelo que tem sete camadas.

– Anotado.

Iris sorriu, depois pegou o celular e olhou as horas.

– Putz. Que horário você combinou com a Adri?

Stevie gemeu e desabou no travesseiro.

– Meio-dia. Que horas são?

– Quase onze.

– É. Daqui a pouco tenho que sair.

Stevie havia prometido para Adri que ajudaria com o jantar e o leilão, que aconteceriam num salão nos fundos do Nadia's, um restaurante chique e lgbtq+ em Portland, a menos de uma quadra do Imperatriz. Iris se juntaria a elas depois, mas o prazo para a edição do livro terminava dali a dois dias, e precisava trabalhar um pouco naquela tarde antes de ir para o teatro.

– Escuta – disse ela antes que Stevie pudesse fugir da cama. – O que você vai fazer depois? Faz tempo que quero perguntar.

Stevie estreitou um pouco os olhos.

– Depois?

– É. Depois de hoje, *Muito barulho* acaba. Tem algum teste na agenda, ou então sabe de alguma peça que vá estrear na cidade?

– Ah – respondeu Stevie, e contraiu os lábios.

– Sei que você não quer mais fazer teatro comunitário – comentou Iris, cutucando o braço dela. – Precisa que te paguem.

Stevie fez que sim, mas olhou para o teto, piscando, sem dizer nada. Vinha fazendo aquilo com frequência ou, pelo menos, sempre que falavam da peça, ou das peças que ela havia feito no passado, de seus papéis dos sonhos e objetivos para o futuro. Era sempre Iris quem tocava no assunto, e Stevie era quem o encerrava. Iris deixava estar, por entender que a próxima etapa era incerta; poucos meses depois de fechar a Desejos de Papel, antes de decidir que tentaria escrever, tinha esgotado suas economias enquanto um pânico constante fervia logo abaixo da pele. Sem dúvida sabia que Stevie precisava de um plano, mas não queria subestimar a capacidade da própria Stevie de descobrir como se virar.

– Não sei – respondeu Stevie baixinho. – Vamos ver o que acontece.

Saiu da cama, virou-se para beijar Iris na testa e foi direto para o chuveiro.

Iris estava sentada de pernas cruzadas na cama de Stevie, completamente entrincheirada no mundo de Tegan e Briony, tentando descobrir como atender ao comentário de Fiona sobre a motivação de Tegan para terminar o relacionamento no terceiro ato ser fraca demais, quando ouviu alguém bater na porta.

Primeiro, ignorou. O apartamento não era dela, e sua mente estava a ponto de realizar um grande progresso na trama, tinha certeza. Sabia que nem todo o público dos romances gostava da separação típica do casal no terceiro ato, e Iris tinha lido sua cota de livros sem isso e gostado muito da variação, mas, pessoalmente, adorava aquela ruptura cheia de drama. Apreciava o sofrimento, as emoções, os obstáculos que as personagens precisavam enfrentar em si mesmas e no relacionamento para ficarem juntas de fato, tudo seguido pela feliz reconciliação.

Tinha acabado de começar a digitar, pensando em aumentar o acesso aos pensamentos mais íntimos de Tegan, quando ouviu mais uma batida.

– Iris?

Ela parou ao ouvir seu nome.

– É Ren – disse elu.

Iris fechou o laptop e correu em direção à porta do apartamento.

– Desculpa – disse ao destrancá-la e abri-la, vendo Ren de terno cinza justo, camisa e gravata pretas e sapato Oxford de salto vermelho-vivo.

– Nossa, você tá sensacional.
Ren sorriu.
– Valeu. É uma noite importante e tal.
Iris assentiu enquanto Ren entrava.
– A Stevie saiu.
– Eu sei.
Ren avançou pela sala, com as mãos nos bolsos.
– Ah – disse Iris. – Então você veio aqui pra falar comigo?
Elu se virou para ela, os olhos bem delineados e meio cintilantes.
– É.
– Tá tudo bem? – Iris franziu a testa. – Ai, meu Deus, a Stevie tá bem?
– Não é isso, ela tá ótima.
– Tá. Então...
– Vamos sentar? – perguntou Ren.
– Prefiro ir direto ao assunto – respondeu Iris.
Cruzou os braços; tudo nela estava em alerta máximo.
– Justo – disse Ren, e suspirou. – Olha, só preciso te fazer uma pergunta.
Iris ergueu as sobrancelhas, esperando.
– A Stevie te contou sobre Nova York?
Ela ficou olhando para Ren, digerindo as palavras.
– Nova York.
Ren fechou os olhos.
– Vou entender isso como um não.
– Ren, do que você tá falando?
Elu balançou a cabeça e afundou no sofá. Iris continuou à espera, o coração batendo rápido demais, apesar das tentativas de respirar fundo.
– Eu não queria fazer isso – declarou Ren. – Fiquei procurando sinais de que Stevie tinha contado pra você, mas é óbvio que não contou, e eu não sabia nem se ia te ver de novo depois de hoje. Aí seria tarde demais.
– Tarde demais pra quê? – perguntou Iris, a voz cortante como uma navalha.
Quando ficava ansiosa, tornava-se ríspida e sabia disso, mas naquele momento não conseguia evitar.
Ren apoiou os cotovelos nas pernas abertas, juntando a ponta dos dedos de ambas as mãos.

– A Stevie foi convidada pra interpretar a Rosalinda de *Como gostais* em Nova York, no verão que vem.

Iris ficou olhando para Ren, surpresa.

– Ela...

– No Shakespeare in the Park, do Teatro Delacorte.

Um zumbido soou nos ouvidos de Iris, parecendo a explosão de uma pequena bomba.

– Primeiro de setembro é o prazo pra aceitar – continuou Ren. – Nem preciso te dizer que é uma oportunidade enorme.

– Primeiro de setembro.

De repente, Iris não reconheceu a própria voz. Tinha virado um sussurro frouxo.

Ren assentiu.

– Daqui a dois dias.

Iris praticamente desabou na poltrona cinza e gasta diante do sofá.

– Como... Ela... Por que ela não me contou?

Ren inclinou a cabeça.

– Ela teria que morar em Nova York, pelo menos a partir de janeiro, quando os ensaios começam, até o final de julho. Teria que largar tudo. E todo mundo.

Iris deixou a cabeça cair nas mãos, a mente girando em volta de tudo o que elu parecia insinuar.

– Quando? – perguntou ela, sem erguer o rosto.

– Quando o quê?

– Quando convidaram a Stevie.

Por um instante, Ren não disse nada.

– Mês passado. Sabe aquela mulher negra que passou no Imperatriz há um tempo? É a Thayer Calloway, a professora preferida da Stevie na faculdade. É ela quem vai dirigir o Delacorte no verão.

Aquele foi o dia em que Iris e Stevie foram para a cama juntas pela primeira vez, depois de sair da Taverna da Stella. Fazia um mês e meio, e Stevie não tinha dito nada sobre o tal convite. Uma miríade de emoções se derramou no peito de Iris. Mágoa, raiva, entusiasmo, medo, orgulho; uma mistura confusa que ela nem conseguia começar a analisar.

– Enfim – disse Ren. – Se estivesse no seu lugar e alguém que amo tivesse a oportunidade de mudar de vida, eu... bom, eu gostaria de saber.

Iris ergueu o olhar, sentindo aquela palavra se agarrar em volta dos pulmões.
Amor.
Merda.
Será que ela... Será que Stevie...
Engoliu o nó na garganta e fez que sim com a cabeça.
– É. Obrigada por me contar.
– Lamento fazer isso numa hora tão ruim.
Iris gesticulou. Precisava que Ren fosse embora. Precisava pensar, chorar, gritar até os vizinhos baterem na parede para ela calar a boca.
– A gente se vê mais tarde? – perguntou elu, levantando-se.
Iris só conseguiu fazer que sim com a cabeça enquanto Ren saía, imaginando o que dizer para Stevie quando a visse, como fitá-la nos olhos.
Arrastou-se de volta para a cama, olhando para o laptop, todos os pensamentos sobre Tegan e Briony reduzidos a névoa. Não conseguiria voltar a escrever. Mal conseguia respirar.
Amor.
Fechou os olhos, sentindo uma dor conhecida se aglomerar em volta do coração. Porque sabia da oferta que Stevie recebera, e não podia *dessaber*. Não podia ignorá-la. Nem Stevie.
Nova York.
A quase 5 mil quilômetros de distância.
Mas era *Nova York*. O Delacorte. Até Iris sabia que era uma oportunidade enorme.
Transformadora.
E Stevie...
Iris não sabia o que pensar nem o que sentir. Em vez de tentar descobrir, abriu a bolsa e pegou o iPad, arrastando-se de volta para a cama. Abriu a pasta S&I e criou um arquivo em branco.
Desenhou durante as duas horas seguintes, até ter que começar a se preparar para a última vez em que interpretaria Beatriz no palco. Fez a ilustração de uma mulher de cabelos cacheados, olhos brilhantes como âmbar, braços abertos e um sorriso de êxtase no rosto, sozinha numa rua de Nova York.

CAPÍTULO TRINTA E DOIS

NAQUELA NOITE, O TEATRO IMPERATRIZ estava lotado. Adri concordou em vender ingressos extras, trazendo mais cadeiras para acomodar nos fundos do teatro. Stevie sentiu a energia do elenco no instante em que entrou no camarim.

– Escuta isso – disse Jasper, abrindo um jornal com um gesto dramático.

Stevie viu o título *The Seattle Times* na primeira página.

– "Com um elenco diverso e lgbtq+ que lança uma luz renovada e erótica sobre o clássico de Shakespeare" – leu Jasper, olhando de soslaio para ela –, "é Stevie Scott, no papel de um Benedito que se identifica como mulher, terna e magoada em seu íntimo, que diferencia essa montagem. Ao lado da estreante Iris Kelly como Beatriz, o casal exala no palco uma tensão quase orgástica."

– Deixa eu ver – pediu Stevie, pegando o jornal.

Releu a resenha, que também tecia elogios à direção e ao desempenho de várias outras pessoas do elenco principal. Mesmo assim, sentiu as bochechas esquentarem ao ver seu nome e o de Iris lado a lado no *Seattle Times*. Já fora avaliada em jornais antes, mas aquela crítica parecia especialmente luminosa. Mal podia esperar para mostrá-la a Iris.

– Posso ficar com esse jornal? – perguntou a Jasper.

– Pode, vai lá, mostra pra sua namorada.

– "Quase orgástica"? – citou Peter, passando rímel nos cílios. – Queria que me descrevessem assim uma vez que fosse.

– Não consegue chegar até o fim, não, Peter? – provocou Zayn, fazendo biquinho.

Peter mostrou o dedo do meio para elu.

– Tô falando do meu desempenho no palco, besta.

– Aham, claro.

Ainda estavam trocando farpas quando Iris finalmente entrou no camarim. Ao vê-la, Stevie sentiu o corpo todo relaxar um pouco.

– Oi! – disse.

Abriu caminho até Iris; o camarim era pequeno, e todas as cadeiras já estavam ocupadas.

– Oi – respondeu Iris, mas o sorriso não alcançou os olhos dela.

Stevie franziu a testa.

– Você tá bem?

Iris fez que sim, deixando a bolsa no sofá.

– Só cansada. Passei a tarde trabalhando.

– Escreveu muito?

Iris assentiu outra vez, mas não a fitou nos olhos. Stevie sentiu logo um aperto no estômago e a preocupação formigando na ponta dos dedos.

– Tem certeza de que tá bem?

Nessa hora, Iris olhou para ela. Na verdade, a encarou. Inclinou a cabeça e estreitou os olhos, como se esperasse que Stevie respondesse à própria pergunta.

– Aham – disse por fim. – Tô legal. Só nervosa.

Stevie afagou o braço dela.

– Bom, dá uma olhada nisso.

Entregou o jornal para Iris, apontando para a crítica à peça.

Iris percorreu as palavras e um sorrisinho se armou em seus lábios enquanto lia. Ela ergueu o rosto, fitando os olhos de Stevie.

– "É Stevie Scott, no papel de um Benedito que se identifica como mulher, terna e magoada em seu íntimo, que diferencia essa montagem" – disse ela, lendo numa voz baixa, quase admirada.

Stevie fez um gesto de desdém.

– É só uma crítica.

– É incrível, Stevie. *Você* é incrível. Sabe disso, né?

Falou numa voz tão baixa, quase triste, que Stevie franziu o rosto.

– Acho que eu...

– Não. – Iris agarrou a mão dela. – Você é extraordinária, ponto-final.

Stevie sondou os olhos de Iris, que pareciam meio marejados.

– Você... tem certeza de que tá bem?

Iris respirou fundo e sorriu. E, bem ali, Stevie viu: aquela máscara que Iris usava, que não via fazia mais de um mês, cobrir a expressão da namorada.

– Bom – disse Iris, toda sorridente e sedutora –, eu também sou extraordinária, então, sim, tô ótima.

E Iris se virou, indo até onde Satchi se olhava num espelho iluminado, pedindo para dividir o espaço. Logo as duas estavam rindo e brincando enquanto Iris se maquiava. Stevie ficou olhando para ela enquanto se preparava, pensando no que estava deixando passar batido, mas Iris não deixou mais a máscara cair.

O desempenho do elenco naquela noite foi o melhor de todos.

Todo mundo concordou.

Mas não foi o que Stevie sentiu. Iris foi maravilhosa no palco; sedutora, astuta e vulnerável. Mas ainda havia algo estranho a cada vez que Benedita e Beatriz interagiam: uma rigidez na expressão de Iris que Stevie não conseguia romper.

Naquela hora, no salão nos fundos do Nadia's, com champanhe a fluir, luzes baixas e obras de arte doadas por artistas locais em leilão nas paredes, Stevie não conseguia sequer encontrar a namorada.

– Que noite, hein? – comentou Adri, aproximando-se dela.

Estava linda, usando um tubinho preto e justo sem alças, com o cabelo de sereia preso de lado.

– É – respondeu Stevie, tomando um gole de club soda. – Você conseguiu mesmo.

Adri sorriu, cutucando o braço dela.

– *A gente* conseguiu. Foi aquela crítica do *Seattle Times* que vendeu todos os ingressos desse jantar, tenho certeza.

Stevie balançou a cabeça.

– É a opinião de uma pessoa.

Adri assentiu, espiando a multidão flutuante.

– Cadê a Iris?

Stevie finalmente a viu do outro lado do salão, com Claire e Astrid. Estava magnífica, com um vestido verde-claro de alças fininhas cruzadas por cima dos ombros. Todo o seu grupo estava lá naquela noite, e Stevie viu Delilah vagando pela sala com Jordan, vendo as obras de arte. Simon, é claro, fazia parte do elenco e também estava por ali em algum lugar.

– Está com as amigas dela – respondeu Stevie, depois olhou para a ex. – E a Van?

A expressão de Adri murchou por um instante.

– Tá por aí.

– Tudo bem com vocês?

Adri suspirou.

– Acho que sim. É que eu… andei sendo meio babaca.

Stevie não disse nada sobre isso. Não haviam conversado sobre nada além da peça desde que Adri se impusera em Malibu, e Stevie não sabia ao certo se queria conversar. Naquela noite, não.

– Vou falar com a Iris – disse, e saiu antes que Adri pudesse dizer mais.

Ziguezagueou pela multidão, acenou com a cabeça para Ren, que conversava com Nina e Satchi, e só diminuiu o passo ao se aproximar de Iris.

– Olha ela aí – disse Iris com a voz meio arrastada ao enganchar o braço no de Stevie.

A taça de champanhe dela estava meio cheia, mas mesmo assim conseguiu entornar um pouco pelas laterais ao se movimentar.

– Tá, chega de álcool pra você – disse Astrid, tirando a taça dela.

– Sempre a mocinha educada. – Iris torceu o nariz para a amiga.

Stevie franziu a testa.

– Você tá bêbada?

– Ela tá *muito* bêbada – disse Claire. – Desculpa, acho que quando a gente chegou ela já tinha entornado duas taças.

– Oi? – disse Iris, juntando as sobrancelhas. – Sou crescidinha, Claire. Bebo quanto eu quiser.

– Eu sei, amiga, mas…

– Não. – Iris fez com o dedo. – Eu sou quase orgástica. Foi o *Seattle Times* que disse.

Claire e Astrid se entreolharam por sobre a cabeça dela, obviamente confusas com aquela declaração.

– Gata, vamos pegar uma água pra você – propôs Stevie, tentando levar Iris até a mesa cheia de água com gás em copos de cristal.

– "Gata" – disse Iris, estreitando os olhos. – Aposto que você chama todas as minas de gata.

– Que minas? – perguntou Stevie.

– Todas. As minas de Nova York. – Iris oscilou um pouco, trançando as pernas. – Preciso de mais uma bebida.

– Sim, *água* – respondeu Stevie, levando-a em direção à mesa.

Iris foi, mas só porque ela a puxou com certa firmeza.

Estavam na metade do caminho, e o coração de Stevie palpitava, quando a viu:

Thayer Calloway.

Bem ali, sorrindo para ela a menos de 2 metros, deslumbrante de terno preto e gravata prateada.

– Stevie! Eu estava mesmo te procurando.

Stevie engoliu em seco e olhou para Iris, que espiava Thayer com um misto de curiosidade e desconfiança.

Tinha razão em desconfiar. Isso Stevie conseguia admitir, mesmo apavorada pela ideia de encarar todas as outras verdades que ainda não tinha dito. Naquela manhã, quando Iris lhe perguntou sobre os próximos passos, ela mentiu. Disse que não sabia, e se sentiu muito culpada por isso. Pois, na noite anterior, depois que Iris fora dormir, havia mandado um e-mail para Thayer Calloway.

> **Muito obrigada pela sua oferta. Não sei nem dizer quanto estou honrada por me considerar para esse papel. Fico feliz em aceitar. Por favor, quando puder, me diga quais são os próximos passos.**

Tinha levado um mês e meio para chegar àquele ponto, àquele *sim*, e mais dez minutos para enviar o e-mail que o selaria. E Iris dormia ao lado dela sem saber de nada. Stevie queria falar com ela sobre isso, mas não tinha coragem. Na verdade, parte dela sempre soube que aceitaria a oferta de Thayer; soube disso no momento em que a diretora a convidou para ser Rosalinda. Não havia como recusar; não conseguiria viver consigo mesma se dispensasse aquela oportunidade. Estava morrendo de medo, mas também se sentia forte. Sabia que era boa e que precisava se arriscar se quisesse fazer da atuação uma carreira duradoura.

E, ao passar aquelas últimas semanas com Iris... sentira-se ainda mais forte, mais capaz e preparada.

Porém, também tinha ainda mais a perder. Sabia que sua decisão também afetava Iris, mas que Ren tinha razão: não podia tomar uma decisão baseada naquele relacionamento.

Precisava decidir por si só e esperar que Iris entendesse.

Naquela manhã, teve todas as chances de contar sobre o papel que havia aceitado, mas se acovardou. Disse a si mesma que só estava esperando o fim da peça, a última noite, para que as duas pudessem aproveitar o momento sem Nova York espreitando no horizonte. Estava determinada a contar para Iris à noite, depois que terminassem tudo no Imperatriz e estivessem juntas na cama, próximas, íntimas e seguras.

Mas, naquela hora, com Thayer bem ali e Iris bêbada, agindo de um jeito muito estranho desde antes da peça, Stevie estava questionando todas as decisões que tomara desde que mandara aquele e-mail.

– Dra. Calloway – disse ela, com o coração já entalado na garganta.

Não imaginava que a diretora estaria lá, mas, parando para pensar, percebeu que deveria ter se preparado para isso. Thayer era uma grande patrocinadora do Imperatriz e não perderia a chance de apoiar o teatro lgbtq+ na própria cidade natal.

– Apresentação excelente, como sempre – elogiou Thayer, e olhou para Iris. – E você deve ser a Iris Kelly. Fiquei muito impressionada com a sua Beatriz.

Iris franziu os lábios, de olhos turvos, e o pânico tomou conta do peito de Stevie.

– *Eu* sou a Iris Kelly – respondeu, com as palavras um pouco arrastadas. – E você é a Thayer Calloway, a professora preferida da Stevie.

Thayer abriu um sorriso radiante para Stevie, mas ela franziu o rosto. Nunca tinha dito aquilo para Iris. Nunca havia comentado com ela nada sobre a Dra. Calloway.

– Um elogio enorme – disse Thayer.

– E vai dirigir *Como gostais* no verão – continuou Iris, apontando o dedo trêmulo para Thayer.

Stevie ficou paralisada.

– Vou, sim – respondeu a diretora, franzindo um pouco a testa diante da pronúncia engrolada de Iris. – E estou muito feliz porque a Stevie aqui vai trabalhar comigo.

Um silêncio pavoroso se derramou entre elas; silêncio que Thayer obviamente não entendeu, inclinando a cabeça em direção a Stevie, em dúvida.

– Pois é – respondeu Iris, com a voz monótona e baixa. Baixa demais. Piscou várias vezes. – Estamos muito felizes.

– Preciso levar ela pra casa, Dra. Calloway – disse Stevie, sentindo o pavor serpentear no estômago.

– Certamente – disse Thayer. – Depois nos falamos.

– Maravilha.

Stevie começou a afastar Iris. Ela, no entanto, cravou os pés onde estava.

– A Stevie é incrível, né? Nova York é o lugar dela. Ela é uma estrela. Uma estrela tão grande que não deveria nem pensar em mais ninguém, né?

Stevie não conseguia respirar. Mal conseguia pensar.

– Acho que não entendi – respondeu Thayer; o comportamento de Iris obviamente a pegou de surpresa.

– Bom, me deixa explicar – disse Iris, batendo palmas.

Mas Stevie sabia o que ela estava prestes a dizer e não suportaria ouvir aquilo na frente da futura diretora. Achava que não suportaria ouvir em nenhuma circunstância. Pois, naquele momento, percebeu que tinha estragado absolutamente *tudo*.

– Dra. Calloway, desculpa, com licença, por favor – disse Stevie, e finalmente conseguiu puxar Iris para longe, com o braço firme em volta da cintura dela.

As pessoas na festa olharam para as duas, divertindo-se ao ver Beatriz bêbada cambaleando pela sala.

Stevie conseguiu encontrar uma garrafa d'água e a enfiou debaixo do braço sem soltar Iris nem por um instante. Saiu para a brisa da noite quente e quase correu para levar a namorada até o carro.

– Não quero ir pra casa – disse Iris.

Mas não resistiu enquanto Stevie a acomodava com cuidado no banco do carona, fechando o cinto. Largou a cabeça no apoio do banco, e Stevie abriu a garrafa, colocando as duas mãos dela ao redor do plástico frio.

– Bebe, por favor.

Iris bebeu, mas enquanto o fazia encarou Stevie com um olhar insondável.

Stevie foi para o próprio apartamento. Nenhuma das duas disse nada, e ela ficou feliz por isso. Não tinha ideia do que dizer nem do que fazer. Além disso, Iris estava bêbada, e Stevie achava que, para conversar, ambas precisavam estar sóbrias.

Ao chegar em casa, ligou a cafeteira e pegou outro copo d'água para Iris, que bebeu tudo com as mãos trêmulas. Ao terminar, simplesmente cambaleou em direção ao banheiro, resmungando alguma coisa sobre tomar banho.

Stevie se sentou diante da porta do banheiro para ter certeza de que Iris não ia cair nem se machucar de alguma forma. E lá, sob o murmúrio suave da água, veio um som que ela nunca tinha ouvido: uma fungada, um soluço, um lamento inarticulado.

Iris Kelly estava chorando no chuveiro de Stevie.

CAPÍTULO TRINTA E TRÊS

PUTA MERDA, ESTAVA CHORANDO no chuveiro de Stevie. Que inferno.

Iris afundou na banheira, sentada na porcelana com a testa apoiada nos joelhos, deixando a água fria cair nas costas.

Devia saber que aquela primeira taça de champanhe era um erro. Na verdade, não pretendia ficar bêbada. Mas, depois que a apresentação acabou, ela e Stevie trocaram de roupa e foram até o Nadia's de mãos dadas em silêncio, um silêncio terrível e repleto de perguntas que Iris não sabia como fazer. Então pegou uma taça assim que entraram no restaurante. Uma doadora cheia de admiração puxou Stevie para conversar, e as bolhas frescas da bebida deixaram Iris mais calma, de cabeça mais fresca.

Mas Stevie não voltava, e uma taça levou a outra, e logo a mais outra, e já estava rindo de tudo e de nada quando Claire e Astrid a encontraram.

O resto da noite foi meio nebuloso, com a lucidez voltando apenas quando Thayer Calloway anunciou que Stevie ia para Nova York.

Estou muito feliz porque a Stevie aqui vai trabalhar comigo.

Foi como o som de um gongo.

Esta foi a impressão na mente de Iris: a de um estardalhaço alto, quase incompreensível, seguido de um eco nítido nos ouvidos.

O receio de Ren era infundado, sua preocupação – e a de Iris também, desde a visita inesperada – de que Stevie abrisse mão de tal oportunidade por causa *dela*... Bom, pois é.

Iris deu uma risada chorosa de encontro aos joelhos e passou a meia hora seguinte no chuveiro, imaginando como é que havia chegado àquele ponto. Repassou todos os detalhes do relacionamento, tentando descobrir quando havia se apaixonado, quando tinha se tornado alguém que mal se reconhecia.

A velha Iris reagiria à notícia de Ren sobre Nova York de um jeito diferente. Ficaria surpresa por Stevie não ter contado, mas depois ficaria tranquila, sabendo que ela tinha seus motivos. Foi bom enquanto durou, hora de partir pra outra e tudo mais.

A velha Iris também reagiria ao fato de Stevie aceitar ser Rosalinda, o papel em Nova York que mudaria sua vida, de um jeito diferente.

Ficaria feliz.

Ficaria *feliz da vida*, porque Stevie merecia aquilo, merecia ser uma estrela, e sabia disso. E, mesmo sendo aquela nova e patética mulher, parte dela estava animada por Stevie.

A parte que a amava.

Porém, o amor era complicado: altruísta e também carente; generoso, mas também ganancioso e ávido. Era tudo ao mesmo tempo, e ela nem tinha percebido o amor à sua espreita, emaranhando-a com Stevie de tal forma que lá estava ela, sentada numa banheira encardida, enxugando o rosto em lágrimas, imaginando por que não *conseguia* se alegrar, por que seu coração parecia partido em pedaços, por que não conseguia se livrar da sensação triste, velha e conhecida de ser descartada.

De ser deixada para trás.

É mulher pra transar, a Iris Kelly.

– Saco – disse ela, empurrando o cabelo molhado para trás.

Respirou fundo várias vezes e se levantou, desligando o chuveiro. Enxugou o corpo sem pressa, depois vestiu a regata e o short de pijama da noite anterior que havia deixado no banheiro horas antes. Prendeu o cabelo molhado numa trança, escovou os dentes e guardou todos os produtos de higiene pessoal na nécessaire.

Com a mão na maçaneta da porta, hesitou por tanto tempo que o metal ficou quente debaixo dos dedos. Então girou os ombros para trás, ajeitou o rosto numa expressão neutra e foi para o cômodo principal.

Stevie estava na cama e se levantou de uma vez quando Iris chegou. Ela jogou a nécessaire perto da bolsa maior enquanto os olhos da outra acompanhavam seus movimentos.

Stevie voltou a se sentar.

– Não vai ficar aqui hoje? – perguntou numa voz tímida.

Iris não respondeu. Sentou-se na cadeira de escritório em frente à cama e dobrou os joelhos junto ao peito.

– Quando? – perguntou.

Stevie engoliu em seco.

– Quando... quando o quê?

– Quando você disse pra sua professora que topava?

Stevie suspirou e passou as mãos pelos cachos.

– Ontem à noite.

Iris fez que sim, mas não disse nada.

– Eu ia te contar hoje à noite – disse Stevie.

Iris riu.

– Agora que eu já sei é fácil dizer isso, né?

– Iris, eu... Me perdoa, tá? Eu achei que estivesse fazendo tudo do jeito certo. Esperando, pensando no assunto, mas...

– E não podia me deixar participar?

Você não pensou em mim nem por um instante, disse a mente de Iris em seguida, mas não conseguiu pronunciar as palavras.

– Eu... saco. Eu queria. Juro por Deus que pensei em você, Iris. Mas o namoro era muito novo, e eu... fiquei com medo.

– Com medo.

– É, com medo.

– De quê?

Iris ficou chocada ao perceber quanto queria saber a resposta, quanto queria não se sentir sozinha naquele momento aterrorizante.

Stevie demorou um pouco para responder. Os segundos se passaram, tornando-se minutos, enquanto ela olhava para a calça preta elegante que tinha escolhido para o jantar beneficente.

– Fiquei com medo – disse por fim – de que você dissesse pra eu ir.

Iris franziu a testa, o tom baixo de Stevie enfiando mais uma farpa em seu coração.

– É claro que eu ia dizer pra você ir – respondeu.

Stevie fixou os olhos nos dela, arregalados, brilhantes.

– É... é Nova York, Stevie – continuou Iris. – E você merece. Lá é o seu lugar. Eu nunca tentaria te impedir de ir.

Stevie fez que sim, e uma lágrima escorreu por seu rosto. Iris fechou os punhos, lutando contra o impulso de enxugá-la.

– Mas você nem me deu chance – acrescentou Iris. – Você me excluiu da decisão, me impediu de ficar feliz por você, de comemorar...

– Eu não queria que você comemorasse – retrucou Stevie, com a voz de repente mais firme, mais forte. – Queria que você pedisse pra eu ficar. Mesmo sabendo que eu não podia, queria que você *quisesse* que eu ficasse. Ou pelo menos... sei lá. Que você sentisse alguma coisa pela possibilidade de eu ir morar a quase 5 mil quilômetros daqui. E morri de medo de você não sentir nada. De você tratar... isso aqui – gesticulou entre as duas – como se não fosse nada.

Iris balançou a cabeça, e novas lágrimas afloraram nos olhos dela. Meu Deus, como detestava aquilo. Detestava a sensação de vazio profundo que todas aquelas farpas estavam esculpindo em seu coração.

– Foi você que tratou isso aqui como se não fosse nada, Stevie – disse ela baixinho.

Stevie murmurou um palavrão, enfiou as mãos no cabelo e as deixou lá, os ombros subindo e descendo. Iris a observou sem saber o que mais havia a dizer.

Por fim, Stevie se levantou, mostrando a palma das mãos.

– Tá bom. Tá bom, sei que fiz merda, que não te contar foi a atitude errada e talvez a pior coisa que eu poderia ter feito. Me desculpa. Mas juro que não te excluí, Iris. Pensei em você o tempo todo. Pensei em como...

– Para – disse Iris, balançando a cabeça e ficando de pé, mas só para poder pegar a bolsa e pendurá-la no ombro.

– É sério?! – exclamou Stevie, de queixo caído. – Você vai embora? Vai sair e pronto?

Iris sentiu a cor se esvair do rosto, mas não vacilou.

– O que mais a gente tem pra dizer?

– Você vai... – Stevie ficou olhando para ela, piscando, tão pálida quanto Iris. – Tem um monte de coisas pra dizer.

Iris suspirou.

– Tipo o quê?

Stevie a encarou, tensionando a mandíbula.

– Tipo o fato de que eu te amo.

Iris não se mexeu.

– Tipo o fato de que, sim, eu fiz merda – continuou Stevie. – Fiquei com medo. Tá bom, ainda tô com medo, mas não quero que você vá embora. Quero que me perdoe e converse comigo e deixe a gente descobrir o que fazer agora.

Iris balançou a cabeça, negando.

– Você já decidiu, Stevie.

– Eu decidi por *mim*! – Stevie quase gritou e deu um tapa no próprio peito, o som ecoando pela sala. – Eu escolhi a *mim* mesma, Iris, fiz exatamente o que todo mundo na minha vida queria que eu fizesse há anos, e você sabe que isso não é fácil pra mim. Sabe que não é, mas fiz isso porque é o que eu quero, sim. Quero fazer a Rosalinda em Nova York. Mas isso não significa que eu não queira você.

Iris fechou os olhos, tentando deixar aquelas palavras atravessarem a camada protetora que já se fechava sobre seu coração fragilizado. Pensou naqueles últimos dois meses, em como cada dia com Stevie tinha sido...

Diferente.

Não era como estar com Grant nem como estar com Jillian. Não era um casinho, um namoro de mentira, um relacionamento puramente educativo nem nada do que as duas passaram tanto tempo dizendo a si mesmas que aquilo era.

Tentou acolher tudo aquilo, mas, naquele momento, com Stevie prestes a partir para começar uma vida nova – a vida que ela devia levar, a vida que *merecia* –, Iris não sentia...

Nada.

Seu coração já tinha se fechado, cercado pela camada protetora que havia passado o ano anterior restaurando de volta à capacidade total, expulsando todas as farpas, mantendo-a segura.

Mantendo-a inteira.

– Stevie, foi legal, tá? Mas não posso deixar você se desdobrar pra tentar me encaixar no seu plano por causa de um relacionamento que só vai...

– Não – disse Stevie. – Não se atreva, porra.

– Quê?

– Não faz *isso*. – Stevie rangeu os dentes.

Ótimo. Ela que ficasse com raiva. Assim tudo ficaria mais fácil.

– Você está fazendo exatamente o que disse que eu fiz – continuou Stevie –, tentando dizer que isso aqui não é nada. Está dizendo que não merece consideração. Que não merece ser levada em conta na minha vida. *De novo.* Por que a gente sempre volta pra esse ponto?

– Porque você *não* me levou em conta, Stevie! – gritou Iris. – E sabe de uma coisa? Não devia ter levado mesmo. Acertou em escolher a si mesma. Porque, se você tivesse me falado de Nova York um mês atrás, só Deus sabe o tamanho da encrenca em que a gente teria se metido.

– Encrenca? Tá falando do quê?

– Estou falando da gente, Stevie. A gente ia ser a encrenca. Uma bomba-relógio, tentando namorar a distância e torrando nossas economias em passagens de avião, enlouquecendo ao imaginar quanto tempo ia durar, quanto tempo ia demorar até aparecer outra pessoa, quanto tempo até você perceber que eu era só...

Uma onda súbita de lágrimas silenciou a voz de Iris. Ela enxugou o rosto, furiosa com as próprias emoções.

– Pelo menos assim – disse por fim – a gente sabe que isso aqui não foi nada além de substâncias neuroquímicas e sexo.

Foi como jogar uma bomba nuclear: uma enorme explosão seguida de... nada. Silêncio. A falta absoluta de ar, luz e vida.

Stevie a encarou com lágrimas escorrendo em silêncio pelo rosto. Finalmente, Iris deu as costas para ela, com as pernas tremendo, apoiando a bolsa mais alto no ombro. Começou a sair, um pé na frente do outro, um passo de cada vez que acabaria por tirá-la daquele apartamento e levá-la para o próprio carro, para casa, para a cama, onde poderia enfim desmoronar.

Estava quase na porta quando Stevie falou:

– Porra nenhuma!

Iris se virou para ela.

– Quê?

Stevie a encarou, os punhos cerrados ao lado do corpo, o rosto uma ruína de lágrimas e sofrimento. O coração de Iris se estilhaçou, mas sabia que não podia voltar atrás.

Não queria.

– Você tá blefando – afirmou Stevie. – Tá mentindo pra se proteger, pra me proteger, e isso não faz o menor sentido, Iris.

Iris balançou a cabeça, mas Stevie já estava atravessando a sala na direção dela. Iris se preparou para o contato, tentando criar coragem para afastá-la, mas ela nem tentou tomá-la nos braços. Em vez disso, enfiou as mãos na bolsa aberta e tirou o iPad de dentro.

– O que você tá fazendo? – perguntou Iris.

Stevie tocou na tela. A tela inicial se acendeu, e os olhos dela percorreram os ícones.

– O que é que você tá fazendo? – insistiu Iris.

Stevie virou o iPad, revelando um desenho das duas à margem do Rio Bright na noite da Feira de Verão. Iris já havia acrescentado cor àquela ilustração, e elas estavam banhadas pela luz prateada das estrelas. No desenho, as mãos de Iris estavam no cabelo de Stevie, os braços de Stevie ao redor da cintura dela, e as bocas a um centímetro uma da outra.

Aquele momento pouco antes de se beijarem.

Pouco antes de se apaixonarem de verdade, todas as aulas, o namoro de mentira e a corte de Stevie caindo por terra, não restando nada além delas.

O coração de Iris galopou dentro do peito.

– Como... como você sabia dos meus desenhos?

– Eu vi no dia em que você me expulsou da sua casa.

– Stevie, eu...

– Não importa, Iris. O que importa é que você fez esses desenhos. E fez *desse jeito*. – Ela passou para outra imagem, outra e mais outra: Iris e Stevie dançando no supermercado, rindo no minigolfe alcoólico, aconchegadas na cama. – Você desenhou a gente, Iris. Porque você me ama. Você me ama, e já ama há muito tempo.

Iris fechou os olhos e balançou a cabeça enquanto pegava o iPad e olhava para a imagem na tela.

– Eu...

Mas não sabia como terminar a frase, porque Stevie tinha razão. Era muito óbvio, em cada uma daquelas ilustrações, quanto estava apaixonada por aquela mulher, quanto estava envolvida.

Quanto a amava.

Balançou a cabeça, pronta para discutir um pouco mais, mas, de repente, as mãos de Stevie estavam em seu rosto, envolvendo as bochechas e inclinando a cabeça dela para encarar os olhos de Iris, que sentiu o coração pulsar na garganta enquanto as lágrimas escorriam.

– Vem comigo – sussurrou Stevie junto do rosto dela.

Iris ficou parada.

– Quê?

– Vem comigo, Iris. Pra Nova York. Vem comigo. Vem morar comigo. Eu te amo, tá? Tô louca por você, perdidamente apaixonada por você. Sim, eu fiz merda. Sim, eu escolhi a mim, mas também escolho você. O amor é isso, né? Quero as duas coisas e sei que você também quer. A gente vai dar um jeito. Confia. Diz que sim.

Iris fechou os olhos com força, mas Stevie não se afastou. Não retirou o que disse. Continuou sussurrando "Vem comigo", enquanto seus polegares enxugavam as lágrimas de Iris.

E, caramba, Iris queria dizer sim. Queria tanto que seus dedos formigavam e o coração batia como se tivesse sido atingido por um disparo de eletricidade. Conseguia se imaginar com Stevie nas ruas de Nova York, de mãos dadas no Central Park, Stevie brilhando no palco com Iris na primeira fila segurando um buquê de tulipas amarelas para sua estrela, beijos na cama, o apartamento das duas, seu universo particular, os sons da cidade como música nas ruas abaixo.

Era uma bela visão. Um sonho. Mas apenas isso. Pois, ao mesmo tempo que queria dizer sim, aquele velho medo lhe subia pela garganta como veneno, a armadura em volta do coração cada vez mais apertada, trazendo consigo a compreensão de que, por fim, Stevie mudaria de ideia. Ou insistiria para Iris se casar com ela, para ter filhos ou alguma outra coisa que ela simplesmente não queria. E depois olharia para ela como Grant olhou, como Jillian olhou, como se não fosse...

Suficiente.

E não suportaria isso. Não suportaria que Stevie, a *sua* Stevie, olhasse para ela daquele jeito. Não podia largar tudo – sua vida em Bright Falls, as amizades, a família – por alguém que acabaria percebendo exatamente quem ela era.

– Olha – disse Stevie, tirando o iPad das mãos dela e repassando as ilustrações outra vez. – Vamos fazer um desenho novo. Você e eu, agora mesmo, em Nova York.

– Stevie...

Stevie balançou a cabeça, os dedos tremendo enquanto passava desenho após desenho.

– A gente consegue, tá? Como é que eu crio um arquivo novo?

– Stevie.

– Não, Iris. – Ela continuou a passar as imagens. – Pensa nisso, tá? A gente consegue...

Ela parou, de boca aberta, o olhar refletindo a tela.

Iris fechou os olhos, sabendo exatamente em que desenho ela por fim havia parado, aquele que acabara de esboçar naquela manhã: Stevie, de braços estendidos no meio da Times Square, com um lindo sorriso nos lábios.

Sozinha.

Stevie piscou, olhando o desenho em preto e branco. Era bonito, na opinião da própria Iris, capturando toda a força, o medo e a determinação de Stevie.

Devagar, Iris tirou o iPad das mãos dela e o guardou de volta na bolsa. Stevie, com uma expressão chocada, não tentou impedi-la.

– Não dá – disse Iris, simplesmente.

Não falou mais nada. Abriu a porta do apartamento e saiu.

– Sabe de uma coisa? – disse Stevie quando a outra chegou ao corredor.

Iris parou, mas não se virou.

– Desde que a gente se conheceu, achei que era eu quem estava com medo – declarou Stevie, com a voz baixa e tranquila; firme. – Que era *eu* que precisava de autoconfiança. Precisava me arriscar. Precisava ter coragem. Mas, na verdade, durante todo esse tempo, era você. Você é a verdadeira covarde, Iris. Né?

O queixo de Iris tremeu, a verdade daquelas palavras cercando-a como uma segunda pele.

Mas não conseguiria fazer aquilo de novo; aquele momento, depois de apenas seis semanas juntas, já bastava para esmagá-la, fazendo-a parar de respirar. O que seis meses fariam com ela?

E seis *anos*?

Por isso, não respondeu. Não disse nada. Foi embora, deixando a mulher que amava chorando à porta.

Tal como a covarde que ambas sabiam que ela era.

CAPÍTULO TRINTA E QUATRO

STEVIE ESTAVA SENTADA NO SOFÁ do apartamento que antes dividia com Adri.

Havia toques de Vanessa por toda parte: novos vasos de plantas ao lado das samambaias de Adri na varanda, almofadas verde-água e coral espalhadas pela sala, obras de arte vibrantes de artistas da América Latina nas paredes recém-pintadas de mostarda. O lugar parecia mais acolhedor do que nunca fora quando Stevie era responsável por metade da decoração, já que preferia cores neutras e paredes acinzentadas para tranquilizar a mente.

Naquela noite, o apartamento estava lotado, cheio de pessoas amigas e integrantes do elenco do Imperatriz, e até mesmo de outras peças locais em que Stevie havia atuado. Todo mundo estava ali para sua festa de despedida, mas ela se sentia estranhamente desconectada do evento. Mesmo assim, sorria enquanto as pessoas afagavam seu ombro, diziam parabéns e a paravam para conversar sobre Nova York à medida que ela circulava pela sala, procurando uma ruiva que sabia não estar lá.

Já haviam se passado duas semanas desde que terminaram, desde que mandara um e-mail para a Dra. Calloway com os dedos trêmulos e aceitara o papel de Rosalinda em *Como gostais*. Duas semanas desde que aquela simples mensagem tinha virado a vida dela de cabeça para baixo.

Mesmo que os ensaios só começassem em janeiro, a Dra. Calloway tinha dito que adoraria ter o parecer de Stevie nos testes de elenco que começariam em meados de setembro – ao lado de mais duas pessoas que protagonizariam a peça e que Thayer já havia escalado, cujos nomes bem conhecidos Stevie ainda não tinha conseguido gravar.

O processo estava fluindo com muita facilidade, tanto que Stevie mal sentia fazer parte de tudo e achava difícil lembrar que aquilo estava mesmo acontecendo com ela. Thayer lhe arranjou moradia, um pequeno apartamento de um dormitório em Williamsburg que a família da esposa dela possuía e nunca usava. Disse para Stevie vender o carro, comprou um bilhete de metrô anual com a verba do teatro e até mandou o link para um app do metrô de Nova York, para que ela pudesse se preparar para transitar pela cidade.

A professora – a *diretora* – conhecia Stevie muito bem, sabendo que seu transtorno exigia planejamento e prática, e ela precisava admitir que toda aquela ajuda acalmou seu coração sempre frenético.

Mesmo assim, os dias passaram como num borrão, com o celular se iluminando o tempo todo com mensagens e e-mails de Ren, Thayer, Adri e da mãe de Stevie, que já planejava passar o Natal em Nova York, encantada porque a filha ia se dedicar à carreira.

Mas Iris não telefonava.

Não mandava mensagens. Nem e-mails.

Stevie disse a si mesma que não ia olhar o Instagram dela, uma conta com dezenas de milhares de seguidores por causa dos famosos planners, mas também não conseguiu ficar longe. No fim, não importava, já que a última imagem que Iris havia publicado era uma selfie dela beijando a bochecha de Stevie enquanto as duas estavam sentadas na beira do palco do Imperatriz depois de uma apresentação, as luzes suaves do teatro deixando a foto toda dourada.

Era de dois dias antes de terem terminado e tinha mais de 10 mil curtidas, comentários aparentemente intermináveis e efusivos.

> *O casal mais lindo!*
> *Aibeldels, meta de relacionamento!*
> *Onde é que eu encontro uma mina tipo a Stevie?*
> *Iris, suas sardas são TUDO!*
> *Vocês duas são tão amorzinho que dá até nojo! SQN! Kkkk*

Stevie adquiriu o hábito de olhar aquela foto tarde da noite, em seguida prometendo a si mesma que nunca mais olharia para ela, apenas para voltar atrás 24 horas depois, sondando a expressão de Iris em busca de algum indício do que estava por vir dois dias após tirar aquela foto.

Mas só o que via era sua namorada, sorridente apertando a bochecha dela, os olhos franzidos de felicidade e contentamento.

– Meu Deus, você não larga mais isso aí? – perguntou Ren, chegando por trás e apoiando os braços nas costas do sofá.

Stevie clicou num botão, apagando a tela, e o lindo rosto de Iris desapareceu. Ela suspirou e tomou um gole de club soda. Ren afagou o ombro de Stevie, que sorriu. Ela e Ren fizeram as pazes – depois de um bate-boca completo que incluiu perder totalmente a paciência com elu, mandando que cuidasse da própria vida, seguido de 48 horas de um gelo que só foi rompido quando Ren foi à casa de Stevie com um curry do restaurante tailandês favorito dela e um enorme chá gelado. Ela sabia que Ren a amava e que estava só cuidando dela. Também sabia que era uma covardona infame. Apesar disso, mesmo que seu plano de contar a Iris sobre Nova York fosse péssimo e tivesse sido um tiro espetacular no pé, elu havia passado do limite ao falar com Iris, e Stevie quis ter certeza de que Ren soubesse disso.

– Vem, vamos tomar um pouco de ar fresco – disse Ren, puxando o braço dela com delicadeza.

Stevie concordou, pois, na verdade, não importava se ia ficar amuada no sofá ou na varanda, e saiu com Ren. Adri e Vanessa já estavam lá fora, apoiadas juntas no parapeito, com Portland brilhando diante delas.

– Opa, e aí? – disse Van, estendendo a mão para Stevie. – Como é que você tá?

– Zonza – respondeu Stevie, e riu, mas era verdade.

Van fez que sim com a cabeça.

– Você vai ser incrível. Eu e a Adri já estamos planejando nossa viagem pra ver a noite da estreia em Nova York.

Stevie sorriu e olhou para Adri, que se limitou a inclinar a cabeça para ela, com uma expressão insondável.

– Eu já vou estar lá bem antes disso – comentou Ren. – É claro que posso registrar como viagem de trabalho.

– Vão quando quiserem – disse Stevie.

Porém sentiu um nó na garganta ao pensar em ficar longe daquelas pessoas. Foram as três amizades mais íntimas que ela teve por dez anos, ajudando-a a administrar a ansiedade, a passar pelos altos e baixos na carreira.

A passar pela própria Adri. O relacionamento podia ter sido complicado, mas Stevie sempre a amaria.

Olhando para ela naquela hora, com o verde do cabelo desbotando cada vez mais rumo ao castanho-escuro natural, Stevie não sentia nada além de gratidão. Estendeu a mão, afagando a de Adri, que abriu um sorriso triste para ela, depois deu uma piscadela. Foi um gesto muito pequeno, mas pareceu enorme para o coração de Stevie.

Um ato de desapego.

De aceitação.

Ela fez que sim, afagou a mão de Adri mais uma vez e depois a soltou, virando-se para a cidade que amava havia tanto tempo. O ar estava fresco, com a promessa do outono trazendo suéteres, cachecóis e botas de chuva. Inspirou, tentando se visualizar naquele avião na manhã do dia seguinte com três mochilas cheias no bagageiro.

– Eu convidei ela – comentou Ren, acomodando-se ao seu lado, ombro com ombro. – Mandei a hora e o endereço.

Stevie franziu a testa.

– Convidou...

– A Iris, né? – disse Ren, revirando os olhos.

– Ah. – Stevie voltou a olhar para a cidade. – Tá.

– Ela não respondeu. Nem mesmo pra recusar.

Stevie assentiu e deu de ombros. Não conseguia se imaginar saindo do Oregon sem dizer adeus a Iris, mas imaginava que já tinham dito tudo o que havia a dizer duas semanas antes.

– Sinto muito, Stevie. – Ren apoiou a cabeça no ombro da amiga. – Sei que você gostava dela.

Amava, corrigiu a mente de Stevie, mas ela afastou a palavra. O amor não tinha nada a ver com ela e Iris. Nada mesmo. Suspirou, com raiva pela covardia de Iris e pela negação do que tinham vivido, deixando esse sentimento expulsar a dor no coração. Sentir raiva era mais fácil. A raiva era fogo, purificador e implacável.

– Era mentira – disse Stevie.

Sentiu a atenção de Ren, Adri e Vanessa se agarrar a ela.

– Quê? – perguntou Ren.

– Eu e a Iris – respondeu Stevie, respirando fundo. – Era tudo de mentira.

A gente se conheceu no Lush, mas aí... nossa, não vou nem entrar nos detalhes daquela noite, mas não deu certo. Deixei vocês acreditarem que deu. Aí ela apareceu no Imperatriz e... sei lá.

– Você... inventou o namoro? – perguntou Adri.

Stevie a fitou nos olhos, fazendo que sim.

– Por quê? – perguntou ela.

– Putz. – Ren balançou a cabeça. – Adri, você sabe por quê.

– Ah, Stevie... – disse Van, franzindo o belo rosto.

– Tá, podem parar – falou Stevie. – Não fiz isso só por causa de vocês duas. E, Ren, pra falar a verdade, você não ajudou.

– *Eu*?

– Você, sim. Olha, sei que vocês me amam. Sei mesmo. Mas, às vezes... vocês acham que sabem o que é melhor pra mim antes mesmo de me dar espaço pra descobrir isso sozinha.

Ren teve noção suficiente para desviar o olhar, mas não disse nada.

– A Iris topou colaborar pra me dar um pouco de espaço. Um tempo, sei lá, pra me descobrir sem a Adri e a Van sempre de consciência pesada por estarem juntas e sem Ren pegando no meu pé pra eu seguir com a vida. Eu precisava de tempo pra ser *eu mesma*.

– Stevie – disse Ren. – Desculpa.

Ela balançou a cabeça.

– Eu entendo. Sério mesmo. Mas preciso que entendam que só porque tenho um transtorno de ansiedade não significa que eu não saiba me cuidar. Preciso de vocês, sim. Preciso pra caramba, mas isso inclui precisar que tenham o mínimo de confiança em mim.

Todo o grupo ficou em silêncio, e Stevie se voltou para a cidade, deixando que assimilassem suas palavras. O coração estava acelerado, mas, nossa, como era bom finalmente dizer tudo aquilo.

Adri foi a primeira a romper a pausa dramática. Estendeu a mão e pegou a de Stevie outra vez. Stevie permitiu, pois sabia que já tinha dado a si mesma tudo aquilo que queria dela.

– Eu te amo – disse Adri.

Stevie sorriu.

– Eu sei.

Adri assentiu e soltou Stevie, beijando a bochecha de Vanessa antes de pedir licença e voltar para dentro. Vanessa abraçou Stevie uma vez e depois seguiu Adri, restando apenas Ren.

– Imagino que o namoro de mentira acabou ficando bem real – comentou.

Stevie riu.

– Mais real impossível.

Ren assentiu.

– Sinto muito. Desculpa por te colocar naquela situação.

– Eu não sinto – respondeu Stevie, balançando a cabeça. – É verdade que às vezes você perde a mão...

– Justo.

– ... mas não me arrependo de ter conhecido a Iris – concluiu Stevie, e sorriu para Ren, sentindo um nó na garganta. – Nem um pouco.

Elu se virou, ficando de frente para as janelas do apartamento de Adri, apoiando os cotovelos no parapeito.

– Dá pra perceber.

Stevie enganchou o braço no de Ren, apoiando a cabeça no ombro delu. Ficaram assim por um tempo, até Stevie sentir a tensão em Ren.

– O que foi? – perguntou Stevie, virando-se para olhar para o que havia chamado a atenção delu.

– Não é...? – perguntou Ren, estreitando os olhos e apontando para alguém lá dentro.

O coração de Stevie a traiu, expulsando toda a raiva de seu íntimo. Ela engoliu, sentindo a boca ficar imediatamente seca, os olhos procurando uma cabeleira ruiva e sardas.

– ... o casal de amigas da Iris? – continuou Ren. – Qual é o nome delas? A tatuada e a noiva que é dona de livraria?

Stevie não conseguia respirar, sentindo o peito completamente travado. Viu Claire e Delilah ziguezagueando pela multidão.

– Você convidou o pessoal todo?

Ren balançou a cabeça, negando.

– Só a Iris.

Stevie percebeu quando Claire a avistou, acenando e trazendo Delilah, que parou no bar que Adri havia montado e pegou duas taças de vinho.

– Oi, Stevie – disse Claire com um sorriso doce.

– Hã, oi. – Stevie franziu a testa. – A...

Claire balançou a cabeça.

Stevie soltou o ar com um som audível, apertando o peito com a mão. Não queria ser tão dramática, mas parecia ter passado uma hora sem respirar.

– Sinto muito – disse Claire.

Stevie gesticulou para indicar que estava tudo bem e engoliu o nó gigante na garganta.

– Então... – disse Ren. – Tá, vou lá ver a comida.

Deu um beijo na bochecha de Stevie e a deixou na varanda com as amigas da ex-namorada.

– A Iris sabe que vocês estão aqui? – perguntou.

– Tá de zoeira? – retrucou Delilah, dando um gole no vinho tinto. – Ela botaria arsênico na nossa bebida assim que possível.

Stevie suspirou.

– Então, me desculpem se for grosseria, mas por que vocês estão aqui?

– Porque minha noiva é uma romântica incorrigível? – disse Delilah.

Claire deu um tapinha no ombro dela.

– Amor.

– Eu não falei que não gosto – argumentou Delilah, aproximando-se e beijando o pescoço dela, apenas uma vez, mas bastou para Stevie sentir um aperto no coração.

– Desculpa por vir sem avisar – disse Claire. – Mas a Iris contou que Ren convidou ela pra sua festa de despedida, e eu...

– Ela contou? – perguntou Stevie.

– Foi sem querer – explicou Delilah. – Ela tava bêbada.

Stevie fechou os olhos, balançando a cabeça.

– Ah.

– Ela tá sofrendo, Stevie – comentou Claire. – Tenho certeza.

– Ela te disse isso? – perguntou Stevie.

– Não com essas palavras. Você conhece a Iris.

– Na verdade, não sei se conheço.

Stevie cruzou os braços. Mesmo naquela hora, depois de tudo o que aconteceu, parecia mentira.

Claire assentiu.

– Sei que ela te magoou. Mas é só medo. Eu não queria que você fosse embora sem me certificar de que sabe disso.

Stevie desviou os olhos, que já começavam a arder. Porém, por baixo da tristeza e da decepção, havia também aquela raiva. Ela se entregou ao sentimento. Precisava dele para continuar de pé, seguindo em frente.

Porque, no fim das contas, não importava se Iris estava com medo. Stevie tinha medo o tempo todo, mas estava pronta para tentar. Para arriscar a carreira e o coração.

– Claire – disse ela –, entendo que você ama a Iris e quer o bem dela. Mas olha à sua volta. Ela não tá aqui.

Claire contraiu os lábios. Delilah olhou para a taça de vinho.

– Eu já disse pra Iris tudo o que ela precisa saber – continuou Stevie, sentindo uma autoconfiança que não sabia ter inundando suas veias; ou talvez soubesse disso o tempo todo, mas não acreditasse até então. – E ela disse não. Nem quis conversar sobre isso comigo. Não importa mais por quê.

Claire engoliu em seco e assentiu.

– Entendi.

– Legal. – As mãos de Stevie estavam começando a tremer, mas ela as enfiou nos bolsos, tentando demonstrar força e determinação. – Tô feliz em ver vocês duas pra gente poder se despedir e agradeço muito todo o apoio, mas eu e a Iris terminamos.

Claire assentiu mais uma vez, e Delilah pegou a mão dela, beijando a ponta dos dedos da namorada.

Stevie se aproximou e abraçou as duas; eram ótimas amigas, dava para perceber, e em outra vida teria adorado fazer parte da vida delas.

Mas aquela não era essa vida.

– Desejo tudo de bom pra vocês duas – disse ao soltá-las.

Sorriram para ela, retribuíram os votos, e Stevie se retirou.

Lá dentro, atravessou a multidão, o grupo de patrocínio, a turma e colegas que ia deixar para trás, e foi até o banheiro. Felizmente, estava vazio. Trancou-se lá dentro e afundou no chão, encostada na porta, enquanto um soluço escapava do peito, abraçando os joelhos e deixando-se por fim desmoronar.

Dez minutos depois, quando seu corpo ficou como uma casca vazia, limpo e pronto para algo novo e verdadeiro, ela se levantou. Enxugou o rosto, assoou o nariz, ajeitou o cabelo para trás o máximo que pôde.

Então voltou para sua festa, pronta para se despedir da velha vida e finalmente preparada para acolher a nova.

CAPÍTULO TRINTA E CINCO

EM BRIGHT FALLS, O MÊS DE OUTUBRO era um espetáculo para os olhos.

As árvores eram uma profusão de cores, todas vermelhas, amarelas e roxas. Quando Iris era criança, ela, a irmã e o irmão vasculhavam o quintal tentando encontrar uma folha caída cujo tom combinasse exatamente com seus cabelos.

Adulta, ela ainda não conseguia resistir a essa tradição. No interior da Livraria Rio Selvagem, lotada de amigos, familiares e residentes de Bright Falls com seu romance de estreia nas mãos, esperando um autógrafo, ela estava com a mão no bolso do vestido longo verde-petróleo, passando os dedos para cima e para baixo em uma folha vermelha e macia que havia encontrado na calçada antes do evento.

– Muita gente veio – comentou Astrid ao lado dela, com uma taça de champanhe numa das mãos e os dedos de Jordan entrelaçados à outra.

– Você parece surpresa – respondeu Iris, sorrindo por cima da própria taça.

– Nem um pouco. Eu sabia que o seu livro seria um sucesso.

– Acho que essa multidão está mais para "conheço a Iris desde que ela usava aparelho nos dentes" do que para fãs de romance – comentou Iris.

– Pode ser, mas basta ler a primeira página e essas pessoas vão ser fisgadas pelo resto da vida.

– Concordo – disse Claire, piscando para Iris por trás dos óculos.

– Tô com uma inveja enorme dessa festa de lançamento – comentou Simon, que veio sozinho, já que Emery estava viajando a trabalho. Ele puxou Iris para um abraço. – E orgulhoso de você – disse junto do cabelo dela.

Ela o apertou, deixando-se abraçar por alguns segundos antes de se afastar.

Nas últimas semanas, o círculo de amizades de Iris a apoiou mais do que nunca. Todes vinham sendo gentis. Telefonavam e mandavam mensagens, parando no apartamento dela com embalagens de suas comidas preferidas, tentando fazê-la falar do que sentia. Iris aceitou tudo, embora se recusasse a participar de qualquer conversa longa sobre Stevie, e agradeceu o amor evidente que tinham por ela. Ao que tudo indicava, Iris tinha tudo de que precisava para ficar feliz.

E estava, mas...

Bem, não queria pensar naquele *mas*. Todas as manhãs, acordava pronta para se ver livre daquela situação ridícula. Fazia mais de um mês que Stevie fora para Nova York. Naquelas últimas semanas, havia terminado de revisar o segundo romance e o entregara à editora. Deu entrevistas antes do lançamento, gravou vídeos promocionais para a editora, recebeu boas críticas de colunistas e apresentou um novo planner digital lgbtq+ na loja na Etsy que estava fazendo sua base de fãs surtar por completo. Recebeu até uma oferta de teste para a próxima produção de uma peça de teatro em Seattle. Recusou, mas era sensacional ter sido convidada.

Então, sim, Iris estava indo muito bem.

Estava a todo vapor.

Por isso, o fato de ainda acordar toda manhã com uma atriz de cabelo cacheado ocupando sua mente e seus sonhos era apenas um incômodo temporário. E por que olhou ao redor na festa do lançamento – sua noite de sucesso – e se sentiu completamente sozinha? Apenas porque todo mundo em sua vida estava acompanhado. Era natural se sentir meio deslocada nessas situações. Nada que não pudesse administrar.

Estava *feliz*.

Era Iris Kelly, caramba, e estava absolutamente eufórica.

– Meu bem, que maravilha!

Sua mãe apareceu ao lado dela, os cachos vermelhos e grisalhos pulando em volta do rosto enquanto puxava o pai dela pela mão. Seu grupo abriu espaço para o casal.

– Valeu, mãe – disse Iris, aproximando-se para beijar a bochecha dela. – E obrigada por terem vindo.

– Claro, querida. Temos muito orgulho de você.

Iris sorriu, decidida a não comentar o fato de que na semana anterior Maeve havia perguntado por telefone se a filha já havia decidido arranjar um "emprego de verdade".

– Parece que toda a cidade está aqui – comentou o pai, olhando para a multidão.

– É, bom, todo mundo gosta de ler sobre sexo.

Quem disse isso foi Aiden, o irmão dela. Addison estava ao lado dele, majestosa num vestido mostarda justo, torcendo o nariz para o marido.

– Quem não gosta? – perguntou Delilah e, nossa, como Iris a amava.

Aiden estremeceu.

– Ficou meio condescendente, né?

– Com certeza – respondeu Addison.

Iris se limitou a suspirar e fazer um gesto de desdém, evitando o olhar preocupado de Claire. Pelo menos, o irmão e os pais estavam lá. A irmã mais nova, Emma, nem se deu ao trabalho de aparecer, alegando que Christopher estava com febre e que seria impossível deixá-lo com uma babá. O que era bem justo, mas ela poderia deixá-lo com Charlie e ir sozinha ao lançamento do livro, já que ele era um pai perfeitamente capaz.

Mas não, Emma tinha que controlar tudo, inclusive fazendo Iris sentir que nada do que ela fazia era bom o bastante para a irmã caçula perfeita.

Iris tentou não deixar que isso estragasse a noite. Afinal, aquele era o evento que esperava havia mais de um ano, mais até, se contasse todo o tempo que tinha passado sonhando em escrever um romance desde que começara a ler o gênero, quando adolescente. Porém, a ausência de Emma realçava outras ausências.

Bom, só mais *uma* ausência, na verdade.

Iris fechou os olhos por um instante, concentrando-se na superfície cerosa da folha debaixo dos dedos.

– Estou ansiosa pra ler, querida – disse Maeve, pegando um exemplar do livro numa mesa próxima e sorrindo ao ver a capa colorida.

– Credo – disse Aiden.

– Tá, o que foi agora? – perguntou Iris, cruzando os braços, com a folha dentro da mão fechada.

– Desculpa, desculpa, é que a ideia da mãe lendo as cenas de sexo que você escreveu é...

Ele estremeceu, cheio de drama, fazendo Addison rir.

– Não sou puritana – protestou Maeve, fato que enfatizou dando um tapa na bunda de Liam.

– Ah, legal, que lindo, muito obrigado – disse Aiden.

Maeve riu enquanto as bochechas do marido ficavam rosadas.

– Enfim... – disse Maeve, olhando ao redor. – Cadê a famosa Stevie de que tanto ouvimos falar?

Iris sentiu o estômago dar uma cambalhota. As outras pessoas ficaram paralisadas, arregalando os olhos como se fossem adolescentes que alguém pegou saindo de casa às escondidas no meio da noite.

Em defesa da mãe, Iris tinha dito mesmo para a família que conheceriam Stevie no lançamento. E não chegara a abrir o jogo sobre o fim do namoro nas conversas mais recentes com a mãe. Na verdade, não tinha pensado nas consequências da decisão: teria que explicar o término *pessoalmente*, e bem no lançamento do livro.

– Ela não veio – foi a desculpa que escolheu, torcendo para a mãe se contentar com essa falta irrisória de explicação.

O que, obviamente, não aconteceu.

– Não veio? – Maeve franziu a testa. – Ela é sua namorada. Não devia estar no oferecimento do seu livro?

– *Lançamento*, mãe – corrigiu Aiden.

– Dá no mesmo – retrucou Maeve, de olho em Iris.

Sentia cheiro de bomba, e Iris testemunhou o instante em que a mãe percebeu que ela a estava enrolando. Maeve suspirou, franzindo a boca.

– Entendi.

– Mãe, por favor, não – pediu Iris. – Hoje, não.

– Hoje, não o quê? Não posso expressar preocupação porque minha filha amada continua fugindo da própria vida?

Iris rangeu os dentes. Ela ouviu Delilah murmurar "Ai, saco".

– Mãe... – disse Aiden, mas ninguém podia deter Maeve.

– É só curiosidade – disse ela. – O que aconteceu, Iris?

Iris apertou os olhos com os dedos.

– Nada. É... nada, tá?

– Ah, você não quer falar sobre isso. – Maeve cruzou os braços. – Nunca quer, né? Queria que tivesse dito isso antes. Aí eu teria convidado a Shelby.

– Shelby – repetiu Iris, inexpressiva.

Maeve sorriu.

– Fui à dentista semana passada. Shelby é a nova assistente. Linda que nem uma flor, e estava com um broche de arco-íris, então perguntei se...

– Para. Mãe, por favor, *para*.

Maeve franziu o rosto.

– Meu bem, se você não liga de morrer sozinha, eu tenho que ligar por nós duas.

– Eita, mãe, que drama, né? – disse Aiden.

Maeve apenas riu. Aiden riu. Addison riu. Só o círculo de amizades de Iris não riu, de olhos fixos nela e arregalados de apreensão. Ela percebeu que Astrid estava a um passo de dizer alguma coisa, de punhos cerrados e mandíbula tensa.

Iris balançou a cabeça de leve para ela.

Não valia a pena.

– Com licença – disse, depois se virou e praticamente se jogou na multidão.

Perdeu-se por um tempo, aceitando parabéns, falando de sua jornada rumo à publicação para quem expressava curiosidade. Falou até com Jenna por alguns minutos, mas nenhuma das duas citou Stevie.

– Amiga? – chamou Claire, encontrando-a na seção infantil, onde tinha se escondido havia uns dez minutos apenas para controlar a respiração.

– Oi – respondeu Iris.

– Você tá bem?

Iris deu de ombros.

– A mesma merda de sempre.

– Sinto muito. Sua mãe... Sei que ela te ama.

Iris balançou a cabeça. Também sabia que a mãe a amava. Só não aguentava mais aquele tipo de amor. O tipo que tentava consertá-la o tempo todo. É verdade que não chegava nem perto do tipo de pressão que Isabel Parker--Green tinha exercido sobre Astrid, mas mesmo assim doía.

– Se serve de consolo, ela ficou bem horrorizada depois que você saiu pisando duro – disse Claire.

Iris abriu um sorriso.

– Serve. Um pouco.

Claire passou a mão no cabelo de Iris, que se inclinou ao toque dela. Era reconfortante – as melhores amizades geralmente eram –, mas ela ainda sentia uma inquietação, um desassossego. Queria poder culpar a mãe, até mesmo a ausência de Emma, mas, para ser sincera, fazia quase um mês que se sentia assim.

– Escuta – disse, com uma ideia se formando na mente, e pegou na mão de Claire. – A gente pode ir ao Lush hoje? Todo mundo. Pra comemorar. A Ruby vai dormir na casa do Josh, né?

Claire ficou boquiaberta.

– Ah. Hã...

O Lush não era exatamente a praia de Claire. Não era mais a praia de nenhuma das amigas, embora Delilah já tivesse ido com ela ao bar, passando a noite tirando fotos dos corpos contorcidos e bebendo bourbon como se fosse habituée. A simples ideia de levar Astrid Parker a um lugar como aquele era quase cômica – mais uma razão para Iris insistir.

Além disso, não ia lá desde que tinha conhecido...

Bom, fazia um tempo, e tinha saudades do antigo refúgio. Sentia falta do barulho, dos cheiros, da multidão. Das pessoas, do jogo de encontrar aquela que chamaria sua atenção mais do que as outras.

Tinha saudades da distração, do doce esquecimento de estar com mais alguém na cama.

Meu nome é Stevie. Merda. Opa, Stefania.

Iris balançou a cabeça e afagou a mão de Claire.

– Por favor. Preciso descarregar a tensão que acumulei até o lançamento.

Claire sorriu, inclinando a cabeça.

– Essa é a única razão?

Iris sabia o que ela estava pensando – em *quem* estava pensando –, mas se recusou a morder a isca.

– Claro – respondeu, exibindo seu melhor sorriso. – Só quero comemorar com todo mundo.

Claire beijou a mão dela.

– Tá bom. Vou chamar o pessoal.

Os ombros de Iris literalmente desabaram de alívio.

– Obrigada.

– E agora, tá pronta pra começar? – perguntou Claire. – Pode esperar mais uns minutos, se precisar.

– Não. – Iris alisou o vestido. – Tô pronta.

– Ótimo. – Claire então a envolveu nos braços, apertando-a com força. – Sabe, acho que ela teria muito orgulho de você.

Iris se afastou. Não precisava perguntar de quem estava falando. Também sabia que Claire estava de conversa mole para cima dela: Stevie Scott não tinha o menor orgulho de Iris Kelly.

– Bora lá arrasar – disse Iris.

Claire fez que sim com a cabeça e se dirigiu ao espaço de eventos no meio da livraria, que no momento contava com pelo menos cem cadeiras dobráveis.

– Boa noite, pessoal, e sejam bem-vindes à Livraria Rio Selvagem – disse Claire ao microfone no púlpito. – Podem sentar, por favor. Tenho o prazer e o privilégio de apresentar a vocês nossa autora dessa noite. Iris Kelly é...

Iris ficou atrás dela, a mente vagueando enquanto a amiga lia sua biografia. Tinha percorrido parte do salão com o olhar até perceber que estava procurando cachos, um *mullet* que sempre a fazia pensar numa estrela do rock, uma camiseta tamanho PP provavelmente comprada num brechó.

Era ridículo.

Ela fungou e se concentrou.

– ... deem as boas-vindas a Iris Kelly, autora do romance aclamado pela crítica *Até nosso próximo encontro!*

O público aplaudiu e deu vivas, e Iris subiu ao púlpito. Claire deu um beijo na bochecha dela. Iris sorriu e respirou fundo. Girou os ombros para trás e se transformou em Iris, a escritora. Um papel – legítimo, mas ainda assim um papel. Aquela mulher era elegante, graciosa, e de jeito nenhum esperava que certa atriz que morava a quase 5 mil quilômetros dali comparecesse ao evento com algum gesto grandioso para arrebatá-la.

Porque isso seria tolice, não?

Depois que Iris leu um trecho do livro em voz alta, o público fez fila para ela autografar os exemplares. Demorou um pouco para todas as pessoas passarem, algumas querendo uma foto, outras querendo conversar sobre como ela havia chegado longe, principalmente alguns de seus professores do ensino médio, que sem dúvida se lembravam dela como uma aluna mediana que usava saia curta demais e estava sempre na detenção.

Iris acolheu tudo, tentando estar presente no momento.

– Aqui tem alguns livros da pré-venda pra você assinar – disse Claire depois que atenderam cada pessoa na fila, vendo-as agora passear pela livraria terminando a champanhe.

Ela deixou uma pilha de livros em cima da mesa, enquanto Brianne, a gerente da loja, abria cada um para que Iris pudesse ver o bilhete adesivo rosa com o nome de quem o havia comprado. *Ivy. Mara. Grace. Sunny. Luca.*

Iris assinou todos, repetindo seu nome com um floreio na página de rosto, junto com uma mensagem breve para cada pessoa: "*Crie seu próprio 'felizes para sempre'!*"

Tinha pensado muito no que queria escrever quando lhe pedissem para autografar o livro. Precisava ser sincero, fazendo jus ao público leitor de romances e a quem ela mesma era. Aquela mensagem era boa, parecia algo que todo mundo gostaria de ler.

A pilha diminuiu, Iris começou a ter cãibra na mão e estavam quase no fim quando Brianne abriu um livro com um nome que congelou o coração de Iris dentro do peito.

Stevie.

Ela ficou olhando o bilhete rosa-choque, piscando várias vezes.

– Tudo bem? – perguntou Brianne.

Iris fez que sim, mas chamou Claire.

– Que foi, amiga? – perguntou Claire, com uma pilha de livros já autografados nas mãos.

Iris ainda olhava para o nome. A amiga acompanhou o olhar dela e arfou de leve. Não era um nome muito comum. Mesmo assim, Iris supôs que poderia ser outra pessoa...

– Ah, meu bem – disse Claire.

– É a...? – perguntou Iris.

– Não sei. – Claire olhou para a gerente. – Brianne, você tem a fatura desse aqui?

Brianne assentiu, tirando o celular do bolso de trás.

– Tenho, vou procurar.

Iris ficou ali enquanto a gerente digitava na tela, os dedos apertando a caneta com força.

– Pronto – anunciou Brianne. – Hã... Stevie Scott. Mora em Nova York.

– Quando... quando foi que ela comprou? – perguntou Iris.

Brianne franziu a testa, de olho na tela.

– Ela fez o pedido... dois dias atrás.

Claire abraçou o ombro de Iris, apertando-o, mas ela mal sentiu. Alisou a página de rosto com a mão e posicionou a caneta para escrever o nome.

O nome de Stevie.

Para escrever "*Crie seu próprio 'felizes para sempre'!*" para Stevie Scott, a mulher que Iris rejeitou, renegou, e para quem mentiu. A mulher com quem teve medo de criar qualquer tipo de "para sempre". Aquela que, depois de tudo isso, ainda encomendou o livro de Iris na livraria de Claire e queria um autógrafo.

– Merda – disse ela, com os olhos começando a arder.

– Ai, amiga... – falou Claire.

– Eu tô bem, é que...

Iris balançou a cabeça, esforçando-se para pensar em outra coisa, *qualquer* outra coisa, qualquer outra *pessoa*. Fechou os punhos, apertando-os até sentir as unhas cravando na própria pele.

Mas nada adiantou.

Stevie... crie seu próprio "felizes para sempre"!

A mensagem parecia um soco, uma piada cruel, e Iris sabia que nunca poderia escrever isso para ela. Não conseguia se imaginar escrevendo nada.

De repente, se levantou, levando o livro.

– A gente pode ir? Tô pronta pra sair daqui.

Claire franziu a testa, pousando o olhar no livro de Stevie na mão de Iris. Ela abraçou o livro de encontro ao peito, e Claire olhou para Brianne, balançando a cabeça de leve. Iris não comentou o assunto, só precisava ir embora. E já.

– Claire.

– Tá bom, vamos – respondeu ela, mas não parecia nem um pouco animada. – Brianne, você fecha a loja?

– Claro – afirmou a gerente de franja cor-de-rosa. – Parabéns, Iris.

– Valeu – respondeu Iris. – E obrigada pelo evento maravilhoso.

Sua voz tremeu, a ponta dos dedos formigando quando guardou o livro na bolsa. Ia descobrir o que escrever para Stevie e enviá-lo pessoalmente.

– Ouvi dizer que vamos para um antro de luxúria e perdição, é isso? – perguntou Delilah, aproximando-se dela.

Astrid e Jordan estavam perto da porta com Simon, as cabeças juntas enquanto conversavam, olhando de soslaio para Iris com expressões de apreensão.

– É – respondeu ela com firmeza, empinando o queixo enquanto enganchava o braço no de Delilah e a girava, encarando os olhos de cada uma das amigas e do amigo. – É hora de comemorar, e eu quero o melhor pedaço de mau caminho que puder pegar.

CAPÍTULO TRINTA E SEIS

IRIS ESTAVA CERCADA por um mar de pegação.

Parecia que *todas* as pessoas no bar estavam acompanhadas, se esfregando em alguém. Mas ela imaginava que esse era mesmo o objetivo de um lugar como o Lush, lotado naquela noite, com iluminação baixa, coquetéis personalizados com temas de outono e música que parecia ter sido composta como trilha sonora para o sexo.

Era o lugar perfeito para se perder. Iris olhou em volta, procurando qualquer pessoa que pudesse estar olhando para ela. Encostou-se no balcão, com o quadril projetado para a frente e a mão lânguida sustentando uma taça de martíni meio cheia. Todos os sinais não verbais de "tô a fim de transar".

O único problema era que Astrid parecia grudada nela feito cola enquanto Jordan e Simon tinham uma conversa séria na extremidade do balcão. Claire e Delilah estavam... bom, fazendo parte do cenário de pegação na pista de dança, o que era meio perturbador e ao mesmo tempo uma delícia.

– Que lugar... interessante – comentou Astrid.

Ela estava segurando a bolsa junto ao peito com uma das mãos e uma taça de vinho branco com a outra. Fazia um esforço óbvio para não olhar para Claire e Delilah.

– Nhoim, é o primeiro bar lgbtq+ do nenê – disse Iris, acariciando o cabelo loiro da amiga.

Astrid revirou os olhos e afastou a mão dela, mas um sorrisinho se instalou em sua boca antes de voltar a observar tudo com uma expressão um tanto atordoada. Estava com um salto de 8 centímetros, combinado a jeans de barra dobrada e blazer justo azul-marinho. Parecia uma executiva do babado.

Iris riu quando Astrid ficou boquiaberta ao ver dois homens tirarem a camisa e continuarem a se esfregar.

– Então tá – disse Astrid, bebendo um gole de vinho.

– Bem-vinda, amiga – respondeu Iris.

Astrid sorriu, brindando com ela. Uma música terminou, emendando-se com outra, mas Claire e Delilah saíram da pista e se aproximaram delas, rindo, de mãos dadas.

– Eu tinha esquecido que adoro dançar! – gritou Claire por cima do barulho.

– Não acredito que eu nunca te trouxe aqui antes – disse Delilah, abraçando a cintura dela por trás. – Todas aquelas vezes que a Iris me arrastou pra cá, eu poderia ter... – Baixou a voz e sussurrou alguma coisa no ouvido de Claire, deixando-a de rosto vermelho vivo, visível até com a pouca luz, e fazendo-a dar uma risadinha.

– Vocês duas, *pelamor* – resmungou Iris.

– Ah, elas são fofas, deixa elas em paz – respondeu Astrid enquanto Jordan se aproximava em silêncio por trás dela, deslizando a mão em volta da cintura.

Simon pediu uma cerveja e se sentou numa banqueta.

– Tá bom – disse Iris. – Quem vocês estão vendo?

As pessoas do grupo a observaram, confusas, e se entreolharam.

– Que foi? – disse Iris.

– Quem você tá a fim de ver? – perguntou Delilah devagar.

Iris franziu a testa.

– Hã, literalmente *qualquer* pessoa.

– Tem certeza de que não quer só dançar com a gente? – perguntou Claire, estendendo a mão e pegando a dela. – Eu danço com você.

– Não do jeito que eu prefiro – respondeu Iris.

Queria a pressão dos corpos, do suor e do álcool, a coxa de alguém entre as dela, quase fazendo-a gozar ali mesmo, no meio do bar. Ao pensar nisso, sentiu um frio na barriga, uma rara onda de nervosismo.

– Amiga, tem certeza? – perguntou Claire.

Iris ficou paralisada, olhando para cada uma das amigas.

– O que você quer dizer?

– Ela tá falando da Stevie – respondeu Delilah, sempre objetiva.

Iris retesou a mandíbula.

Crie seu próprio "felizes para sempre".

Balançou a cabeça, tentando desalojar a frase, mas não conseguiu tirá-la da mente. É verdade que tinha escrito a mensagem cerca de cem vezes naquela noite. Portanto, fazia sentido que ficasse em sua cabeça.

Todo o sentido do mundo.

– Iris, você já falou com ela? – perguntou Astrid baixinho, afagando o ombro dela.

Iris desvencilhou o corpo, afastando-a.

É claro que não tinha falado com Stevie. Não conseguia. O que diria? Nem sabia explicar o que havia acontecido entre elas para as melhores amigas, para o próprio coração; como poderia pedir desculpas por isso?

Isso *se quisesse* se desculpar.

E não queria.

As duas terminaram. Stevie tinha ido embora, Iris não foi atrás dela, e pronto.

Crie seu próprio "felizes para sempre".

– Vou dançar – declarou, pulando da banqueta e mergulhando no mar de corpos sinuosos antes que as amigas pudessem detê-la.

Fechou os olhos, levantou as mãos e se mexeu. Girou e rodopiou até a visão ficar turva.

Até sentir a mão de alguém no ombro.

Abriu os olhos para ver uma mulher de cabelo escuro, quadris largos e uma bunda linda, uma deusa absoluta, bem na frente dela.

– Oi – disse a mulher.

Usava um vestido roxo-escuro que se agarrava perfeitamente a todas as curvas. Iris sorriu.

– Oi.

– Meu nome é…

– Não ligo – disse Iris, envolvendo os quadris da mulher num abraço e puxando-a.

A mulher riu, revelando lindos dentes brancos, os brincos de ouro balançando com o movimento.

– Justo.

Iris a puxou para mais perto, e a mulher passou os braços em volta dos ombros dela, quadril com quadril. Olhou Iris nos olhos e sorriu. Era tão...

Adorei, disse Iris.

Também... adorei você.

Iris riu. Muito. Fofa.

– *Eu estava falando do seu nome, mas aceito o elogio.*

Iris fechou os olhos, sentiu a curva da cintura da mulher movendo-se com ela ao som da música, uma batida frenética que dava a impressão de que todo mundo ali estava chegando ao clímax.

Era disso que Iris precisava. Era o que ela queria.

– Você é boa nisso – comentou a mulher.

Stefania esfregou a testa.

Nossa. Bater papo não é meu forte.

Talvez, mas pra mim tá ótimo.

Iris não disse nada. Puxou a mulher para si, roçou o ombro nu dela com os lábios, inalou o aroma. Flores, baunilha e suor. Gostoso e... diferente.

– Você mora por aqui? – perguntou a mulher.

Iris recuou, olhando aquele par de olhos azuis claríssimos.

– Não.

– Eu moro. Na verdade, bem perto.

Iris sabia o que dizer em seguida. *Que interessante*, com ar sedutor. Ou talvez apenas abrisse um sorrisinho, seguido de uma lenta aproximação para um beijo. Talvez até um *Que bom saber disso*, bem coquete.

Mas não conseguia dizer nada. Não conseguia nem fazer o próprio rosto se mexer. Ficou simplesmente encarando a mulher linda que a desejava, que queria dar a ela tudo que estava procurando.

O sorriso da mulher vacilou.

– Você tá bem?

– Tô – respondeu Iris. Talvez um nome ajudasse, sim, deixando o contato um pouco mais agradável. – Eu sou Iris.

Sua parceira sorriu.

– Beatriz.

O coração de Iris começou a bater por toda parte – na garganta, na ponta dos dedos, no estômago.

Por minha espada, Beatriz, tu me amas!
Iris balançou a cabeça e sussurrou:
– Não.
Beatriz, a verdadeira, de carne e osso, franziu a testa.
– Hein?
– Eu... – Iris baixou as mãos, recuando. – Desculpa... você é perfeita, mas... Desculpa, eu não...
Ela deu as costas e voltou para o balcão sem dizer nem mais uma palavra, deixando Beatriz para trás. Todo o grupo a olhava, abrindo espaço para ela. Apoiou as mãos na superfície laqueada do balcão e entornou o resto do martíni.
Então riu.
Começou como uma bufada, um som incrédulo e sarcástico, mas logo se transformou em algo mais. Um som cru, vindo do fundo do ser, tão forte que os músculos da barriga doeram e lágrimas afloraram nos olhos. Baixou a cabeça nas mãos e riu, e riu mais, até não saber se estava mesmo rindo ou chorando.
– Hã... amiga? – chamou Claire.
Iris balançou a cabeça sem parar de rir e chorar.
– Tô estragada – disse entre soluços. – Estragada, saco. Ela me estragou.
Aquilo era o que Iris fazia. Arranjava alguém com quem ficar. Curtia a vida. Flertava, dançava e transava, e era isso que todo mundo esperava dela.
Era o que esperava de si mesma.
Era o que queria, mas lá estava, incapaz de fazer qualquer uma dessas coisas. Lá estava, chorando em seu bar preferido depois de ter dispensado uma das pessoas mais atraentes do lugar.
Sentiu a mão de alguém nas costas, acariciando-a em círculos. Não rejeitou o toque. Também não ergueu o rosto para ver quem era; limitou-se a ficar ali, com os dedos molhados de lágrimas, a garganta irritada e...
Ela...
Queria falar sobre isso com Stevie. Queria rir e chorar com Stevie. Queria dançar com ela, flertar com ela, tocá-la, beijá-la e abraçá-la. Queria dormir e acordar com ela e, caramba, não queria escrever "*Crie seu próprio 'felizes para sempre'!*" no livro dela.
Eu sou seu "felizes para sempre".

A frase veio à mente assim, sem dificuldade; uma simples troca de letras e palavras, mas nos lugares certos. Era perfeita. Brega, ridícula, com todo o jeito de ter saído da seção de romances da Rio Selvagem.

E era verdade.

Caramba, era verdade; se não para Stevie – que não sabia se um dia a perdoaria por ser tão covarde, egoísta e burra –, para Iris.

Stevie era quem ela queria.

Stevie era o final feliz dela.

Mesmo que tudo entre as duas tivesse dado errado. Ainda que se separassem dali a seis meses ou seis anos. Até mesmo se Iris às vezes duvidasse que Stevie a queria.

Ainda que Stevie não a quisesse mesmo.

Talvez, no fim das contas, Iris não estivesse estragada. Estava só... *diferente*. Transformada por uma pessoa que finalmente a afetou, que ocupou seu coração, fazendo-a ter tanta vontade de pertencer a alguém que mal se reconhecia.

Não, Iris não estava estragada.

Estava *apaixonada*.

Levantou a cabeça, pegou um guardanapo e enxugou o rosto. Sentiu as amigas e o amigo dos dois lados, mãos gentis nas costas, esperando por ela.

Amando-a.

Porque Iris Kelly merecia ser amada.

E sempre havia merecido.

Ela se virou, sorrindo, e disse:

– Preciso ir pra Nova York.

CAPÍTULO TRINTA E SETE

EM OUTUBRO, A CIDADE DE Nova York tinha as cores do fogo.

Stevie nunca deixaria de se surpreender com a quantidade de áreas verdes entre os prédios e as calçadas, as luzes fluorescentes, os vendedores e os carros. Ao chegar lá no mês anterior, tinha ficado abalada ao ver como Nova York parecia tão vasta, como um país por si só, mas tão pequena ao mesmo tempo. No começo, mal conseguia sair de seu prédio no Brooklyn – um apartamento pelo qual pagava uma ninharia a Thayer e à esposa dela – sem ter dificuldade para respirar. Dependia do aplicativo do metrô, conversava com a mãe e com Ren todos os dias para que pudessem convencê-la a não voltar para casa, e chorou até dormir por sete noites seguidas.

Porém, depois de algumas semanas nessa vida nova, sentia-se mais estável. Ainda dependia do aplicativo do metrô. Continuava a falar com Ren todos os dias. E às vezes ainda chorava até dormir. Mas também adorava aquele lugar: o cheiro de pão, café e terra de seu bairro de manhã; a agitação do distrito dos teatros, as ruas da cidade cheias de pessoas, cada uma com sonhos, medos e amores diferentes; as árvores da rua, as folhas parecendo chamas a arder nos galhos, com um toque de roxo cintilando aqui e ali.

Parecia o lugar certo para se estar no outono, quando tudo morria para poder renascer. A cada dia, sentia-se mais forte. Todo dia tomava o remédio, preparava-se para o que existia da porta para fora da melhor maneira possível e ainda ganhava uma repreensão gratuita de um desconhecido aqui, uma tentativa de apalpada no metrô ali. O simples fato de andar pela rua ainda a abalava, deixando-a sem ar.

Mas ela dava conta.

333

Às vezes desmoronava, mas se recuperava; assim, mesmo quando as lágrimas encharcavam um pouco o travesseiro, ainda havia... orgulho. Era isso o que sentia. Tinha orgulho de si mesma, de ter se jogado, mergulhado de cabeça, dado um voto de confiança a si mesma e todas as outras expressões clichês em que podia pensar para descrever como havia mudado de vida.

Como havia escolhido a si mesma.

Eu escolhi a mim, mas também escolho você.

Stevie olhou para o texto na mesa do Devoción, seu café preferido na Grand Avenue. Tomou um gole do flat white, tentando se concentrar nas motivações, razões e nos medos de Rosalinda, mas de repente só conseguia pensar naquele desenho que Iris fez na manhã em que terminaram.

Stevie. Sozinha. Em Nova York.

No fim das contas, Iris era meio vidente. Stevie estava sozinha, sim. Estava em Nova York.

E... estava bem.

Se havia uma coisa que emanava do desenho – os braços estendidos, a cabeça inclinada para o céu –, era isso. Stevie estava bem.

– Oi, oi, desculpa o atraso – disse uma voz.

Stevie ergueu o olhar para uma jovem branca de cabelo cor-de-rosa na altura dos ombros e franja longa contornando as plantas do café e, em seguida, desabando no sofá com capitonê de couro marrom onde Stevie estava sentada.

– O metrô parou de novo – disse Olivia, soprando o ar de um jeito que arrepiou a franja.

Usava uma legging cinza e um suéter de estampa vibrante que parecia ter pertencido ao pai dela nos anos 1970, mas que de alguma forma lhe caía bem.

Stevie fez um gesto de desdém.

– Não esquenta.

Olivia sorriu para ela, que sorriu também. Era jovem: tinha 25 anos. Embora fosse apenas 3 anos mais nova que a própria Stevie, tinha um ar tão inocente e cheio de esperança que parecia mais nova. Era uma autêntica graduada da grande escola de artes performáticas Juilliard, portanto uma atriz absurdamente talentosa, e ia interpretar Celia, prima e amiga íntima de Rosalinda em *Como gostais*. As duas se conheceram durante os testes para os quais Thayer havia convidado Stevie em sua primeira semana em Nova York. Olivia também estava lá – conhecia Thayer de uma peça independente em que ambas trabalharam no ano anterior – e sua personalidade naturalmente aberta e efusiva ajudava Stevie a relaxar perto dela.

Além disso, era pansexual, e Stevie sempre se sentia mais segura e à vontade ao lado de outras pessoas lgbtq+.

– Em que cena você tá? – perguntou Olivia, aproximando-se dela e espiando o texto.

– Esqueceu sua cópia de novo? – indagou Stevie.

Olivia riu, com os cílios obviamente falsos, mas mesmo assim lindos, esvoaçando de encontro às bochechas.

– Você me conhece. Na semana passada, perdi minhas chaves. Sabe onde encontrei?

– Vou adivinhar. Na caixa de areia do seu gato?

– Não, isso foi no mês passado. No forno. – Olivia fez uma careta. – Tipo, eu nem uso o forno. Guardo meu estoque de emergência de amêndoas cobertas com chocolate lá e... ah, já entendi o que aconteceu.

Stevie sorriu e balançou a cabeça.

– Você precisa de um porta-chaves. Bem do lado da porta.

– Já tenho.

Stevie riu, depois empurrou o texto já repleto de anotações para deixá-lo entre as duas.

– Ato 1, cena 3.

Olivia se aproximou ainda mais, encostando a perna esguia na de Stevie, e logo se perderam na cena, sussurrando as falas uma para a outra para não incomodar a clientela do café, parando para Stevie marcar alguma coisa no texto ou para Olivia digitar uma anotação no celular. Era um trabalho estimulante, e o coração de Stevie batia mais rápido com a ideia de apresentá-lo no Delacorte sob o céu de julho, com a multidão feliz, linda e repleta de verão.

– Você é ótima – disse Olivia quando terminaram a cena, cutucando o ombro dela.

Stevie sorriu. Estava aprendendo a não rejeitar elogios, principalmente vindos de alguém como Olivia, que já fazia parte do cenário teatral de Nova York havia alguns anos. Sabia que aquelas não eram palavras vazias.

– Valeu – respondeu Stevie. – Você também.

Olivia sorriu, fazendo os dedos tremularem pelo rosto.

– Eu sei.

Stevie riu, depois folheou o texto em busca de outra cena com Rosalinda e Celia. Olivia esperou, paciente, ainda com o braço morno encostado no dela.

– Sabe – disse Olivia –, a gente devia sair um dia desses.

Os dedos de Stevie pararam numa página. Ela olhou de esguelha para Olivia, que a espiava com os olhos levemente estreitados e a cabeça inclinada, como se a ideia tivesse acabado de lhe ocorrer.

– Tipo... – respondeu Stevie, mas silenciou.

Olivia sorriu.

– É, tipo...

Stevie se esforçou para manter o contato visual. Nossa, Olivia era muito bonita. E um doce. Entendia a vida no teatro e já tinha ajudado Stevie a se virar muitas vezes em Nova York, indicando desde as padarias com os bagels mais deliciosos até as melhores livrarias independentes do Brooklyn.

Stevie fez contato consigo mesma, avaliou a respiração, o processo mental, sentiu as pernas encostadas no couro gasto do sofá, todas as coisas que sua terapeuta a incentivava a fazer quando encarava uma situação nova.

Não estava nervosa; pelo menos, não de uma forma que a paralisasse, que a fizesse se sentir impotente e travada. O estômago se agitou um pouco, mas para ela isso era normal, assim como o calor que tomava conta das bochechas.

– Ah, que fofo! – disse Oliva, rindo ao vê-la corar.

– Nossa, desculpa – respondeu Stevie, apertando o rosto aquecido com a palma das mãos, mas também riu, sentindo o acanhamento fácil e leve, como uma piada entre amigas.

E percebeu que queria dizer sim para Olivia. Não tinha nenhum motivo para não dizer, a não ser pelo potencial constrangimento durante a peça, mas as duas eram profissionais. *Adultas*. E o teatro não seria o que é se as pessoas não se relacionassem dessa forma durante as produções. Olivia era uma companhia segura, fazia Stevie rir. Era linda. Na verdade, era perfeita.

Então... por que não conseguiu pronunciar aquele sim?

Chegou a abrir a boca, pronta para se arriscar, para tentar, para *sair* com alguém, mas em sua mente só conseguia ver e *sentir*, bem ali, no fundo do ser... Iris.

Stevie expirou, e Olivia viu acontecer aquela queda sutil dos ombros dela.

– De boa – disse Olivia.

– Eu quero dizer sim. Quero mesmo. Mas... acabei de sair de um relacionamento, foi pouco antes de me mudar pra cá.

Olivia assentiu, gesticulando.

– De boa mesmo. Eu entendo.

Stevie a olhou com atenção, e ela parecia estar tranquila, com o mesmo sorriso sincero que chegava aos olhos.

– Mas bem que eu gostaria de ter uma amiga. Se você estiver a fim.

Olivia pegou a mão dela e deu um beijo na palma da mão, com um estalo alto e amigável.

– Já é.

Stevie sorriu, afagou a mão dela e voltaram ao texto. Simples assim. Sem constrangimento nem mágoa. Na verdade, toda aquela maturidade era uma maravilha. Demorou um pouco para os batimentos cardíacos de Stevie desacelerarem e a adrenalina parar de formigar na ponta dos dedos, mas ela logo voltou ao normal, sentada à mesa de um café no Brooklyn com sua coatriz e amiga.

Mesmo assim, enquanto o sol avançava para o oeste pelo céu e Olivia se levantava, declarando que precisava se reunir com as colegas de apartamento para discutir o fato de que uma delas sempre entupia o vaso sanitário e era óbvio para todas que não o desentupia, Stevie quis muito poder mudar de ideia.

Desejou que Iris não estivesse mais com ela, pairando feito um fantasma, impedindo-a de estar pronta para uma pessoa maravilhosa como Olivia. Voltando a pé para o apartamento, com a luz mortiça da tarde espalhando ouro pela cidade, ela se esforçou para pensar em outras coisas: a xícara de chá que planejava fazer quando chegasse em casa; a consulta on-line com a terapeuta dali a dois dias; o e-mail mais recente de Thayer atualizando-a sobre o elenco, que incluía o homem que interpretaria Orlando, um astro em ascensão abertamente gay que acabara de terminar a turnê promocional de seu primeiro longa-metragem.

Todos esses pensamentos, do mundano ao quase fantástico, deveriam dar conta do recado. Deveriam tirar certa ruiva desenfreada da cabeça de Stevie, forçando-a a estar presente em sua vida atual, sua realidade atual, seu coração, seus sentimentos e necessidades atuais, mas não o fizeram.

Raramente faziam.

Ela sabia por experiência própria que devia precisar de um pouco mais do que pensamentos: precisava de uma distração intensa, como um filme ou mais dedicação ao texto. Sempre podia se aperfeiçoar no papel de Rosalinda, tecendo uma personagem nova, inebriante e vulnerável.

Entrou no prédio, pegou a correspondência, e tinha acabado de chegar ao apartamento no terceiro andar quando viu um envelope pardo e acolchoado encostado na porta. Não se lembrava de ter encomendado nada, mas tinha seu nome na frente, então ela o pegou, enfiando-o debaixo do braço enquanto procurava as chaves na bolsa.

Já dentro de casa, largou tudo no balcão de quartzo da cozinha e passou um instante com as mãos na cintura, pensando. Era óbvio que Danielle, a esposa de Thayer e rica proprietária de uma galeria independente, havia decorado o espaço aberto, todo em tons frios de cinza e azul, linhas modernas e obras de arte caras nas paredes. Stevie gostava da paleta neutra, mas o resto não era bem do gosto dela – preferia mais aconchego, mais bagunça e vida –, mas, como Danielle mal cobrava o que custava o apartamento fuleiro em que havia morado em Portland, Stevie não reclamava.

Encheu a chaleira na cozinha cinza e prata, depois acendeu o fogo antes de vestir uma calça de moletom e um cardigã velho da mãe, já que o dia fresco de outubro tinha dado lugar a uma noite fria. Havia acabado de se sentar no sofá com uma xícara de chá verde com hortelã e o texto no colo quando se lembrou do envelope. Levantou-se, pegou-o no balcão entre as malas diretas e inspecionou a parte da frente.

Stevie Scott.

Arrepios percorreram seus braços enquanto ela o erguia nas duas mãos. Era pesado, com algo retangular e grosso no interior. Com os dedos tremendo por razões que não conseguia explicar, rasgou a ponta e mergulhou a mão lá dentro. Era um livro em brochura com páginas lustrosas.

Não sabia ao certo o que esperava ver na capa, mas com certeza não era o próprio rosto, desenhado com imensa complexidade e cuidado: uma mulher de cachos castanhos e jeans de cintura baixa, com a testa apoiada na de outra mulher e as mãos entrelaçadas entre as duas.

Uma ruiva.

A ruiva que perseguia Stevie em sonhos à noite, que a acompanhava pelas ruas do Brooklyn.

Havia também um título, disposto na metade inferior da capa com uma fonte de caligrafia descontraída.

A verdade sobre mim e você

Seu coração pareceu ficar gigante, batendo em todos os lugares ao mesmo tempo, e as lágrimas afloraram nos olhos antes mesmo de digerir o que estava olhando, o que estava segurando nas mãos.

O que poderia significar.

Sentou-se no chão de madeira e folheou as páginas pesadas, impressas e encadernadas com qualidade profissional, como se fosse uma história em quadrinhos que poderia tirar das prateleiras de uma livraria. Viu ilustrações que reconheceu, todas já plenamente coloridas: Iris e Stevie encontrando-se no Lush; Iris colocando Stevie na cama; Stevie sentada sozinha na praia em Malibu; as duas no ensaio de *Muito barulho*; Stevie encostando Iris na porta do apartamento, com a coxa entre as pernas dela.

Página após página, cena após cena, o romance de Stevie e Iris se desenrolava no papel. Pois era um romance, *sim*: colorido, desvairado, aterrorizante e lindo, com cada momento as empurrando uma para a outra, a mentirinha que as duas alegaram no início se desfazendo a cada beijo, abrindo caminho para algo novo, autêntico e perfeito.

Lágrimas escorreram pelas bochechas de Stevie, toda a coragem, a ousadia e o bem-estar daquele mês transbordando enquanto folheava as cenas. Sentiu um aperto no estômago ao virar uma página e se deparar com a separação, a maneira como Iris retratou as emoções no rosto das duas. Era tão franco e verdadeiro que Stevie precisou largar o livro e parar para respirar.

Depois de pouco tempo, no entanto, voltou à história, ávida pelo final, embora já soubesse como era. Virou a página, piscando diante da própria imagem, a mesma ilustração que tinha visto no dia em que ela e Iris terminaram: Stevie em Nova York, de braços abertos e cabeça inclinada para o céu.

Era uma beleza.

Era a verdade.

Mas havia mais páginas sob a ponta dos dedos de Stevie, mais história; a espessura das folhas seguintes foi como um choque elétrico no sistema nervoso dela.

Ela abraçou o livro junto ao peito, a garganta tão apertada que mal conseguia engolir em seco. Levantou-se e pegou o envelope acolchoado outra vez.

Stevie Scott.

Era a letra de Iris. Ela a reconheceu por causa dos planners digitais, já que muitos dos projetos eram réplicas da forma de escrever de Iris, numa mistura elegante de letra de mão com letra de forma. Mas o nome de Stevie era a única coisa escrita no envelope. Não havia endereço. Nem selo. Nem endereço de remetente.

Ela deixou o envelope na bancada e olhou o apartamento ao redor. Sentia o pulso na garganta, nos ouvidos, e uma parte dela esperava que Iris se revelasse em algum canto. Mas nada aconteceu. Stevie pegou o celular, imaginando se ela teria mandado uma mensagem, quem sabe; mas não havia nada, apenas a tela em branco com a foto que Stevie havia tirado do Delacorte na primeira semana em Nova York.

A ponta de seus dedos empalideceu segurando o livro. Não sabia ao certo o que queria que aquelas últimas páginas mostrassem, como queria que a história acabasse. Ou melhor: sabia muito bem, nunca tivera tanta certeza assim de nada na vida, mas suas estratégias de defesa estavam se ativando, mentiras que tentou acreditar serem verdadeiras para evitar que o coração se despedaçasse ainda mais.

Já superei.

Estou feliz sem ela.

Não quero mais ficar com ela.

É apenas solidão.

Mas sabia que nada disso era verdade.

Então virou a página.

Stevie levou algum tempo para registrar o que estava vendo. Iris tinha desenhado a si mesma parada numa rua em frente a um prédio de tijolos aparentes, de costas para quem via. O cabelo estava escuro na penumbra, longo e indomado, e ela usava jeans, bota marrom de salto alto e um casaco de lã verde-vivo.

E numa das mãos, baixada ao lado do corpo, havia uma única tulipa amarela.

Stevie se levantou, com os braços e as pernas tremendo e fervilhando de adrenalina. Os olhos vagavam pela página, ávidos por todos os detalhes... pelo porquê... pelo...

Ela arfou com um som alto.

Iris estava parada ao pé de uma escada de pedra.

Uma escada que ela conhecia.

Com portas de vidro duplas no alto e cornijas decorativas em volta das janelas...

– Ah, meu Deus! – exclamou Stevie, cobrindo a boca com a mão.

Hesitou por apenas um momento antes de enfiar os pés num par de botas e agarrar a maçaneta da porta, abrindo-a com tanta força que a bateu com tudo na parede. Desceu a escadaria voando, com o livro abraçado junto ao peito. Os olhos ardiam, as lágrimas já se formavam de novo e, caramba, tentou contê-las, tentou se preparar para o caso de estar enganada, de haver interpretado mal aquele desenho, de Iris não estar mesmo... não ter mesmo...

Saiu do prédio com os pulmões trabalhando tanto para mantê-la de pé que ficou meio zonza. Os olhos se esforçaram para se adaptar à escuridão crescente, e o ar frio a atingiu como um tapa, desesperada para ver...

Uma cabeleira ruiva.

Um casaco verde.

Uma única tulipa amarela.

Stevie não disse nada. Não conseguia. Nem se lembrava de ter descido os degraus da entrada, mas de repente estava parada na frente de Iris, respirando o mesmo ar de outono, o aroma de gengibre e laranja inebriante como uma droga, e a única coisa que conseguia fazer era olhar para ela, sedenta por aquele rosto, aquela boca, aquela pinta azul bem debaixo do olho esquerdo.

– Oi – disse Iris.

Os joelhos de Stevie quase cederam àquela voz que se enrolou em volta dela como um casaco quente no meio do inverno.

– Há quanto tempo você tá aqui? – perguntou, apertando o cardigã ao redor do tronco, ainda com o livro junto ao peito. – Tá um frio danado.

Iris deu de ombros, rindo. O nariz dela estava vermelho de frio, e Stevie teve vontade de beijá-lo. De *beijá-la*.

– Um tempinho – respondeu Iris, indicando um banco na calçada a meio quarteirão dali. – Passei umas duas horas sentada lá. Antes de você chegar.

– Você... me viu? Por que não...

– Eu não queria que você se sentisse obrigada a falar comigo – respondeu Iris, aproximando-se. – Queria que a escolha fosse sua.

– Quando eu visse o desenho – disse Stevie, e abraçou o livro com ainda mais força.

Iris assentiu.

– Quando visse o desenho.

– Como você sabia que eu tava aqui? Como *desenhou* meu prédio e colocou num livro?

Iris mordeu o lábio.

– Bom, a Claire não quis me passar seu endereço de quando você encomendou meu livro. Questão de ética ou sei lá o quê.

Stevie riu.

– Então eu liguei para Ren – continuou Iris. – E é impressionante quantos detalhes a gente consegue ver no Google Street View.

Stevie só conseguia olhar para ela, espantada com o esforço que havia feito, o tempo dedicado e as coisas que criara apenas para dar uma história a Stevie.

Não; não só uma história.

A história delas.

– Você veio – disse Stevie, sentindo aquele fato se estabelecer por fim no coração.

Iris sorriu, mas foi um sorriso pequeno, nervoso, e a coisa mais linda que Stevie já tinha visto.

– Vim. Desculpa ter demorado tanto.

As lágrimas escorreram pelo rosto de Stevie, porque...

Iris.

Em Nova York, cortejando-a com arte, flores e romance.

Naquele último mês, Stevie estava bem. Ainda estava bem e continuaria desse jeito se nunca mais visse Iris. Sabia disso, sem dúvida – era capaz, tinha amigos e familiares que a amavam, a apoiavam e a ajudariam quando desmoronasse.

Sim, Stevie Scott ficaria bem sem Iris Kelly.

Mas não ficaria *assim*.

Completamente iluminada por aquela mulher desvairada e imprevisível, suave, vulnerável e doce, tão linda que às vezes não conseguia olhar diretamente para ela, como se estivesse encarando o sol, zonza, aterrorizada e eufórica.

Vendo-a ali, naquele instante, em carne e osso, um canto do coração de Stevie, aquele que ela se convencera de que poderia viver apagado, ganhou vida, enervando o sangue, os ossos e a pele. Stevie queria Iris, e não lhe importava por que ela havia levado tanto tempo para chegar àquele ponto; nada importava, a não ser a maneira como Iris olhava para ela, de olhos arregalados, cheios de esperança e medo, e Stevie não conseguiu fazer nada além de segurar o rosto dela nas mãos e acariciá-lo com os polegares.

Iris inspirou de repente, fechando os olhos enquanto Stevie encostava a testa à dela.

– Você veio – repetiu ela.

Iris riu, um som aguado de alívio, abraçando os quadris de Stevie com aquela tulipa ainda na mão. Stevie beijou os olhos dela, as têmporas, as bochechas, descendo até que as bocas se encontrassem num beijo desesperado, com lágrimas, dentes e línguas.

– Me perdoa – disse Iris, afastando-se apenas o bastante para encarar os olhos dela. – Me perdoa, Stevie, eu...

– Shh. Eu sei.

– Não sabe, não. – Iris balançou a cabeça e segurou os pulsos dela, com os belos olhos verdes escuros e cintilantes. – Mas quero que saiba. Quero que saiba que eu te amo. Amo muito. Me desculpa por mentir. Você tinha razão: fui covarde, mas eu... meu Deus, Stevie, fiquei com medo. Tanto medo, e tenho certeza de que ainda estou, e acho que você vai precisar ter paciência comigo, mas não posso... Preciso tentar. Você foi muito corajosa por mim, e quero fazer a mesma coisa. Quero ser corajosa por você.

Ela respirou fundo, tão trêmula que Stevie só queria beijá-la, acalmá-la, mas sabia que Iris precisava dizer tudo aquilo.

– Passei muito tempo – continuou Iris – tentando me convencer de que não fui feita para um relacionamento duradouro, para o romance, para o amor. Mas quem sabe... – Lágrimas surgiram nos olhos dela. – Talvez eu tenha sido feita só pra você. Me perdoa.

O coração de Stevie cresceu; era essa a sensação, a do peito se expandindo, abrindo mais espaço, e ela sorriu. Segurou o rosto de Iris e a beijou uma vez... duas... e sussurrou junto de sua boca:

– "Por que pecado, doce Beatriz?"

Iris riu e a abraçou com mais força, um braço em volta da cintura e o outro segurando a mão, a tulipa agora emaranhada entre os dedos das duas. Ela dançou com Stevie num círculo, encostando a boca no ouvido dela e sussurrando:

– "Você me interrompeu em boa hora; eu estava prestes a lhe declarar meu amor."

– "Pois declare, com todo o teu coração" – respondeu Stevie, roçando o nariz pelo pescoço dela.

Iris arqueou o pescoço, oferecendo-o para Stevie, mas depois se endireitou, pegou o rosto dela nas mãos e a encarou de um jeito que a fez ficar sem ar, levando o coração a serenar e voar ao mesmo tempo.

– "Eu te amo com tanto do meu coração que não me sobra coração para declarar nada mais" – respondeu Iris.

E, enquanto dançavam, se abraçavam e riam, sussurravam, se beijavam e se tocavam, bem ali, no meio de uma calçada do Brooklyn, Stevie entendeu que Iris Kelly estava finalmente dizendo a verdade.

CAPÍTULO TRINTA E OITO

Seis meses depois

NA PRIMAVERA, A POUSADA EVERWOOD era um turbilhão de cores. As tulipas vermelhas, amarelas e cor-de-rosa floresciam em volta do caminho até a porta da frente, enquanto rododendros fúcsia e flores silvestres cercavam o quintal dos fundos, onde uma tenda translúcida enfeitada com cordões de luzinhas se arqueava debaixo dos carvalhos.

Iris soltou um suspiro quando entrou no espaço do casamento de Claire e Delilah: dentro da tenda, tudo era dourado e verde, com as velas já acesas nas dez mesas circulares de madeira. O evento seria pequeno mas perfeito, disso Iris não tinha dúvida, pois Astrid Parker estava no meio da tenda com seu iPad, usando um vestido preto e leve, comandando o mundo.

Iris a observou por um instante, e esse primeiro vislumbre em carne e osso da amiga desde que havia se mudado para o Brooklyn, quatro meses antes, foi como um gole de água fresca numa tarde de verão.

– Ela tá linda – comentou Stevie, com os dedos entrelaçados aos de Iris.

Iris sorriu.

– Sempre está.

– Não quer ir lá dar um oi?

Ela fez que sim, mas não se mexeu. Com toda a sinceridade, o coração parecia enorme dentro do peito, e os olhos ardiam um pouquinho. Nossa, que saudade tinha de Astrid. Tinha saudades de todo mundo, mas sabia que isso fazia parte do pacote quando decidiu se mudar para o outro lado do país para ficar com Stevie. Foi a decisão certa. Iris adorava Nova York, especialmente o Brooklyn, e não havia nada melhor que acordar ao lado de Stevie Scott todas as manhãs e beijá-la até dormir todas as noites.

Iris estava feliz, trabalhando com afinco no terceiro romance, morando com a pessoa mais linda do mundo.

Mas, nossa, como era bom estar em casa.

– Você tá bem? – perguntou Stevie, passando a mão pelo cabelo dela.

Iris confirmou, encostando o nariz no pescoço da namorada. Mesmo seis meses depois da reconciliação na frente do prédio no Brooklyn, após a longa conversa que tiveram em seguida sobre os próximos passos e após os dois meses árduos em que namoraram à distância antes de Iris se mudar para Nova York, ainda não conseguia acreditar que podia beijar aquela mulher todos os dias, tocá-la e andar de mãos dadas com ela pela rua. Mais ainda, não conseguia acreditar em quanto adorava fazer todas aquelas coisas de namorada para as quais acreditara por muito tempo que não servia – e pensava não querer.

Acontece que Stevie Scott transformou Iris numa *companheira*, e Iris era grata por cada segundo.

– Tô feliz por estar aqui – disse ela junto da pele de Stevie.

Stevie abraçou a cintura dela, puxando-a para mais perto, e ficaram assim por um instante enquanto Iris se preparava mentalmente para aquele casamento. Cerca de dois meses antes, Claire e Delilah tinham feito uma chamada de vídeo com Astrid e Iris para repassar alguns detalhes do casamento e, no final da ligação, as noivas pediram que Iris e Astrid as conduzissem até o altar, as quatro de uma vez. Iris tinha ficado desconcertada, absolutamente honrada, e passara o resto da noite chorando com a cabeça no colo de Stevie, sentindo tanta saudade das amigas que havia uma dor física no peito.

– Eu também – disse Stevie, aninhada no cabelo dela. – Por que a gente não vai lá...

– Iris!

A voz de Claire interrompeu Stevie quando a noiva número um entrou na tenda, o cabelo já penteado num lindo coque e a maquiagem perfeita. Usava camisa de botão e short jeans, e estava belíssima.

Iris ficou com os olhos cheios d'água; não pôde evitar, pois agiram por conta própria, as lágrimas já escorrendo pelo rosto quando Stevie a soltou e ela foi ao encontro da amiga. As duas colidiram, braços, mãos e risadas, tentando espremer quatro meses de saudades num único abraço.

– Claire, não se atreva a chorar – disse Astrid, indo na direção delas.

Iris recuou, mas apenas para poder incluir Astrid no abraço.

– A Iris tá chorando! – acusou Claire, rindo.

– É, mas eu não sou a recatada noivinha – argumentou Iris, ainda abraçando Astrid enquanto estendia a mão para enxugar com delicadeza as lágrimas de Claire e segurar o rosto dela. – Você tá muito gata.

Claire sorriu.

– Obrigada. Fiquei com saudade.

– Eu também. Senti muita falta de vocês duas.

– Nem reparei que você tinha ido embora – comentou Delilah ao entrar na tenda, com o cabelo solto e indomado, a regata preta e o jeans cinza-escuro de sempre, todas as tatuagens à mostra.

– Cara, quem ia ter saudade desse teu jeito? – retrucou Iris, mas sorriu e a puxou para um abraço.

Delilah riu e a abraçou com força, beijando o lado da cabeça dela. Iris se apoiou nela, passando um braço ao redor da cintura, quando notou três pássaros tatuados no peito dela, bem em cima do coração.

– O que é isso? – perguntou, pegando o braço de Delilah e puxando-a para mais perto. – Tattoo nova?

Delilah olhou para Claire. Sorriu.

– Bem nova. Fiz umas semanas atrás.

E baixou um pouco a alça da regata, mostrando o desenho completo. Três aves – *andorinhas*, pensou Iris – de frente umas para as outras formando um triângulo, com cada asa numa posição diferente.

– Se você disser que esses passarinhos lindos na sua pele representam você, a Claire e a Ruby, eu vou desmaiar agora mesmo. Posso literalmente morrer.

Delilah deu de ombros.

– Tá, então não vou te dizer isso, mas só porque prefiro que sua morte violenta não estrague meu casamento com o amor da minha vida.

Claire riu, entrelaçando os dedos aos de Delilah antes de usar a outra mão para segurar a de Iris, que estendeu a dela para pegar a de Astrid, sentindo o peito se abrir no pequeno quarteto. Fazia quase três anos que Delilah entrara na vida delas, a perturbação em pessoa, tosca e sarcástica, e Iris não conseguia mais imaginar a vida sem ela. Nem queria.

Iris sempre adorou as amigas, mas, naqueles últimos meses sem elas, percebeu quanto precisava de todas, como eram fundamentais para seu bem-estar e sua felicidade, tanto quanto a própria Stevie.

Se não mais.

Olhou para Astrid e Claire, amigas para todas as horas desde os 10 anos, e seus olhos lacrimejaram outra vez.

– Meu Deus do céu – resmungou Delilah, enxugando as lágrimas de Iris com o polegar. – Você tá fora de controle.

Iris riu.

– Tô aqui pra todas as suas necessidades caóticas.

– Pra ser sincera, não sei o que eu faria sem esse caos todo. – Delilah piscou para ela.

Iris piscou também...

E começou a chorar de novo.

Duas horas depois, Iris estava no pátio dos fundos da pousada, com o quintal verde salpicado de cadeiras dobráveis brancas ocupadas pelas pessoas mais chegadas de Claire e Delilah. Na frente, Josh Foster – o ex e amigo de Claire, além de pai de Ruby – estava de pé com um terno cinza debaixo de um arco de flores silvestres, esperando as noivas para uni-las. Iris viu também Isabel Parker-Green, a mãe de Astrid, sentada ao lado de Brianne, a gerente de cabelo rosa da livraria de Claire, imersas numa conversa profunda; Iris não conseguia nem imaginar sobre o quê. Isabel estava com um novo corte de cabelo, mais curto e sem dúvida mais prateado do que a tintura loira de sempre.

Mais importante, Stevie e Jordan estavam sentadas com Simon, conversando e rindo. Iris observou o trio por um tempo; a pura felicidade de ver a namorada se dar tão bem com todas as suas pessoas favoritas era como uma droga que ela não queria parar de tomar.

Iris se esforçou para controlar aquelas emoções intensas e se virou para encarar o cortejo do casamento, com Claire e Delilah já sussurrando palavras doces uma para a outra antes mesmo de começarem a caminhada até o altar. Ruby estava com Katherine, a mãe de Claire, linda com seu terninho preto de pré-adolescente lgbtq+ e camisa rosa-claro, que complementava o terno marfim de Delilah quase à perfeição. O vestido de Claire era um modelo vintage, rendado e off-white, com saia pouco abaixo dos joelhos, exibindo as sandálias de salto com tiras. Astrid e Iris vestiam escolhas próprias, uma com um tubinho preto justo e a outra de vestido longo cinza-claro.

Todo mundo estava perfeito.

– Certo, casal – disse Astrid, tocando no ombro de Claire para que ela e a futura esposa parassem de se beijar. – Está na hora do show.

Claire assentiu e beijou Delilah mais uma vez antes de se virar para a filha. Elas se abraçaram, Claire deixou um beijo no alto da cabeça da menina e Delilah se juntou àquele abraço antes de Katherine e Ruby entrarem pelo corredor ao som de uma música suave de um violão.

Em seguida, eram apenas as quatro: Claire e Delilah no meio, Iris e Astrid dos lados.

– Estamos prontas? – perguntou Astrid.

– Acho que sim – respondeu Claire, olhando para Delilah e piscando para Iris.

– Então bora – disse Delilah, apertando a cintura de Iris.

– Tô pronta – respondeu Iris. E estava mesmo. – Contanto que todo mundo aqui lembre que essa união abençoada começou porque sou uma chata intrometida que quer que todas as amigas sejam felizes e tenham acesso regular a sexo de qualidade.

– Como poderíamos esquecer? – disse Claire, rindo.

Todas riram também, depois se calaram. Katherine e Ruby chegaram ao altar, virando-se para as noivas. A música mudou, e todas as pessoas se levantaram, de olhos brilhando ao ver Claire e Delilah.

Assim, as quatro se deram os braços e seguiram na direção do altar. Juntas.

AGRADECIMENTOS

Não é exagero dizer que, quando escrevi *Delilah Green não está nem aí* e mandei o livro para o mundo, minha vida mudou por completo. Não só porque me apaixonei pela escrita de romances, mas também porque me apaixonei pelo público que os lê. Com a história de Iris – e a de Bright Falls – chegando ao fim, estou muito grata às pessoas que leram, amaram, encomendaram, compraram e postaram algo a respeito dessas narrativas. *Vocês* deram vida a Bright Falls e a todas as personagens que existem nas páginas dos três livros, e fico honrada em fazer parte das suas leituras.

Como sempre, agradeço a Becca Podos, por sua amizade e dedicação como agente. Estamos nessa há nove anos, e não há ninguém com quem eu preferiria estar nesse passeio de montanha-russa editorial!

Agradeço à minha editora, Angela Kim, que sabe exatamente como fazer o ajuste fino dessas histórias para que brilhem de verdade. Obrigada a toda a minha equipe na Berkley, incluindo Kristin Cipolla e Elisha Katz. Obrigada, Katie Anderson, cujos projetos gráficos de livros estão entre os meus favoritos no ramo. E obrigada, Hannah Gramson, por sua excelente capacidade de revisão.

Leni Kauffman, que deu vida a todas as personagens de Bright Falls; não há palavras para expressar quanto adoro o seu trabalho e o modo como você interpretou minhas personagens. Obrigada!

Meu grupo de escrita – Meryl, Zabe, Emma, Christina, Mary e Mary –, agradeço pela alegria em seu rosto, o humor e a estranheza, e também por suportarem toda a estridência dos alarmes de incêndio comigo.

Obrigada, Brooke, por ter sido mais uma vez a primeira pessoa a ler o livro, e por muito mais. Um brinde a muitas primeiras leituras no futuro!

Meryl, obrigada por sempre acreditar em mim, por ouvir minhas confidências e pela amizade. Estrelas, céus e galáxias.

Obrigada, Craig, Benjamin e William, por me darem tempo, espaço e apoio, sempre.

Conheça os livros de Ashley Herring Blake

Delilah Green não está nem aí
Astrid Parker nunca falha
Iris Kelly não namora

Para saber mais sobre os títulos e autores da Editora Arqueiro,
visite o nosso site e siga as nossas redes sociais.
Além de informações sobre os próximos lançamentos,
você terá acesso a conteúdos exclusivos
e poderá participar de promoções e sorteios.

editoraarqueiro.com.br